****
Amañado

Primer libro de la serie Imperios en Caída

Por
James Rosone y Miranda Watson
****

Publicado en colaboración con Front Line Publishing, Inc.

Índice

La trampa de Tucídides

Fue el ascenso de Atenas, y el miedo que esto infundió en Esparta, lo que hizo inevitable la guerra.

-Thucydides

Según el análisis de Graham Allison en *Foreign Policy* (9 de junio de 2017), en los últimos 500 años ha habido dieciséis casos en los que una potencia en ascenso amenazó con desplazar a otra en el poder, y en doce de ellos el resultado fue la guerra .[1]

A medida que China sigue ganando poder económico y militar, ¿es sólo cuestión de tiempo que estalle un enfrentamiento? A quienes viven en Estados Unidos les gustaría creer que el estatus de su nación como superpotencia está a salvo, pero ¿lo está realmente?

Este libro comenzó como un análisis de lo que realmente podría ocurrir si Estados Unidos cayera de cabeza en la trampa de Tucídides. Esperamos que nunca se haga realidad.

---

[1] https://foreignpolicy.com/2017/06/09/the-thucydides-trap/amp/

Prólogo

Julio de 2018
Hotel Kulm
Moritz, Suiza

El aire de la montaña era fresco y fresco mientras el sol se acercaba al borde de la cresta alpina que rodeaba el pequeño pueblo suizo de St. La escena era pintoresca. Las cumbres estaban cubiertas de exuberante vegetación y salpicadas de flores silvestres. Algunas vacas y ovejas se paseaban perezosamente, comiendo a sus anchas. Johann, el Ministro de Asuntos Exteriores alemán, no podía evitar el conflicto entre la belleza del entorno y la gravedad de la situación.

El sumiller rellenó las copas de vino de la mesa y preguntó: "¿Puedo ofrecerles algo más, caballeros?". Mientras hablaba, levantó la botella ya vacía de Gantenbein pinot noir de 2014. Esta botella de seiscientos euros era la favorita de Johann Behr cuando visitaba St.

"Nein, vielen Dank", dijo Johann mientras despedía al hombre por el momento.

Volviendo su mirada a los hombres sentados alrededor de la mesa en el comedor privado, Johann se inclinó hacia delante. En voz baja, preguntó: "¿Qué vamos a hacer con estos aranceles comerciales que siguen imponiendo los americanos?".

Johann estaba increíblemente preocupado por los repentinos cambios que se habían producido; las políticas comerciales mundiales estaban sacudiendo Europa y Asia. Y lo que es más importante, le estaban costando a él y a sus colegas una inmensa fortuna.

Erik Jahn, gestor del Fondo Soberano de Noruega, sacudió la cabeza con disgusto. "¿Qué podemos hacer?", respondió. "Tenemos que adaptarnos a la nueva normalidad. Al menos hasta que se elija un nuevo presidente".

Peng An, director general de China Investment Corporation, se llevó la copa de vino a los labios y bebió unos sorbos mientras contemplaba la pregunta. Parecía ensimismado mientras su mirada se desviaba hacia el extenso pueblo situado bajo el hotel, donde las luces empezaban a parpadear cuando el sol terminaba de ocultarse tras las montañas.

Finalmente, deja su vaso medio vacío sobre la mesa. Mirando a sus compatriotas, anunció: "Tenemos dos opciones. O nos sentamos a esperar a este presidente estadounidense, o buscamos sustituirlo por alguien de nuestra elección que vea el mundo como nosotros lo vemos".

Gruñendo ante la insinuación, Roberto Lamy, Director General de la Organización Mundial del Comercio, replicó: "No es tan sencillo, Peng. No se elige así como así a los candidatos estadounidenses a la presidencia. Tienen un proceso de primarias donde son seleccionados".

"Roberto tiene parte de razón", reconoce Johann. "No podemos elegir a sus candidatos por ellos. Sin embargo, podemos reducir las opciones que tienen para elegir". Acabó su copa de vino e hizo un gesto al sumiller para que le rellenara el vaso.

Peng sacudió la cabeza, frustrado. "Esto es 1930 otra vez: todas esas políticas comerciales proteccionistas causarán otra Gran Depresión", dijo.

"Más bien en 1933", replica Johann, pensando en el ascenso de los nazis en Alemania.

Ante el comentario, Peng respondió: "El presidente Sachs puede ser un matón petulante, pero no es Hitler, Johann. Sé sensato, ¿quieres?".

Dolido por la reprimenda, Johann respondió: "Lo siento. Tiene usted razón. Mi preocupación es que sus tendencias nacionalistas están acercando al mundo a otro gran choque. Tenemos que encontrar la manera de detenerle antes de que el daño económico que está infligiendo sea irreversible". Se volvió para mirar a Roberto. "Tiene que haber algo más que la OMC pueda hacer", suplicó.

Roberto suspiró. "Aunque una nación presente una reclamación contra EE.UU. ante la OMC, poco podemos hacer para que los estadounidenses cooperen. Si su presidente y sus partidarios políticos no están dispuestos a cumplir las normas o sentencias de la OMC, ¿qué podemos hacer? Ni que tuviéramos un ejército permanente. Además, los estadounidenses tienen una economía de veinte billones de dólares; no es como si necesitaran comerciar con Grecia o Italia para su supervivencia económica". Meneando la cabeza con resignación, añadió: "Ya están demostrando que pueden sobrevivir y crecer al margen de sus actuales acuerdos comerciales con China, como estoy seguro de que Peng aquí presente puede atestiguar".

Peng parecía visiblemente frustrado, con las fosas nasales encendidas y la cara ligeramente enrojecida. Hasta ese momento, China había podido utilizar su considerable peso económico contra Estados Unidos, obligando a sus empresas a ceder derechos de propiedad intelectual y secretos comerciales si querían hacer negocios en China. Sin embargo, esa práctica había cambiado bruscamente cuando la administración Sachs había empezado a imponer una serie de duros aranceles a los productos que se fabricaban en China y se enviaban a Estados Unidos.

Apurando el resto de su vino, Peng añadió: "Pronto llegará la hora del cambio, caballeros. Tenemos poco más de dos años hasta las próximas elecciones presidenciales. Sugiero que utilicemos ese tiempo sabiamente".

"Creo que es hora de que te pongas en contacto con Lance Solomon, de Goldman Sachs", dijo Erik, dirigiendo su comentario a Johann. "Sabes que él conoce la parte americana de esto mejor que nosotros. Necesitaremos sus contactos para que esto funcione".

Capítulo 1
Los inicios de la travesura

Veles, Macedonia

Wen observó cómo los dedos de Dafina se movían rápidamente por el teclado de su portátil mientras terminaba de comprimir los terabytes de datos que acababa de robar y los volcaba en el sitio seguro que él le había proporcionado. Una vez completado su trabajo inmediato, volvió a centrar su atención en él.

Le pasó los dedos por el pecho desnudo. "Está completo. Toda la información que pediste está ahí", dijo con una sonrisa tímida. "Ahora págame la otra mitad de mi dinero".

"¿Te aseguraste de dejar suficientes migas de pan que les conduzcan de vuelta a KHS?" Wen Zhenyu preguntó. Los dedos de su mano izquierda recorrieron suavemente su columna vertebral.

La sensación de sus dedos contra la piel desnuda de su espalda hizo que se le pusiera la piel de gallina en los brazos, pues parecía excitarse con su tacto. Inclinando ligeramente la cabeza, respondió: "Por supuesto. Cualquiera que busque rastrear la intrusión será conducido directamente a la Kosova Hacker's Security . Hice que pareciera que era uno de sus hackers albaneses. Nadie podrá rastrearlo hasta mí personalmente".

Sonriendo ante la respuesta, Wen preguntó: "¿Alguien más sabe que trabajaste en este proyecto conmigo?".

Su mano masajeaba ahora la parte superior de los hombros de ella mientras movía la otra para proporcionarle un agradable masaje de tejidos profundos. Ella gimió suavemente mientras él le resolvía una torcedura del cuello.

"No. No le dije a nadie que estaba trabajando en este proyecto. Por lo que saben mis amigos, sigo dirigiendo mi sitio web de noticias falsas. Y debo añadir que ese sitio paga bastante bien", afirmó Dafina. Levantó la barbilla, relajando por completo los músculos de los hombros.

"Excelente", respondió Wen. Le llevó la mano derecha a la cara y, antes de que ella se diera cuenta de lo que estaba ocurriendo, le rompió el cuello, sujetando momentáneamente su cuerpo, ahora flaco, entre los brazos. La tumbó suavemente en la cama en la que habían estado sentados y dobló el portátil para guardarlo en su mochila.

Una vez terminado su trabajo y atados los cabos sueltos, Wen regresó a su oficina de Skopje para examinar los datos que ella le había proporcionado.
****

Una hora más tarde, Wen entró en su despacho de la segunda planta del banco Silk Road Bank, en el centro de Skopje. Su secretaria le saludó.

"Tienes una llamada de un cliente que necesita hablar contigo sobre un préstamo empresarial, y tu cita de las tres con ese empresario local sigue en pie", anunció, entregándole una nota.

"Gracias", respondió Wen con una sonrisa. Antes de cerrar la puerta, se asomó al pasillo y dijo: "Por favor, asegúrese de que no me molesten hasta que llegue mi reunión de las tres".

Una vez dentro de su oficina, Wen se encargó de enviar los correos electrónicos necesarios a la sede central en Baar, Suiza, justo al sur de Zúrich. Eso apaciguaría a sus amos corporativos. Se había convertido en un experto en completar una gran cantidad de trabajo en muy poco tiempo, algo que le habían inculcado desde sus días en el orfanato estatal de su China natal.

Una vez resueltas las necesidades inmediatas de su trabajo diurno, Wen se conectó a un foro del MMO World of Warcraft y examinó los distintos temas hasta que encontró la Taberna del Fin del Mundo: Roleplay and Fan Fiction Page y pinchó en ella. Una vez dentro, se desplazó hasta encontrar el hilo específico que buscaba. Tecleó un mensaje codificado para sus compatriotas junto con la mitad de la dirección URL del servidor donde se habían almacenado los terabytes de datos robados.

Wen abrió una nueva ventana y llegó a la página del foro del videojuego World of Tanks. Hizo clic en una página de preguntas no relacionadas con el tema y encontró el hilo que buscaba. Dejó caer el resto de la URL necesaria para encontrar el servidor con los datos que le habían encomendado sus mentores.

Una vez terminado su trabajo de capa y espada, volvió al papeleo mundano relacionado con su próxima reunión con el propietario de una pequeña empresa que quería obtener un préstamo para comprar una segunda gasolinera. Normalmente le llevaba un momento volver a centrar su mente en el trabajo lento después de la emoción y la adrenalina de su pasión: el espionaje de su único y verdadero padre, China.

Volvió a leer los informes. La autopista que une Tesalónica (Grecia) con Belgrado (Serbia) está casi terminada, y el tráfico de camiones y otros vehículos que circulan por la autopista E-75 a través de Kumanovo está a punto de aumentar considerablemente. Este solicitante de préstamo esperaba sacar provecho del aumento del tráfico de camiones construyendo una segunda gasolinera a lo largo de la transitada ruta. Wen examinó los ingresos de la gasolinera existente y las estimaciones de los ingresos potenciales de la segunda gasolinera. No veía ninguna razón para que su banco no aprobara el préstamo. Era una inversión sólida.

Capítulo 2
Mal comportamiento electrónico

Septiembre de 2018
Tampa, Florida

Hacía una temperatura de 32 grados y aún no había salido el sol. Seth dobló la esquina de vuelta a la avenida Lagoda. Había llegado a la recta final de su carrera diaria de tres millas. Al ver que le faltaban menos de trescientos metros para llegar a casa, Seth aceleró el paso hasta correr a toda velocidad el resto de la carrera. Sus pies golpeaban con fuerza el pavimento, sobre todo teniendo en cuenta los ochenta kilos añadidos de su chaleco lastrado RUNFast/Max.

Con el corazón latiéndole como un tambor al pasar corriendo por delante de su casa, aminoró inmediatamente la marcha hasta ponerse a caminar. Siguió andando otros cien metros antes de dar la vuelta para regresar a casa. Seth completó entonces su habitual serie de ejercicios respiratorios para recuperar el control de su acelerado corazón y su jadeante respiración.

Correr con este chaleco lastrado es una auténtica matanza, pensó, conteniéndose para no gemir audiblemente.

Seth abrió la puerta de su garaje, se quitó el chaleco, lo colocó en una percha especialmente diseñada para soportar su peso y lo colgó de un gancho que había taladrado en uno de los montantes de la pared hacía un mes, cuando había empezado a correr con él. Uno de los suboficiales superiores del trabajo le había dicho que, si quería mejorar su resistencia sin aumentar la distancia recorrida, debía probar a correr con un chaleco lastrado. No sólo mejoraría sus tiempos de carrera, sino también su resistencia. Aunque había comprobado que era cierto, Seth también se dio cuenta de que el peso del chaleco ya empezaba a pasar factura a sus rodillas y a su dolorida espalda.

Entró por la puerta lateral de la casa y vio a su mujer, Dana, friendo una sartén con tocino de pato y una especie de tortilla/pan con huevos, cebollas, champiñones y pimientos verdes. El aroma era increíble.

Dana enarcó una ceja al ver a su sudoroso marido. Luego le guiñó un ojo mientras decía: "El desayuno estará listo en diez minutos si quieres darte una ducha rápida".

Le dio un beso en la mejilla mientras ella estaba de pie junto a los fogones. Ella sonrió y colocó otra tira de la especialidad de tocino en la sartén de hierro.

Cuando Seth regresó a su dormitorio, oyó que los niños empezaban a moverse. Seguían con sus rutinas habituales y aquella parecía una mañana cualquiera en casa de los Mitchell.

Entró en el cuarto de baño para darse una ducha. Como era su costumbre, Seth encendió la aplicación Fox Business News en su Galaxy Note y seleccionó la opción de reportaje en directo. Subió el volumen y colocó el teléfono en la encimera junto a la ducha antes de meterse en el agua humeante. Mientras se enjabonaba, la monotonía de la emisión cambió de repente cuando el presentador irrumpió con un anuncio especial.

"Noticias de última hora: Google anuncia una importante violación de la privacidad al verse comprometidos más de 110 millones de inicios de sesión y contraseñas de cuentas de Gmail. No se sabe quién fue el responsable del hackeo, aunque los ejecutivos de Google están instando a las personas con una cuenta de Gmail a cambiar sus contraseñas."

Tendré que investigar más sobre esto cuando llegue al trabajo, pensó Seth. Se preguntó si los chicos de la célula de fusión ya tendrían una pista sobre quién estaba implicado.

Termina de ducharse, se asea y se viste. Se mira en el espejo y revisa su uniforme. Los remiendos estaban bien colocados y no había hilos sueltos en las costuras que requirieran atención inmediata. Como soldado que era, para él era importante que su uniforme tuviera un aspecto profesional. Nunca sabía con quién iba a tener que informar o hablar a lo largo del día.

Entró en la cocina y oyó a su precoz hijo de ocho años preguntar: "Mamá, ¿puedes llevarnos hoy al colegio?".

"¿Qué le pasa al autobús?", preguntó Dana mientras colocaba un poco de la creación de la sartén en el plato de su hija. A continuación, puso un poco en un plato para Seth, junto con tres trozos de beicon, y le pasó una botella de agua mezclada con su brebaje especial de electrolitos para ayudarle a recargarse rápidamente de su carrera matutina.

Dejándose caer junto a su hija, Seth la pinchó: "¿Por qué quieres que mamá te lleve al colegio, Lily?".

Arrugó la cara ante la pregunta. "Ya no quiero ir en autobús", dice. "A las otras chicas de mi clase las llevan sus padres al colegio o tienen chófer. Yo quiero un chófer que me lleve al colegio, como ellas".

Intentando no reírse de su respuesta, Seth levantó una mano para hacerle saber a su mujer que la tenía. "Lily, mi princesita", empezó diciendo, "tienes un chófer muy especial que te recoge todos los días en la parada del autobús y te lleva al colegio. Se llama Ben. Ya conoces a Ben. Es un gran tipo. Has dicho que incluso te recuerda al abuelo. ¿Qué le pasa a Ben?".

"No le pasa nada al Sr. Ben. Sólo quiero ser como las otras chicas de mi clase que viven aquí. Todas tienen padres ricos o chóferes que las llevan al colegio". Ella resopló. Estaba claramente descontenta de que sus padres no vieran cómo el viaje diario en autobús le impedía ser aceptada por las otras chicas de su clase.

Dana irrumpió en la conversación. "Lily, no importa lo que estos chicos piensen de cómo llegas a la escuela. Es sólo un viaje en autobús. Lo que importa es lo bien que *te vaya* en la escuela, no en qué vehículo te dejan. ¿Qué te he dicho sobre el dinero?", preguntó.

Los hombros de Lily se hundieron. Respiró hondo y luego hizo un pequeño mohín al responder: "El dinero no significa felicidad. Debería ser feliz con lo que tengo y no desear lo que otros tienen".

Dándole una palmadita en el hombro, Seth sonrió y le dijo animado: "Así me gusta".

Dana se deslizó junto a él para llegar a su propia silla y, mientras lo hacía, le susurró al oído: "Te dije que vivir aquí iba a malcriar a los niños". Cuando se mudaron a Tampa a finales del curso pasado, ella quería que vivieran en el sur de Tampa, no en el barrio más rico de Davis Island.

"No soy una malcriada", replicó su hija, que había oído el comentario de su madre.

"Desayuna. Ya casi es hora de ir al autobús", contestó Seth, sabiendo que no debía contradecir a su mujer delante de su hija.

Enfurruñada, Lily se apresuró a terminarse los huevos y coger uno de los trozos de beicon. Luego preparó sus cosas para dirigirse al autobús con su hermano.

Una vez que salió de la cocina, Seth dijo: "Vamos, Dana. Tienes que admitir que esta casa es mucho mejor que la que teníamos en McLean". La casa que podían permitirse en la zona de Washington D.C., en Virginia, era mucho más pequeña y tenía muchas menos comodidades. "Además, tu asesor de inversiones dijo que teníamos que reinvertir el dinero que ganáramos con la venta de esa casa en una nueva o nos tocaría un gran impuesto sobre las plusvalías a final de año".

Lily reapareció. Seth besó la cabeza de su hija antes de que ella se dirigiera a la parada de autobús que había al final de la calle. Cuando se hubo marchado, Dana reanudó la conversación.

"Sí, pero no teníamos que hundirlo en comprar un lugar tan enorme y excesivamente caro en medio de la bahía de Tampa. Sabes que si un huracán pasa por aquí, estamos en una zona de evacuación obligatoria. Todo este lugar podría ser arrasado por una marejada ciclónica. ¿Ha pensado en eso, Sr. Hotshot?", preguntó tímidamente.

Puso las noticias de la mañana y metió el plato y el vaso de Lily en el lavavajillas después de tomar unos bocados de su propio desayuno.

"Eh, este lugar era una ganga al precio que lo tenían anunciado", insistió Seth. "Además, ¿de qué me hablabas en ese libro que leíste, *Marco para entender la pobreza*? ¿Algo sobre cómo tenías que situarte en un círculo socioeconómico diferente si querías pasar de un nivel social a otro? Vivir en Davis Island hará eso por nosotros y nuestros hijos. Pensé que te alegraría que me tomara en serio lo que dice ese libro".

Durante los tres últimos años, Seth había estado destinado en el norte de Virginia, cedido por el Departamento de Defensa a la Agencia. Había estado fuera casi continuamente en cortas rotaciones, lo que no le había permitido pasar mucho tiempo con su familia. La relación con sus hijos se había resentido mucho desde que eran pequeños y, por desgracia, su trabajo le había convertido en un padre ausente. Esa era una de las principales razones por las que había optado por hacer de esta su última misión en el Ejército y retirarse.

Dana suspiró mientras se volvía para mirar a su marido. "Lo sé", respondió, "y me alegro de que estés prestando atención al libro que te hice leer. De verdad que sí. Es sólo que no quiero que nuestros hijos crezcan pensando que porque vivimos en un barrio rico, somos ricos de alguna manera. Sólo tuvimos suerte cuando compramos nuestra casa en McLean y la vendimos en el momento adecuado."

El hermano de Dana era agente inmobiliario en los suburbios del norte de Virginia y les había encontrado una casa que necesitaba un nuevo propietario. Seth se había opuesto rotundamente a comprarla, pues sabía que no tendría tiempo para arreglarla. Pero Dana vio la oportunidad de convertir la ruinosa propiedad en una auténtica joya y se puso manos a la obra. Dieciocho meses y casi 60.000 dólares después, habían convertido la casa en la envidia del vecindario y, cuando tuvieron que mudarse, habían convertido la casa de 540.000 dólares en una venta de un millón de dólares, lo que les reportó un beneficio considerable.

Durante uno de los muchos despliegues temporales de Seth, uno de los analistas de la CIA con los que había trabajado le había dicho que debería invertir fuertemente en varias empresas que estaban haciendo un trabajo innovador en IA. Incluso participó en una ronda de inversores ángeles con uno de los técnicos de la Agencia que había fundado su propia empresa tras retirarse de la Agencia. Esas inversiones hicieron que Seth ganara mucho dinero en muy poco tiempo. Cuanto mejor funcionaba la cartera de acciones de Seth, más seguro se sentía de su decisión de retirarse del Ejército una vez finalizado este último periodo.

Seth echó un vistazo a las noticias y decidió que era hora de cambiar de tema. "¿Te has enterado del hackeo de Google?", preguntó.

Dana asintió mientras terminaba su desayuno. "Sí. Estoy segura de que esto será importante cuando llegue al trabajo. Ya sabes que hemos estado robando a muchos de sus mejores técnicos para trabajar en nuestra plataforma de comercio de inteligencia artificial."

"El otro día me hablabas de eso. Tendrás que contarme más cosas sobre esa plataforma comercial un día de estos", respondió.

"Seth, sabes que *no puedo* hacer eso", replicó ella con una sonrisa pícara. Seth supuso que esa misma noche la convencería de que fuera más sincera con una botella de Coup de Foudre cabernet sauvignon, su vino favorito.

"Me aseguraré de tomar una botella de Coup cuando vuelva del trabajo esta tarde", dijo guiñando un ojo y asintiendo con la cabeza.

"¿Cómo es que yo acabo contándote todo sobre los programas secretos en los que trabajo y tú nunca compartes nada de los tuyos? Todavía no sé ni la mitad de en qué trabajaste mientras estuvimos en McLean", respondió ella.

Seth suspiró. Dana había sido una luchadora durante la mayor parte de su estancia en el ejército, pero el secretismo de su última misión le había pasado factura. Nunca supo cuánto tiempo estaría fuera ni cuándo tendría que marcharse. Eso había sido muy duro para ella, sobre todo mientras se ocupaba de sus pequeños. Todavía estaba pagando el precio de los cumpleaños y las vacaciones que se había perdido en sus años de formación.

"Uno de estos días, cariño, te lo contaré todo. Por ahora, tendremos que dejarlo así. Hablando de trabajo, tengo que irme o llegaré tarde". Seth cogió su boina y las llaves, luego le dio a su mujer un corto beso en los labios antes de añadir: "Nos vemos esta noche".
****

Veinte minutos después, el comandante Seth Mitchell se detuvo en la entrada de Bayshore de la base aérea de MacDill. El aviador de las fuerzas de seguridad del Ejército del Aire le hizo un gesto con la mano para que se acercara. Seth entregó rápidamente al aviador superior su tarjeta CAC, asegurándose de mirar al joven mientras levantaba la tarjeta y comparaba la cara de la foto con la de Seth. El aviador lo saludó y le devolvió el CAC. Luego le hizo un gesto para que entrara en la base.

Seth volvió a colocar su CAC en el cordón junto con su placa de acceso de seguridad SOCOM y dio un poco de gas a su Chevy Z71 doble cabina mientras avanzaba por Bayshore Boulevard hasta que llegó a la división de la carretera. Dirigió el camión hacia la derecha por Tampa Point Boulevard, que le llevaría al siguiente punto de control de entrada del Mando de Operaciones Especiales de los Estados Unidos.

A esta hora del día, el sol por fin había salido lo suficiente como para situarse por encima del enorme montículo de fosfato que se encontraba justo al otro lado de la bahía, en la planta de Riverview Mosaic. Como era habitual a estas horas de la mañana, Seth vio pequeños grupos de militares a lo largo del sendero de caucho que recorría el perímetro oriental de la base, participando en sus ejercicios matutinos de entrenamiento físico individual y en grupo.

Cuando llegó al aparcamiento, Seth encontró sitio en la segunda planta. Cogió la pequeña nevera que contenía el saludable almuerzo que su mujer le había preparado y se dirigió a lo que estaba seguro sería un día ajetreado.

Cuando llegó a la entrada noreste, puso su smartphone en silencio y lo guardó bajo llave en una de las muchas cabinas telefónicas que había frente a la entrada lateral. Nadie podía entrar en el edificio con un teléfono ni con ningún dispositivo electrónico, así que había varias paredes de pequeñas cajas metálicas cerca de la entrada para que las personas que trabajaban en el edificio tuvieran un lugar seguro donde guardar sus aparatos electrónicos y pudieran seguir accediendo a ellos sin tener que volver andando hasta sus coches.

Nada más entrar en el centro de operaciones, Seth fue llamado por uno de los capitanes subalternos. "Buenos días, comandante Mitchell. El jefe dijo que quería verle en cuanto llegara".

Asintiendo a la advertencia, Seth respondió: "Gracias por el aviso, Joel. Voy para allá ahora mismo".

Pero lo primero es lo primero. Necesito mi cafeína, pensó. Agradeció que la dieta cetogénica que su mujer le había hecho probar no le obligara a renunciar al café. Sacrificar su Red Bull matutino había estado a punto de romper el acuerdo.

Un momento después, Seth tenía su café en la mano y se dirigía al despacho de su jefe. Llamó al marco de la puerta para avisar al coronel Pete Jennings de que estaba allí. Su jefe estaba al teléfono, pero rápidamente le hizo señas para que entrara y le señaló el asiento vacío frente a su escritorio.

"Sí, señor. Lo haremos de inmediato....No, señor. Deberíamos tener algo para usted con suerte a media tarde....Sí, señor. Le informaremos en cuanto sepamos algo".

Al colgar el teléfono, el coronel Jennings parecía un hombre en llamas, y sólo eran las 07.00 horas. "¿Sigues en contacto con tus antiguos colegas de McLean?" preguntó Jennings.

Seth asintió mientras tomaba un sorbo de café. "Sí. Todavía tengo algunos contactos allí, aunque como sabes, la mayoría de mis contactos probablemente no sean mejores que los que tenemos en el JSOC", respondió.

"Hmm... puede ser, pero pruébalos de todos modos", dijo Jennings. "Este hackeo de Google es aparentemente un asunto más grande de lo que se informa en los medios. Era el comandante al teléfono. Dijo que hay una videoconferencia segura del COCOM a las 13:00 horas para repasar los detalles, pero quiere saber todo lo posible antes de que ocurra el SVTC."

"Se han pirateado unos cuantos correos electrónicos... Este tipo de gilipolleces llevan años ocurriendo. ¿Por qué esto es diferente?" dijo Seth despreocupadamente.

El coronel Jennings resopló. "Porque no todos los días se piratea el sistema de correo electrónico seguro de todo el gabinete del Presidente. *La propia* cuenta del Presidente fue comprometida. Por eso".

La ceja izquierda de Seth se levantó con cautela. Dejó la taza de café en el borde del escritorio de su jefe. "Sí, supongo que es un nuevo giro de los acontecimientos. En las noticias parecía que se limitaba al sistema Gmail de Google. ¿Cómo entraron los hackers en el sistema de la Casa Blanca? ¿Tenemos ya alguna pista de quién es el responsable?".

Jennings negó con la cabeza. "Estoy seguro de que la NSA o el Cibercomando tienen alguna idea. Lo que el general quiere saber no es sólo *quién* es el responsable, sino, si es posible, dónde se encuentran y qué activos potenciales tenemos cerca."

Seth asintió y volvió a coger su taza de café. "Vale, ya veo lo que buscas. Haré unas llamadas, veré qué puedo averiguar y te llamaré en breve".

Seth regresó a su cubículo, situado junto a la pared exterior de la sala. Su grupo, el J2X, era responsable de proporcionar apoyo de inteligencia y comunicaciones a diversas operaciones clandestinas que el SOCOM tenía en marcha en todo el mundo. La descripción más exacta del trabajo de Seth tenía que ver con la explotación cibernética y de lugares sensibles. Dado que acababa de pasar los últimos tres años cedido a la División de Actividades Especiales de la CIA, tenía una gran experiencia en la caza de piratas informáticos y en el aprovechamiento de datos para crear misiones de captura en el mundo real. El gobierno estadounidense había adoptado recientemente un enfoque mucho más práctico ante el aumento masivo de los ciberataques en todo el país, y eso le daba a Seth mucho más poder.

Unas horas más tarde, Seth había terminado de hacer más de una docena de llamadas telefónicas desde su Rolodex, y por fin había encontrado la información que buscaba. Los primeros indicios del pirateo apuntaban a un grupo de piratas informáticos albaneses que operaban principalmente desde Kosovo, Albania y Macedonia. Aunque sus huellas electrónicas estaban presentes en todo el pirateo de Gmail, las herramientas utilizadas para entrar en los sistemas de la Casa Blanca tenían las huellas de China. Se había reducido a la Fuerza de Apoyo Estratégico de China, y más concretamente a la oscura Unidad 61398 del Ejército Popular de Liberación, su unidad de ciberhacking de élite, que había sido identificada previamente por Mandiant y FireEye como uno de los principales autores mundiales de ciberhacking.

Saber quién había llevado a cabo el ataque era importante, pero averiguar específicamente qué buscaban los hackers era probablemente aún más crítico. Hasta ahora, los analistas forenses no habían sido capaces de desentrañar las pistas de información sin sentido que los hackers habían dejado para ocultar sus verdaderas intenciones.

A Seth le habían dado un puerto seguro de la Agencia y acceso a los terabytes de datos a los que habían tenido acceso los piratas informáticos, así que despejó su mente y empezó a pensar lógicamente en lo que podrían haber estado buscando los piratas informáticos.

¿Qué sería tan valioso para que los chinos estuvieran dispuestos a asumir el golpe político que esto supondría? se preguntó. Ir directamente a por el Presidente y los miembros de su gabinete era, sin duda, un movimiento valiente.

****

Shanghai, China

Zhou Gang, director del Banco de China, miró los informes que tenía sobre la mesa, impresionado por el hecho de que el servicio de inteligencia hubiera sido capaz de conseguirlos, y un poco preocupado por el esfuerzo que habían hecho para conseguirlos. Aunque su contenido debería haberle escandalizado, o al menos sorprendido, se había acostumbrado a esperar lo inesperado cuando trataba con el presidente estadounidense.

Jonathan Sachs, el cuadragésimo quinto presidente estadounidense, había demostrado ser un hombre impredecible y a menudo combustible con el que tener que tratar. Aunque Zhou respetaba su tenacidad y su deseo de hacer lo que más convenía a su propio país, a menudo lo que más convenía a Estados Unidos iba en contra de los propios designios de China para el futuro. La realización de la Gran China se estaba viendo muy amenazada por este advenedizo.

Ante él, sobre la mesa, varios altos funcionarios de la administración Sachs presentaban un astuto argumento económico sobre por qué el gobierno estadounidense debía seguir adelante con la calificación de China como manipuladora de divisas tras el fracaso de la última ronda de negociaciones comerciales. Hasta ese momento, la política de Zhou de amenazar con una guerra comercial ante la mención de tal acción había hecho retroceder inmediatamente a los presidentes estadounidenses. Sin embargo, pudo comprobar por la información que tenía ante sí que el presidente Sachs no iba a dejarse intimidar por esa táctica. De hecho, estaba presionando para llamar a su farol y crear una guerra comercial *real*.

Zhou sabía que, a pesar de sus anteriores declaraciones sobre la fuerza y la voluntad de China, una guerra comercial devastaría la economía de su país. También tenía la ligera sospecha de que si decenas de millones de personas perdían su empleo, el régimen del presidente no sobreviviría. Si quería aferrarse al poder que tan cuidadosamente había trabajado para obtener, Zhou no podía permitir que la creciente clase media de su nación se sintiera enormemente descontenta.

El Presidente Sachs puede tener sus defectos, pero parece tener una idea decente de lo endeble que es nuestra posición, pensó Zhou.

Si los estadounidenses realmente iban a seguir adelante con etiquetar a la República Popular China de manipuladora de divisas e imponerles aranceles aún más duros, habría que tomar medidas más drásticas. Zhou prometió avanzar rápidamente en los planes para 2049 que se habían elaborado. China no podía esperar treinta y un años más para destronar a Estados Unidos como superpotencia dominante. Había que acelerar los plazos.

Un ayudante se acercó a Zhou, perturbando sus pensamientos. El hombre se inclinó y le susurró en voz baja: "Señor, el Presidente llegará en breve".

Zhou levantó la vista y asintió. Sentía que el corazón se le aceleraba: era bien sabido que Chen era impulsivo y volátil. Desde luego, no había sido amable con quienes le habían desagradado en el pasado. El castigo de Chen solía implicar mucho más que palabras duras. Había mucho en juego.

Zhou respiró hondo y templó los nervios. Hoy debía caerle en gracia a Chen, y no podía permitirse mostrar ninguna debilidad ante su líder. Reunió rápidamente los informes que tenía ante sí en dos montones separados: uno contenía las comunicaciones del presidente estadounidense, y el otro, los datos recogidos de los miembros del gabinete.

Varios miembros de seguridad entraron en el despacho de Zhou y empezaron a recorrer apresuradamente la sala, asegurándose de que estaba bien protegida. Al cabo de unos instantes, uno de ellos se llevó la mano a la boca y susurró algo a sus compatriotas. Un minuto después, el líder de China entró y se dirigió directamente hacia Zhou.

El Jefe del Banco de China se desplazó rápidamente alrededor de su mesa para saludar a su jefe. Los dos se inclinaron ligeramente, como era su costumbre, e intercambiaron algunas cortesías antes de sentarse a discutir el tesoro de información que acababan de adquirir.

Una hermosa mujer entró llevando una bandeja con un ornamentado juego de té de porcelana. Rápidamente les preparó una taza de té antes de dejar la tetera y la bandeja en la mesita, por si alguno de los dos quería más té durante la reunión.

El presidente Chen sorbió ansiosamente su té durante un momento, respirando profundamente como si estuviera viviendo una experiencia espiritual. Luego dejó la taza y miró a Zhou con una expresión que parecía atravesarle el alma. "China está sometida a un enorme escrutinio y presión en todo el mundo como resultado del reciente ciberataque contra el sistema de comunicaciones de la Casa Blanca", empezó diciendo. "Por favor, dígame que ha podido obtener la información que buscaba: más vale que este ataque no haya aportado nada".

Zhou respiró hondo. Si se hubiera equivocado sobre las intenciones económicas del gobierno estadounidense, esta intrusión habría costado innecesariamente a China mucho peso político. Sin embargo, sus suposiciones no habían sido erróneas. En todo caso, la información que tenía ante sí demostraba que la situación era mucho más grave de lo previsto.

Zhou devolvió con confianza la mirada de su líder. "Señor Presidente, había advertido que si seguíamos presionando demasiado al presidente Sachs, si no hacíamos algunas concesiones económicas, utilizaría el poder de su economía contra nosotros. Nuestro equipo de hackers fue capaz de descubrir una serie de órdenes ejecutivas que Sachs planea promulgar después de sus elecciones de mitad de mandato el seis de noviembre-órdenes que entrarán en vigor casi inmediatamente."

El Presidente dio otro sorbo al té que tenía delante, casi como si estuviera absorbiendo la información junto con la bebida caliente que estaba ingiriendo. "Así que lo que está diciendo es que el presidente estadounidense va a seguir adelante con su amenaza de una guerra comercial", dijo Chen.

Zhou negó con la cabeza. "No, señor Presidente. No sólo va a seguir adelante con una guerra comercial. Esencialmente está declarando la guerra económica a China", declaró. "Cuando el Departamento del Tesoro estadounidense nos califique oficialmente de manipuladores de divisas, impondrá a todas nuestras exportaciones un arancel del 45%. Va a paralizar de hecho nuestra economía".

"Entonces, ¿cuál es nuestro recurso?" preguntó Chen.

"Señor, había pensado que podríamos eludir los aranceles simplemente bajando el valor de nuestra moneda frente al dólar, anulando así los efectos del arancel, pero de la lectura de los borradores de las órdenes ejecutivas, parece que el Departamento del Tesoro americano ya ha puesto eso en práctica. Esencialmente, cada vez que yo bajara el valor de nuestra moneda para contrarrestar su movimiento, los americanos subirían el arancel en igual medida".

Zhou sacudió la cabeza, consternado. Era la primera vez en su vida que no sabía qué hacer a continuación ni cómo guiar la economía de su país en estos tiempos turbulentos.

Chen se inclinó hacia delante en su silla. "¿No podemos aguantar esta guerra comercial con ellos?", preguntó. "Esto perjudicará al consumidor estadounidense a corto plazo. Tiene que haber una manera de aprovechar ese dolor financiero en nuestro beneficio, ¿no?".

Zhou volvió a negar con la cabeza. "No, señor Presidente. Si estos aranceles entran en vigor y se mantienen durante más de seis meses, podríamos ver una contracción del PIB de más del seis por ciento. Si eso ocurriera, decenas de millones de nuestros ciudadanos serían despedidos y miles de nuestras fábricas y empresas se verían obligadas a cerrar. Si la guerra comercial durara más de doce meses... podría colapsar completamente nuestra economía".

El presidente Chen entrecerró la mirada. "No puede ser tan grave, Zhou", insistió, cada vez más enfadado. "Seguro que podríamos compensar la falta de exportaciones aumentando nuestro comercio con Europa, Oriente Medio y Sudamérica".

Zhou ladeó la cabeza, considerando los resultados. "Sí, podríamos compensar parte de esto aumentando el comercio con nuestros otros socios comerciales, pero ninguno de nuestros socios consume el volumen que consumen los estadounidenses", dijo finalmente. "Una economía de veinte billones de dólares que consume más de 650.000 millones en comercio con nosotros no podría ser sustituida rápidamente. Perder esencialmente el acceso a ella devastaría nuestra economía".

Zhou se inclinó hacia delante. "Tal y como yo lo veo, señor Presidente, tenemos dos opciones. Podemos ceder algunas de estas posiciones comerciales que exigen los estadounidenses, o tenemos que hacer un movimiento que sustituya a la actual administración estadounidense o ponga al país de rodillas."

"Si siguen adelante con estos aranceles, debemos tomar represalias con los nuestros", afirmó Zhou. "Mi única preocupación al hacerlo es encontrar otras fuentes a las que podamos comprar esos productos. Por ejemplo, importamos más de quince mil millones de dólares en soja; las piezas de aviones civiles y la chatarra también suponen más de veinte mil millones de dólares. Estas son las áreas en las que podríamos golpear a los estadounidenses con aranceles, pero aunque eso les perjudicaría, crearía una escasez en nuestros propios mercados, a menos que ya tengamos un oleoducto para sustituir esas importaciones."

El Presidente Chen guardó silencio mientras pensaba un momento.

"Los estadounidenses tienen sus elecciones de mitad de mandato en poco más de un mes. ¿Qué acciones directas podemos emprender para cambiar el poder político de su gobierno por otro más favorable a nuestra forma de pensar?". preguntó Chen.

Zhou sonrió. Hasta entonces, Chen había dudado en interferir en las elecciones estadounidenses. Prefería que fueran Rusia y otros países los que provocaran ese tipo de presión política. Sin embargo, parecía que por fin se había hecho a la idea del administrador del banco.

"He reflexionado sobre esto, Sr. Presidente. Ahora que sabemos cuáles son sus intenciones tras las elecciones, no hay necesidad de ser precavidos". Hizo una pausa de un segundo mientras recopilaba sus pensamientos. "Primero, apuntamos a los partidarios más fuertes de la guerra comercial del Presidente. Identificamos qué productos manufactureros y agrícolas específicos proceden de sus distritos y les imponemos aranceles específicos. Esto afectará directamente a esos electores y esperamos que voten en contra de los candidatos al Senado o al Congreso que apoyan la hostil agenda comercial del Presidente."

Chen asintió a la idea, dando efectivamente su visto bueno.

"A continuación, esperamos que empiece a desplomarse su mercado bursátil a medida que se acercan las elecciones. Esto hará que los votantes se enfaden con el partido en el poder y creará angustia por la continuación de las políticas de guerra comercial del Presidente.

"La forma más rápida de provocar un desplome bursátil a corto plazo es empezar a deshacernos de nuestras tenencias del Tesoro. Al mismo tiempo, devaluaríamos nuestra propia moneda mediante una serie de medidas cuantitativas destinadas a reducir el impacto de los aranceles y los efectos de que nos deshiciéramos de los bonos del Tesoro estadounidenses.

"No se equivoque, señor Presidente. Esto perjudicará a China a corto plazo, pero creo que podríamos capear este tipo de turbulencias más fácilmente que una guerra comercial prolongada con los estadounidenses."

Chen no tardó en replicar: "¿Y qué hacemos si el partido político del Presidente sigue en el poder? Habremos disparado las pocas balas económicas que nos quedan, y aun así no habríamos ayudado a nuestra causa eligiendo un gobierno más amistoso."

"Es un riesgo que tendríamos que correr, señor Presidente", insistió Zhou. "Al final, creo que los estadounidenses parpadearán y entrarán en razón. Si no lo hacen, bueno, siempre nos quedarán los problemas que podríamos provocar en Corea del Norte o en el Mar de China Meridional. Tenemos otras palancas de influencia y poder de las que podemos tirar".

Los dos sorbieron su té mientras contemplaban sus opciones. Durante las dos horas siguientes urdieron un plan para hacer frente al actual gobierno estadounidense hasta las elecciones de mitad de mandato. Tras los resultados, reexaminarían sus opciones y verían qué más habría que hacer para doblegar a los estadounidenses.
****

Tampa, Florida
Base aérea de MacDill
Mando de Operaciones Especiales de EEUU

La sala de conferencias del SCIF estaba llena aquella mañana. Todos los jefes de departamento estaban presentes. Al ver que todo el mundo estaba ya presente, el informador del FBI encargado de dirigir la sesión se dirigió a la sala.

Aclarándose la garganta antes de empezar, la agente especial Leslie Clancy anunció: "Lo que estoy a punto de contarles es clasificado alto secreto y no debe ser discutido abiertamente fuera de esta sala", anunció.

Todos asintieron.

"La División de Delitos Cibernéticos del FBI pudo vincular el ataque inicial a Gmail con un grupo relativamente pequeño de hackers albaneses llamado Kosova Hacker's Security, o KHS. El ataque se originó en una pequeña ciudad de Macedonia llamada Veles, al sur de la capital, Skopje. Esta es también la misma pequeña ciudad de Macedonia donde se originó la mayor parte de los artículos de noticias falsas que causaron tanto caos durante las elecciones de 2016."

Observó algunas miradas de preocupación entre el público, pero continuó. "El grupo de agregados jurídicos del FBI en Belgrado pudo coordinar con las fuerzas de seguridad locales de Skopje una redada en el domicilio del pirata informático que consideramos responsable. Desgraciadamente, cuando entraron en el apartamento, encontraron al hacker fallecido. Al parecer, a la mujer en cuestión le habían roto el cuello.

"Lo que sigue sin estar claro es si este hacker en concreto fue también responsable del ciberataque contra la red de comunicaciones de la Casa Blanca". Respiró hondo y soltó el aire. "Obviamente, se trata de una investigación interinstitucional en curso, pero va a llevar algún tiempo averiguar quién más estuvo implicado, qué se robó y por qué motivo".

Sentada cerca de la parte trasera de la sala de reuniones, Leslie vio que el comandante Mitchell levantaba la mano para hacer una pregunta. Como Leslie no vio que ninguno de los generales u oficiales superiores de la mesa levantara la mano, asintió para que Mitchell prosiguiera.

"Tengo una pregunta técnica para usted", dijo Seth. Los coroneles y el general se giraron hacia él, expectantes ante su respuesta.

"Dijiste que el hackeo inicial de Gmail fue llevado a cabo por este grupo de hackers albaneses, KHS. Puedo comprar eso, pero el ciberataque llevado a cabo contra la red de la Casa Blanca fue un ataque mucho más complicado de lo que KHS podría haber llevado a cabo. En concreto, el conjunto de herramientas de hackers utilizado para entrar en el sistema de la Casa Blanca tiene rastros electrónicos de ATP1, que sabemos que tiene vínculos directos con la Unidad 61398 del Ejército Popular de Liberación de China. Si su oficina pudiera compartir con nosotros qué es lo que buscaban los chinos en la red de la Casa Blanca, podríamos hacernos una mejor idea de qué es exactamente lo que buscaban hacer con la información que robaron".

Varios coroneles y generales asintieron con la cabeza y volvieron a centrar su atención en Leslie, que de repente se puso muy nerviosa y respondió a tientas.

El único LNO de la CIA intervino. "Creo que esto es algo de lo que podemos hablar fuera de línea, comandante", afirmó.

Seth asintió y Leslie respiró aliviada.

****

Seth conocía al LNO de la CIA, George. Los dos habían trabajado juntos en el pasado, cuando él había estado cedido a la Agencia. Una vez que todos los demás salieron de la sala, George golpeó a Seth en broma en el brazo.

"Has puesto a la pobre chica en un aprieto con tu pregunta", dijo con una sonrisa. Estaba claro que le había gustado ver cómo se retorcía su colega interagencias.

"Supongo, pero cuanto más hemos estado indagando en este caso, más no cuadra", insistió Seth. "He investigado a ese grupo de hackers albaneses. Son pequeños y se centran sobre todo en lo que pasa en los Balcanes. Estuvieron muy involucrados en el negocio de las noticias falsas durante el último ciclo electoral, pero parece que todos los implicados sólo lo hacían para crear granjas de clickbait que generaban mucho dinero de marketing. La mayoría de la gente de la región suele ganar unos quinientos dólares al mes, y estas granjas de "clickbait" ganaban más de dos mil quinientos al mes en ingresos publicitarios. Algo ingenioso si lo piensas".

George asintió. "Vamos a tu despacho", dijo. El despacho de Seth estaba dentro de un SCIF seguro, así que podían continuar allí su delicada conversación.

Los dos emprendieron el camino de vuelta. Una vez que entraron en el SCIF, George los guió lejos de los oídos indiscretos de los analistas que trabajaban en el escritorio abierto de la sala central.

"Mira, Seth, desde nuestra perspectiva, tienes razón", admitió George. "Todo este asunto de KHS parece ser una cortina de humo, diseñada para enviarnos a unas cuantas docenas de madrigueras de conejo. Quiero decir, no me malinterpretes, las credenciales de inicio de sesión de 110 millones de personas *es* bastante valioso en la web oscura, pero no era el verdadero objetivo del ataque."

Seth sonrió. "Lo sabía", dijo, dándole una palmada en el hombro a su amigo. "Así que ponme al corriente: ¿cuál era el verdadero objetivo y puedo contárselo al jefe? El GC ha estado encima de nosotros pidiendo respuestas sobre esto".

George acercó una silla al cubículo de Seth y se sentó. Se inclinó hacia él para que no oyera su conversación. "Mira, esto está superclasificado ahora mismo. Ni siquiera estoy seguro de cuánto de esto puedo contarte".

Como no quería poner a su amigo en un aprieto, Seth se lo pensó un momento. "Quizá pueda hacerte algunas preguntas y tú me digas si me estoy calentando", le ofreció.

George sonrió. "No puedo confirmar ni negar lo que preguntas", dijo guiñando un ojo.

Seth asintió. "Por lo que sé, el hackeo de Gmail fue sólo una tapadera para que los chinos hicieran su verdadera jugada con las cuentas del personal de la Casa Blanca. Pero, ¿qué buscaban? Tal vez querían obtener más información sobre nuestros secretos de tecnología militar. Todos sabemos cómo les gusta a los chinos robar nuestros diseños".

Inclinándose, George dijo: "Tienes razón en un aspecto. El hackeo de Gmail fue una cortina de humo para distraernos, y habría funcionado si la NSA no hubiera colocado algunos sofisticados códigos de seguimiento en los correos electrónicos enviados entre el Presidente y los miembros de su gabinete. Esto se hizo hace poco más de un año, cuando el Presidente estaba empeñado en identificar quién estaba filtrando correos electrónicos confidenciales entre él y los secretarios de su gabinete a los medios de comunicación. De hecho, los códigos nos ayudaron a localizar a un par de empleados públicos de rango medio que ya no trabajan para el gobierno federal", dijo con una sonrisa irónica de satisfacción por haber acabado con la carrera de unos cuantos burócratas.

"Seth, lo que los piratas informáticos robaron fueron comunicados específicos entre el Presidente, sus altos representantes comerciales, el Secretario del Tesoro y un puñado de otros altos asesores. Todos los comunicados estaban relacionados con las recientes conversaciones comerciales con China y las posibles repercusiones que el Presidente estaba considerando si los chinos no aceptaban las nuevas condiciones comerciales. Al parecer, también robaron un borrador de una orden ejecutiva que el Presidente estaba considerando firmar tras las próximas elecciones. En él se etiquetaría formalmente a China de manipuladora de divisas y se ordenaría al Departamento del Tesoro que empezara a imponer un arancel del 45% a todos los productos chinos que entraran en EE.UU.".

Seth soltó un suave silbido cuando su mente se puso a pensar en las implicaciones que eso tendría para la economía china, por no hablar del precio de los artículos comunes que la gente compraba cada día en Walmart y en Amazon. Suspiró y sacudió la cabeza.

"Gracias por informarme, George", comentó. "¿Qué hacemos ahora? Quiero decir, las elecciones son sólo un puñado de semanas de distancia, y teniendo en cuenta lo que acabas de decir, no puedo imaginar un escenario en el que los chinos no tratan de utilizar esta información para afectar a los resultados. ¿Qué se puede hacer realmente para contrarrestarlo?".

George sacudió la cabeza cabizbajo. "En realidad, nada", dijo abatido. "Lo mejor que podemos hacer es seguir trabajando con las empresas tecnológicas para ayudarles a identificar los sitios de noticias falsas y trabajar para que los cierren, o al menos los prohíban en sus plataformas".

Los dos hablaron un rato más, frustrados por el hecho de que ninguna de sus organizaciones pudiera desempeñar un papel más directo para detener este tipo de actividades. No podían llamar a las puertas de los individuos de esos países y pedirles amablemente que dejaran de hacerlo. Hasta que los grupos no pasaran de la difusión de información falsa a la manipulación directa de votos físicos, no había ningún recurso que les permitiera implicarse más.
****

Mitrovica, Kosovo

Enar Duka corrió por el callejón a una velocidad vertiginosa, jadeando mientras sus ojos iban de un lado a otro, buscando un edificio hacia el que pudiera correr.

"¡Alto! Policía!", gritó el agente que le perseguía.

Enar no se dio la vuelta para mirar, pero, al sentir que el hombre le estaba ganando terreno, aumentó el paso mientras corría hacia el final del callejón. De repente, un coche de policía apareció de la nada, bloqueándole la salida. Incapaz de detener su ímpetu, Enar saltó sobre el capó del vehículo y corrió hacia arriba antes de saltar por el otro lado. Cuando aterrizó en el suelo, Enar se giró hacia la izquierda y siguió corriendo, tratando por todos los medios de poner la mayor distancia posible entre él y sus perseguidores.

"¡Alto! Policía", volvió a gritar el agente. Su compañero metió la marcha atrás y corrió tras Enar, que se metió en una cafetería de la calle.

Enar se abrió paso a empujones entre varios clientes e irrumpió por la puerta que daba a la cocina. Ignorando a los sorprendidos cocineros que empezaron a gritarle, encontró la salida trasera y corrió rápidamente por ella hacia un callejón.

Mientras seguía corriendo por la estrecha calle que separaba los edificios a ambos lados de la manzana, Enar sentía que el corazón le iba a estallar. No había corrido tanto desde que había vuelto de Siria hacía dos meses.

Dobló la esquina del callejón y giró a la derecha, sólo para recibir un puñetazo en la cara. Estiró los brazos para evitar caer. Cuando el cuerpo de Enar cayó al suelo, el agente de policía ya estaba encima de él. En un rápido movimiento, el agente le había agarrado del brazo izquierdo y le estaba girando sobre el vientre para colocarle las esposas.

En ese momento, Enar supo que, si le detenían, tal vez no saldría nunca de cualquier agujero en el que le metiera el Ministerio del Interior. Mientras el policía se esforzaba por tumbarle boca abajo, Enar cogió la SIG Sauer que llevaba en el bolsillo delantero del abrigo. En un movimiento audaz, dio una fuerte patada al agente con la parte posterior del talón, lo que provocó momentáneamente que el agente aflojara el agarre del otro brazo de Enar. En ese momento, Enar se dio la vuelta y apuntó con la SIG a la cabeza del agente.

Disparó el arma sin vacilar, alcanzando al hombre de lleno en el centro de la frente. La sangre salpicó la cara de Enar y la parte delantera de su chaqueta cuando la parte posterior del cráneo del hombre estalló hacia fuera. La expresión facial del agente registró una breve expresión de sorpresa antes de que su cuerpo cayera inerte a la derecha de Enar.

"¡No te muevas!", gritó el compañero del hombre al doblar la esquina, con la pistola desenfundada.

Enar se incorporó y agarró el cuerpo del oficial ahora fallecido para que le sirviera de escudo. Rápidamente disparó varias veces contra el segundo agente, alcanzándole con dos de las balas y tirándolo al suelo.

Arrojándose el cadáver, Enar se levantó y se acercó al oficial herido. El hombre se agarraba el hombro, pero la sangre roja y brillante seguía chorreando entre sus dedos con cada latido. El hombre le miró y pareció suplicar por su vida antes de que Enar levantara la pistola y disparara de nuevo, esta vez dándole en la cabeza.

Enar observó la escena. La gente corría en todas direcciones para huir del tiroteo. Muy poca gente se quedaba a ver qué pasaba, lo que le parecía bien.

Volvió corriendo al callejón y se dirigió a una mezquita amiga al otro lado de la ciudad. Se deshizo de su chaqueta manchada de sangre y encontró una manta vieja que habían tirado cerca de un contenedor de basura para ponérsela por encima de la camisa y mantener el calor, además de ocultar su identidad por el momento.

Cuando entró en la mezquita, Enar tuvo inmediatamente una sensación de paz. Era el único lugar donde se sentía seguro. Se quitó los zapatos y se dirigió a las salas traseras, donde encontró al hombre que buscaba, Luan Rexhepi, enseñando a un pequeño grupo de seguidores. Enar esperó lo justo para ser respetuoso con el líder antes de llamar su atención y pedir hablar con él en privado.

Cuando le explicó la situación y lo sucedido, Rexhepi respondió con calma: "No te preocupes, hermano. El Estado Islámico de Kosovo cuidará de ti".

Uno de los alumnos de Rexhepi le dio a Enar ropa nueva, y luego lo trasladaron fuera de la ciudad a uno de sus pisos francos. Una semana después, Enar recibió la noticia de que su hermano había respondido por él, y se embarcaría en una gran misión. Los dos viajarían a Alemania, donde esperarían nuevas instrucciones. Mientras tanto, trabajarían en una mezquita regentada por un amigo de Rexhepi, recibiendo a cambio alojamiento y comida gratis.

A Enar no le importaba cuál fuera la misión. Si Rexhepi podía sacarle de Kosovo y devolverle a la lucha por el Islam, estaba más que dispuesto a hacerlo. El hecho de que tendría la oportunidad de luchar de nuevo con su hermano era una ventaja añadida.

Capitulo 3
Trampas electorales

11 de noviembre de 2018
Tampa, Florida
Isla Davis

Seth estaba de pie junto a su parrilla, comprobando las cuatro costillas que había estado cocinando "a fuego lento" durante varias horas. Su mujer, Dana, había invitado a varios de sus vecinos a una comida al aire libre el Día de los Veteranos, con la esperanza de consolidar las nuevas relaciones que habían entablado durante el verano y conocer mejor a las personas que vivían cerca de ellos.

Media docena de vecinos habían confirmado su asistencia y Seth estaba decidido a impresionarles con su receta secreta de costillas a la barbacoa. La clave para que la carne quedara tan tierna era cocerlas a fuego lento en una olla de cocción lenta con zumo de manzana y luego seguir cocinándolas a fuego lento untadas con salsa barbacoa Sweet Baby Ray's. Seth estaba muy contento de que su mujer no le echara la bronca por haber abandonado la dieta ceto por un día.

Mientras Seth untaba las costillas con otra capa de salsa, Jeff McGuiness, uno de sus vecinos, se acercó para echar un vistazo a la carne. Cuando Seth hubo cerrado la tapa, Jeff le tendió una cerveza fresca.

"Parece que te vendría bien otro recambio", dijo con buen humor.

Seth sonrió y aceptó la bebida. "Gracias. Creo que las costillas están casi hechas, tal vez otros cinco minutos para dejar que esta última capa de salsa se caramelice un poco más."

"Tío, qué buena pinta tienen", dijo Jeff, prácticamente relamiéndose.

"Créeme cuando te digo que saben aún mejor", dijo Seth, sonriendo. "Es un secreto de familia".

Seth destapó la botella de cerveza y bebió un trago. "Bueno, Jeff, ¿cómo te va en el trabajo?", preguntó. Jeff le había caído muy bien. Él y su mujer habían venido al día siguiente de mudarse y les habían traído unos brownies como regalo de bienvenida al barrio.

"Oh, ya sabes, lo mismo de siempre. Día diferente, misma estación. ¿Y tú? Estás en el ejército, las cosas deben ser muy interesantes para ti", respondió Jeff.

Tomando otro trago de su cerveza, Seth contestó: "Siempre cambia, Jeff, eso seguro. Pero ahora estoy en el cuartel general, no en uno de los grupos, así que el ritmo de las operaciones es sin duda más propicio para la familia". En realidad, Seth no le había contado mucho a su nuevo amigo sobre su trabajo, aparte de que estaba en el Ejército y dónde trabajaba. Era mejor así.

"Así es, estás en las Fuerzas Especiales, ¿no?" contraatacó Jeff. "¿Cómo decidiste que eso era lo que querías hacer de mayor?".

"En cierto modo, caí en ello", explica Seth. "Vengo de una familia pobre. Hubo una época en mi vida en la que mi familia no tenía casa y vivíamos en un camping. Sabía que si quería ir a la universidad o hacer algo por mí mismo, tendría que conseguir una beca académica, ser un gran atleta o encontrar otra forma de pagarme la universidad. Me iba bastante bien en la escuela, y en mi último año estaba en todas las clases de AP. Entonces, en el colegio celebraron una jornada de orientación profesional y conocí a un reclutador del Ejército. Me habló de la Ley GI y de cómo podía recibir formación profesional en el Ejército y luego utilizar mi Ley GI para pagar la universidad cuando terminara mi alistamiento".

Seth sacó otra cerveza de la nevera y se la dio a Jeff. En ese momento, su otro vecino, Albert, había oído parte de la historia y se había acercado para unirse a ellos.

"Antes de eso no había pensado realmente en alistarme en el Ejército", continúa Seth. "Nadie en mi familia había sido militar. Caray, mi padre era uno de esos hippies flower-power que quemaron su tarjeta de reclutamiento durante la guerra de Vietnam, así que no es que mis padres me hubieran hablado nunca de esa carrera."

"Entonces, ¿por qué te uniste si ya estabas en clases avanzadas y probablemente en camino de conseguir una beca?", preguntó Albert mientras sacaba otra cerveza de la nevera para él.

Suspirando al recordar sus años de instituto, Seth respondió: "Sabes, mi padre fue un auténtico capullo durante mis años de instituto. Tenía un trabajo decente y ganaba un sueldo digno. Era instalador de tuberías y trabajaba en varios proyectos de construcción, pero también era un poco borracho. No era violento con nosotros, pero era desagradable cuando bebía, lo que por desgracia ocurría casi siempre que no trabajaba. Supongo que en el momento en que el reclutador habló conmigo, yo sólo quería salir de casa, y aunque probablemente podría haber conseguido algunas becas para pagar la escuela, el Ejército era una apuesta segura. Por supuesto, tampoco me perjudicó que el Ejército ofreciera una bonificación de diez mil dólares por firmar, además de la Ley GI en ese momento."

Jeff se rió del comentario. "Sí, creo que si un reclutador me hubiera dicho a mis diecisiete años que podía conseguir diez de los grandes por alistarme en el Ejército más la universidad gratis, probablemente yo también me habría alistado".

Albert se rió y sacudió la cabeza. "Creo que mi padre habría encontrado alguna forma de anular mis papeles de alistamiento. Se empeñaba en que me dedicara a la abogacía como el resto de la familia".

"Parece que lo de dedicarte a la abogacía te salió bastante bien, Al", dijo Jeff riendo entre dientes. "He visto el barco nuevo que te has comprado", añadió guiñando un ojo. Tomó otro sorbo de su cerveza y luego le preguntó a Seth: "¿Así es como terminaste en las Fuerzas Especiales?".

Seth esbozó una sonrisa torcida. "No exactamente. Cuando me alisté en el Ejército, era 1997. Por aquel entonces no estábamos en guerra y no pasaban muchas cosas en el mundo. El trabajo del que me había hablado el reclutador, con el que obtendría más créditos universitarios, la mayor bonificación por firmar y el que más me gustaba a los diecisiete años, era un trabajo llamado 'recolector de inteligencia humana', que básicamente es un interrogador. También había escasez de lingüistas chinos, así que me enviaron a la escuela de idiomas del ejército en Monterey, California, para aprender mandarín. En aquel momento, mi reclutador me dijo que probablemente me limitaría a entrevistar a desertores chinos y solicitantes de asilo, un trabajo fácil que me permitiría seguir cursos universitarios por la noche".

Seth sacudió la cabeza divertido por su propia ingenuidad de entonces. "Aquel reclutador sabía exactamente qué decirme para que me apuntara. Sabía que lo único que quería era obtener un título universitario y dinero para alejarme de mis padres, y este trabajo ofrecía exactamente eso".

"Parece que el reclutador era bastante bueno. Habría sido un gran abogado", añadió Albert riendo.

"Sí, probablemente lo habría hecho", respondió Seth, sonriendo. "En cualquier caso, una vez que terminé la escuela de idiomas, eso es exactamente lo que me tenían haciendo. Me enviaron a Japón, donde trabajé principalmente interrogando a solicitantes de asilo y desertores chinos. El reclutador no se equivocaba del todo: ese puesto me dio la oportunidad de asistir a clases universitarias en la base. Entre mis estudios militares y las clases de AP que había tomado anteriormente, pude obtener rápidamente una licenciatura en estudios asiáticos".

Bebió un sorbo de cerveza, con un humor repentinamente sombrío. "Entonces ocurrió el 11 de septiembre y todo cambió. Fui a la escuela de aspirantes a oficiales y luego me incorporé a las Fuerzas Especiales, sólo que esta vez era oficial en lugar de alistado", dijo.

Antes de que Seth pudiera decir nada más, su mujer se acercó a la parrilla. "¿Ya habéis acabado con las costillas? Todo el mundo tiene hambre", dijo Dana con un guiño. Algunas de las otras esposas se acercaron con sus maridos.

Seth se sacudió los oscuros recuerdos y su semblante cambió. "Seguro que lo están", dijo con una sonrisa. "Déjame sacarlos de la parrilla y puedes traerlos a la casa para cortarlos". Empezó a cargar los relucientes especímenes de carne en la bandeja cercana. La multitud que se había reunido casi salivaba a la vista de tan deliciosa comida.

Los niños fueron sacados lentamente de la piscina mientras las madres les servían platos con perritos calientes, hamburguesas con queso y otras guarniciones. Los padres se reunieron en la mesa cercana a la parrilla con sus platos de costillas, ensalada de patatas, ensalada de col y otros aderezos. Las señoras optaron por sentarse dentro, donde continuaron su propia conversación.

Después de comerse un par de costillas, Seth se volvió hacia Albert. "Así que eres abogado. ¿Qué tipo de derecho ejerces?", preguntó.

Con una toallita de bebé para limpiarse las manos, Albert respondió: "Derecho contractual. Es bastante aburrido, pero está bien pagado. Mi padre está a punto de jubilarse, así que quiere que los hijos nos hagamos cargo del bufete familiar. Mi hermana y mi hermano también ejercen la abogacía. Cada uno de nosotros se ha hecho cargo de una especialidad específica en el bufete, así que podemos manejar en gran medida la mayoría de los casos que nos puedan plantear."

"Vaya, suena muy bien tener un negocio familiar así", respondió Seth. Envidiaba la historia de Albert, que tenía una familia unida con la que podía trabajar. Gran parte de lo que Seth hacía hoy en día era confidencial; ni siquiera podía hablar de lo que hacía con su mujer, lo cual era, como mínimo, frustrante.

Albert asintió mientras terminaba una buena ración de ensalada de col. "Puede ser", respondió. "Tengo la suerte de que todos los hermanos nos caemos bien, excepto en los años de elecciones. Entonces discutimos y nos peleamos como cuando éramos pequeños".

Todos se rieron.

"Entonces, ¿qué hermano es el que lidera esa carga?", preguntó Jeff con picardía antes de dar un mordisco a sus alubias cocidas.

"Mi hermana, por supuesto", respondió Albert. "Ya la conoces, Jeff, creo. Gabi. Durante cada ciclo electoral, trabaja como voluntaria para el Partido Demócrata de Florida. Tío, está como loca porque el Presidente haya criticado los resultados de las elecciones, diciendo que los chinos habían interferido intencionadamente en las elecciones para ayudar a sus oponentes". Albert deja el tenedor y coge la última costilla del plato.

Algunos de los chicos se rieron antes de que Jeff respondiera: "No es que esté equivocado. Quiero decir, los chinos no podrían haber sido más obvios si lo hubieran intentado. Aplicaron aranceles a casi todas las empresas de cuarenta y tantos distritos del Congreso, todos en poder de los republicanos. Quiero decir, si vas a interferir en unas elecciones, al menos intenta ser sutil al respecto".

Los chicos asintieron y la conversación volvió a alejarse de la política. El resto de la velada transcurrió sin sobresaltos. Al final, todos le preguntaron a Seth cuál era su secreto para hacer esas costillas que se caen del hueso.
****

Washington, D.C.
Departamento de Seguridad Interior

Patricia Hogan (Patty para sus amigos) se frotó las sienes mientras tomaba asiento en su escritorio, acomodándose para afrontar los nuevos retos del día. Era Directora de Seguridad Nacional desde el inicio de la administración Sachs y, aunque le encantaba su trabajo, era todo un reto. Intentar gestionar los más de 240.000 empleados y las docenas de agencias que tenía a su cargo era un trabajo intenso. Sin embargo, le encantaba. Patty también se deleitaba con el hecho de ser la segunda mujer que ocupaba el cargo; le emocionaba que, a pesar de todos los retos que suponía servir en la administración Sachs, estuviera destacando.

Volvió a centrarse en la tarea que tenía entre manos, revolviendo el papeleo de su escritorio, tratando de priorizar en qué trabajar primero. Habían pasado doce días desde las elecciones de mitad de mandato de 2018 y su departamento seguía tratando de desentrañar qué había ocurrido exactamente. Se habían presentado docenas de quejas ante la Comisión Federal Electoral por el enorme volumen de desinformación, noticias falsas, acusaciones de fraude electoral y ciberataques, por no mencionar el aluvión de dinero de super PAC con claros vínculos extranjeros que beneficiaba a ambos partidos políticos. Cada parte exigió respuestas.

Otra carpeta en su escritorio trataba de la caravana de solicitantes de asilo de América Central que se acercaba rápidamente a la frontera. Luego estaba la guerra comercial en toda regla con China.

Ha sido una semana y media dura, se dio cuenta. Se tomó un Excedrin Migraine, tratando de adelantarse a los acontecimientos antes de que el estrés le provocara otro dolor de cabeza.

Comprobó su agenda. Eran las 8.00 horas, pero su jornada pronto se convertiría en una sucesión de reuniones casi consecutivas. Tendrá que emplear su tiempo sabiamente. Sonrió al recordar que una de sus reuniones de hoy versaba sobre el programa piloto de votación por cadena de bloques, iVote, que había tenido lugar durante las últimas elecciones en Virginia Occidental. Confiaba en que pudiera tener un gran impacto en la seguridad de futuras elecciones.

Patty se frotó las sienes y ordenó mentalmente su día. Pulsó el botón del intercomunicador del teléfono de sobremesa. "Jill, ¿puedes hacer que traigan café?", preguntó. "Además, por favor, dile a Riku que quiero hablar con él antes de que lleguen las diez, ¿quieres?".

Unos minutos más tarde, su secretaria apareció con una jarra de café con cafeína extra de la marca Death Wish, que colocó en una mesa cerca de la esquina de su despacho. "Riku dijo que vendría en un momento", anunció antes de volver a su escritorio en la antesala.

Patty sonrió mientras tomaba un sorbo de su zumo de cerebro caliente. *No sé qué haría sin Jill*, pensó. Su secretaria no sólo era una guardiana excepcional, sino que desempeñaba un papel fundamental para mantenerla dentro de su horario y de sus numerosos plazos.

Al cabo de un minuto, Riku Tanaka llamó al marco de la puerta de su despacho.

"¿Me necesitaba, jefe?", preguntó.

Riku Tanaka era un japonés americano de primera generación de la zona de la bahía de San Francisco y, según todos los indicios, era un niño prodigio. Cuando Patricia se convirtió en Secretaria del DHS, hizo lo impensable en Washington y eligió a alguien de fuera de la circunvalación para que se convirtiera en su principal tecnólogo. Su objetivo general había sido hacer todo lo posible por modernizar la agencia y llevarla al siglo XXI. La organización se había convertido en una burocracia sobredimensionada que funcionaba con tecnología obsoleta, lo que había hecho al DHS ineficiente, costoso y muy vulnerable a los ataques informáticos. Para racionalizar la organización y solucionar las vulnerabilidades críticas, había contratado a alguien que no se hubiera acostumbrado al estilo de vida burocrático de Washington.

Riku había sido Director de Tecnología en una importante empresa de Silicon Valley, sin apenas experiencia política. Cuando Patty lo contrató, le encomendó una misión primordial: modernizar la agencia con la tecnología más nueva y segura disponible, y ayudarla a hacerla más eficiente y a responder mejor a las necesidades del país. Como director adjunto, Riku tenía la autoridad necesaria para forzar el cambio en toda la organización.

Ella le hizo señas para que entrara en su despacho y ambos tomaron asiento en los sillones que había a un lado de la sala. Ella le ofreció café, pero él se rió y dijo: "No, gracias. Eso tiene demasiado sabor para mí".

Sonrió. "De acuerdo, Riku", dijo riendo. "Antes de reunirnos con la gente de Crossmatch, quería que me dieras tu opinión sobre el programa iVote de Virginia Occidental. ¿Cómo crees que fue?"

Sacó una carpeta de la bolsa de cuero que siempre llevaba consigo y le entregó una copia impresa. "Ha ido muy bien", dijo sonriendo. "En realidad, mejor que bien. El proveedor proporcionó a cada uno de los miembros del servicio en el extranjero un código de anillo que esencialmente actuó como su identificación única de votante y les permitió emitir su voto de forma segura a través de la aplicación iVote en su dispositivo móvil."

"iVote: me gusta cómo suena", dijo Patty. "Pero creo que vas a tener que explicarme otra vez lo del código del anillo. ¿Cómo se verifica que la persona que lo utiliza es realmente un votante legal y autorizado?", preguntó, colocando el folleto sobre la mesa entre los dos.

"Claro, jefe", dijo Riku asintiendo con la cabeza. Patty agradeció que fuera uno de esos raros individuos tecnológicamente brillantes pero capaces de comunicar información complicada en términos sencillos. "Básicamente, la persona envía su dirección e información biográfica básica a la oficina de registro de votantes. Una vez que se verifica que la persona tiene derecho a votar, se le da un código de acceso para que lo utilice en la aplicación iVote. A continuación, el votante introduce ese código de acceso, que le permite crear su identificador único. Utilizando su teléfono inteligente, se captura su huella dactilar en el dispositivo. Cuando el votante hace su selección en la papeleta, la biometría y el código se añaden a la secuencia de la cadena de bloques y se transmiten a la oficina de votación". Riku sacó otros documentos con imágenes del proceso mientras le explicaba los aspectos técnicos del funcionamiento del sistema.

Patty jugueteó con el moño de su pelo. "Parece prometedor", dijo. "Lo único que me preocupa es su seguridad. ¿Se puede manipular?"

"Bueno, no soy en absoluto un experto en cadenas de bloques, pero por lo que sé, cuando el código del anillo se inserta en la cadena, se incrusta y encripta completamente. Lo que significa que si alguien intenta cambiar ese código en particular en la cadena, aparecerá como que ha sido manipulado. Honestamente, creo que la parte más difícil de la aplicación de este programa va a venir de la oficina de registro de votantes. Las listas de votantes tienen que estar actualizadas y verificadas. Me preocupa un poco que esa pieza del rompecabezas sea el área en la que se produzcan intentos de fraude electoral", responde Riku. Destapó su botella de agua y bebió un par de tragos.

Frunciendo el ceño, Patty preguntó: "¿Qué quieres decir? ¿Cómo podría haber fraude electoral en esa parte del proceso?".

"Bastante fácil, en realidad. Si las listas de votantes están en una base de datos en línea, pueden ser pirateadas. Además, si alguien consiguiera violar el sistema, podría entrar y cambiar las listas de votantes eliminando a personas de ellas o incluyéndolas en listas de votantes no elegibles. Cuando un votante se da cuenta de que no es elegible o de que su nombre ha sido eliminado del censo, puede ser demasiado tarde para recurrir o investigar la situación antes de que tenga que emitir su voto, y ambos sabemos que los votos provisionales suelen ser rechazados".

Sacudió la cabeza, consternada. *Los piratas informáticos serán la muerte de este país*, se lamentó.

"OK, Riku. Me gustaría que escribieras una evaluación de riesgos sobre el censo electoral para que podamos presentarla en nuestra reunión posterior. Quiero cerrar esa laguna".

"Claro, jefe", dijo Riku. Se levantó y se marchó para volver a sus asuntos.

Cuando se marchó, Patty sonrió para sus adentros. Sabía que había desafiado al sistema al contratar a Riku, pero no le importaba. A menudo pensaba en ángulos que muchos otros ignoraban. No le importaban sus inclinaciones políticas, siempre y cuando se mantuviera en su carril y, hasta el momento, estaba haciendo un gran trabajo modernizando el Departamento de Seguridad Nacional.

Capitulo 4
Guerra no convencional

Enero de 2019
Dalian, China
Dalian Shipbuilding Industry Company

El vicealmirante Hu Zhanshu permanecía en silencio en el puente del enorme carguero, hipnotizado mientras cientos de trabajadores se arremolinaban en el centro de la nave. Toda la bodega de carga había sido desmontada y estaba siendo reequipada con una serie de cápsulas de sistemas de lanzamiento vertical. Una vez completada la conversión, la bodega de carga transportaría quince cápsulas VLS, cada una de las cuales contendría diez misiles de crucero.

El director del astillero rompió el trance. "Ha sido difícil encerrar las grúas de construcción y la nave, pero creo que hemos protegido suficientemente nuestras actividades de las miradas indiscretas de los satélites y de los observadores casuales ajenos al astillero", explicó.

Hu asintió. Tenía que admitir que era una idea inteligente para cubrir las naves convertidas en plataformas móviles de misiles. Sin embargo, limitaba el número de naves que podían reconvertir a la vez. Con el calendario actual, sólo tendrían doce de las naves listas cuando llegara el momento.

"¿Qué hacemos con los compartimentos de las tropas?" Hu preguntó.

"Esos también van según lo previsto", dijo el director del astillero. "Ahora mismo, estamos convirtiendo contenedores de transporte para que sirvan de unidades de alojamiento a granel para los soldados. No serán las condiciones de vida más cómodas, pero servirán para transportar a nuestros soldados a través del Pacífico."

Hu se frotó el cuello, sumido en sus pensamientos. Varios de los comandantes militares de más edad habían muerto recientemente. Algunas de las muertes se habían considerado infartos, y una de ellas había sido encontrada con una pila de botellas vacías de Baijiu a su alrededor, apestando a alcohol. Uno de los amigos personales del vicealmirante Hu había aparecido colgado de una escalera con una soga: Hu estaba seguro de que su "suicidio" no había sido voluntario. Alguien estaba consolidando el poder. Hu esperaba que lo que estaba haciendo

fuera suficiente para mantenerse fuera del punto de mira de quienquiera que estuviera seleccionando a la manada.
****

Washington, D.C.
Edificio Harry S. Truman

La Secretaria de Estado Haley Kagel sacudió la cabeza con frustración mientras leía el último cable de su embajador en la ONU, en el que se explicaba que seguían adelante con su fuerza permanente de mantenimiento de la paz de la ONU.

Pues buena suerte financiándolo, porque seguro que no, pensó.

Gary Hammil, su Subsecretario de Estado para Asuntos de Organizaciones Internacionales, asomó la cabeza en su despacho. "Veo que estás leyendo el telegrama de Nueva York", comentó. Entró y se sentó en la silla frente al escritorio.

Frunció el ceño. "¿Qué piensas al respecto, Gary?"

Suspiró. "Veo las ventajas de una resolución así. También sé que no sentará bien ni en Estados Unidos ni en muchos otros países. Los conspiracionistas se volverán locos con ella, y sospecho que también un puñado de gente en el Congreso".

Haley se mordió el labio inferior. "El Presidente no va a apoyarlo", afirmó. "Ya ve a la ONU como una sanguijuela parasitaria que sólo nos chupa el dinero mientras nos machaca a nosotros y a nuestros aliados a cada paso".

Gary soltó una risita. "La ONU es lo que tú haces de ella. Tú sabes y yo sé que si pones más dinero, tienes más voz en su gestión".

"Si así fuera, la ONU estaría cumpliendo nuestras órdenes en lugar de insultarnos a cada paso", insistió Haley. "Ya contribuimos con el 15% del presupuesto de la ONU".

"Y eso es menos que el 22% que solíamos aportar", replicó Gary. "Naciones como China, India, Arabia Saudí, Alemania y Francia han intervenido para llenar ese vacío financiero".

"Suena como si *quisiera* esta nueva fuerza de mantenimiento de la paz", replicó Haley.

Gary levantó las manos en señal de rendición. "Vaya, eso es mucho decir", respondió con una gran sonrisa en la cara. "Lo único que digo es que ha habido muchos problemas con las fuerzas de mantenimiento de la paz en el pasado. Si la creación de un ejército permanente y el establecimiento de normas, formación y procedimientos contribuyen a hacerlas más eficientes y les permiten gestionar mejor las operaciones de mantenimiento de la paz en el futuro, quizá Estados Unidos no tenga que implicarse tanto."

Haley suspiró. "No sé. Quizá tengas razón. Podría funcionar. Sin embargo, dudo seriamente que el Presidente vaya a autorizar la participación de fuerzas estadounidenses. Una vez que se firme este tratado oficial con Corea del Norte, quiere hacer una rápida reducción de fuerzas allí y traerlas de vuelta a casa."

Gary asintió. "Si el Presidente es realmente capaz de asegurar este acuerdo con Corea del Norte, debería recibir el Premio Nobel de la Paz por ello. Pero sí, tiene sentido retirar esas tropas a Estados Unidos". Se inclinó hacia delante. "Sinceramente, lo que más me preocupa es la serie de cierres de bases en Europa y Oriente Medio que está recomendando al Pentágono. Ya vimos lo que pasó cuando nos retiramos de Irak en 2011. Si nos retiramos por completo de Europa y Oriente Medio, dejaremos un vacío de poder que otros llenarán."

"He estado advirtiéndole al respecto. He conseguido que acepte no cerrar Ramstein y dejar abiertas al menos dos de nuestras instalaciones en el Reino Unido. El resto de las bases alemanas, sin embargo, irán al BRAC en este próximo proyecto de ley de gastos de defensa". Siempre que una base iba a la junta de reajuste y cierre de bases, era muy probable que se cerrara. Entonces los poderes fácticos determinarían dónde se reubicarían esas unidades.

"¿Qué pasa con nuestras bases en Italia y España? No recomienda que las cerremos, ¿verdad?".

Haley se cruzó de brazos. "Quiere mantener las bases italianas en Sicilia, pero va a cerrar las otras. En cuanto a España... sí, Rota se quedará, aunque se está moviendo para firmar un nuevo acuerdo con el Reino Unido para establecer algunas nuevas instalaciones en Gibraltar... así que eso podría complicar las cosas en España si lo hace".

"¿Qué demonios quiere poner en Gibraltar?". preguntó Gary, con la ceja izquierda torcida.

"Me dijeron que iba a ser una especie de instalación de la NSA y un reposicionamiento de los equipos SEAL que actualmente están destinados en Alemania. También van a trasladar más funciones de apoyo de Nápoles a Gibraltar", explicó Haley.

"Realmente va a trastornar el carro de la manzana en Europa, ¿no?".

"Pero ha tardado mucho en llegar", dijo con una sonrisa irónica. "No va a cortar lazos con la OTAN, sólo va a cambiar las fuerzas de sitio. Parece que vamos a ampliar nuestra presencia en Polonia y Rumanía, si eso te hace sentir mejor".

Gary ladeó la cabeza hacia la izquierda. "De acuerdo, bueno, eso está fuera de mi ámbito", dijo riendo entre dientes. "Volviendo a la fuerza de la ONU, por lo que me han dicho, están planeando organizar su primer ejercicio de entrenamiento conjunto en octubre de 2020 para perfilar los detalles de su funcionamiento. En cierto modo, quieren crear esencialmente dos brigadas de combate: una que estará en periodo de entrenamiento y descanso, y otra que se desplegará en diversos puntos conflictivos de todo el mundo. En realidad lo están modelando sobre cómo funcionan *nuestra* estructura de fuerzas y la canadiense".

Arrugando el ceño, Haley preguntó: "¿Dónde va a tener su base este nuevo ejército y dónde van a realizar este ejercicio? No vi esos detalles en el cable de Nueva York".

"Vale, antes de que me arranquéis la cabeza, sólo soy el mensajero", dijo Gary, poniéndose la mano derecha sobre el corazón. "Canadá ha ofrecido sus instalaciones militares para ser utilizadas por esta nueva fuerza de la ONU, y el ejercicio está previsto que tenga lugar en Ontario y Vancouver".

Haley se quedó boquiabierta. "¿Qué?", consiguió jadear. "¿No saben cómo afectará esto a la OTAN y a nuestras diversas instalaciones conjuntas? No podemos tener pacificadores chinos -o peor, rusos- merodeando por instalaciones canadienses que también están conectadas a nuestro propio sistema de alerta temprana".

"Oye, sólo te estoy trayendo los hechos", insistió Gary. "Es ese nuevo PM canadiense. Es un verdadero globalista".

"Rey niño petulante", replicó Haley. "Habla de un gran juego globalista porque sabe que no tiene que implementar la mitad de esa basura, porque Sachs le impide hacerlo".

Gary suspiró. "Mi sugerencia, señora Secretaria, es que convenza al Presidente de que al menos contribuya con un elemento militar simbólico para que forme parte de esta nueva fuerza de la ONU, aunque sólo sean planificadores o algo así. Así podremos vigilar su actividad y tener observadores que nos informen de lo que ven. Es mejor que quedarse totalmente al margen".

Haley asintió. Tenía que estar de acuerdo con la lógica.

Con suerte, conseguiré que el Presidente y el Secretario de Defensa vean lo mismo, pensó.

****

Washington, D.C.
Edificio del Tribunal Supremo de EE.UU.

Anna Cho sirvió café al Presidente del Tribunal Supremo, Mark Lighthouse, quien amablemente sonrió y aceptó el café caliente. "Gracias, Anna. Debo decir que me encanta esta nueva marca de café que has encontrado. ¿Cómo se llama?"

Sonrió. "Es ese café hawaiano de Kona, ya saben, del que tanto hablaba la jueza Keaton. Me pidió que pidiera un poco para ustedes, algo así como que así estarían más de acuerdo con sus posturas", respondió con un guiño. Luego pasó a llenar la taza del siguiente juez.

El Juez Faro asintió. "Ah, sí. Barbara es toda una experta en café, ¿verdad?", dijo como si de repente recordara un detalle clave. "No es mi Jamaican Blue, pero se le parece bastante", respondió.

Se llevó el café a los labios y aspiró profundamente la aromática mezcla antes de dar el primer sorbo. "Puede que sea mejor que mi mezcla jamaicana", admitió en voz baja.

"Por supuesto, es mejor que el Jamaican Blue", replicó la jueza Barbara Keaton. "Este material se cultiva en el suelo de ceniza volcánica, lo que le aporta profundos nutrientes y minerales procedentes de las entrañas de la tierra".

Su comentario provocó algunas risas entre los demás jueces, que se preparaban para agazaparse en su sala de deliberaciones para debatir una decisión sobre un caso especialmente espinoso que habían visto al comienzo de su sesión de otoño.

"Si puedes, Anna, cierra la puerta al salir. Te avisaremos si necesitamos que traigan otra cafetera", dijo el Presidente del Tribunal Supremo mientras levantaba su taza de café hacia ella en una especie de gesto de aplauso.

Se volvió hacia sus colegas. "Bueno, supongo que deberíamos volver a ello", anunció.

****

De vuelta a la cocina, Anna preparó otra cafetera, sabiendo muy bien que la llamarían para que se la volviera a servir dentro de otros treinta minutos. Los jueces eran muy previsibles en cuanto a lo que les gustaba comer y beber durante las deliberaciones.

Mientras Anna preparaba el café, su móvil zumbó para avisarle de que había recibido un mensaje. Lo sacó del bolsillo y vio la imagen de ella y sus padres cuando habían visitado Pekín hacía un par de años. Sonrió, pero sintió una punzada de tristeza. Aunque sus padres habían emigrado a Estados Unidos cuando ella era sólo una niña, muchos de sus parientes seguían viviendo en China. Le gustaría poder visitarlos más a menudo.

"¿Seguirás yendo a Niágara el mes que viene?", le preguntó uno de sus compañeros de trabajo.

Ella asintió.

"Todavía no me hago a la idea de que te vayas a Canadá en invierno, a propósito", dijo bromeando.

"Lo sé, mi novio no se convenció tan fácilmente, pero las oportunidades fotográficas para mí serán increíbles", explica Anna. "Espera a que vuelva con fotos increíbles de esculturas de hielo que se arremolinan congeladas". Le hacía mucha ilusión vivir esta aventura y pasar tiempo a solas con su novio.

"Sigo pensando que estás loca", replicó su compañera riendo entre dientes.

****

Dos semanas después, Anna y su novio estaban disfrutando en el Casino Niágara tras un día entero recorriendo las cataratas y haciendo fotos sin parar. Las bajas temperaturas habían creado hermosas formaciones de hielo que parecían diseñadas por sopladores de vidrio. La luz se refractaba en distintas partes de las estructuras, liberando hermosos azules y verdes. A veces, era como caminar por un castillo de cristales de hielo hecho por el mismísimo Jack Frost. Era realmente hermoso.

Cuando Anna hubo sacado suficientes fotos para sentir que el viaje había merecido la pena, le propuso a su novio que fueran al buffet libre del casino de la ciudad y se divirtieran jugando en algunas mesas. Durante la velada, los dos probaron suerte en el blackjack, los dados y algunas máquinas tragaperras.

Anna acababa de activar los juegos de bonificación en una máquina tragaperras y sintió un subidón cuando las luces de colores brillantes parpadearon en la pantalla. Hasta entonces había estado deprimida, y sintió que la adrenalina la recorría mientras esperaba ganar a lo grande.

De repente, un hombre se sentó a su lado. Sin mirarla, colocó un pequeño tubo de pintalabios de L'Oréal en una repisa justo entre sus dos máquinas. Anna lo vio y le hizo un leve gesto de reconocimiento con la cabeza justo cuando se levantaba y se iba. Entonces abrió su bolso como si estuviera buscando algo y, sin pensárselo dos veces, se agachó, cogió el tubo de pintalabios y lo colocó rápidamente en su interior. Esperó a que la máquina dejara de contar sus ganancias, cobró y se dirigió a un bar cercano.

Llamó la atención del camarero y pidió un martini. Mientras el camarero le preparaba la bebida, otro hombre se le acercó con una copa en la mano.

"Cuando llegue el momento, todo lo que tienes que hacer es verterlo en sus bebidas, y hará el resto", dijo despreocupadamente, en voz baja, y sin hacer contacto visual.

"¿Cómo sabré cuándo debo hacerlo?", preguntó.

"Alguien se pondrá en contacto contigo. Por ahora, busca un lugar seguro y discreto para esconderlo. Cuando te digan que actúes, tendrás cuarenta y ocho horas para hacerlo". Tras decir esto, el hombre se irguió y se dirigió a la mesa de dados que había abandonado hacía unos momentos.

"Aquí tiene, señora. Son ocho dólares", le dijo el camarero mientras le entregaba el martini, ajeno a la conversación que acababa de mantener.

Sonriendo, Anna sacó un billete de diez de su bolso y se lo dio. "Muchas gracias. Por favor, quédate con el cambio".

Cogió su bebida y fue a reunirse con su novio, que de algún modo estaba arrasando en las mesas de blackjack. Por otra parte, era un experto en números. Quizá por eso se había fijado en él. Era un brillante programador de la NSA, aunque ella aún no sabía exactamente a qué se dedicaba.

El resto del viaje transcurrió sin incidentes, aunque creía que su novio empezaba a sentir verdadero apego por ella.

Unos meses más y me contará lo que hace en el trabajo, pensó con picardía.

****

Johann Behr estaba eufórico. No sólo era el nuevo Secretario General de la ONU, sino que en sus primeros seis meses había conseguido que se aprobara una resolución para una nueva fuerza permanente de mantenimiento de la paz de la ONU. Aunque los estadounidenses vetaron su primer intento, finalmente consiguió que la Asamblea General la aprobara y la pusiera en marcha. El Primer Ministro de Canadá, Félix Gagnon, incluso se había ofrecido voluntario para acoger a la fuerza recién creada y ofreció sus bases e instalaciones militares para ayudar a entrenarla y orientarla. Las cosas no podían ir mejor para Johann. Ahora, sólo necesitaba reunir al resto de sus partidarios para identificar a quien podría sustituir a Sachs y reconducir al gobierno estadounidense hacia el redil de la ONU.

Un golpe en la puerta le devolvió al momento actual. Al levantar la vista, vio una vieja cara conocida y le hizo señas a su amigo para que entrara.

"Lance, me alegro de volver a verte", dijo Johann. Rodeó su mesa para estrechar la mano de Lance Solomon, el nuevo director de Goldman Sachs.

Johann y Lance eran amigos desde hacía décadas. Aunque Johann no era miembro de la secreta Skull and Bones Society como Lance, sabía que su amigo representaba no sólo a los superricos y poderosos de Estados Unidos, sino también a la propia organización secreta. Cuando Lance llamó para concertar una cita, Johann sabía que no debía hacerle esperar.

"Johann, yo también me alegro de verte, amigo mío", dijo Lance con calidez. "Me alegro mucho de que te hagas cargo aquí en la ONU. Hacía tiempo que necesitábamos un hombre fuerte en este puesto".

Sonriendo ante el cumplido, Johann respondió: "Estoy de acuerdo. Me alegro de que por fin hayamos podido conseguirlo".

"Ahora que esta resolución para crear una fuerza permanente de mantenimiento de la paz está en marcha, es hora de que avancemos con algunas de las otras piezas de esta gran estrategia, ¿no crees?". preguntó Lance crípticamente.

"Estoy de acuerdo", respondió Johann. Volvió alrededor de su escritorio y sacó un pequeño dispositivo electrónico de un cajón, mostrándoselo brevemente a Lance antes de encenderlo y colocarlo sobre la mesita. "Quiero asegurarme de que esta conversación se mantenga en privado, así que he sacado el dispositivo de interferencia electrónica de confianza", explicó Johann. "No se puede ser demasiado cuidadoso en estos días".

Lance asintió pero no dijo nada. En realidad parecía un poco más tranquilo con el aparato en marcha.

Johann se aclaró la garganta. "Creo que estamos empezando a tener candidatos para sustituir al presidente Sachs. ¿Tienes en mente a alguien en particular?", preguntó, esperando a ver a quién apoyaban Cráneo y Huesos.

"Lo tenemos", dijo Lance con una sonrisa. "Seguro que has oído hablar de él. De hecho, es uno de tus más firmes partidarios en el Senado".

"¿Marshall Tate?"

"Sí. Ha sido elegido por la Sociedad para ser nuestro próximo presidente", dijo Lance con naturalidad.

Johann arrugó un poco la frente. "Creía que habríais apoyado a la senadora de California o a la gobernadora de Nueva York".

"Marshall es un Skull and Bones, los otros no. Es hora de que volvamos a poner a uno de los nuestros en la oficina. Tenemos que volver a encauzar las políticas comerciales del mundo. La actual política de 'América sola' está causando estragos, y hay que corregirla".

"Sabes, algunos de los otros tenían un candidato diferente en mente, Lance", dijo Johann.

Sonriendo, Lance respondió: "Estoy seguro de *que* los demás tienen en mente un nombre diferente. Pero los demás no entienden la política estadounidense como nosotros. Tampoco saben qué candidato será capaz de obtener el apoyo popular necesario para conseguirlo. Marshall no es sólo un miembro de Skull and Bones; también ha sido alcalde de una ciudad obrera y congresista de un distrito obrero antes de convertirse en senador. Él resonará con el tipo de votante que vamos a necesitar ganar si nuestros amigos chinos fracasan por su parte".

Johann se erizó un poco. "Peng no fallará", insistió. "Sé de buena tinta que su red ya está en marcha, y que ya ha identificado exactamente cómo van a inclinar las cosas a favor de quienquiera que sea el nominado".

"Será mejor que no pillen a la gente de Peng. Si lo hacen, podría peligrar todo", afirmó Lance en un tono gélido que indicaba que podría responsabilizar a Johann si las cosas se torcían.

"No lo atraparán. Ya hemos encontrado a nuestros chivos expiatorios", declaró Johann con confianza.

Ahora le tocó a Lance enarcar una ceja. "Cuéntame", dijo tímidamente.

Johann sacudió la cabeza mientras sonreía. "Cuanto menos sepas, Lance, menos culpable podrás ser".

Lance asintió y guiñó un ojo.

"¿Cuáles son tus planes si las cosas no funcionan con esta fuerza de paz de la ONU o si nos encontramos con una resistencia mayor de la prevista?", preguntó Johann en tono nervioso. Sabía que, a pesar del apoyo político y de la petición formal de ayuda, sus fuerzas de paz serían consideradas invasoras y encontrarían una fuerte resistencia por parte de una población muy bien armada.

Lance respondió: "Lo tenemos previsto. Traeremos contratistas militares privados de otras partes del mundo cuando y si son necesarios. Ya hemos hablado con algunas de las principales empresas militares privadas sobre posibles escenarios. Se están reservando fondos, así que cuando llegue el momento, el dinero estará listo. Sólo tienes que centrarte en conseguir un contingente lo más grande posible en suelo canadiense. A ver si Peng puede convencer a sus amos en Pekín para que aporten una fuerza mayor".

Johann asintió y tomó nota rápidamente. "De acuerdo", dijo. Respiró hondo. "Aún me preocupa el ejército estadounidense. ¿Y si se ponen del lado de Sachs llegado el momento? ¿Cómo lo hacemos?"

"Vamos a tratar con ese extremo de las cosas", insistió Lance. "También tenemos planes de contingencia para eso".

Los dos hablaron durante un rato más, repasando algunos detalles adicionales antes de que Lance Solomon se marchara a su propia oficina en Goldman's, justo al final de la calle. A lo largo del año siguiente iban a trabajar mucho juntos, así que Lance pensaba estar cerca de la sede de la ONU durante algún tiempo.

Capitulo 5
Llamada social

Washington, D.C.
Georgetown
Residencia de Patricia Hogan

Sorbiendo un vaso de buen whisky, Patricia Hogan miró a Riku y le preguntó: "¿Estás seguro de que esta votación por cadena de bloques es segura? ¿Funcionará?"

Tras el éxito de la prueba piloto de iVote en 2018 en Virginia Occidental, muchos de los gobernadores de los estados habían acordado ofrecer a sus electores la oportunidad de utilizar este sistema durante las primarias del país. En función del éxito del programa, podría utilizarse después en las elecciones generales más avanzado el año. Inicialmente se pensó que mucha gente se opondría a iVote; sin embargo, una vez que se anunció que los votantes de las primarias tendrían la opción de probarlo, un número abrumador de personas se adhirió a él.

"Es seguro, Director", respondió Riku. Dio un sorbo a su bebida.

"Por favor, llámame Patricia o Patty cuando no estemos en la oficina", respondió. Miró hacia el comedor. Parecía que el servicio de catering estaba casi listo para la cena de esta noche. Patty había invitado a la mayoría de sus empleados a una fiesta privada en su casa de Georgetown.

"Lo siento, supongo que es la fuerza de la costumbre", respondió Riku. "Es muy amable de tu parte ser el anfitrión de la cena de Navidad de este año en tu casa. Es preciosa".

William, el marido de Patty, se acercó a ella y le dio un beso en la frente. "Si no se hospedara aquí, nunca tendría la oportunidad de verla", dijo con buen humor mientras tomaba asiento en el sofá junto a ella.

Riku soltó una risita ante el comentario. "Sí, creo que por eso sigo soltero. No pensé que me gustaría el servicio público cuando dejé Silicon Valley para aceptar este puesto, pero debo decir que es realmente estupendo estar en una posición en la que puedo ayudar a que el gobierno responda mejor a la gente integrando las nuevas tecnologías. Solo el sistema de formularios virtuales que hemos desarrollado para todas las agencias ha aumentado los tiempos de respuesta a los consumidores y agilizado numerosos procesos de solicitud. Admito, sin embargo, que pensé que tendría más tiempo para salir una vez que dejara la carrera de ratas de las empresas... pero me equivoqué. Estos trabajos en el gobierno pueden ser igual de absorbentes". Riku parecía un poco triste. Las vacaciones siempre eran una época solitaria cuando no tenías a nadie con quien compartirlas.

"Por eso, amigo mío, sólo se permanece en los altos cargos de la función pública durante un tiempo y luego se sale", replicó Patty.

"¿Pero cómo sabes cuánto tiempo quedarte? Parece que siempre hay mucho que hacer. Cuando terminas un proyecto, aparece otro y luego otro y otro. Parece como si pudieras quedarte en este trabajo literalmente para siempre y nunca llegar a hacer nada del todo. Además, nunca sabes si te van a permitir seguir en tu puesto después de las próximas elecciones".

Inclinándose hacia delante, William miró a Riku a los ojos. "Es sencillo, Riku. Te fijas metas. Entras en el puesto con una serie de objetivos que quieres alcanzar y un plazo en el que quieres cumplirlos. Una vez cumplida esa misión, o te vas o estableces otra serie de objetivos. Si no lo haces, el trabajo te consumirá y un día te encontrarás con cincuenta años, solo y desdichado".

"Esa es una forma bastante deprimente de describirlo, William", dijo Patty mientras golpeaba alegremente a su marido en las costillas. "Esta es una fiesta de vacaciones, y vas a romper el espíritu de este pobre hombre".

Riku se rió de la broma. "Cuando aceptaste este trabajo, Patty, ¿qué querías conseguir? ¿Qué tiene que pasar para que sientas que puedes avanzar satisfecha?".

Suspirando, Patty miró su vaso de whisky, ahora vacío, antes de responder. "Para mí, se trata de la seguridad fronteriza. Podré dejar este trabajo satisfecha cuando sepa que he marcado la diferencia. A juzgar por los progresos que hemos hecho en el muro fronterizo, creo que me sentiré cómoda dejándolo al final del primer mandato de Sachs."

Riku sonrió. "Entonces, ¿realmente te gusta el muro fronterizo? "Creía que te limitabas a hacer lo que quería el Presidente, ya sabes, a elegir tus batallas". Todavía mantenía muchos de los ideales liberales con los que se había criado en California, y no había ocultado el hecho de que pensaba que una barrera era un derroche colosal de dinero.

Ella negó con la cabeza. "No, siempre he sido partidaria de ello. El marido de mi hermana murió atropellado por un conductor ebrio hace ocho años. El hombre que lo mató era un inmigrante ilegal que había sido deportado tres veces. No puedo evitar pensar que si hubiéramos tenido un sistema o proceso que lo hubiera mantenido fuera del país, mi cuñado aún estaría vivo. Así que, para mí, es algo personal".

Se rió entre dientes. "Mira a tu alrededor en Georgetown, Riku: estamos rodeados de gente rica e influyente que dirige este país. Casi todos ellos tienen muros alrededor de sus casas. ¿Por qué los menos afortunados, los trabajadores pobres de nuestro país, no pueden estar también protegidos de los que han entrado ilegalmente?"

"Sí, pero ¿no crees que necesitamos a esos inmigrantes para hacer los trabajos que los estadounidenses medios no harían? ¿Cómo concilias esa postura con la realidad de lo que se necesita para mantener nuestra sociedad?".

El marido de Patty cogió su vaso vacío y se dirigió a la barra. "Voy a rellenar el vaso antes de que la conversación se vuelva demasiado profunda", dijo. William se marchó para darles unos minutos para charlar y ver cómo estaban los demás invitados. Muchos de ellos aún estaban en camino o empezando a llegar.

"Tienes razón, Riku. Como sabes, ese es también uno de los principales problemas en los que nuestro departamento ha estado trabajando con el Congreso. Este último presupuesto ha servido por fin para abordar parte de este problema aumentando el número de visados no cualificados a un millón al año y agilizando el proceso para los que quieren solicitar la ciudadanía. Nadie discute que tenemos un déficit de mano de obra cualificada. Pero no podemos inundar el mercado con millones de trabajadores no cualificados, sobre todo cuando no hablan nuestra lengua común. No es justo para nuestros propios trabajadores no cualificados ni para los que han hecho lo correcto y han esperado en la cola. Es un acto de equilibrio, pero creo que este último proyecto de ley aprobado hace unos meses ha enderezado por fin ese barco, por así decirlo".

Riku se levantó para aceptar el vaso que le había llenado William. "Creo que tienes razón, pero el tiempo lo dirá. Nos hemos quedado cortos limitando el número de visados H-1B. Los sectores tecnológico y médico se mueren por más mano de obra cualificada y parece que no la encuentran".

Agitando la mano para disipar la preocupación, Patty replicó: "Ése es un problema que esas organizaciones deberían abordar directamente con las universidades y las escuelas técnicas superiores. Importar mano de obra barata y especializada sólo engorda sus carteras a costa de nuestros propios ciudadanos. ¿Por qué pagar a un ingeniero de software estadounidense un salario de 140.000 dólares al año cuando puedes importar uno de India o China a través del programa de visados H-1B y pagarle la mitad? Sólo mejora los beneficios empresariales".

"Ahora mismo, estas empresas no tienen que invertir en sus programas de jubilación, y pueden reducir su plantilla y enviarlos de vuelta a su país cuando hayan acabado con ellos. No, creo que si la comunidad médica y los gigantes tecnológicos tienen escasez, deberían trabajar con los organizadores comunitarios y los educadores locales para asegurarse de que los graduados universitarios y los trabajadores tienen las habilidades necesarias."

Resoplando ante su respuesta, Riku replicó: "Eres un poco socialista en ese sentido, ¿no?".

"Supongo", dijo, no gustándole el uso de esa palabra en referencia a sus propias creencias políticas. "Supongo que estoy cansada de que Wall Street y los gigantes tecnológicos dicten una política que sólo les enriquece a ellos a costa de nuestros ciudadanos y del Gobierno".

Cambiando de tema, Riku preguntó: "¿Qué te parecieron los debates de anoche? ¿Te llamó la atención alguien en particular?".

Suspiró ante la mención directa de la política. "Para ser sincera, no lo vi y no he visto ningún fragmento. Quizá debería prestar más atención, pero seamos francos: si alguno de ellos gana las elecciones, ninguno de nosotros estará en su gobierno".

Riku se rió ante la falta de respuesta. "Supongo que tienes razón", respondió. "Quizá fui ingenuo al pensar que podría ocupar este puesto ganara quien ganara las próximas elecciones".

"No, no del todo", dijo, retractándose de su comentario anterior. "Tienes un puesto importante en la aplicación de las mejoras tecnológicas de Homeland, especialmente con la nueva votación por cadena de bloques. Pero también estás en un puesto de designación política, y todos los que están en esos puestos tienden a ser eliminados cuando el partido de la oposición toma el poder. Eso no quiere decir que definitivamente no puedas quedarte, pero la tendencia ha sido traer a su propia gente".

El resto de la velada transcurrió entre varios platos de comida y un intercambio de regalos de elefante blanco, que resultó bastante cómico.

Fue una agradable pausa en sus agotadores trabajos y una oportunidad para relajarse socialmente unos con otros.

Capítulo 6
Preparación de las elecciones

Septiembre de 2020
Seattle, Washington
Universidad de Washington

El ajetreo de la campaña empezaba a acelerarse ahora que habían terminado las convenciones de nominación. Ahora era un sprint hacia el martes 3 de noviembre y las elecciones presidenciales. Cuando faltaba menos de una semana para el primer debate, el senador Marshall Tate se había recluido con su equipo de preparación en su ciudad natal de Cleveland, Ohio, para prepararse para lo que sin duda sería un estridente debate con el presidente Sachs.

Sin embargo, a pesar de los preparativos, su principal asesor insistió en que celebrara un mitin de campaña en la Universidad de Washington, en Seattle. El mitin, por supuesto, era una tapadera para permitirle reunirse con una pequeña camarilla de sus patrocinadores financieros y políticos.
****

"Por aquí, senador", le dijo su ayudante mientras le abría la puerta de salida al hueco de la escalera. Los dos bajaron el tramo de escaleras con su escolta del Servicio Secreto, que le guió por el pasadizo mal iluminado que conducía al sótano del edificio. Una vez abajo, uno de los agentes mantuvo la puerta abierta mientras entraban en un pasillo oscuro. Otro agente se situó frente a ellos, vigilando la puerta de una pequeña habitación.

"Vale, basta de tonterías", dijo Marshall. "¿Por qué no podemos tener las luces encendidas, de todos modos? Esto es ridículo".

"Intentamos no llamar la atención, señor", respondió el agente del Servicio Secreto, "y varias de las personas de la sala también han pedido discreción".

Más vale que sea bueno, pensó el senador Tate. *Se supone que debería estar preparándome para debatir con este bufón, no celebrando un mitin de campaña en un estado azul seguro.*

Cuando el agente le abrió la puerta, Marshall se sorprendió de inmediato al ver a la gente que esperaba verle. No era quien él esperaba.

"Bienvenido. Señor Presidente", dijo Roberto Lamy , actual Director General de la Organización Mundial del Comercio.

"Sí, bienvenido, señor Presidente. Tenemos mucho de qué hablar", dijo a Peng An , director de la China Investment Corporation. Le indicó al senador que tomara asiento en la única silla vacía.

Todavía un poco aturdido por la gente que reconocía sentada en el pequeño círculo, el senador Tate caminó con cautela hasta el asiento vacío y se sentó, inseguro de lo que estaba a punto de ocurrir hasta que vio a Lance Solomon.

En ese momento, supo exactamente lo que estaba pasando. A pesar de que Lance y él eran miembros de Skull and Bones, no había tenido mucho contacto con su hermano de la Sociedad. Sus caminos se habían cruzado algunas veces, pero el senador Tate conocía a Lance sobre todo por las pocas veces que había asistido a actos en Goldman Sachs con su mujer.

Siempre he oído hablar de los tratos secretos que hacen los hombres poderosos, pero nunca pensé que me vería envuelto en ellos, pensó Marshall.

Erik Jahn, gestor del Fondo Soberano de Noruega, levantó la mano para adelantarse a cualquier pregunta. "Señor Presidente, hemos pedido celebrar esta reunión íntima para discutir con usted su futuro".

El senador Tate levantó ligeramente la barbilla al sentir que su ego se inflaba y se magullaba al mismo tiempo. *Este grupo de hombres creía que podía discutir* mi *futuro... como si necesitara su ayuda*, pensó.

"Creo que me ha ido bastante bien hasta ahora", dijo con una sonrisa tibia, con cuidado de no ofender a los que parecían ser sus benefactores secretos. "Y no soy Presidente... *todavía*".

"Claro que no", respondió Erik. "Pero eso es sólo una formalidad de la que debemos ocuparnos hasta el tres de noviembre. El cuatro de noviembre serás Presidente electo, y el mundo será drásticamente distinto".

"¿Por qué exactamente estoy aquí en esta reunión?" preguntó el senador Tate. "Mis números en las encuestas son fuertes, y los números desfavorables del actual presidente siguen subiendo".

"Relájate, Marshall. Sabes por qué estás aquí. Es tu primera reunión oficial como Presidente electo", respondió Lance tranquilizador.

Sonriendo, Marshall dejó escapar un suave suspiro y asintió para que continuaran.

Inclinándose hacia delante, Roberto simplemente dijo: "¿Sabes lo que hace girar al mundo? El comercio. El comercio. El dinero. Eso es lo que hace funcionar al mundo, Senador, y Estados Unidos es una gran parte de ello. Sin embargo, los últimos cuatro años han sido un desastre total para el comercio mundial. Los mayores socios comerciales del mundo se encuentran ahora inmersos en una guerra comercial mortal que se ha extendido a Europa y al resto de Asia. No hace falta que les diga hasta qué punto esto ha agitado los mercados financieros mundiales. También ha provocado el ascenso de docenas de gobiernos ultranacionalistas tanto en Asia como en Europa. Esto es 1938 otra vez y hay que hacer algo para detenerlo".

"Estoy de acuerdo contigo, Roberto. Pero hasta que no gane las elecciones, y eso es todavía un gran "si", soy impotente para cambiar las posturas actuales del gobierno en estos temas. Incluso como senador del partido minoritario, hemos sido incapaces de detener a la actual administración. Pero puedo asegurarles que, si salgo elegido, anularé estos aranceles comerciales y trabajaré para restablecer los mercados comerciales del mundo", dijo el senador Tate mientras intentaba apaciguar a estos poderosos hombres.

De repente se le ocurrió que en Vancouver se celebraba el Foro Económico Mundial, lo que explicaba por qué todos esos hombres estaban en el mismo lugar al mismo tiempo. También se le ocurrió por qué su equipo de campaña había insistido en celebrar un mitin en Seattle, a pocas horas en coche.

"Necesitamos más que eso, senador", insistió Peng. "No puede perder. No, permítanme decirlo de otro modo. Nosotros", dijo agitando la mano alrededor del círculo, "no podemos dejarle perder. Van a ocurrir ciertas cosas para que usted gane. Necesitamos que les sigas la corriente. Necesitamos que no luchéis contra ellas", dijo crípticamente.

La cara del senador Tate se arrugó. "¿Qué quiere decir con que se están haciendo ciertas cosas para asegurar que yo gane? La administración avanzó con el sistema iVote, ya sabe, la aplicación de votación blockchain. Mis asesores me dicen que es la forma más segura de votar. Es prácticamente infalible".

Sacudiendo la cabeza, Erik comentó: "Nada es infalible".

"¿Qué quiere decir con eso? ¿De verdad se puede piratear el sistema?" preguntó Marshall, realmente preocupado.

"No, no se puede piratear", dijo Johann Behr. "Pero Erik no habla de eso. No todo el mundo puede o quiere utilizar la nueva aplicación de voto electrónico. Ese es nuestro punto de vista. Así es como vamos a asegurarnos de que gane".

Erik levantó la mano. "Es mejor que no haga muchas preguntas, senador. Sólo queremos que sea consciente de que poderosas fuerzas están trabajando para asegurar que usted prevalezca en noviembre. Nada se deja al azar".

Marshall negó con la cabeza. Quería ganar, y creía que podía ganar y que ganaría. Pero lo que esos hombres decían... era traición. Era hacer trampas, y degradaba el mismo cargo que pretendía obtener.

"No estoy seguro de que sea una buena idea...", dijo finalmente con cautela. "Creo que puedo ganar yo solo. Si te pillan, o si se llega a saber que las elecciones no han sido justas, que una *potencia extranjera* ha cambiado directamente los votos, eso deslegitimaría las elecciones y mi presidencia. No estoy seguro de que merezca la pena el riesgo".

Levantándose, Peng exclamó: "¡Olvida los riesgos! Habrá guerra si Sachs sigue siendo Presidente. Tiene que irse. Sus elecciones son una broma. Menos del 50% de vuestra población vota siquiera, lo que significa que Estados Unidos y el resto del mundo se quedan con quien reciba los votos del 26% de los estadounidenses. ¡Basta ya! Cuando acaben las elecciones y usted sea Presidente, los que le votaron obviamente le aceptarán como Presidente y los que no le votaron... ya se ocuparán de ellos más tarde".

"Peng, por favor, cálmate. Vuelve a sentarte. Mantengamos la compostura", dijo Erik, tratando de hacer de pacificador. Volviéndose hacia el senador Tate, añadió: "Esto es serio, senador. Hay más de siete mil millones de personas en el mundo. No podemos permitir que la economía mundial sea dictada por Sachs y su pequeño grupo de partidarios. Cuando gane, tendrá todo nuestro apoyo y respaldo. Le ayudaremos en todo lo posible para que su transición sea un éxito y su administración triunfe."

"Si hay problemas para que la gente te acepte como Presidente -o peor aún, digamos que Sachs no quiere abandonar el poder-, entonces necesito que solicites a la ONU que envíe una fuerza de paz para ayudarte en una transición pacífica de la democracia estadounidense", dijo Johann. "Tendrás el respaldo de la ONU y de la mayoría de los principales actores económicos del mundo. Asumirás el control de América y enderezarás esta nave económica".

Marshall se quedó un momento en silencio, atónito. No podía creer lo que estaba oyendo. Por otra parte, por mucho que le repugnara pensar en lo que esos hombres podrían hacer para influir en las elecciones, tampoco podía concebir otros cuatro años de gobierno de Sachs.

Tal vez tengan razón, decidió finalmente. *Quizá haya que tomar medidas extremas para enderezar el orden mundial.*

No se le escapaba la ironía de la situación. Había ido a Washington para luchar contra ese mismo tipo de amiguismo y, sin embargo, allí estaba, en un cuarto oscuro con hombres poderosos que querían recuperar los hilos de las marionetas. Sólo que esta vez, él sería la marioneta que controlarían.

Capitulo 7

Mandato de las Naciones Unidas

12 de octubre de 2020
Tampa, Florida
Mando de Operaciones Especiales de EEUU

El recién ascendido a teniente coronel Seth Mitchell seguía adaptándose a su nuevo puesto. Tras su reciente ascenso, Seth había sido trasladado al despacho del comandante y ahora trabajaba en una serie de proyectos especiales para el general.

En junio, el General Liam Royal había asumido el mando del Mando de Operaciones Especiales de Estados Unidos. Anteriormente había sido comandante de Operaciones Especiales del ejército estadounidense en Fort Bragg y tenía un largo historial de trabajo en otros programas clasificados de las Fuerzas Especiales, por lo que era muy conocido y apreciado. Cuando se enteró de que Seth había estado destinado anteriormente en la CIA y trabajaba en la zona de Washington D.C., quiso aprovecharse de él y de sus conocimientos.

Sentado en el Gulfstream mientras se dirigían a otra reunión de última hora en el Pentágono, Seth pensó que podía ser un buen momento para hacerle una pregunta al jefe sobre algo que le preocupaba. "Señor, si no le importa que le pregunte, ¿qué opina del nuevo líder de la ONU?".

Mirando a Seth, con las gafas de lectura a medio camino de la nariz, el general Royal respondió: "Alejandro Magno dijo una vez: 'No temo a un ejército de leones liderado por una oveja, temo a un ejército de ovejas liderado por un león'. Behr es un león, y la ONU es un ejército de ovejas. Creo que es peligroso".

"Dicen que Sachs es un nacionalista; si es así, ¿qué es Behr? Ese hombre quiere crear un gran ejército permanente de la ONU que recorra el mundo para 'imponer' la paz a varias facciones enfrentadas. Quiero decir, ¿qué le da derecho a elegir bandos y dictar el funcionamiento interno de una nación?". Meneando la cabeza con disgusto, el general Royal añadió: "No me fío de él. Como ministro de Asuntos Exteriores alemán, estaba totalmente en contra de las posturas comerciales del presidente Sachs e hizo todo lo que pudo para socavar a EE.UU. en Europa".

Seth soltó una risita ante la franqueza de la valoración del general. "Entonces, ¿no está en tu lista de tarjetas de Navidad?".

El general se limitó a lanzarle una mirada de desaprobación.

"¿Supongo que ha tenido algún trato personal con él en el pasado?", preguntó Seth. Se preguntó por qué su jefe sentía un desdén tan evidente por el nuevo secretario general de la ONU.

"Cuando estuve destinado en Alemania, nos causó muchos problemas. Nunca me ha caído bien. Es un poco nacionalista alemán y parece creer que si todo el mundo fuera y actuara más alemán, el mundo sería un lugar mejor. Tampoco me gusta cómo Alemania ha esclavizado económicamente a Grecia, España y muchas otras naciones más pobres. Como ministro de Asuntos Exteriores, ha estado muy implicado en eso desde la crisis económica de 2010. Sin embargo, esta nueva idea de un ejército autónomo de la ONU es algo con lo que no me siento cómodo".

"¿Quién va a pagar la factura de esta nueva fuerza y quién va a proporcionar los soldados? Eso es lo que me gustaría saber", añadió Seth.

Un minuto después, el auxiliar de vuelo se acercó y les dijo que iban a iniciar el descenso a Reagan International, lo que puso fin bruscamente a su conversación mientras se preparaban para el aterrizaje.

Dos horas más tarde, Seth se encontraba sentado contra la pared del fondo con un bloc de notas y un bolígrafo, dispuesto a tomar copiosas notas para su jefe junto con otros dos capitanes subalternos que eran los verdaderos escribas de su pequeña fiesta. También se encontraban en la sala el Secretario de Defensa y los jefes de servicio de las demás ramas. Para completar la reunión estaban los representantes de las diversas agencias de inteligencia, que ofrecían un rápido resumen antes de que la reunión volviera a los soldados militares a tiempo completo, o "trajeados verdes".

Carraspeando para llamar la atención de todos, el Secretario de Defensa Charles "Chuck" McElroy dio comienzo a la reunión. "Bien, todo el mundo, dejémonos de cháchara. Tenemos mucho que discutir hoy. En primer lugar, vamos a centrar nuestra atención en la DIA. John, ¿qué tenéis para nosotros?"

De pie, el representante de la Agencia de Inteligencia de Defensa examinó la sala antes de hablar. "La DIA ha detectado un aumento de las conversaciones en una serie de foros extremistas que vigilamos regularmente. Aunque algunas de las amenazas han sido vagas, estamos viendo un aumento de la actividad excitada sobre algunos posibles ataques que creemos que están potencialmente en marcha o que van a ser programados para causar el caos y el miedo general en el período previo a las elecciones. Enviaremos una alerta cuando empecemos a concretar cuáles pueden ser los objetivos y los posibles calendarios de cuándo pueden tener lugar los ataques."

El representante de la DIA cambió rápidamente a otra diapositiva, destacando a China y Rusia. "Los servicios de inteligencia muestran un aumento de la preparación militar tanto en China como en Rusia. Normalmente esto no sería visto como un gran problema; sin embargo, no hay ejercicios militares conjuntos u otros ejercicios militares previstos por cualquiera de las naciones hasta la primavera de 2021. Todavía estamos trabajando con nuestras fuentes para tratar de averiguar por qué los ejércitos de ambas naciones parecen estar aumentando su preparación. Además del aumento del adiestramiento de tropas, estamos observando un incremento de las reservas de piezas de repuesto, municiones y combustible, alcanzando algunos de los niveles más altos desde que empezamos a vigilar este tipo de precursores de acciones militares. Una vez más, enviaremos un informe urgente si detectamos algo sospechoso o fuera de lo normal. Con esto concluye el informe de la DIA".

Genial, breve y dulce, con poca sustancia, pensó Seth. Sacudió la cabeza ante lo que constituía un escrito.

"Cibercomando de EE.UU., es el siguiente", anunció el Secretario de Defensa McElroy.

El siguiente orador, un hombre bajo y corpulento con gafas de botella de Coca-Cola y el pelo revuelto, se levantó. "Ah, sí, bueno. En las últimas semanas, hemos visto un aumento sustancial en el número de ciberataques contra los sistemas electorales de la nación. La mayoría de los ciberataques parecen estar dirigidos a las bases de datos de registro de votantes de varios estados. También estamos viendo ataques dirigidos al proveedor de la aplicación iVote, que es, por supuesto, responsable de ejecutar el sistema de votación blockchain. Aunque ninguno de estos ataques ha logrado penetrar en los sistemas, el gran volumen de ataques dirigidos contra ellos es motivo de alarma. Está más que claro que numerosos actores extranjeros están intentando interferir, o al menos influir en el resultado de nuestras próximas elecciones, especialmente en las redes sociales."

Antes de que el hombre pudiera continuar, el Secretario de Defensa interrumpió: "¿Qué se está haciendo para detener estos ataques? ¿Sabemos quién los perpetra?".

"Um, sí", dijo el hombre, retorciéndose las manos nerviosamente. "Las firmas de ataque se correlacionan directamente con una serie de conocidos grupos de hackers rusos y chinos. En cuanto a lo que estamos haciendo para detenerlos... bueno, la NSA se ha encargado de lanzar una serie de contraataques directos contra los grupos y organizaciones que están detrás de ellos. En un caso, se descubrió que una serie de piratas informáticos operaban desde Chipre. En ese caso concreto, esos cuatro individuos, que habían estado trabajando en una oficina alquilada, fueron arrestados sumariamente por la policía local a instancias del FBI. Esos hackers están ahora en proceso de ser extraditados a EE.UU., donde sospecho que el Departamento de Justicia probablemente presentará cargos contra ellos."

El hombre sonrió. "Otro grupo estaba llevando a cabo ataques desde una ubicación en Hong Kong. Sin embargo, sus ordenadores fueron fritos por un código malicioso".

McElroy asintió y pareció alegrarse de oír que realmente se estaba haciendo algo contra quienes atacaban a la nación a través de Internet.

El tipo del Cibercom concluyó torpemente: "Eso completa los temas candentes actuales de nuestra organización". Luego se sentó, claramente aliviado por haber terminado con su informe. Seth pensó que el pobre tipo parecía estar más cómodo detrás de un ordenador en un sótano oscuro que informando al Secretario de Defensa y a otros líderes militares.

A continuación llegó un hombre hispano, alto y guapo, del Departamento de Seguridad Nacional. Seth pensó que aquel hombre era más adecuado para ser modelo *de la revista GQ* que informador de Seguridad Nacional.

"Estamos oficialmente a una semana de la votación anticipada en la mayor parte del país. Aunque hemos visto un aumento en el número de ciberataques contra el proveedor responsable de la aplicación de votación blockchain, no ha habido violaciones del sistema. Tampoco se han producido violaciones de las listas de votantes gestionadas por los distintos estados ni de la copia replicante en poder de Homeland.

"Otro ámbito de preocupación es la seguridad en las encuestas. Debido al aumento de las conversaciones en un grupo de foros de chat extremistas, hemos creado ochenta y dos equipos regionales de apoyo formados por investigadores, técnicos y agentes federales para ayudar a las fuerzas del orden locales en los lugares considerados probables objetivos terroristas.

"También estamos vigilando la entrada en el país de conocidos agentes de inteligencia extranjeros. Lo que nos preocupa especialmente es el reciente aumento de la entrada en Estados Unidos de agentes de inteligencia chinos, rusos y, sorprendentemente, alemanes. En la última semana, hemos visto cruzar nuestras fronteras a más agentes de inteligencia de estos tres países de los que habíamos detectado en los dos últimos años. Esto, por supuesto, se ha puesto en manos del grupo de contrainteligencia del FBI, que está supervisando activamente lo que hacen estos individuos y con quién se reúnen. Con esto concluye nuestro informe".

El hombre trató inmediatamente de sentarse y pareció desaparecer antes de que pudieran hacerle ninguna pregunta. Lamentablemente, como la mayoría de los presentes, Seth sabía que no era más que un informador y que no iba a poder profundizar mucho más de lo que ya había dicho. Por lo general, esto significaba que la gente como Seth se veía obligada a formular preguntas de seguimiento para enviarlas a sus puntos de contacto individuales con el fin de obtener más aclaraciones.

Al no ver más preguntas, el Secretario de Defensa despidió a los informadores interagencias, lo que dejó a los mandos militares en la sala. Ahora que sólo estaban ellos, sacudió la cabeza y apoyó las manos en el atril. "Sabemos que todos y cada uno de nuestros hermanos nos persiguen en estas elecciones. La administración se ha granjeado serios enemigos estos últimos cuatro años, y todo el mundo quiere su libra de carne, especialmente los chinos."

Respiró hondo y se serenó. "Por el momento, la administración no nos ha dado ninguna orden ni orientación en caso de injerencia extranjera. Aunque puede que todavía no haya una solución militar que la administración pueda darnos, puedo asegurarle que el CyberCom y la NSA están dando una paliza a los grupos de hackers que nos están causando algunos problemas. He sido plenamente autorizado para permitir que el CyberCom pase a la ofensiva contra estas organizaciones y grupos."

El Secretario de Defensa se apoyó en las manos. "Lo que los informadores omitieron fue la media docena de ciberataques que lanzamos la semana pasada contra el Ejército Popular de Liberación y la GRU rusa. Creo firmemente que la movilización de tropas rusas y chinas es una respuesta directa a la picadora de carne electrónica a la que acabamos de someterlos. Están cabreados, y van a buscar formas de devolver el golpe. Quiero que se aseguren de que sus comandos están preparados para lo que puedan lanzarnos".

Volviéndose para mirar a su comandante europeo, McElroy continuó: "Quiero que vigiléis especialmente lo que hace ese líder kraut de la ONU. No me gusta la idea de un ejército permanente de la ONU que sólo responda ante él. Realmente no me gusta la idea de que Alemania y Francia ya hayan acordado poner sus ejércitos nacionales en gran medida bajo el control de la ONU por si alguna vez fueran necesarios. También quiero que vigiles lo que hacen los rusos. Asegúrate también de que nuestros aliados polacos y rumanos estén al tanto. Si las cosas se ponen feas con Rusia, lo más probable es que sean los únicos aliados con los que podamos contar para que nos ayuden".

Cambiando de mirada, el Secretario de Defensa miró ahora al General Royal. "Quiero a sus devoradores de serpientes listos para desplegarse en cualquier momento allí donde se les necesite. La administración me ha informado de que si se produce un atentado terrorista o disturbios civiles masivos antes o después de las elecciones, es posible que se pida al JSOC que preste "apoyo consultivo" a las fuerzas de seguridad locales. A medida que nos acerquemos a las elecciones, mantén a tus hombres a raya".

La reunión duró otros treinta minutos, mientras los altos mandos militares discutían algunos planes de contingencia. En caso de que las cosas se calentaran en Europa del Este o Asia, antes o poco después de las elecciones, ya tenían protocolos en marcha.

El Secretario de Defensa McElroy concluyó la reunión con una última reflexión. "Es durante estos periodos de posible traspaso del poder gubernamental entre los dos partidos políticos cuando Estados Unidos se encuentra en su posición más vulnerable. Si el partido en el poder pierde, lo último que queremos hacer es provocar o precipitarnos en un conflicto militar que podría atar las manos de la administración entrante. Desgraciadamente, los enemigos de Estados Unidos lo saben y a menudo intentan aprovechar ese periodo de transición para provocar el caos. Tenemos que asegurarnos de que nuestros enemigos saben que estamos preparados para ellos, para que no intenten juguetear".

Una vez terminada la reunión, Seth y sus dos capitanes subalternos siguieron rápidamente al jefe hasta el vehículo que los llevaría de vuelta a Reagan para tomar el vuelo de dos horas de regreso a Tampa. Había sido un viaje corto, pero instructivo.

El vuelo transcurrió rápidamente, los capitanes pasaron a máquina sus notas y redactaron las preguntas de seguimiento que enviarían a los diversos grupos interagencias. Cuando regresaran a MacDill, tendrían mucho trabajo para preparar el briefing de mando que se celebraría al día siguiente.

****

A la mañana siguiente, Seth se dirigió al corralito interagencias del centro de operaciones y encontró rápidamente el cubículo de la agente especial Leslie Clancy. Su despacho era un cubículo esquinero, completamente adornado con parafernalia de Ole Miss, incluido un gnomo rebelde decorativo. Cuando Seth se acercó a su cubículo, golpeó el borde de la media pared, anunciando su presencia.

Leslie giró sobre su silla para mirarle, con cara de perplejidad. "Hola, coronel Mitchell. ¿Cómo le va?", preguntó.

"Estoy bien, Leslie. Puedes llamarme Seth", respondió. Acercó una de las sillas vacías que había cerca de su cubículo y tomó asiento.

"Lo siento, es la costumbre cuando trabajo con militares", dijo, con las mejillas ligeramente sonrojadas. "¿Qué puedo hacer por ti, Seth?"

"Bueno, primero, ¿qué te tiene tan perplejo?", preguntó. "Parecía que estabas tratando de entender algo cuando me acerqué".

"Acabamos de recibir un mensaje urgente de Seguridad Nacional antes de que vinieras. Creen que va a haber un ataque terrorista el primer día de votación anticipada en Mississippi".

"¿De verdad? ¿Tienen alguna idea de dónde o quién puede estar implicado?" preguntó Seth, realmente preocupado.

Leslie negó con la cabeza. "No, todavía no. Quiero decir, no, no están seguros de en qué parte de Mississippi podría ocurrir, pero están bastante seguros de que ISIS está detrás". Hizo una pausa mientras se daba la vuelta y buscaba unos papeles. Encontró lo que buscaba, se dio la vuelta y le entregó a Seth un papel con dos fotos de criminales. "Estos dos tipos fueron detenidos anoche en la frontera canadiense. Les pillaron intentando cruzar en Highgate, Vermont".

Enarcando una ceja, Seth leyó rápidamente los antecedentes del primer tipo. Las fuerzas estadounidenses se habían topado con él en Irak en 2009, cuando fue detenido durante una redada selectiva en un piso franco terrorista. Había pasado cuatro años en prisión antes de que lo sacaran de una prisión de Taji en 2013. Desde entonces, era sospechoso de liderar el ISIS en el norte de Irak y Siria. Su captura en la frontera estadounidense suscitaría muchas preocupaciones en materia de seguridad.

"¿Alguna idea de quién es el otro tipo que viaja con él?" preguntó Seth mientras revisaba la poca información que tenían sobre él hasta el momento.

Sacudiendo la cabeza, Leslie respondió: "Todavía no. Ninguno de los dos habla. Pero sólo llevan nueve horas bajo custodia, así que aún es pronto".

Hmm... tal vez el jefe podría involucrar al JSOC en el proceso de interrogatorio, pensó Seth.

"¿Puedes hacerme una copia de esto? Me gustaría enseñárselo al general y que me diera su opinión".

Una sonrisa se dibujó en el rostro de Leslie. "Quieres ver si involucra a algunos de tus amigos de Bragg, ¿no? Pues no lo hagas. Todo este caso está a punto de saltar a los medios de comunicación. El Director del FBI va a hacer un anuncio alrededor del mediodía sobre esta aprehensión. Quieren destacar los esfuerzos de la administración por garantizar la seguridad electoral y justificar aún más los esfuerzos de Sachs por sacar adelante la financiación del muro fronterizo al margen del Congreso."

Seth arrugó la frente. "¿En serio?", preguntó. "Entonces, ¿la administración sigue adelante con la nueva tasa de entrada a la frontera para financiar el muro?".

Se encogió de hombros. "¿Quién sabe si va en serio?"

Tras toparse con un obstáculo tras otro tanto en el Senado como en la Cámara de Representantes, el Presidente se había sentido frustrado por los continuos retrasos. Sachs había anunciado en rueda de prensa que financiaría el muro fronterizo imponiendo una tasa única de cien dólares a todas las personas que entraran en Estados Unidos, o doscientos cincuenta dólares por familia. Con casi setenta y cinco millones de visitantes que viajan anualmente a EE.UU., la nueva tasa recaudaría más de 7.500 millones de dólares al año, que se destinarían directamente a la construcción del muro fronterizo y se completarían antes del final de su segundo mandato. Aunque los medios de comunicación se burlaron abiertamente del plan y casi todos los grupos turísticos del país lo criticaron, resultó ser un increíble grito de guerra para sus bases en la recta final de las elecciones.

"Tío, ya me imagino a la administración sacándole todo el jugo a esto", respondió Seth. "Bueno, aún así, creo que al jefe le gustaría ver toda la información que tengas sobre estos tipos".

Seth se levantó.

"Por cierto, ¿cuál era tu pregunta?" Leslie preguntó.

"No importa. Tu información es más urgente ahora mismo", dijo y se dirigió a las impresoras. Unos segundos después, Leslie dio a imprimir y Seth ya tenía lo que necesitaba y volvió a su despacho.

Capitulo 8
Caos

24 de octubre de 2020
Hamilton, Ohio
Biblioteca Hamilton Lane

Faltaban trece días para que terminaran las reñidas elecciones presidenciales, y Terresa Ipson no podía esperar más. El bombardeo casi constante de anuncios políticos en la radio, la televisión y las redes sociales la estaba volviendo completamente loca. Afortunadamente para Terresa, cuando terminó de votar esa mañana en las urnas de votación anticipada, cogió un avión para pasar las dos semanas siguientes en España en un viaje de trabajo.

Como contable pública certificada que trabajaba para KPMG, viajaba mucho. Pero tiene que admitir que este próximo viaje le hace mucha ilusión. Se moría de ganas de probar los numerosos restaurantes de tapas de la calle Ponzano y terminar con un churro y un chocolate caliente.

Ahora si esta fila se diera prisa y se moviera, pensó. *Tengo que terminar de votar para volver a casa y terminar de hacer la maleta.*

Iba a coger un vuelo nocturno desde el aeropuerto de Columbus a Madrid. Quería tener un día completo en la nueva zona horaria antes de empezar el nuevo proyecto. Por lo que ya había visto, su trabajo allí iba a ser todo un reto. Una empresa italiana quería comprar un fabricante de cuero en dificultades, y el equipo de contables de Terresa había sido asignado para realizar algunos de los preparativos contables previos al acuerdo formal de compra de la empresa.

"Hoy hay mucha gente en la cola, ¿verdad?", comentó una mujer que esperaba cerca con su hijo pequeño.

"¿No podemos irnos ya, mamá?", suplicó el niño, que no debía de tener más de cinco años.

Al fijarse por primera vez en la mujer y su hijo, Terresa respondió: "Claro que sí". Mirando al niño, que debía de estar aburridísimo, añadió: "¿Le estás enseñando el oficio?".

Sonriendo a su hijo pequeño, la mujer dijo: "Sí, pensé en enseñarle cómo elegimos los mayores a nuestros líderes. Hacemos cola, escribimos un nombre en una papeleta y esperamos lo mejor".

"Qué bonito. Recuerdo que mi padre solía llevarme a las urnas cuando iba a votar. Nos decía que era nuestro 'deber cívico'", dijo entre comillas. "Supongo que tiene razón. Me alegraré de no tener que ver más anuncios políticos después de hoy".

"Sabes que aún faltan trece días para que acaben las elecciones", dijo la mujer con un suspiro. Era evidente que ella también estaba cansada.

"Sí, pero me voy a España esta noche, por eso estoy votando ahora. Mañana a estas horas estaré comiendo en todos los restaurantes que pueda antes de tener que comprarme unos pantalones nuevos, felizmente ignorante de lo que pasa aquí. Al menos durante unas semanas", bromea Terresa.

Mientras los dos hablaban y avanzaban lentamente, Terresa pudo ver a través de la ventana de la entrada que un Chevy Malibú se había acercado a la puerta y se había detenido bruscamente. Del vehículo salieron dos hombres vestidos con pantalones tácticos de color caqui, camisas vaqueras y gafas de sol. Cada uno llevaba un arnés de un solo punto alrededor del cuello y del hombro con un AR-15 de cañón corto acoplado. Antes de que nadie pudiera reaccionar, el primer hombre se subió el fusil al hombro y abrió fuego contra la multitud.

El niño gritó y de repente se orinó en los pantalones. Terresa dejó escapar un gemido asustado antes de que la parte de su cerebro que ansiaba sobrevivir tomara el control. Rápidamente agarró a la mujer y a su hijo y los metió debajo de una mesa que estaba cerca de un sofá.

Oyeron múltiples disparos en rápida sucesión. *Pop, pop, pop, pop, pop.*

La mujer tapó suavemente la boca de su hijo con la mano para evitar que volviera a gritar y atrajera al agresor en su dirección.

Desde su escondite, podían ver a la gente corriendo en todas direcciones, buscando cualquier cosa tras la que esconderse. El atacante avanzó hacia la entrada de los colegios electorales, disparando a los votantes por la espalda mientras huían de él.

Se dio la vuelta y empezó a disparar para barrer a los transeúntes que pudieran haber escapado a sus balas hasta el momento.

Dios mío, pensó Terresa, *así es como voy a morir de verdad.*

Antes de que el agresor apuntara con su arma en su dirección, su cuerpo vibró violentamente y cayó al suelo. Un hombre que debía de llevar un arma oculta salió de la zona de votación y disparó una vez más a la cabeza del agresor.

El ciudadano armado dirigió su pistola hacia el segundo atacante, pero una ráfaga de balas se abalanzó sobre él, derribándolo al suelo con múltiples heridas.

Terresa pudo oír cómo el atacante gritaba algo y se acercaba al misterioso héroe, cuando de repente sonaron las sirenas de la policía y oyó el chirrido de neumáticos no muy lejos.

El pistolero desvió su atención hacia la amenaza más inminente, disparando en dirección a la entrada, donde debía de haber visto a los policías. En ese breve instante de distracción, el herido utilizó los últimos restos de su fuerza para levantar su pistola. Disparó su arma varias veces contra el atacante, alcanzándole en la espalda. Luego le fallaron las fuerzas y volvió a bajar el brazo.

Terresa recuperó su educación católica e inmediatamente se persignó, rezando por el héroe que acababa de salvarle la vida.

Entraron varios policías. Uno gritó: "¡Atacante uno muerto, arma retirada!".

Otro se hizo eco: "Atacante dos abatido, arma retirada".

Empezaron a examinar al hombre que había disparado al primer pistolero, y Terresa salió corriendo de su escondite. "Era uno de los nuestros", declaró. "Hoy nos ha salvado la vida". El agente comprobó rápidamente si tenía pulso, pero al cabo de un momento se limitó a mirar a Terresa y a negar con la cabeza.

En sesenta segundos, los dos pistoleros habían matado a catorce personas y herido a otras nueve. Desgraciadamente, los temores de la administración de que se produjera un atentado terrorista contra un colegio electoral se habían hecho realidad.
****

Chandler, Arizona
Biblioteca Chandler Sunset

George Zeeks miraba nervioso su reloj mientras esperaba a que la siguiente persona de la cola avanzara hacia la biblioteca. Había cometido el error de pensar que podía pasar por la biblioteca y votar antes y luego comprar una pizza de camino a casa para su mujer. Ella se había sentido indispuesta y, en lugar de pedirle que preparara la cena para sus cuatro hijas, pensó en sorprender a todos llevándoles la cena. El único problema era que ahora se encontraba esperando entre una multitud.

Uf, cuando aparecí, no parecía que hubiera mucha cola, pensó.

Una vez aparcada la furgoneta, sacó el smartphone e hizo un pedido en su pizzería local favorita antes de dirigirse al edificio. Por desgracia, cuando llegó a la entrada, ya había unas cuantas docenas de personas haciendo cola antes que él.

Mierda, sólo quería votar y volver a casa. Quizá debería haber probado la aplicación iVote", se lamenta.

"Disculpe, señora, ya puede entrar", dijo un trabajador electoral de edad avanzada, que mantuvo abierta la puerta de la biblioteca para una mujer que parecía ajena al hecho de que la cola se había movido.

Al ver que la mujer no se movía de inmediato, un hombre que estaba detrás de ella refunfuñó algo, lo que hizo que la funcionaria electoral le dirigiera una mirada muy severa. Inmediatamente se calmó. Entonces, la mujer de la puerta levantó la vista y de repente se abalanzó hacia delante, empujando a la trabajadora electoral al suelo mientras la atropellaba en un intento de entrar en la biblioteca. Justo cuando George y un par de personas más empezaban a acercarse a la anciana para ver cómo estaba y en qué demonios había estado pensando la señora de la cola, una enorme onda expansiva envolvió a todo el mundo. Un breve destello de llamas fue seguido rápidamente por un aluvión de metralla. Una sobrepresión de aire les reventó los tímpanos mientras las bolas de tungsteno les destrozaban la carne.

Tumbado en el suelo, conmocionado, George observó pequeños trozos de papel, presumiblemente de libros y revistas, que descendían lentamente hacia la tierra. Algunos de ellos estaban ardiendo, y las brasas quemaban rápidamente las palabras escritas en ellos. Al mirar su cuerpo, George se dio cuenta de que le faltaba el brazo izquierdo y que parte de sus intestinos habían salido de su cuerpo. Al ver los chorros de sangre que brotaban del muñón que solía ser su brazo izquierdo, volvió a recostar la cabeza en la acera y observó cómo caían los papeles.

Cuando las palabras desaparecieron ante sus ojos, se dio cuenta de que esa bomba estaba haciendo lo mismo con su vida: borrar lo que quedaba de ella. No sintió dolor. Mientras pensaba en sus hijas y en su mujer, una sola lágrima rodó por su mejilla, y entonces exhaló su último suspiro.

****

A pesar de estar a punto de llegar noviembre, todavía hacía unos agradables ochenta y cuatro grados en el exterior, y más si te daba el sol directamente. Para Seth, éste era uno de esos raros fines de semana en los que no tenía que viajar con el jefe, y estaba decidido a disfrutar del tiempo a solas con su familia. Sin teléfonos móviles, sin correos electrónicos, sólo los seis aislados en su patio trasero, asando unas hamburguesas y pasando el rato en la piscina. Tumbado en un flotador, Seth cerró los ojos y giró la cabeza en dirección contraria al sol, respirando hondo mientras dejaba que su cuerpo se relajara.

De repente, una enorme columna de agua entró en erupción y cubrió su cuerpo. Seth levantó la vista, conmocionado, para darse cuenta de que su hijo Eric acababa de realizar un salto de bala de cañón justo a su lado. La ola de agua casi le hizo volcar mientras agitaba los brazos y las piernas para estabilizarse en el flotador. Se oyeron las carcajadas de su hija Lily y de su mujer, divertidas por su intento de no caerse del flotador.

"¡Te tengo, papá!", gritó Eric mientras asomaba la cabeza por encima del agua.

Secándose el agua de la cara, Seth miró a su hijo con una sonrisa que se extendía rápidamente por su rostro. "Ya lo creo. Ha sido una ola enorme. Creo que tenemos que dejar de darte de comer hamburguesas y filetes", respondió. Todos soltaron una risita.

Su hija se unió a ellos, lanzando una bala de cañón justo a su lado y haciéndole caer del flotador en el que estaba tumbado con un gran chapoteo. Pasaron los cinco minutos siguientes tirándose agua, divirtiéndose y haciendo el tonto en la piscina, antes de que su mujer, Dana, saliera al patio con el móvil en la mano.

"Oye, creía que habíamos acordado que hoy nada de móviles", dijo frunciendo el ceño.

Seth, que seguía chapoteando en la parte más profunda de la piscina, miró a su mujer con cara de interrogación. "Sí", dijo. "Por eso lo dejé en vibración en nuestro dormitorio".

"Bueno, me estaba poniendo el bañador y la estúpida cosa no paraba de zumbar y zumbar", explicó. "Deberías contestar y decirles que no estás de servicio hasta el lunes por la mañana. Se suponía que este iba a ser nuestro fin de semana sin trabajo, ¿recuerdas?".

Suspirando, Seth nadó hasta el borde de la piscina y salió del agua. Se acercó a su mujer, de la que no pudo evitar darse cuenta de que estaba excepcionalmente sexy en bañador estos días, y cogió el teléfono.

Rápidamente miró la pantalla y vio seis llamadas perdidas y varios mensajes de texto nuevos. También vio varias alertas de noticias. Primero bajó las notificaciones.

23 personas tiroteadas y 14 muertas en una votación anticipada en Ohio

Un aparente terrorista suicida mata a 17 personas y hiere a 11 en un colegio electoral de Chandler (Arizona)

5 personas tiroteadas y una muerta en una oficina de campaña demócrata en Carolina del Sur

Un coche bomba mata a 13 personas y hiere a 19 en un colegio electoral de Arlington (Virginia)

"Santo cielo. ¿Qué demonios está pasando?" murmuró Seth.

Escuchó el primer mensaje de voz, un mensaje del mando que les informaba de que estaban en alerta. El segundo mensaje indicaba que iban a proceder a una retirada total y que tenía dos horas para presentarse en la base.

Seth miró su reloj y vio que le quedaban unos veinte minutos antes de reventar el tiempo de informe de dos horas.

Mierda, tengo que prepararme, pensó.

Mirando de nuevo a Dana, se apresuró a explicarle: "Hay una llamada a filas. Tengo que vestirme y volver a la base. Hubo varios ataques terroristas".

Seth no esperó su reacción. En lugar de eso, pasó rápidamente junto a ella para volver a la casa y ponerse el uniforme. Mientras caminaba, pulsó el botón de rellamada para hablar con su oficina.

Su mujer le siguió. "¡Dios mío!" jadeó Dana. Había cogido su propio teléfono y estaba hojeando las noticias.

Se acercó rápidamente a la mesilla, cogió el mando de la televisión y lo encendió. La pantalla se iluminó mientras Seth se ponía un par de Tommy Johns nuevos y sus pantalones ACU.

Las imágenes que aparecían en la pantalla eran terribles. Los cuerpos desgarrados y ensangrentados de los atentados terroristas salpicaban las noticias mientras varios tertulianos diseccionaban lo sucedido.

Seth vio la preocupación en el rostro de su mujer y supo que tenía que tranquilizarla. Odiaba dejarla a ella y a los niños en un momento así; estarían asustados y preocupados. Pero también sabía que tenía un trabajo que hacer, y eso significaba que tenía que dirigirse a la base.

"Oye. Todo irá bien, ¿vale?", le dijo mientras le rodeaba los hombros con los brazos para tranquilizarla. "Estos ataques no fueron cerca. Estamos a salvo, ¿vale?"

Asintió con la cabeza y se sentó en el borde de la cama. "Cuídate y llámame cuando puedas", dijo Dana. "Avísanos cuando vuelvas o si vas a estar fuera un tiempo".

Seth asintió, se sentó a su lado y la rodeó con los brazos. La abrazó con fuerza un momento antes de inclinar la cabeza y besarle la coronilla. "No pasa nada. Pide una pizza o algo y quédate aquí el fin de semana. Este sitio es seguro", le dijo.

Ella le miró con lágrimas en los ojos. "Sé que tienes que irte como el súper soldado que eres... pero no me siento segura", dijo. "El atentado de Arlington fue en la biblioteca a la que solíamos llevar a los niños. Conozco esa biblioteca. Puede que conozcamos a algunas de las personas que fueron asesinadas..."

Mordiéndose el labio inferior, Seth se limitó a asentir. Él también conocía a mucha gente en esa zona. "Lo sé. Si averiguo quién resultó herido antes de que lo publiquen en los medios y es alguien que conocemos, te llamaré, ¿de acuerdo? Necesito irme. Lo siento mucho, cariño".

Ella asintió y le soltó. "Llámame si no vienes a casa esta noche o vas a llegar tarde, ¿vale? Los niños querrán saber dónde estás".

"Lo haré", respondió. Empezó a caminar hacia la esquina del armario que guardaba su bolsa de viaje con ropa para varios días por si el jefe le mandaba a algún sitio. Mientras la cogía, se volvió hacia Dana y le dijo: "Te quiero".

A esa hora del día, un sábado, casi no había tráfico, así que sólo tardó quince minutos en recorrer la corta distancia que lo separaba de la base, encontrar aparcamiento y empezar a caminar hacia el edificio. Al acercarse a los torniquetes, Seth vio que ya se había formado una cola de soldados, marineros, infantes de marina y aviadores que se apresuraban a volver al servicio. Tardó unos minutos en abrirse paso entre la multitud y entrar oficialmente en el edificio.

Nada más entrar, se dio cuenta rápidamente de que aquello era una casa de locos. Los policías militares que custodiaban las instalaciones iban completamente equipados para el combate, con chalecos antibalas y M4.

El nivel de amenaza de la base debe haber subido a Delta, pensó.

Pasó el control de seguridad y se dirigió al despacho del jefe. Al entrar en la pequeña sección del comandante, Seth vio que sus dos capitanes subalternos, junto con el resto del personal, ya estaban presentes.

"Siento llegar tarde. Tenía el teléfono en vibrador mientras estaba en la piscina con los niños", ofreció en voz baja a algunos de ellos.

"Eh, no se preocupe, señor", dijo el capitán Tulips. "No es como si alguien hubiera podido predecir los acontecimientos de hoy. Permítame ponerle al corriente de lo que está pasando. El general aún está regresando a la base. Al parecer, estaba en un barco de pesca con unos amigos cuando saltó la alarma. Los guardacostas enviaron un helicóptero a buscarlo". El capitán le guió hacia una pequeña mesa situada a un lado de sus puestos de trabajo.

Sacudiendo la cabeza ante lo que estaba ocurriendo, Seth preguntó: "¿Está aquí el subcomandante? ¿Sabe lo que está pasando?"

El Capitán Tulips asintió. "Sí. Ahora mismo está en la Sala de Situación. Seguridad Nacional y la NSA han convocado una reunión de emergencia hace unos veinte minutos. El coronel Budds está en la reunión con él. Dijo que le informaría a usted y a los demás de lo que supiera cuando volviera".

Seth suspiró aliviado. "Bien. Al menos podremos poner al CG al día cuando llegue. Me estoy pateando por haber dejado mi teléfono en vibrador. Mi mujer insistía en que hoy tuviéramos un 'día familiar'".

"No se preocupe, señor. Usted está aquí ahora, así que déjeme ponerle al corriente. Pocos minutos después del primer atentado, el Pentágono envió un mensaje urgente, pasando todas las bases a Condición de Amenaza Charlie. Cuando estalló el coche bomba y la bomba suicida, el jefe llamó y dijo que se retirara todo el mando. Creo que el comandante de Ala de la base y el CENTCOM hicieron lo mismo una vez que hicimos la llamada, para estar seguros. Unos diez minutos más tarde, el Pentágono envió un mensaje urgente en el que elevaba el nivel de amenaza a Delta para todas las instalaciones del CONUS. Menos mal que llegasteis a la base cuando lo hicisteis, porque ahora va a ser un coñazo entrar".

"Tío, ¿qué demonios está pasando? ¿Lo sabemos ya?" preguntó Seth, tratando de no distraerse con las noticias que aparecían en los televisores instalados en las paredes del despacho.

"Al principio parecía un incidente aislado. Luego se materializó un segundo atentado, y después un tercero. Luego nos informaron de que un terrorista suicida había atentado contra uno, y luego un coche bomba contra otro. Creo que lo que asustó al Pentágono fue que varias personas filmaron los atentados e inmediatamente después. Esos vídeos se subieron a Instagram, Twitter, Snapchat, Facebook y YouTube, todos con distintos pies de foto."

El capitán Tulips mostró a Seth un par de vídeos. "Si miras este, por ejemplo, es uno en el que dos pistoleros abren fuego contra la gente en el colegio electoral. En uno de los vídeos, el pie de foto dice: "Miembros de Antifa abren fuego contra los primeros votantes en distritos de tendencia conservadora". Aquí puedes ver lo encendido que está el hilo de comentarios. Los conservadores estaban indignados de que los liberales recurrieran a la violencia para impedir que el presidente Sachs ganara, y muchos de los comentarios liberales, aunque no se alegran en absoluto de los ataques, afirman que el partido conservador es realmente el partido de la violencia y el odio."

Seth estaba consternado por lo que vio y por las implicaciones de lo que significaba todo aquello. Su reacción inmediata fue pensar que Antifa se había pasado de la raya, pero entonces recordó que Tulips había dicho que estaban apareciendo varias versiones del mismo vídeo con distintos subtítulos.

Tulips le entregó una tableta. Este es el mismo tiroteo, solo que el pie de foto dice: "Matones de Black Lives Matter matan a votantes blancos en un distrito conservador". Es el mismo incidente, señor, pero con mensajes completamente diferentes dirigidos a audiencias diferentes, dirigidos a los canales de noticias específicos que la gente sigue."

El capitán Tulips dirigió de nuevo su atención a la pantalla del escritorio. "Mira esto", dijo. "Es el atentado con coche bomba. Puedes ver la camioneta destartalada con una bandera rebelde que se detiene ante la biblioteca donde todo el mundo estaba haciendo cola para votar. El conductor aparca la camioneta, se sube a otro vehículo y se aleja a toda velocidad. La camioneta explota menos de sesenta segundos después. Ahora, mira el pie de foto del vídeo: "Miembro del KKK hace estallar un coche bomba en un colegio electoral de un barrio mayoritariamente negro". A continuación, la siguiente ventana muestra exactamente el mismo ataque, pero esta vez el pie de foto dice: "Grupo antigubernamental del III por ciento detona coche bomba en centro de votación anticipada en bastión demócrata". De nuevo, mismo ataque, diferente leyenda. Estaban dirigidos a diferentes grupos demográficos, noticias y redes sociales".

Agitando la mano hacia el televisor, Tulips denunció: "Incluso los principales medios de comunicación están cayendo en la trampa. La CNN publicó el vídeo diciendo que se trataba de un ataque del grupo III Percent contra los demócratas, mientras que Fox News publicó el ataque de Antifa contra los conservadores. Ni siquiera quiere ver lo rápido que esto se está extendiendo por Twitter, Facebook y las demás plataformas de medios sociales, señor. Es una locura". Tulipanes sacudió la cabeza, consternado.

Sentado en su silla, Seth se quedó atónito. Luego se enfadó. No podía creer que algo así estuviera ocurriendo en su país. Faltaban menos de tres semanas para las elecciones generales.

Volviéndose hacia el capitán Tulipanes, Seth dijo: "Tenemos que averiguar quién está orquestando esto. Avísame cuando llegue el jefe. Tengo que hacer algunas llamadas". Luego se levantó y se dirigió rápidamente a su escritorio. Tenía que conectarse a su terminal JWICS y ponerse en contacto con gente de Langley. Tenía una corazonada y necesitaba su ayuda para localizarla.

A Seth le costó varios intentos, pero al final consiguió hablar con el hombre al que buscaba. "Trevor, soy Seth Mitchell del SOCOM. Necesito hablar", le dijo a su amigo.

"Seth, es un mal momento. ¿Podemos hablar en un par de días?", preguntó Trevor. Claramente estaba lidiando con una crisis en su propio lado de la línea.

"Esto es importante, Trevor", insistió Seth. "Estamos revisando los distintos vídeos y los diferentes subtítulos de los atentados terroristas. Necesito saber si habéis sido capaces de determinar dónde están los servidores desde los que se están compartiendo estos vídeos, y si están siendo disparados por un montón de bots."

Hubo una pausa al otro lado. Seth estuvo a punto de preguntar si habían desconectado la línea cuando su amigo tomó la palabra. "Todavía estamos verificando esos puntos, Seth. ¿Es una línea segura?"

Al apartar el teléfono un segundo, Seth vio la cinta amarilla que lo cubría y volvió a colocar el auricular junto a su cara. "Sí, te llamé desde el teléfono del JWICS", respondió. "¿Qué estáis viendo hasta ahora? El jefe vendrá en breve y necesito tener algo que contarle".

Hubo otra breve pausa. "Es malo, Seth. Los vídeos se subieron inicialmente a las plataformas de medios sociales aquí en Estados Unidos en nuestras redes, pero una vez en línea, se compartieron con varias granjas de servidores en China, Rusia, Europa del Este y los Balcanes. A partir de ahí, decenas de miles de bots empezaron a compartirlos en casi todos los grupos y redes sociales de Estados Unidos. En menos de cinco minutos, las distintas versiones de los vídeos se habían compartido más de un millón de veces. En treinta minutos, esa cifra había ascendido a treinta y dos millones. Ahora se están extendiendo por todo el mundo. Los medios de comunicación en Rusia están informando de una versión, mientras que la BBC de Londres está informando de una versión completamente diferente con el mismo vídeo. Es un caos total, Seth".

Al detenerse un momento, Seth no supo qué decir o preguntar. Su peor temor se había confirmado. Alguien había orquestado un complejo ataque contra el país y luego había convertido en arma el resultado del ataque para reproducir los peores temores de cada una de las cámaras de eco de Estados Unidos. La ingeniería social de los atentados se extendería como un virus incontrolado por todo el país, avivando aún más las llamas de la división y el odio.

"¿Hay alguna forma de apagarlo? ¿Podemos pararlo?" preguntó Seth. "Tenemos que hacer llegar a la gente la información correcta sobre estos ataques. Además, ¿tenemos alguna idea de quiénes son los atacantes? Quizá podamos rastrearlos hasta quien los financió o apoyó". Su mente seguía acelerada.

"No lo sé, Seth. Tendríamos que cerrar completamente Internet o las redes sociales para hacer eso", dijo Trevor, claramente exasperado. "Es que no lo sé. Tenemos una llamada con gente de la NSA. Si alguien puede aplastar esto, serían ellos, pero hará falta la autorización de la Casa Blanca, y no tendrán mucho tiempo para tomar esa decisión. Puede que ya sea demasiado tarde incluso para que la NSA interceda. Mira, lo siento, Seth. Me tengo que ir". Y sin más, la línea se cortó y Seth se encontró mirando el auricular, preguntándose qué demonios estaba pasando.

Está claro que nos ataca una potencia o un grupo extranjero, pero ¿quién? se preguntó.

Seth se levantó y se dirigió al centro de operaciones. Sabía que el jefe se dirigiría allí primero en cuanto llegara, y además quería compartir con ellos lo que su amigo de la CIA acababa de contarle. Tal vez su pieza del rompecabezas podría ayudar a pintar un cuadro mejor de lo que estaba pasando.

Cuando entró en el centro de operaciones, Seth vio que la sala estaba llena de militares, contratistas del gobierno y empleados civiles, todos atendiendo los distintos terminales informáticos. Era un caos controlado en el centro neurálgico mientras empezaban a filtrar la información e intentaban organizar lo que veían.

Tras localizar a la persona con la que quería hablar, Seth se dirigió al suboficial jefe 5 Clarence Moore. "Jefe Moore, necesito hablar con usted", le dijo.

¿Soy yo o su pelo ha encanecido un poco más desde la última vez que lo vi? se preguntó Seth.

El jefe Moore era el jefe de inteligencia del centro de operaciones. Con treinta y seis años de servicio en el campo de la inteligencia militar, tenía una gran cantidad de información que ofrecer. Levantó una mano para adelantarse a la pregunta de Seth. "Espere, señor. Primero tengo que aclarar esto. Estaré con usted en un momento".

Seth asintió con la cabeza y se apartó a un lado de la sala, para poder resolver algo con algunos de sus suboficiales y oficiales subalternos. Un minuto después, se acercó a Seth. "Bien, señor. ¿Qué tiene para mí?"

Seth le explicó lo que le había contado su contacto de la CIA, incluida la ubicación de los servidores y bots responsables de difundir esta enorme campaña de desinformación que se está llevando a cabo en todo el país.

El jefe Moore asimiló la información y luego asintió con la cabeza, añadiendo: "Esto es bueno, señor. Se suma a lo que ya estamos viendo". Antes de que pudiera decir nada más, el general Royal entró en la sala e inmediatamente se dirigió al frente, para poder mirar a todos.

En general, todos dejaron de hacer lo que estaban haciendo cuando vieron entrar al GC y se dirigieron al centro de la sala.

El General Royal se aclaró la garganta. "Escuchadme todos. Acabo de hablar por teléfono con el Secretario de Defensa. Me ha dicho que acaba de hablar con el Presidente, con Interior y con el Consejero de Seguridad Nacional. Según la CIA y la NSA, hay una serie de ataques internos en curso, programados para coincidir con las elecciones. En consecuencia, el SecDef ha elevado el conato de amenaza a Delta y ha puesto al ejército en estado de alerta. Todos los permisos están cancelados, y se está iniciando una llamada a filas mientras hablamos".

En la sala se oía un suave murmullo mientras los colegas se lanzaban miradas nerviosas. A Seth le pareció ver que en los ojos de algunos de ellos ardía la rabia de que alguien tuviera la osadía de lanzar semejante ataque contra su país.

"Llevamos cuatro horas con estos ataques, así que la información sobre quiénes están implicados o son responsables sigue siendo escasa en el mejor de los casos. Pero pueden estar seguros de que en cuanto identifiquemos quién está detrás de esto, sentirá todo el peso del ejército de los Estados Unidos, y empezará con nosotros y este mando. Agarren sus Red Bulls, gente, y abróchense los cinturones, porque esto se va a poner peliagudo rápidamente".

Una vez terminado su discurso improvisado, el jefe se dirigió a su despacho lateral, que utilizaba cuando quería estar cerca de la acción del centro de operaciones. El coronel que normalmente trabajaba en el despacho le hizo sitio y se trasladó a la mesa vacía reservada para ese fin.

Seth se dirigió hacia su jefe. El general Royal lo vio acercarse y le hizo señas para que entrara en el despacho. "Parece que te mueres por escupir algo, Mitchell. ¿Qué es?", preguntó Royal.

Seth asintió. "Sí, señor. ¿Le han puesto al corriente de los vídeos de los atentados y de los diferentes pies de foto que se utilizan y circulan?".

El general asintió. "Sí. Se habló de ello durante la teleconferencia de la que acabo de salir. La NSA cree tener algunas pistas sobre quién está detrás de la parte del ataque relacionada con las redes sociales, pero seguimos trabajando para identificar a los atacantes. ¿Qué tienes?", preguntó, obviamente consciente de que Seth probablemente había contactado con sus contactos de la CIA.

Seth puso al general al corriente de lo que habían descubierto hasta entonces. El jefe Moore, que se había unido a la conversación a mitad de

camino, añadió también lo que habían averiguado sus analistas. El grupo informal discutió la información de que disponían hasta el momento. Desgraciadamente, hasta que no pudieran identificar a los atacantes y su procedencia, iba a ser difícil rastrear los orígenes del ataque hasta un grupo u organización concretos.
****

Tres horas más tarde, la agente especial Leslie Clancy entró en el centro de operaciones y se dirigió a la sala provisional donde trabajaba el general Royal. Cuando se acercó al general, Leslie no esperó a que le invitaran a hablar. Soltó: "Tenemos identificados a tres de los terroristas: los que perpetraron el atentado de Ohio y el terrorista suicida solitario de Arizona".

El general estaba conversando con algunos de sus oficiales superiores cuando ella entró. En condiciones normales, se habría enfadado por semejante intrusión, pero señaló la silla en la que estaba sentado uno de sus coroneles, y el hombre se levantó rápidamente para hacerle sitio y unirse a ellos.

"Vale, Leslie. Dinos lo que tienes", dijo.

Al sentarse, Leslie pudo ver que todos los ojos estaban puestos en ella. Los hombres que tenía delante buscaban objetivos, gente a la que matar. Lo que ella tenía que decirles les indicaría quién y dónde. Una extraña sensación de poder la invadió en aquel momento. Se lo quitó de encima y sacó unas cuantas fotos de una carpeta que llevaba en la mano.

"Señor, estos son los dos atacantes que dispararon en el colegio electoral de Ohio. Son hermanos. Sus nombres son Enar y Farouk Duka, de veinticuatro y veintisiete años. Viajaron a EEUU hace unos cuatro meses desde Munich, Alemania, usando pasaportes alemanes. Actualmente estamos tratando de averiguar cómo pudieron adquirir esos documentos de viaje cuando son claramente de Kosovo y habían combatido anteriormente en Siria.

"También hemos identificado a la terrorista suicida. Se llamaba Leonita Bajrami, tenía veintiséis años. Es de Struga, Macedonia, que es un enclave albanés y un lugar problemático allí. Llegó a los EE.UU. hace aproximadamente cuatro meses, al igual que los atacantes de Ohio. Todavía estamos trabajando en las identificaciones de los asaltantes restantes. Me han dicho que podríamos tener más información en las próximas horas, especialmente en relación con los dos individuos que colocaron el coche bomba cerca del colegio electoral de Georgia."

El general Royal se volvió hacia su J2 o jefe de inteligencia. "Tengo que admitir que no me lo esperaba", dijo. "¿Tenemos alguna idea de qué grupos terroristas operan desde esas zonas, Eddie?".

El General de Brigada Eddie Pike se inclinó hacia él. "Bueno, la región siempre ha sido un semillero de extremismo islámico. También está justo en medio de las rutas que los combatientes extranjeros han estado utilizando para desplazarse entre Europa y Oriente Medio y viceversa. Casi todos los grupos extremistas islámicos de la zona se han alineado con el Estado Islámico. De hecho, en agosto de 2014, la policía de Kosovo había detenido a unas cuarenta personas por haber combatido en Siria. Se calcula que cerca de trescientos kosovares han viajado y luchado con el ISIS en Siria e Irak. Apuesto a que cuando el FBI y la CIA investiguen más a fondo a estos individuos, probablemente descubriremos que tienen vínculos con Siria."

Tras pensar en silencio durante un momento, el general Royal se volvió hacia su J3 o jefe de operaciones. "¿Qué activos tenemos en esa zona, Dekker?", preguntó.

El general de división Ed Dekker esbozó una sonrisa de satisfacción. "El Tercer Batallón del 10° Grupo está actualmente en rotación en Constanza, Rumanía, y Drawsko Pomorskie, Polonia. ¿Quiere que les envíe una alerta para su despliegue en los Balcanes?", preguntó. "Podríamos decirles que hagan planes para el Campamento Bondsteel en Kosovo; eso nos dará una base desde la que operar en los Balcanes".

"Vea qué compañía puede desplegarse más rápido en Bondsteel y diríjala allí", ordenó el general Royal. "Envía un mensaje a la oficina del agregado de defensa en Pristina y hazles saber lo que hemos encontrado hasta ahora y que estamos encargando a una compañía de SF que se dirija a Bondsteel. Quiero dar al Secretario de Defensa y al Presidente algunas opciones. Tengo la sensación de que si dos de los grupos de ataque proceden de esa región, lo más probable es que los demás también lo hagan.

"Ah, y, Ed, envía una alerta al JSOC. Diles que pongan en marcha la unidad y que estén listos para partir. Si el Presidente da luz verde a las operaciones en los Balcanes, quiero a Delta en movimiento para misiones de seguimiento. Asegúrate de que el 160º SOAR también está en camino; de momento pueden apoyar al 10º Grupo".

El grupo se dispersó inmediatamente y se puso a trabajar para preparar lo que casi con toda seguridad se convertiría en una autorización para lanzar un ataque contra quienquiera que hubiera perpetrado estos cobardes atentados.

****

Cuarenta minutos más tarde, el jefe Moore se acercó a Seth, seguido de un par de suboficiales superiores. "Señor, si el jefe da el visto bueno a las operaciones en los Balcanes, quiero enviar un equipo a Bondsteel. Vamos a tener que reforzar nuestros recursos de inteligencia sobre el terreno, y necesitaremos algunos recolectores de inteligencia humana a la espera de que empecemos a capturar algunos prisioneros. ¿Me apoyarías cuando haga la propuesta?", preguntó.

Seth miró las caras ansiosas que tenía delante. Todos buscaban una revancha, una oportunidad de estar en el extremo puntiagudo de la lanza. Asintió con la cabeza. "Sí, estoy de acuerdo, jefe", dijo. "Bien pensado. Le apoyaré. Tengo la sensación de que pase lo que pase, va a pasar rápido. Sólo faltan trece días para las elecciones".

"Sabe que podría intentar venir también, señor", se ofreció el Jefe Moore. "Usted ha servido en los equipos y tiene experiencia en inteligencia. Nos vendría bien un oficial que sea tirador e informador", añadió con una sonrisa irónica.

Resoplando ante la idea, Seth respondió: "Me está leyendo el pensamiento, jefe, pero mi mujer me mataría si me marchara por un tiempo indeterminado. Todavía no ha superado mi última etapa en la Agencia. Durante los tres años que vivimos en Virginia, probablemente estuve en casa sólo cinco meses. Insiste mucho en que me reencuentre con mis hijos". Seth no pudo ocultar su decepción. Estaba claramente dividido entre sus deberes para con su país y su deber para con su familia.

Moore le puso una mano en el hombro. "Lo comprendo, señor. Todos hemos pasado por eso. Este no es precisamente un trabajo fácil. Es mucho sacrificio que otros nunca entenderán. Pero momentos como este también son la razón por la que nos unimos. Tengo la sensación de que vamos a necesitar tu mente analítica en este caso. Tienes algunas experiencias pasadas que también podemos necesitar".

"Estás aludiendo a mi experiencia interrogativa en Yemen, ¿verdad?". preguntó Seth.

El jefe Moore asintió pero no dijo nada.

"Sabes que eso es altamente clasificado, por no mencionar que casi hace que me echen del Ejército".

"Sí, pero tú sigues aquí. Y lo más importante, funcionó", respondió Moore.

Seth negó con la cabeza. "Si vamos a Kosovo, haré una llamada para ver si esa opción sigue disponible. Si lo está, consideraremos utilizarla si llega el momento. Pero no se va a considerar para cualquiera. Tiene que merecer la pena el riesgo", añadió Seth.

Justo entonces, Seth vio que el general Royal había terminado el SVTC en el que había estado con el presidente y su plana mayor y empezaba a caminar en esa dirección. Al parecer, el jefe Moore había visto lo mismo y avanzaba rápidamente a su lado.

Cuando se acercaron al jefe, el general Royal levantó una mano. "Sé lo que vas a preguntar: el Presidente ha dado luz verde a nuestro despliegue en Kosovo. En cuanto la NSA y la CIA identifiquen los pisos francos y a quienes participaron en este atentado o lo apoyaron, empezaremos a realizar redadas."

Se volvió hacia Moore. "Jefe, quiero que reúna y dirija un equipo analítico sobre el terreno en Bondsteel. Identifique a quién y qué va a necesitar y ponga esos medios en el aire ahora mismo. Las Fuerzas Aéreas harán llegar un C-40 Clipper en dos horas. Una vez repostado y listo para partir, os dirigiréis directamente a Kosovo".

A continuación, miró al teniente coronel Mitchell. "Seth, tú vas con ellos", ordenó. "La Agencia va a enviar un equipo especial de interrogatorios a Bondsteel. Tú has trabajado con ellos en el pasado, así que quiero que te pegues a ellos como el blanco al arroz cuando llegue el momento. No voy a permitir que nos dejen al margen de lo que descubra la Agencia. Conoces a estos tipos, tienes una buena relación con ellos. Y lo que es más importante, confían en ti. Mantenme informado de lo que descubráis ahí fuera. Tenemos trece días hasta las elecciones. Va a ser puro caos y locura hasta que por fin acaben, y sólo Dios sabe cuántos ataques más tienen planeados".

Seth asintió en señal de aceptación. "Entiendo, señor. Atraparemos a estos tipos".

Dicho esto, la Jefa Moore y el Teniente Coronel Mitchell se separaron para volver a sus puestos de trabajo y asegurarse de que tenían todo lo que necesitaban, coger sus mochilas y asegurarse de que las personas que llevaban con ellos también estaban preparadas.

Seth se tomó un minuto para salir y encontró la taquilla donde antes había guardado su móvil. Sacó rápidamente la llave y encendió el teléfono. Mientras esperaba a que el sistema se reiniciara, intentó pensar en lo que iba a decirle a su mujer. No podía decirle mucho, pero ella tenía que saber que no volvería a casa esta noche y probablemente tampoco en las próximas semanas.

Al mirar la pantalla, vio que su teléfono se había inundado de alertas de noticias, mensajes de texto perdidos de amigos y familiares, y varios mensajes de voz. Dejando todo eso a un lado, pulsó la marcación rápida del teléfono de su mujer. Sonó dos veces antes de que una voz familiar lo cogiera.

"¿Seth? ¿Estás bien?", preguntó.

"Hola, cariño. Sí, estoy bien. ¿Estáis bien tú y los niños?", preguntó, preocupado. Hacía cinco horas que se había marchado de repente. Seguro que tenían preguntas. Los niños probablemente estaban asustados por su rápida partida en combinación con todo lo que estaba pasando.

"Nos va bien. Los niños quieren saber cuándo vuelves a casa", dice.

Suspiró. "Por eso te llamo. No puedo decirte mucho, ya sabes cómo es la seguridad. Lo que sí puedo decirte es que voy a estar fuera un tiempo. Antes de que preguntes, no sé exactamente cuánto tiempo, y no puedo decirte dónde".

Hizo una pausa para que sus palabras calaran. Sabía que Dana tendría preguntas. "¿Vas a estar en peligro? ¿Habrá más atentados terroristas? ¿Estamos a salvo?", preguntó en rápida sucesión.

Seth apartó el teléfono de su cabeza y dejó caer la mano hasta su pierna. Tenía tantas ganas de contarle lo que sabía, de confiar en ella. Pero sabía que no podía. Al menos no por teléfono. Volvió a acercarse el teléfono a la oreja y le explicó: "Tenéis que estar a salvo. Pero no os alejéis mucho de casa. Quedaos cerca de casa y aseguraos de llevar el Sig que os compré a todas partes, ¿vale?".

La oyó suspirar. "Vale. Puedo quedarme la pistola, pero no has respondido a mis preguntas sobre los ataques o sobre si estarás a salvo", dijo ella, con miedo evidente en la voz.

Ella nunca perdía el ritmo, pensó, dándose cuenta de que casarse con una mujer tan inteligente tenía sus desventajas.

"No puedo decir si los ataques terroristas están hechos o no", respondió. "En cuanto a ser enviado al peligro... estoy en las Fuerzas Especiales. Somos la punta de la lanza. Que sepáis que hago todo lo que puedo para protegeros a vosotros y a nuestro país, ¿vale?".

Hubo una breve pausa y luego replicó enfadada: "Malditos seáis vosotros y vuestra seguridad operativa. Odio que me mantengan a oscuras, sin saber nunca lo que están haciendo o si estarán a salvo". Oyó otro suspiro. "Les diré a los chicos que has tenido que hacer un trabajo y que estarás fuera un rato. Si puedes, tienes que buscar un buen momento para llamarles y hablar con ellos. Merecen saber de ti cuando tengas la oportunidad de hablar".

Asintió con la cabeza. "Tienes razón, Dana. Cuando llegue a donde voy, haré todo lo posible por encontrar un momento en el que al menos pueda hablar con ellos durante más de cinco minutos." Seth se detuvo un momento mientras trataba de armarse de valor, enjugándose una lágrima. "Tengo que irme, cariño. Te quiero. Quiero a los niños, y haré todo lo posible por volver a llamar cuando tenga ocasión, ¿vale?".

"Vale, chico duro", dijo, obviamente intentando animarse como una buena soldado. "Aguanta ahí, y no te hagas el héroe. Vuelve a casa cuando todo esto termine. Te quiero... mi Capitán América", dijo. Luego terminó la llamada.

Enjugándose otra lágrima, Seth apagó el teléfono y lo volvió a guardar en la caja. Volvería a cogerlo antes de dirigirse al aeródromo.

Veinte minutos más tarde, el teniente coronel Mitchell, el jefe Moore y otras dos docenas de personas esperaban en la entrada principal del cuartel general a los vehículos que les conducirían al aeródromo y a los aviones que les aguardaban.

Tres furgonetas de las Fuerzas Aéreas se acercan al grupo de soldados, que se apiñan rápidamente en ellas. Tras un breve trayecto, se detuvieron cerca del avión. Seth vio a un cargador K subiendo un par de palés de equipo al C-40. Cuando las furgonetas se acercaron al camión escalera, todos los soldados salieron de ellas y subieron al avión por las escaleras.

De repente, Seth se dio cuenta de que era el oficial de mayor rango del grupo de dos docenas de soldados que subían al avión. Por alguna razón, hasta ese momento no se había dado cuenta de que ningún otro coronel o teniente coronel formaba parte del equipo enviado a Kosovo. El oficial de rango más cercano que venía con ellos era un mayor del Ejército, y Seth sabía que estaba prestado como experto técnico de Delta. Tenía sentido que viniera con ellos; probablemente estaba enlazando con su equipo de Bragg.

Los soldados que el jefe Moore había designado para acompañarles iban desde expertos en comunicaciones, ciberseguridad e informática hasta un puñado de lingüistas especializados en los idiomas con los que tendrían que tratar una vez sobre el terreno. Seth se alegró de que alguien se hubiera acordado de que necesitarían lingüistas.

Seth se acomodó rápidamente en uno de los sillones de cuero del capitán. Dejó a un lado todos los pensamientos que le rondaban sobre lo que había aprendido de su amigo de la Agencia. Durante las próximas horas, se centraría en intentar dormir un poco. Su vuelo nocturno les llevaría a RAF Lakenheath, en el Reino Unido, para repostar antes de continuar hacia Kosovo. Si quería estar espabilado a su llegada, tenía que dormir un poco.

A las cuatro horas de vuelo, el jefe Moore le sacudió suavemente para despertarle y le señaló la taza de café recién hecho que había sobre la mesa. "Es hora de levantarse, señor. Acabamos de recibir un informe del cuartel general con mucha información nueva".

Tras bostezar y estirarse profundamente, Seth se sintió como un hombre nuevo a pesar de haber dormido menos de tres horas. Su mente había estado tan cansada que, en cuanto cerró los ojos, cayó rápidamente en un estado de sueño profundo.

Mirando el café, Seth lo cogió y se lo llevó rápidamente a los labios, aspirando de un trago la mayor cantidad posible del líquido caliente cargado de cafeína. Tras un par de grandes tragos, se levantó y volvió a estirarse, esta vez tirando y estirando los pliegues de la espalda. La columna le crujía más que de costumbre.

Me estoy haciendo demasiado viejo para esta mierda, pensó.

Seth se acercó a la parte del avión donde había una mesa de conferencias y media docena de soldados sentados o de pie a su alrededor. Miró más allá y vio al resto de los soldados, todos ellos tumbados en sus sillas, haciendo todo lo posible por dormir un poco antes de su primer aterrizaje en el Reino Unido.

"Buenos días, señor. Bienvenido de nuevo a la tierra de los vivos", dijo alegremente el sargento mayor Nance.

"Es usted demasiado alegre, sargento", respondió Seth con una sonrisa irónica.

"Teniente Coronel Mitchell, esto llegó hace veinte minutos. Estamos masticando la información, pero el Jefe dijo que deberíamos despertarle y ponerle al día". Señaló los documentos. "El FBI finalmente identificó a los otros atacantes, y lograron capturar a uno de ellos".

Seth se sentó en una de las sillas y cogió los papeles. Los examinó rápidamente, buscando primero la información pertinente.

Sospechoso Uno, identificado como Ismail Gashi, de 32 años. Originario de Srbica, Kosovo. Viajó a Estados Unidos con pasaporte alemán hace 62 días. Resultó herido en un tiroteo con la policía, con heridas que no ponen en peligro su vida. Actualmente está siendo interrogado por el FBI.

Sospechoso Dos, identificado como Jamaal Rexhepi, de 29 años. Originario de Mitrovica, Kosovo. Viajó a Estados Unidos con pasaporte alemán hace 41 días. Murió durante un tiroteo con la policía.

Mirando al sargento mayor Nance, Seth comentó: "Supongo que es una buena decisión que ya estemos de camino a Kosovo. Parece que todos estos atacantes proceden de esta zona. ¿Tenemos ya alguna información adicional sobre otros ataques u otros individuos?".

Sacudiendo la cabeza, Nance respondió: "Todavía no, señor. Esperemos que el FBI consiga que el único hombre que tenemos detenido empiece a hablar. Hasta que lo haga, no tenemos mucho más con lo que seguir".

El jefe Moore añadió: "Todavía estamos intentando averiguar por qué estos tipos viajaban con pasaportes alemanes y, lo que es más importante, cómo los consiguieron."

"Esperemos que alguien del Estado esté trabajando en ese ángulo", dijo Seth. "¿Cuánto falta para aterrizar en Lakenheath?", preguntó. Quería hacerse una idea de cuánto faltaba para llegar a Kosovo. Desde la RAF de Lakenheath quedaban otras seis horas y veinte minutos hasta el aeropuerto internacional de Pristina.

Uno de los chicos del Ejército del Aire de su grupo respondió: "Estamos a veinte minutos de aterrizar. El piloto debería llegar pronto para contarnos más".

El resto del vuelo transcurrió sin incidentes, aterrizaron en la base conjunta de EE.UU. y el Reino Unido para repostar y reemprender rápidamente el camino. Cuando aterrizaron en Pristina, empezaba a vislumbrarse un panorama mucho más amplio de lo que había estado ocurriendo.

Mediante la suspensión temporal de algunas leyes y una orden ejecutiva, el gobierno de Sachs había dado rienda suelta a la Agencia de Seguridad Nacional para rastrear exactamente quién estaba propagando esta campaña de guerra informativa contra Estados Unidos. A los pocos minutos de ser liberada, la NSA había comenzado a utilizar su amplio poder para aplastar tantas fuentes, bots y servidores que estaban propagando los diversos vídeos del ataque terrorista como fuera posible. En un segundo, los vídeos se compartían en Facebook, Instagram, Twitter y YouTube, y al siguiente, simplemente se borraban.

La NSA se apresuró a eliminar los incidentes de Internet, tanto a escala nacional como internacional, para evitar que siguieran propagándose y utilizándose como herramienta de división para desgarrar el país. Como un ladrón en la noche, la NSA eliminó los vídeos y rastreó activamente el origen de los bots utilizados para difundir los vídeos.

Lo que rápidamente se hizo evidente en su búsqueda fue el número de puntos calientes que empezaban a aparecer en los Balcanes, Bielorrusia, Ucrania, Rusia, China y, sorprendentemente, Alemania. A medida que se reducían las ubicaciones, se generaba rápidamente una lista de objetivos. Las direcciones de los domicilios de donde procedían las direcciones IP, junto con cualquier vínculo tangible con el propietario de la vivienda, como a nombre de quién estaba registrada la factura de la luz, y quién más podía estar alojado en esa casa, se recopilaban en expedientes electrónicos y se enviaban a los equipos de las Fuerzas Especiales y la CIA que estaban descendiendo rápidamente sobre la pequeña y aletargada instalación de Camp Bondsteel, Kosovo.

Cuando el C-40 aterrizó en el aeropuerto internacional de Pristina a las 7.00 horas, un grupo de funcionarios kosovares, entre ellos el ministro del Interior y el jefe de la Policía y la Fuerza de Seguridad de Kosovo, junto con el embajador de Estados Unidos y el agregado de Defensa, estaban allí esperándoles.

Cuando estaba en lo alto de la escalera que conducía fuera del avión, Seth miró a su alrededor. Vio una cadena de seis aviones de carga C-17 Globemaster que descargaban media docena de todoterrenos suburbanos negros y otra docena de vehículos blindados de transporte de tropas. Ya había varias docenas de soldados estadounidenses que se apresuraban a recoger los diversos equipos y acordonar el extremo del aeródromo para uso militar.

Al llegar al final de la escalera, Seth tendió la mano a los funcionarios que esperaban para recibirles.

"Buenos días, Teniente Coronel Mitchell. Soy el embajador Gary Goodman. Este es el Ministro del Interior Ramush Ahmeti, y este es Pal Gashi, el Jefe del Servicio de Seguridad. Esencialmente, todas las funciones paramilitares y de inteligencia caen bajo Pal. Este es el General Ivan Lluka, jefe de la Policía de Kosovo y de la Policía de Fronteras. Entiendo que ha volado directamente aquí desde la Base Aérea MacDill. Sé que probablemente tenga muchas cosas entre manos en estos momentos, pero me gustaría saber si podría dedicar unos minutos a reunirse con nosotros y ponernos al corriente de lo que está ocurriendo. Como puede ver, han ocurrido muchas cosas de repente en este pequeño y dormido país, y nos ha pillado a todos desprevenidos."

Seth no tenía tiempo para ocuparse de esto. Le acababan de dar una serie de objetivos potenciales y tenía que vigilarlos para poder empezar a identificar a los implicados y obtener la orden de proceder a las detenciones. Sin embargo, al ver la sensación de urgencia en el semblante del embajador y las miradas nerviosas de los demás lugareños, también supo que si no se tomaba unos minutos para informarles de lo que estaba pasando, las cosas podrían acabar complicándose. Aunque Estados Unidos tenía una base en Kosovo, seguía necesitando su ayuda.

Asintió con la cabeza. "Tiene razón, Embajador. Deberían ponerse al día. No estoy seguro de cuánto les ha contado el Departamento de Estado, ni de lo que ha compartido con ustedes el Mando Europeo de los Estados Unidos, pero puedo ponerles al corriente de lo que he averiguado. Estoy seguro de que pronto llegará alguien de más rango que yo para hacerse cargo de todo esto", dijo Seth mientras agitaba la mano. "¿A qué distancia está la embajada de aquí?".

El embajador parecía visiblemente aliviado. "No está lejos, quizá a quince minutos en vehículo. Podemos ir en coche. Llamaré para que pongan a nuestra disposición el SCIF. ¿Le importa si me acompaña en el vehículo mientras nos dirigimos a la embajada?", preguntó nervioso.

"Sí, eso debería estar bien", respondió Seth. "Permítanme que dé algunas órdenes al resto de mi grupo para que se pongan manos a la obra con algunas cosas". Luego se dio la vuelta para buscar al Jefe Moore antes de que el embajador o cualquier otra persona pudiera decir algo más.

En cuanto vio a Moore, Seth se dirigió hacia él. Estaba gritando a unos cuantos soldados cuando se acercó. "Averigua si los Suburbans que están descargando son nuestros, o cuál es su situación", ordenó. Les habían dicho que iban a traer media docena de Suburbans blindados para apoyarles, y que unas cuantas docenas más estaban en camino. Como iban a operar en un entorno no permisivo, no podían ir exactamente en vehículos militares de combate.

Seth hizo un gesto con el brazo para llamar la atención de Moore. "Jefe, voy a dirigirme un momento a la embajada para hablar con el embajador y poner al corriente a los lugareños. Estaré en mi teléfono público por si necesita localizarme. Mientras tanto, necesito que pongas las cosas en marcha lo antes posible en Bondsteel. Si esos vehículos *son* nuestros, llévalos a la base y empieza a repartir misiones al 10º Grupo. Voy a ver si puedo asignar a algunos miembros de la seguridad nacional local para que nos ayuden. Probablemente puedan proporcionarnos una mejor disposición del terreno y ayudar a guiar a nuestros chicos mejor de lo que podríamos por nuestra cuenta."

"Entendido, señor", respondió Moore. "Asegúrese de que el embajador y los lugareños sepan que el Presidente ha autorizado nuestra misión y ha dado la supremacía al JSOC. Estamos aquí para ir tras los tipos que acaban de atacarnos". Tenía una expresión de preocupación en su rostro.

Seth suspiró. Todo el mundo sabía que cuando los políticos participaban en una misión militar, solían meter la pata. Nadie quería meter la pata, no si tenían la oportunidad de atrapar a los autores intelectuales del ataque a su patria. No era el 11-S, pero seguía siendo un ataque violento coordinado en suelo estadounidense y, por una vez, sabían dónde encontrar a los que lo habían orquestado.

"Entendido, jefe. Estaré en contacto", respondió Seth. Señaló al sargento mayor Nance. "Me llevo a Nance conmigo. Puede que lo necesite". El jefe Moore asintió, y cuando Nance le dirigió una mirada suplicante, se limitó a encogerse de hombros. Era evidente que a Nance no le hacía mucha gracia que le dijeran que tenía que acompañarle a reunirse con los lugareños.

Quiere empezar a trabajar en los paquetes de objetivos, supuso Seth, conteniendo una risita. Tenía sentido, ya que él también se sentía así.

Después de llegar hasta el embajador y su equipo, Seth y Nance subieron a los vehículos y emprendieron el camino hacia la embajada. Una vez que estuvieron solos en el vehículo, sólo el embajador, su oficial de seguridad regional o RSO, el teniente coronel Mitchell y el sargento mayor Nance, el embajador se ensañó con ellos.

"Coronel, ¿qué demonios está pasando? Estamos viendo todo tipo de cosas horribles en los Estados Unidos, y luego me llama el Secretario de Estado para decirme que las cosas están a punto de estallar aquí en los Balcanes. Una compañía entera de soldados de las Fuerzas Especiales acaba de llegar de la nada, y el Jefe de la Estación de la CIA me dice que tiene cerca de dos docenas de activos de la Agencia en camino. ¿Qué está pasando aquí?"

Oh, tío, vamos a tener que conseguir que la CIA se desconfigure con nosotros o podríamos acabar tropezando unos con otros, pensó Seth para sí.

Respiró hondo antes de hablar, teniendo en cuenta que estaban en un coche y no en un SCIF. "Se trata de los atentados terroristas", respondió. "Lo que estáis viendo en las noticias y en las redes sociales es falso. Es decir, los atentados en sí fueron reales; mataron a gente. Pero los pies de foto que identifican los atentados forman parte de una campaña masiva de desinformación para volver al país contra sí mismo."

Seth explicó a grandes rasgos las múltiples leyendas atribuidas a los atentados y cómo se estaban propagando a grupos específicos de audiencia en las redes sociales. El embajador se limitó a sacudir la cabeza, sorprendido y luego consternado por lo que estaba ocurriendo.

"Entonces, ¿el grupo III Percent no detonó un coche bomba en un colegio electoral de un bastión demócrata?".

Seth negó con la cabeza. "No, señor. No lo hicieron. Tampoco lo hicieron Antifa, Black Lives Matter, el KKK ni ningún otro grupo de extrema derecha o extrema izquierda. Todo fueron ataques terroristas directos, disfrazados para que parecieran disturbios domésticos".

El embajador se llevó la mano a la boca. Parecía visiblemente agitado. "¿Y Kosovo? ¿Qué tiene que ver Kosovo con todo esto?", preguntó.

"No es sólo Kosovo, señor. Es toda la región. Resulta que tenemos una base desde la que podemos operar. La gente que perpetró este ataque, varios de ellos son de Kosovo, uno de ellos es de Macedonia, otro de Serbia, otro de Albania. Pero lo mejor de todo es que los bots y los servidores que propagan la desinformación proceden casi exclusivamente de Kosovo y Macedonia. Hay otros en Europa del Este y Rusia, pero de ellos se ocupa otro equipo".

Al embajador se le fue el color de la cara. "¿Qué han venido a hacer aquí? ¿Qué va a pasar exactamente?"

"El Presidente ha autorizado una acción militar contra los autores de este atentado, que se hará pública muy pronto. Intentaremos coordinarnos con la población local, pero actuaremos unilateralmente, si es necesario, para perseguir a los objetivos. Ahora mismo los tenemos bien localizados y no vamos a dejar que se escapen", explicó Seth.

Seth observó las señales de tráfico pasar en silencio durante un momento. El RSO los llevaba por la autopista M9 hacia el intercambiador R7, tal y como se suponía que debía hacer. Seth volvió a centrar su atención en el embajador. Podía ver cómo giraban los engranajes en la mente del embajador Goodman, que estaba intentando averiguar qué lugar ocupaba él en todo esto. Seth sabía que tenía que convertir a este tipo en un aliado, o sería un impedimento para conseguir algo aquí.

"Señor, si me permite, me vendría muy bien su ayuda con los lugareños", explicó Seth. "Voy a necesitar una seria cobertura política que sólo puede venir de usted. También voy a necesitar saber si pueden asignarnos a algunos de sus mejores policías o personal de seguridad para que nos ayuden a localizar a nuestros objetivos y colaboren en los derribos cuando llegue el momento."

El embajador se limitó a asentir. Su actitud empezó a cambiar al darse cuenta de la oportunidad que Seth le estaba dando. "De acuerdo, coronel. Puedo ser el hombre clave para todas las cuestiones políticas. Dígame lo que necesita y haré todo lo posible por conseguirlo. ¿Quiere que me ponga en contacto con el embajador de Macedonia?"

Seth negó con la cabeza. "Todavía no. Si puedes, averigua en el cuartel general cómo quieren informar a los demás embajadores. El jefe Moore va a poner al corriente de lo que ocurre a los demás altos cargos de defensa de los demás países. Se les ha dicho en términos inequívocos que no deben interferir con nuestras órdenes u operaciones. Están en una función de apoyo por el momento".

Antes de que el embajador pudiera responder, lo que parecía ser un pequeño vehículo destartalado aparcado a un lado de la carretera explotó en cuanto el vehículo de cabeza que transportaba al ministro del Interior y a los demás oficiales kosovares pasó junto a él. Seth levantó el brazo para protegerse los ojos del resplandor de gloria y, de repente, se dio cuenta de que estaba ingrávido. Apartó el brazo y vio que el vehículo rodaba lateralmente. La sensación de gravedad cero desapareció rápidamente al recibir una bofetada contra el embajador y luego contra la puerta. El vehículo rodó dos veces más antes de detenerse boca abajo.

Cuando el vehículo se detuvo, Seth trató desesperadamente de librarse de los efectos de la explosión. Seguía atado a su asiento, colgando. Miró y vio al embajador colgando de su propio cinturón de seguridad, sin vida. Mirando hacia delante, vio a Nance luchando también. El RSO que conducía el vehículo también estaba en mal estado.

Mientras aún intentaba averiguar qué había ocurrido exactamente, Seth empezó a oír algunas voces. Preocupado por si quien les acababa de bombardear se acercaba para rematar la faena, consiguió sacar su navaja multiusos del cinturón y se liberó de él. Luego se acercó a la parte delantera del vehículo y buscó el arma del RSO. "Shhh", dijo, llevándose el dedo índice a los labios. "Creo que quien acaba de volarnos se dirige hacia aquí para acabar con nosotros. Necesito tu arma".

El RSO, apenas consciente en ese momento, asintió y le entregó su arma, una Sig Sauer P226. Con la pistola en la mano, Seth dio una fuerte patada a la puerta. El ruido debió de llamar la atención de quienquiera que estuviera ahí fuera, porque de repente alguien gritó algo en albanés. Seth pateó la puerta una vez más, con más fuerza, y la recompensa fue que se abrió lo suficiente para que pudiera deslizar su cuerpo fuera del coche.

En cuanto Seth se liberó del vehículo, vio a un individuo a unos quince metros de distancia que portaba un AK-47. El hombre tenía el rifle preparado. El hombre tenía el rifle preparado. Cuando vio a Seth salir del vehículo, levantó rápidamente el rifle para disparar. Seth se zambulló detrás del vehículo justo cuando varias balas impactaban contra el todoterreno.

Moviéndose rápidamente hacia el lado derecho del vehículo, Seth levantó la pistola al doblar la esquina. Vio a otro hombre con un AK-47 apuntando a la parte delantera izquierda del vehículo, cubriendo a su amigo. Seth se movió como un rayo con la pistola extendida y disparó tres tiros rápidos al pecho del hombre. Antes de que el otro atacante pudiera reaccionar, Seth ya había rodeado la parte delantera del vehículo y disparado dos tiros en el pecho y uno en la cabeza del hombre que había intentado dispararle.

Seth se arrodilló de inmediato y realizó un rápido reconocimiento de 360° de su entorno, en busca de cualquier amenaza adicional. Cuando no vio ninguna, se acercó a los atacantes y les cogió las armas. Luego los llevó de vuelta al vehículo y empezó a trabajar para sacar al sargento Nance. Tardó un minuto, pero liberó a Nance y le dio uno de los rifles. "Si ves a alguien más con un arma dirigiéndose hacia nosotros, dispárale. Voy a llamar al jefe Moore al aeropuerto y le diré que acabamos de sufrir una emboscada".

Nance se limitó a asentir. Parecía tener un brazo roto, una herida en la pierna y un corte grave en la frente, lo que le hacía parecer que estaba en mucho peor estado del que realmente estaba.

Seth buscó en su bolsillo el teléfono inteligente que le había proporcionado el gobierno. Marcó el número del jefe Moore. Le temblaba la mano mientras sostenía el teléfono, esperando a que se conectara. Sonó tres veces antes de que oyera la voz familiar al otro lado.

"¿Llamando ya, señor? Estamos a punto de salir", dijo Moore jovialmente.

"Corta el rollo, Jefe", dijo Seth. "Nos acaban de emboscar de camino a la capital. Parece que Nance está malherido. Creo que el RSO aún podría estar vivo, pero el embajador parece estar muerto. También el Ministro del Interior y los demás funcionarios que viajaban con él".

"Dios mío. ¿Se encuentra bien, señor?" Moore preguntó. "Déjeme reunir a los muchachos y estaremos allí en un minuto."

"Está bien, Jefe, pero envíe un mensaje a Bondsteel diciendo que nos han tendido una emboscada. Dile al comandante de la base, o a los chicos del 10° Grupo, que envíen un QRF a nuestra localización. Tenemos que asegurar el lugar y traer un equipo SSE para empezar a recoger pruebas. Quiero rastrear quién demonios construyó este artefacto explosivo improvisado".

Pasaron unos minutos antes de que Seth oyera el ulular de coches de policía y un camión de bomberos. Varios policías llegaron al lugar y se acercaron a él con cautela. Seth dejó la pistola en el suelo y les hizo señas para que se acercaran a ayudarle. Afortunadamente, un par de policías hablaban inglés y Seth pudo contarles rápidamente lo sucedido. Cuando apareció un segundo camión de bomberos, también llegó una columna de cuatro Suburbans blindados. Una docena de soldados se bajaron y se acercaron a ver cómo estaba.

Uno de los soldados era médico e inmediatamente revisó al sargento mayor Nance y al RSO. Por desgracia, el embajador había muerto. Finalmente llegaron un par de ambulancias y los paramédicos locales se acercaron para ayudar al único médico del ejército. Acordaron que Nance y el RSO debían ser evacuados al hospital local de Pristina. Un par de personas ayudaron a cargarlos en una camilla y a llevarlos hasta las ambulancias. El jefe Moore se aseguró de que un par de soldados siguieran a la ambulancia en uno de los Suburbans para asegurarse de que Nance estaba bien.

En ese momento, oyeron el familiar sonido de las aspas de un helicóptero. Mirando a lo lejos, vieron un par de helicópteros Blackhawk que se dirigían hacia ellos, las columnas de humo obviamente delataban su posición. Los dos helicópteros aterrizaron en un campo cercano y descargaron una docena de soldados de las Fuerzas Especiales fuertemente armados. Dos de ellos llevaban unas mochilas grandes, que Seth supuso que eran sus equipos de explotación de lugares sensibles.

Se acercó a uno de los soldados, que le hizo un rápido saludo. "Señor, soy el capitán Justin Nicholson, ODA 0311 . ¿Qué demonios ha pasado aquí?", preguntó.

Seth se tomó unos minutos para explicarle lo que había ocurrido en su corto trayecto desde el aeropuerto, mientras varios de los soldados del SF peinaban la zona alrededor del coche bomba en busca de fragmentos de la explosión. Los bomberos nacionales de la zona estuvieron a punto de apagar las llamas de los dos vehículos. Una vez que terminaron de eliminar la amenaza de incendio, los soldados subieron al vehículo donde se había colocado la bomba y buscaron más pistas.

Se afanaban por encontrar el artefacto detonador, cualquier posible fragmento que pudiera llevarles a saber de qué tipo de bomba se trataba, cómo se activó y, lo que es más importante, los restos de la explosión que pudieran ayudarles a identificar cómo se construyó la bomba y de qué estaba hecha. Una vez que conocieran esos detalles, podrían rastrear los componentes utilizados e identificar al terrorista. Si había algo que se le daba bien al Centro de Análisis de Artefactos Explosivos Terroristas

(TEDAC) del FBI era analizar una bomba y averiguar quién la había fabricado. El equipo de explotación de lugares sensibles de la SF enviaba las pruebas que encontraba al TEDAC para su análisis hasta que uno de sus propios laboratorios avanzados se desplazaba hasta allí.

Viendo que no había mucho más que Seth pudiera hacer, sacó su smartphone y realizó una llamada al SOCOM. Tenía que comunicar lo sucedido. Toda esta operación se estaba convirtiendo en un desastre épico, y él llevaba menos de dos horas en Kosovo. Iba a necesitar más ayuda, y algunos oficiales de mayor rango que él para ayudar a manejar la política de todo esto. Si estos terroristas eran capaces de identificar su llegada y movilizar rápidamente un ataque con artefactos explosivos improvisados como este, entonces lo más probable era que estuvieran tratando con un grupo terrorista mucho mayor en la zona de lo que habían pensado en un principio.

Seth tardó unos minutos en comunicarse con el centro de operaciones del cuartel general, pero cuando por fin pudo hablar con el general Dekker, éste le puso rápidamente al corriente de la situación. Aunque Seth no tenía problemas para asumir el mando, sólo era un teniente coronel, demasiado bajo en el tótem de oficiales para poder hacerse cargo de una situación como ésta. Tras pasar cinco minutos al teléfono con el general, Seth recibió la orden de dirigirse a Bondsteel y empezar a ejecutar las órdenes de captura. El general Dekker hablaría con el comandante en jefe para que enviaran a Kosovo a más altos mandos que ayudaran a hacerse cargo de la situación.

Sin nada más que hacer en la escena, Seth ordenó al Jefe Moore que sus equipos volvieran a sus vehículos y se dirigieran a Bondsteel. Tenían que preparar todo para avanzar hacia sus objetivos. Luego fue a buscar al comandante de la ODA, el capitán Justin Nicholson, y le transmitió las mismas órdenes. Seth optó por subirse al Blackhawk para ir a Bondsteel. Necesitaba llegar rápido, y el helicóptero era la forma más rápida de hacerlo.

****

Las dos primeras horas de regreso a Bondsteel fueron un torbellino de actividad. Desde el momento en que Seth aterrizó, le llovieron las preguntas del comandante de la base, del gobierno de Kosovo, del comandante del 10º Grupo y del comandante del 3º Batallón.

Tratando de no sentirse abrumado, Seth le dijo al jefe Moore que uno de sus hombres preparara un breve resumen de lo que había ocurrido en Estados Unidos, lo que sabían y cuáles eran sus órdenes actuales. También preguntó a la embajada si podían solicitar que el Primer Ministro de Kosovo acudiera a Bondsteel junto con el jefe adjunto de misión de la embajada para que recibieran el mismo informe. Iban a necesitar la ayuda del Primer Ministro, y ponerlo de su parte ahora era fundamental si querían empezar a llevar a cabo incursiones selectivas en su país y utilizar Bondsteel como base de operaciones para otras incursiones en la región.

Los siguientes noventa minutos pasaron rápidamente. Llegó una oleada de V-22 Ospreys con tropas adicionales procedentes de Rumanía. Habían tenido que realizar un par de repostajes en vuelo para hacer el largo viaje, pero proporcionarían capacidad adicional a los equipos de Fuerzas Especiales y soldados del JSOC que se presentaban.

Unas horas después del ataque al convoy de Seth, llegaron unos noventa soldados del JSOC, junto con un general de brigada que ahora asumiría el mando de las fuerzas estadounidenses en Kosovo. Cuando el general llegó al puesto de mando de Bondsteel, encontró rápidamente a Seth y se acercó a él.

"Teniente Coronel Mitchell, me alegro de volver a verle", dijo con la mano extendida. "Felicidades por el ascenso, Seth".

El general de brigada William Lancaster ya había trabajado antes con Seth. De hecho, el general Lancaster había sido comandante del batallón de Seth cuando éste era un capitán recién ascendido destinado al 1.er Grupo de Fuerzas Especiales.

Sonriendo al ver una cara conocida, Seth respondió: "Yo también me alegro de verle, señor. Me alegro de que ya le tuvieran en camino. Ha sido un desastre desde que llegué".

"Ya lo veo. ¿Cómo te encuentras? ¿Estás bien físicamente?"

"Estoy un poco rígido y dolorido, no voy a mentir. Pero he tenido suerte en comparación con los demás", respondió Seth. Empezaba a dolerle la espalda y el cuello. Sabía que tenía que curarse pronto, pero aún no había tenido tiempo de ir al médico.

"He oído que tuviste que matar a dos de los atacantes. ¿Cómo lo llevas?", preguntó Lancaster, con preocupación en el rostro.

Seth suspiró y miró los mapas que estaban colocando en la pared. En realidad no había pensado en ello. Sólo había actuado por instinto y entrenamiento. "Estaré bien. Eran terroristas empeñados en matarnos a mí y al sargento mayor Nance. También acababan de volar por los aires al ministro del Interior y de matar al embajador, así que no es como si fueran unos chavales colocando un artefacto explosivo improvisado al borde de una carretera en Irak o Afganistán."

El general Lancaster asintió. Un buen soldado sabía que cada hombre afrontaba el asesinato de otro a su manera personal. No presionó más a Seth al respecto.

"Bien, entonces sigamos adelante", dijo Lancaster. "He oído que tienes al Primer Ministro en camino. Es una buena decisión. Habíamos querido que el embajador le pusiera al corriente de lo que está pasando, pero, obviamente, eso no va a suceder. Por lo que tengo entendido, el gobierno está en pánico por la muerte del ministro, el jefe de policía y el servicio de seguridad. No saben muy bien qué está pasando. Cuando hablé con el comandante de Bondsteel, me dijo que estaban recibiendo informes de que varias comisarías habían sido atacadas en el norte de Kosovo, en la zona fronteriza con Serbia.

"El agregado de defensa en Macedonia acaba de enviar un mensaje al Pentágono, diciéndoles que la policía macedonia acaba de verse involucrada en varios tiroteos con separatistas albaneses en tres ciudades diferentes. Transmitía una petición del ejército y la policía macedonios, solicitando que les asesoraran y ayudaran sobre cómo hacer frente a los levantamientos."

Seth se pasó los dedos por el pelo. Las cosas estaban sucediendo muy deprisa, descontrolándose incluso antes de que pudieran ordenarse. Tenían que pasar pronto a la ofensiva y recuperar la iniciativa.

"¿Le has transmitido al agregado que se retire y espere nuestra ayuda? Nos han dado una serie de objetivos que atacar en Macedonia, y sería más fácil hacerlo con los locales trabajando con nosotros como asesores que al revés". Esperaba que los locales no hubieran fastidiado la operación antes de que pudiera ponerse en marcha.

Lancaster asintió. "Lo hice. Le dije al coronel de allí que les dijera a los macedonios que se retiraran y esperaran, que teníamos muchas Fuerzas Especiales llegando a Kosovo que les ayudarían. Aceptaron de buen grado su recomendación de esperar, pero pidieron que nos aseguráramos de incluirlos en lo que fuera que estuviéramos planeando."

"Me parece justo", respondió Seth. "Si no le importa, señor, cuando llegue el primer ministro, creo que sería mejor que usted hiciera el informe. Me gustaría saber qué sabe la gente de la Agencia en este momento y asegurarme de que ninguno de los equipos de la División de Actividades Especiales que van a aparecer nos va a pisar los talones. Demasiados cocineros en la cocina va a causar algunos problemas".

"¿Los equipos SAD ya están en el país?". preguntó Lancaster, con la preocupación y la frustración reflejadas en el rostro.

"Antes de que mataran al embajador, me dijo que el jefe de estación le había hecho saber que varios activos de la Agencia acababan de llegar al país. Le preocupaba lo que estaban haciendo y lo que harían todos esos soldados de las Fuerzas Especiales en Kosovo. Es un país diminuto".

Sacudiendo la cabeza, el general Lancaster respondió: "Sí. Averigua qué demonios están haciendo y diles que se retiren. Pueden apoyar nuestras actividades, pero no deben llevar a cabo ninguna incursión. He traído un escuadrón de Delta conmigo y tengo a DEVGRU de camino a Polonia para ir tras objetivos adicionales. No necesito que estos tipos enturbien la situación".

Seth asintió. A continuación, se puso en marcha para ir a buscar al grupo de la CIA y averiguar qué estaban tramando.

Capítulo 9
Caballo de Troya

25 de octubre de 2020
Raleigh, Carolina del Norte
Whispering Pines Gracious Retirement Living

Julie Parsons encendió la calefacción de su camión de correo mientras se dirigía a su última parada del día. Odiaba su trabajo. Era lo último que había pensado que haría de mayor: ser cartero. Despreciaba cada segundo.

Julie había estudiado en una costosa universidad cristiana privada de Oklahoma, donde obtuvo un máster en teología. Había disfrutado estudiando las Escrituras y su objetivo era convertirse algún día en misionera en el extranjero. Lamentablemente, eso no había funcionado. En lugar de eso, se encontró con más préstamos estudiantiles de los que jamás podría pagar con el estipendio de un misionero.

Como muchos que obtienen títulos que ofrecen mínimas oportunidades laborales, había hecho lo único que podía para sobrevivir y se había vuelto a vivir con sus padres, a pesar de que su padrastro era un imbécil. Eso fue hace ocho años. Ya había pasado ocho años esforzándose en un trabajo sin futuro en correos que le ayudaba a pagar sus préstamos de estudios. Qué intercambio tan miserable, años de trabajo tedioso para pagar un título teológico que ni siquiera podía ayudarla a conseguir un trabajo mejor que conducir un camión de correo por Raleigh en todo tipo de condiciones meteorológicas. Las horas eran largas; el sueldo no era tan bueno teniendo en cuenta que los pagos de su préstamo estudiantil eran más elevados que una hipoteca. La única razón por la que había aguantado eran las prestaciones, la pensión de jubilación y el hecho de que, una vez cumplida su condena, se libraría por fin de la esclavitud de las deudas.

Cada día que conducía hacia el trabajo, se sentía como si estuviera pasando otro día en la prisión de deudores, y al final de cada día, estaba un día más cerca de ser libre. Entonces, hace cuatro meses, mientras se revolcaba en sus penas en un Beef 'O' Brady's comiendo un sándwich Reuben y patatas fritas, un hombre entabló conversación con ella. Hablaron de todo y de todos durante un par de horas antes de que el hombre tuviera que marcharse, pero prometió volver en un par de días para reunirse de nuevo con ella.

Julie no sabía qué pensar de su nuevo amigo. Era encantador, divertido, tenía un buen trabajo en la ciudad y, por alguna razón desconocida, parecía interesado en ella. Por primera vez en años, se sintió emocionada, como si hubiera encontrado a alguien que compartiera sus mismos intereses. Los dos días siguientes pasaron muy deprisa: estaba deseando que llegara el jueves para volver a Beef 'O' Brady's y ver si su hombre misterioso volvía a quedar con ella.

Cuando llegó el jueves, tuvo mariposas revoloteando en el estómago durante todo el día de trabajo. La emoción iba en aumento hasta que por fin llegó el final del día. Corrió a casa para cambiarse y ponerse su mejor traje. Antes de salir por la puerta, se lo pensó mejor y se echó perfume y se retocó el maquillaje antes de salir corriendo.

Cuando abrió la puerta de su bar deportivo favorito, Julie vio enseguida a su hombre misterioso. Fiel a su palabra, estaba allí... esperándola. Le sonrió con sus dientes perfectamente rectos y blancos. Tenía lindos hoyuelos en cada mejilla, y sus profundos ojos marrones de cachorro eran tan atractivos.

Se enteró de que su nuevo amigo, Mike Wang, era ejecutivo bancario en Wells Fargo. Desde su punto de vista, parecía tener bastante éxito, a juzgar por la ropa que llevaba y su aspecto bien cuidado. Imaginó que sus cortes de pelo probablemente costaban más que tres de los suyos.

Conversaron durante toda la velada y él parecía absorber todo lo que ella decía. Ella se sorprendió al ver que él asentía con la cabeza y hacía preguntas, afirmando todo lo que ella le decía. Para su asombro, le pidió una cita para el sábado. Le dijo que quería llevarla a un concierto en la ciudad y luego a cenar. Julie estaba eufórica. Hacía más de un año que no salía con nadie. Sintió que había encontrado a su príncipe azul.

Durante los cuatro meses siguientes, hablaron y salieron varias veces a la semana mientras creaban un vínculo de amistad e interés romántico. Un día, una conversación casi acaba con su relación.

Mike le tocó suavemente la mejilla y ella le cogió la mano mientras se miraban a los ojos un momento. "Nena, me siento tan mal por cómo te han ido las cosas en la vida", empezó. "Es decir, tienes tanto corazón para la gente y quieres ayudarla, y esa universidad se aprovechó de ti. Tenían que saber que después de seis años en su escuela, deberías tanto dinero que nunca serías capaz de vivir el sueño por el que fuiste allí."

"A veces pienso en ello", admite. "Me parece muy mal cómo engatusan a la gente. Esa escuela realmente trata de promover el principio de 'cosechar y sembrar'. Esencialmente te convencen de que si siembras el bien en el mundo, Dios lo verá y cosecharás un beneficio. Como si de algún modo se produjera un milagro y tus préstamos dejaran de ser un problema".

"Pero no es así", afirma. "Te mintieron sinceramente para sacarte el dinero. Se siente tan mal, como profundamente mal moralmente".

"Lo sé", admitió. "Por eso ya no voy a ninguna de esas iglesias de 'dilo y reclámalo'. Estuve a punto de dejar la fe por completo porque sentí que Dios me había abandonado cuando no conseguí el milagro en el que había creído, pero ahora he llegado a ver las cosas de otra manera."

"Ojalá pudiera acabar con tus préstamos por ti", dijo. "El negocio va bien, pero por desgracia, no tan bien todavía".

"No esperaba eso de ti", respondió Julie. "Quiero decir, ya estás pagando por casi todas nuestras citas, lo cual es muy agradable. No puedo decirte lo bien que se siente tener una cena agradable y no preocuparse por la cuenta de vez en cuando."

"Pero ojalá pudiera hacer más", le dijo Mike, con tristeza en la voz. "Es decir, odio verte atrapada en esa casa con ese padrastro gruñón y vago. Sinceramente, no sé cómo tu madre sigue con él".

"Yo me hago la misma pregunta todo el tiempo", respondió ella, "pero sé que ella simplemente cree que el divorcio es totalmente erróneo por cualquier motivo que no sea la infidelidad, que es el único pecado que de alguna manera él no ha cometido, o al menos nunca le han pillado".

suspiró. "Mira, sé que esto va a parecer una locura, pero conozco a alguien que podría ayudarte con tu situación. Tengo un amigo que tiene un negocio paralelo: está dispuesto a pagar a los carteros cincuenta dólares por cada papeleta de voto en ausencia o por correo que le entreguen".

Julie se enfadó. "Mike, manipular el correo es un delito grave. Puede llevarte a la cárcel". Se cruzó de brazos a la defensiva.

Respondió con calma: "Sí, lo entiendo. Pero es una locura pensarlo. Quiero decir, ¿cuántos votos por correo o en ausencia se entregan en un ciclo?". Mike añadió suavemente: "Es mucho dinero...".

Él cambió de tema, y ella acabó dejándolo de lado como una especie de ilusión. Pero luego, en otra cita, volvió a sacar el tema.

Esta vez, pensó realmente en la pregunta y se encontró a sí misma respondiéndole. "Supongo que probablemente entrego unas cinco o seis mil papeletas, quizá más", explica. "Quiero decir que mi ruta incluye dos grandes comunidades de jubilados, y la gente mayor tiende a votar por correo para no tener que hacer las largas colas del día de las elecciones".

"Wow, nena..." dijo Mike. Le cogió la mano y se la acarició suavemente, mirándola a los ojos. "Piénsalo un segundo, ¿vale? Si retuvieras cinco mil papeletas, serían 250.000 dólares; seis mil papeletas serían 300.000 dólares. No sólo te librarías de tus préstamos estudiantiles, sino que podrías comprarte tu propia casa y dejar de estar bajo el pulgar de tu padrastro."

Mientras estaba allí sentada pensando en el horrible hombre que hacía desgraciada cada día a su hermosa y cariñosa madre y, por extensión, la hacía desgraciada cada día a ella, se sintió caer bajo el hechizo de Mike. En un solo día, podría borrar años de desdicha y rencor y ser libre por fin.

"No sé, Mike. Sinceramente, parece una bonita fantasía. ¿Pero cómo hago para que no me pillen?", preguntó.

Mike sonrió con su sonrisa del millón de dólares. "Bueno, si fueras a hacer esto, entregarías las papeletas en tu ruta como de costumbre. Así no llamarías la atención, ya que nadie llamaría preguntando dónde está su papeleta perdida. Pero cuando llegara el momento de recoger el correo, apartarías las papeletas que encontraras y enviarías un mensaje a este contacto que tengo. Organizaba un encuentro en tu ruta para que no llegaras tarde al centro de procesamiento y enfadaras a ese ogro ridículo que tienes como jefe. Cuando hagas el intercambio, él te pagará en efectivo basado en cuántos has recogido ese día. Sin rastro de papel, ni nada que te vincule a ti".

"No sé... Tendré que pensarlo", se encontró diciendo.

En realidad, Julie no dedicó mucho tiempo a considerar la realidad del escenario hasta el primer día de votación anticipada, cuando recogió veintidós papeletas de voto por correo en uno de los centros de jubilados. De repente se sintió increíblemente nerviosa. Se le aceleró el corazón y le sudaron las manos. Estaba tan aterrorizada que ni siquiera envió un mensaje de texto al hombre que Mike le había dicho.

Al llegar a casa, Julie sintió un conflicto tan grande que vomitó. Pensó en lo malo que había sido, en el hecho de que casi había infringido la ley y podría haber ido a la cárcel. Entonces se dio cuenta de que el amigo de Mike le habría pagado 1.100 dólares en efectivo. Sin impuestos, en efectivo. En realidad, nadie se habría enterado. Nadie habría sabido lo que había hecho. No era como si cada carta hubiera sido recibida electrónicamente por ella y luego cotejada en el centro receptor para asegurarse de que no perdía nada.

Sacudió la cabeza. Se quedó mirando el montón de facturas que tenía sobre la mesa. El último extracto de su préstamo estudiantil mostraba que aún tenía un saldo de 77.212 dólares, después de pagar la deuda durante más de ocho años. Eso era después de la condonación de préstamos que ofrecía la oficina de correos. Julie miró hacia la pared. Mientras miraba fijamente el póster que le habían puesto en la pared con Sticky Tack, se dio cuenta de que seguía viviendo como una adolescente en casa de sus padres, a pesar de que ahora tenía treinta y dos años.

¿Y si entrego suficientes papeletas para cubrir lo que aún debo? pensó. *Así podría dejar este trabajo miserable y encontrar algo mejor...*
****

Eran las 14:30 cuando Julie Parsons terminó de recoger su correo diario en la comunidad de jubilados Whispering Pines. Después de recoger los buzones de correo saliente y dejar el buzón de correo entrante, se sentó en su camión y ordenó brevemente lo que tenía que ir a donde antes de dirigirse de nuevo al centro de procesamiento de correo central.

Mientras separaba las cartas generales y los paquetes, vio algunos votos por correo en el montón de correo de salida que había recogido. La curiosidad se apodera de ella y decide contarlos. Resulta que había muchos en el lote de hoy: un total de cincuenta y tres. Sacó su smartphone e hizo un cálculo rápido.

Madre mía, son 2.650 dólares, pensó.

Se quedó mirando el número en la calculadora. Unos segundos después, buscó en sus mensajes de texto el número que le había dado Mike. Sin pensarlo, envió un mensaje con la palabra clave que Mike le había dado y el número de papeletas que tenía.

Inmediatamente sacudió la cabeza. No podía creer lo que acababa de hacer. Justo cuando estaba a punto de perder los nervios y volver al centro de procesamiento para terminar su jornada de trabajo, recibió una respuesta.

El mensaje de texto era una dirección, que estaba convenientemente situada en su ruta de vuelta. Se dejó llevar por su lado impulsivo, introdujo la dirección en la aplicación Google Maps y se dirigió hacia allí.

Cuando llegó, recibió otro mensaje que le decía que fuera a la parte trasera del centro comercial y esperara. Nerviosa, Julie condujo hasta la parte de atrás, haciendo todo lo posible para que pareciera normal, como si lo hiciera todo el tiempo.

Un minuto después, un hombre salió de la parte trasera de la tienda de submarinos Jersey Mike's y se dirigió hacia ella. Golpeó suavemente la ventana para llamar su atención.

Ella casi salta de su piel. "¿Eres Julie?", preguntó.

Ella asintió pero no dijo nada.

"Me dijeron que le diera este sobre y que le recogiera algo. ¿Tiene el paquete para mí?", preguntó. El tipo parecía nervioso. Julie supuso que no tendría más de veinte años, probablemente un estudiante de la universidad local cercana.

A Julie le dio un vuelco el corazón. Por un instante, no supo de qué estaba hablando: ella no tenía ningún paquete. Entonces se dio cuenta de que se refería al grupo de papeletas. Las había atado con una goma elástica. Se agachó y se las entregó, y el chico le dio un sobre. Julie miró dentro y, efectivamente, había un fajo de billetes, la mayoría de veinte y algunos de cien.

El joven se dio la vuelta rápidamente y se dirigió de nuevo a la tienda de submarinos Jersey Mike's, y Julie aceleró de vuelta al centro de procesamiento de correo.

Esa noche, mientras Julie miraba el dinero esparcido sobre su cama, tomó la decisión consciente de que, bien o mal, iba a seguir haciendo lo que había hecho ese día. Si ella tenia que negarle a algunos viejos sus votos para pagar sus prestamos estudiantiles, entonces que asi fuera.

No es que cuenten los votos por correo, así que ¿qué más da? se dijo a sí misma.

****

Mike Wang estaba más ocupado que un topo en un campo de golf. Las elecciones estaban en plena efervescencia, y la votación anticipada iba en serio. Sorprendentemente, muchos votantes se estaban pasando a la aplicación de voto por cadena de bloques iVote que el Gobierno había anunciado el año pasado. Mike se imaginaba que la mayoría de la gente esperaría uno o dos ciclos más antes de lanzarse a ello, pero se equivocaba, al menos en lo que respecta a los votantes más jóvenes, los menores de treinta y cinco años. Los votantes de más de cuarenta años tendían definitivamente a confiar menos en el sistema electrónico, y los votantes de más edad dependían en gran medida del sistema de voto por correo.

De pie frente al mapa del condado de Wake, que abarcaba Raleigh, Mike se sentía razonablemente seguro de que este plan funcionaría. Se sintió un poco aprensivo cuando su objetivo, Julie, se acobardó los primeros días de la votación anticipada y no envió ningún mensaje de texto a sus contactos diciéndoles que tenía papeletas para él, pero volvió en sí. Afortunadamente, sus otros objetivos no tuvieron el mismo dilema moral que ella y aprovecharon mucho más rápido el dinero gratis que él les ofrecía. Su único reto ahora era asegurarse de que su otro equipo fuera capaz de abrir discretamente los votos por correo, identificar a quién habían votado y volver a sellar los que habían votado como ellos necesitaban o eliminar la papeleta para que no contara en su contra. Si tenían que destruir una papeleta, era imperativo que no quedara ni un pequeño trozo de papel que pudiera levantar sospechas.

Si Mike hiciera bien su trabajo, la noche de las elecciones, el condado de Wake vería un aumento masivo del número de personas que votarían *a su* candidato, y una caída precipitada del número de personas que votarían en su contra. Sólo necesitaban que esta operación tuviera éxito en un par de condados del estado, y debería inclinar la balanza en la dirección correcta.

Meneando la cabeza, Mike tuvo que maravillarse de cómo se les había ocurrido este plan. Aumentando la puntuación en distritos que ya estaban muy inclinados a su favor, no levantarían sospechas cuando ayudaran a que se evaporara el recuento de votos del otro partido en ese mismo distrito. Si conseguían que la diferencia fuera lo suficientemente grande en un par de distritos grandes, podrían influir en el resultado de todo el estado y, por tanto, en las elecciones.

Capítulo 10
Raid dinámico

26 de octubre de 2020
Kosovo

El general de brigada William Lancaster y el teniente coronel Seth Mitchell observaron la señal de vídeo procedente del avión no tripulado MQ-9A Reaper mientras merodeaba a 3.000 metros sobre el pequeño pueblo de Srbica, situado a 52 kilómetros de su posición actual.

El zoom de la cámara les proporcionó una buena visión de la mezquita y de las dos casas cercanas que estaban observando. En otro monitor, un par de agentes de inteligencia ocultos en las inmediaciones les transmitían otra señal de vídeo. Otro equipo se instaló en una casa a varios cientos de metros con un conjunto de micrófonos parabólicos dirigidos a las dos casas que estaban vigilando y a la mezquita. Era sólo cuestión de tiempo que apareciera la persona que buscaban, y entonces enviarían al equipo de captura.

A unos cientos de metros de la sala donde estaban viendo todas las transmisiones había un par de helicópteros Blackhawk con un equipo de la Fuerza Delta listo para rodar, las aspas del helicóptero girando lentamente mientras el motor estaba al ralentí en previsión de una rápida orden de lanzamiento. Más abajo, en la línea de vuelo, había dos Ospreys en espera con dos equipos de la ODA en alerta por si el equipo de captura inicial se topaba con una fuerte resistencia y pedía ayuda. Los equipos ODA no estaban contentos con que se les dejara de lado en lugar de Delta, pero el comandante del JSOC les había dado la orden.

"¡Allí!", gritó entusiasmado uno de los soldados mientras señalaba un Mercedes-Benz que se acercaba a su zona de observación.

Volviéndose para mirar al soldado, el general Lancaster preguntó: "¿Está seguro? ¿Tenemos confirmación de que está en el coche?".

Asintiendo con la cabeza, el soldado se quitó uno de los auriculares. Había estado escuchando la información que le proporcionaba la NSA. "Sí. La NSA ha dado un 97 por ciento de coincidencia de voz con el objetivo. Está usando activamente su teléfono en el coche. Así es como han confirmado que es él".

El general se puso en pie y se acercó al joven. "Quiero saber con quién está hablando y dónde está la persona que llama al otro lado", exigió.

El soldado asintió y transmitió la orden por los auriculares a los operadores de la NSA que estaban al otro lado. El analista de Fort Meade se puso manos a la obra para localizar a la persona que estaba al otro lado.

"¿Deberíamos lanzar el equipo de captura?", preguntó el jefe del escuadrón Delta Force, un teniente coronel que había acompañado a sus tropas a Kosovo.

Sacudiendo la cabeza, Lancaster respondió: "No. Todavía no. Primero quiero saber con quién está hablando Rexhepi. Transmítanos la conversación en cuanto la tengamos". El general se situó junto al soldado que coordinaba los asuntos con la NSA.

Un segundo después, el soldado pulsa unas teclas del teclado y oyen la conversación por los altavoces del ordenador:

Voz A: Tienes que ir a tierra. Los americanos estarán sobre ti.

Voz B: No, todavía hay mucho que hacer. No puedo desaparecer. Todavía no.

Voz A: No lo entiendes, han capturado a uno de los miembros de tu equipo. Si aún no te ha delatado, pronto lo hará.

Voz B: No, no lo hicieron. Según leí en las noticias, todos murieron en un tiroteo con la policía durante sus misiones.

Voz A: Eso es lo que querían que pensáramos. Mi fuente dice que uno de ellos sigue vivo y está siendo interrogado. No está muerto. Ellos mintieron.

Voz B: Mierda ... ¿estás seguro?

Voz A: Sí. Ve al plan B y desaparece. El dinero ha sido movido y está listo para tu otro equipo.

Voz B: Bien, iré al sitio alternativo y desapareceré. ¿Cómo volveré a ponerme en contacto contigo?

Voz A: No lo harás. Nos pondremos en contacto contigo cuando necesitemos tus servicios de nuevo. Sólo asegúrate de que tu otro equipo ejecute su próximo ataque. Cuando lo hagan, entonces transmitiré la transferencia final.

Pulsa.

Todos dirigieron su atención al vídeo. El Mercedes estaba aparcado delante de una de las casas vigiladas. Cuando el hombre salió del asiento trasero, uno de los otros equipos de observación utilizó su lente telescópica para acercarse y tomar una serie de imágenes de su rostro y de los rostros de los otros dos hombres que viajaban con él. En cuestión de segundos, esas imágenes se transmitieron a Estados Unidos para que las pasaran por su sofisticado software de reconocimiento facial. Querían tener una confirmación de su imagen facial, además de su voz, antes de ejecutar la redada.

Un segundo después, uno de los capitanes que había estado coordinando esa parte de la operación con su apoyo secundario asintió al general. "Coincide. Ese es Rexhepi. Los otros dos hombres son sus guardaespaldas".

Con la confirmación vocal y visual del objetivo, el general Lancaster asintió al coronel del JSOC. "Pon a tus chicos en el aire y ve a buscarme a Rexhepi", ordenó. "Dígale al equipo de interrogación que esté preparado. Deberíamos tenerlo bajo custodia y listo para el interrogatorio en los próximos sesenta minutos".

Una vez dada la luz verde, comenzó un aluvión de actividad a medida que avanzaba toda la misión. El ruido de las aspas de los helicópteros aumentó de velocidad y reverberó en las paredes del edificio. Ahora era cuestión de esperar a que el equipo de captura llegara a la estación y ejecutara el secuestro.

"Es increíble verlo, ¿verdad?", oyó preguntar el general Seth al recién nombrado Director de la Policía de Kosovo y al nuevo Jefe del Servicio de Seguridad. Los dos hombres habían estado observando el caos controlado con cara de desconcierto.

Se había hecho una excepción especial para permitir que estos dos hombres observaran la misión. La administración Sachs necesitaba desesperadamente mantener al gobierno de Kosovo de su lado para poder seguir ejecutando estas misiones de captura dentro de Kosovo y, pronto, en los países vecinos. Estados Unidos no tenía muchos aliados en Europa Occidental en esos momentos, por lo que mantener a los kosovares de su lado era importante. La forma más fácil de hacerlo era convertirlos en socios de pleno derecho. La administración de Sachs erradicaría básicamente el problema extremista islámico dentro de Kosovo y, a cambio, el gobierno haría la vista gorda ante el hecho de que muchos de estos individuos capturados o asesinados eran sus propios ciudadanos.

El director de la policía comentó: "Es como ver algo sacado de una película de James Bond. Todavía no puedo creer que fueras capaz de escuchar así la conversación telefónica de Rexhepi".

El nuevo jefe del servicio de seguridad se rió. "Pensar que los serbios creían que podían enfrentarse a Estados Unidos hace dos décadas, durante la guerra. Si supieran la mitad de las capacidades que ustedes tenían antes del comienzo de la guerra, creo que se habrían largado de Kosovo y no habríamos sufrido la limpieza étnica que sufrimos". Sacudió la cabeza.

Seth asintió. "La parte complicada viene a continuación. La captura real es probablemente la parte más arriesgada de la misión".

Durante los quince minutos siguientes, observaron y esperaron mientras los Blackhawks se acercaban a toda velocidad a la casa. En poco tiempo, los helicópteros llegaron a la vista del dron, que se había alejado para proporcionarles una visión mucho más amplia de la zona circundante.

Al acercarse el sonido de las aspas giratorias, algunos de los hombres que custodiaban la casa salieron para comprobar cómo estaban las cosas. Un par de agentes de inteligencia sobre el terreno vieron lo que ocurría y enviaron un mensaje rápido a los hombres de los helicópteros para informarles de las posibles amenazas. Ninguno de los guardias parecía ir armado, pero eso no significaba que no tuvieran acceso rápido a un arma. De repente, uno de los hombres señaló a los helicópteros que se acercaban. Obviamente reconocerían que no se trataba de helicópteros de la policía de Kosovo, sino de helicópteros militares estadounidenses.

Los dos hombres corrieron al interior del edificio. Los Blackhawks se apresuraron a ponerse en posición para descargar al equipo de captura. El primer helicóptero pasó rápidamente por encima de las dos casas cercanas a la mezquita antes de girar bruscamente a la izquierda y levantar el morro para perder velocidad. Cuando el primer helicóptero se estabilizó, el segundo se acercó a menos de veinticinco metros de las dos casas y planeó sobre la calle situada frente a los edificios.

Un par de cuerdas salieron por la puerta y los hombres se deslizaron rápidamente por ellas para llegar al suelo. Una vez en tierra, las figuras se movieron a la velocidad del rayo mientras el otro helicóptero lanzaba sus propias cuerdas sobre el tejado del edificio objetivo.

Cuatro soldados descendieron del otro helicóptero al tejado. Desde su posición ventajosa en la plataforma de observación, el general

Lancaster y los demás observadores pudieron ver las imágenes de las cámaras corporales mientras los hombres de las Fuerzas Delta se movían rápidamente para abrir una brecha en la parte superior del edificio y entrar. Los otros ocho soldados que estaban en tierra se dirigieron rápidamente a la parte delantera del edificio. Cuatro soldados se separaron del grupo y se dirigieron hacia la parte trasera de las dos casas.

De repente, dos hombres salieron de la parte delantera de la casa, armas en mano. Antes de que ninguno de ellos pudiera siquiera levantar sus armas para disparar a los soldados del SF, los operadores efectuaron una rápida serie de disparos, abatiéndolos a ambos. Segundos después, los cuatro soldados que cargaban contra la parte delantera de la casa se colocaron junto a la estructura frontal. Dos de los soldados empezaron a lanzar granadas de estruendo contra las habitaciones del primer piso. A continuación, otro de los soldados abrió la puerta principal y el grupo se apresuró a entrar.

Los operadores Delta se movieron rápidamente, despejando cada habitación, matando a las personas que encontraban o tirándolas al suelo y atándolas rápidamente. El segundo grupo de operadores que irrumpió por la parte trasera de la casa despejó rápidamente su parte de la casa, mientras que los otros cuatro que aterrizaron en el tejado bajaron por la estructura de tres plantas hasta que aseguraron toda la casa.

Uno de los operadores llamó por radio. "Rexhepi está bajo custodia. Tenemos a uno de sus guardaespaldas bajo custodia y a otros tres muertos en combate. Obtendremos los datos biométricos de los muertos en combate y se los enviaremos en breve. Vamos a llevar a cabo una captura rápida de cualquier SSE que podamos encontrar y salir de aquí. ¿Me reciben?", preguntó el jefe de equipo.

El general Lancaster se volvió y se dirigió hacia los jefes de la policía y de los servicios de seguridad de Kosovo. "Señores, acabamos de coger el objetivo principal. Sabemos que la casa vecina y la mezquita también forman parte de este grupo. ¿Nos dan permiso para registrar esos dos edificios antes de que el equipo tenga que regresar y antes de que los habitantes del pueblo tengan la oportunidad de reaccionar ante lo que acaba de ocurrir?"

Los dos kosovares se miraron y se encogieron de hombros. "No creo que haya problema, pero yo lo haría rápido. La gente que apoya a Rexhepi no tardará en darse cuenta de lo que acaba de pasar".

El general se volvió hacia el comandante del escuadrón. "Diga a sus hombres que vayan a los otros dos lugares y busquen cualquier posible SSE que pueda ser útil. Ya saben lo que tienen que buscar. Diles que tienen diez micros para ver qué encuentran y que se larguen de allí".

El teniente coronel asintió y cogió el auricular de la radio. Transmitió la orden y el grupo vio cómo los operadores se dirigían rápidamente a los otros dos edificios. El equipo de doce hombres se dividió en dos equipos de cinco mientras dos de los soldados se quedaban con Rexhepi y su guardaespaldas, que yacían atados en el suelo en un campo entre la mezquita y las dos casas. Junto a ellos yacían varias bolsas negras de basura con objetos de valor para los servicios de inteligencia.

****

Una vez capturado el objetivo inmediato, Seth se acercó al capitán, que coordinaba las cosas con el servicio de apoyo. "¿La NSA ya sabe con quién hablaba Rexhepi?", preguntó.

El capitán se volvió hacia Seth y asintió. "Lo tienen. Es un teléfono móvil. Todavía están rastreando de quién se trata. Puede que la persona esté en la base de datos de reconocimiento de voz conocida, pero aunque no lo esté, tenemos una localización. La llamada se originó en Skopje, Macedonia. Aquí está la localización". El capitán sacó un mapa de la ciudad.

Las arrugas de la frente de Seth se hicieron más profundas al entrecerrar los ojos. "¿Soy yo o eso parece un banco?", preguntó.

Mirando la imagen, el capitán respondió. "Tienes razón. Eh... sí, es el Banco de la Ruta de la Seda de Macedonia".

Seth hizo señas al general Lancaster para que se acercara. "Señor, creo que tiene que ver esto", dijo.

"¿Qué tenéis?", preguntó Lancaster.

"La persona con la que hablaba Rexhepi", respondió Seth. "La NSA rastreó el móvil hasta alguien en este edificio, el Silk Road Bank de Macedonia. Quienquiera que esté involucrado en esta conspiración claramente trabaja en el banco, señor, o está dentro haciendo algún negocio allí. ¿Cómo quiere que manejemos esto? ¿Enviamos al equipo ODA que tenemos en espera tras ellos y recogemos a la otra persona involucrada con Rexhepi?"

El general Lancaster levantó la cabeza y miró un momento hacia la pared del fondo, considerando claramente sus opciones. Seth se alegró de no tener que ser él quien tomara la decisión. Las posibles consecuencias políticas de ordenar este tipo de operación en un banco eran, sin duda, una consideración a tener en cuenta. Por otra parte, si no lo hacían ahora y él se escabullía de algún modo, tal vez nunca supieran quién más estaba implicado en este vil ataque a su país.

Tras una pausa, Lancaster ordenó: "Que el dron se dirija hacia allí. Quiero vigilancia en tiempo real de ese banco. Mira a ver si la NSA puede mantener localizado ese teléfono. Si alguien empieza a salir de ese banco y tiene el teléfono encima, dile a la NSA que siga rastreando su movimiento".

Girándose para mirar a su comandante del JSOC, el general continuó: "Diga a sus muchachos que recojan lo que tengan y vuelvan a la base. Ordene al equipo ODA que gire y se ponga en el aire y empiece a dirigirse a Skopje. Voy a hacer una llamada rápida a la oficina del agregado de defensa en Skopje para informarles de lo que hemos encontrado y de lo que pensamos hacer."

Seth encontró el número de teléfono del agregado de defensa para el general. Le dio a marcar y le pasó el teléfono a Lancaster, que lo cogió inmediatamente y esperó a que el alto funcionario de Defensa en Macedonia lo cogiera.

Seth sabía que el coronel de allí había sido informado de lo que estaba ocurriendo en Kosovo y sabía de antemano que las operaciones podrían extenderse a Macedonia. Ya había informado a las autoridades macedonias de esa posibilidad, y éstas se habían mostrado demasiado dispuestas a dejar que los estadounidenses se ocuparan de su problema con los extremistas islámicos. A decir verdad, no había amor entre el gobierno macedonio y su población étnica minoritaria albanesa.

Cuando el coronel de Macedonia contestó, el general Lancaster le contó lo que había ocurrido con Rexhepi y que la persona con la que estaba hablando se encontraba en Skopje. Le dijo que un equipo de la ODA estaba de camino a Skopje y que en cuanto pareciera que podían ejecutar razonablemente la captura, lo harían.

Cuando el general colgó el teléfono, le dijo a Seth: "El coronel ha pedido que se comunique con sus homólogos del Ministerio de Defensa y que se informe al embajador de la operación. Probablemente querrían evitar un tiroteo con las fuerzas estadounidenses en la capital. Macedonia es un país amigo de Estados Unidos, pero está intentando entrar en la UE, y eso no sería del agrado de los europeos".

Los siguientes veinte minutos transcurrieron como un borrón, mientras se sucedían las llamadas telefónicas entre Bondsteel, el cuartel general del SOCOM en Tampa, el Pentágono y la embajada en Skopje, a medida que se sopesaba la decisión de enviar al equipo de la ODA frente a la percepción pública y la posible reacción de una incursión de ese tipo. Mientras todo esto ocurría, el capitán que estaba supervisando la situación con la NSA interrumpió a todos.

"Señor, la NSA dice que el teléfono se está moviendo", anunció.

Todas las miradas se dirigieron entonces al dron. El Reaper se había estacionado a unos miles de metros por encima de la ciudad y se había acercado al Banco de la Ruta de la Seda de Macedonia. Observaron a un hombre salir del banco y dirigirse hacia una fila de coches aparcados en las inmediaciones.

"¿Es ese el hombre?", preguntó el general mientras observaban la solitaria figura que caminaba por la acera.

El capitán habló por teléfono y todo quedó en silencio durante un segundo. Luego miró al general y asintió. "Así es, señor. La NSA está rastreando electrónicamente el teléfono. Es él".

Levantando el teléfono móvil que tenía en la mano, el general transmitió lo que estaban viendo al general Royal del SOCOM, que les había puesto en contacto por altavoz con el Estado Mayor Conjunto y la Casa Blanca. Aunque Seth y los demás en el centro de operaciones no podían oír lo que se discutía a través del teléfono móvil, estaba claro que los responsables de la toma de decisiones en Washington estaban discutiendo qué hacer a continuación.

Se produjo un minuto de silencio mientras el grupo observaba cómo el hombre subía a un vehículo y empezaba a alejarse. El dron no perdió de vista el coche del hombre, que se dirigía hacia la autopista A1/E-75, que conecta Skopje con Tesalónica (Grecia).

¿Intenta este hombre dirigirse a Grecia o a algún otro piso franco del camino? se preguntó Seth.

Mientras contemplaban adónde se dirigía el hombre, había que tomar una decisión en Washington. Transcurrieron otros sesenta segundos de tenso silencio antes de que el general asintiera. Miró al comandante Delta. "Nos han ordenado interceptar el vehículo y traer al hombre para interrogarlo", dijo. "La NSA ha establecido una clara conexión entre este hombre misterioso y Rexhepi. Ya sabemos que Rexhepi es el hombre que ordenó los atentados en Estados Unidos. Necesitamos saber qué relación tiene este hombre con él y quién más puede estar implicado. ¡Tráigame a ese hombre, Teniente Coronel!"

Una vez dada la orden, el comandante del escuadrón Delta asintió y descolgó otro receptor manual. Un segundo después, las aspas de los dos helicópteros Osprey que se encontraban en la línea de vuelo aumentaron su velocidad. Transcurrido otro minuto, el edificio se estremeció cuando los dos aparatos sobrevolaron para ir a buscar al hombre misterioso.

Diez minutos después, volvieron a oír el ruido de las aspas del helicóptero. El equipo Delta había regresado de su propia incursión con Rexhepi a remolque.

Seth salió del centro de operaciones y vio cómo metían a Rexhepi en una furgoneta. También subieron a la furgoneta un par de hombres vestidos con prendas del 5.11. Seth sabía que se dirigirían a la sala de interrogatorios que habían preparado.

Mirando su reloj, Seth calculó que tenía veinte minutos antes de que el equipo de la ODA alcanzara al hombre misterioso en Macedonia.

Tiempo más que suficiente para ir a ver a nuestro invitado, pensó con una sonrisa.

Seth se dirigió al pequeño centro de detención que el ejército aún mantenía en la base. Llegó casi al mismo tiempo que la furgoneta del vuelo. Cuando se abrió la puerta, Seth vio a los dos hombres vestidos con ropa 5.11 salir con Rexhepi y sonrió. Reconoció a uno de ellos: la OGA había enviado a su mejor interrogador.

El hombre levantó la vista y vio a Seth. Sonrió, pero no dijo nada. Seth sabía que no lo haría, al menos no delante del prisionero. Cuando metieron a Rexhepi dentro, le colocaron inmediatamente unas gafas de privación sensorial en los ojos y unos auriculares en los oídos. Luego lo encadenaron a su silla para que no pudiera ir a ninguna parte.

Con el prisionero ya atendido y su mente y sentidos siendo asaltados, el hombre de la OGA se volvió para mirar a su inesperado visitante. "Debería haber sabido que SOCOM te enviaría aquí. ¿Cómo demonios estás, Seth?", preguntó.

"Oh, ya me conoces, Smith. ¿Todavía te llaman *Smith* estos días?" preguntó Seth en broma. En realidad no sabía el verdadero nombre del hombre. Todo formaba parte de su tapadera, supuso.

Mostrando una sonrisa irónica, el hombre respondió: "¿Qué quieres decir, Seth? Mi nombre siempre ha sido y será Smith".

Meneando la cabeza divertido, Seth cambió de tema. "¿Crees que puedes doblegarlo?", preguntó.

"Todos se rompen, Seth. Sólo es cuestión de cuándo y cuánto quieren aguantar antes de darse cuenta". Se volvió para mirar al hombre que se agitaba en la silla con el equipo especializado puesto. "Sabré más cuando hable con él. Ahora necesito ablandarlo un poco, así que dejaré los juguetes puestos durante una o dos horas. Así que, volviendo a ti. ¿Por qué estás aquí, Seth?" Smith preguntó. "Creí que el Ejército te había dejado de lado". Smith sacó un paquete de cigarrillos y encendió uno. Le ofreció el paquete a Seth, pero éste negó con la cabeza.

"Trabajo para el General Royal. Me quiere aquí como sus ojos y oídos. Me imagino que podría ser de alguna ayuda para ustedes. "

"Hmm ... bueno, he oído que están trayendo a otro tipo también. Si hay más de un prisionero, me encantaría contar con tu ayuda. Eres bueno en este trabajo, Seth. Deberías haber aceptado nuestra oferta hace un par de años". Guiñó un ojo. "Sabes, esa oferta sigue en pie si alguna vez te cansas de llevar ese traje de mono que llevas".

Seth miró a lo lejos. Se había planteado seriamente la oferta cuando se la hicieron. Al final, supo que no podía aceptarla. Nunca vería a sus hijos y su mujer no se quedaría. Simplemente no estaba destinado a ser.

"No creas que no lo he pensado, Smith. Pero ya me conoces. Ahora tengo una familia. No puedo simplemente alejarme de eso".

Smith asintió. "No, haces bien en rechazarnos, Seth. Es una vida dura, definitivamente no es para todos. Quizá si nuestros caminos se hubieran cruzado antes de que te convirtieras en padre de familia..."

"Bueno, tengo que volver al centro de operaciones. Quiero observar cómo capturan al siguiente tipo. Te alcanzaré en un rato", dijo Seth mientras extendía la mano.

Smith lo sacudió. "No hay problema. Ya sabes dónde encontrarme. Estaré aquí".

Seth se dio la vuelta y emprendió el camino de regreso. Mientras caminaba, no pudo evitar recordar su estancia en Virginia. Había sido una oferta tentadora; había estado a punto de aceptarla. Luego pensó en el día antes de que todo esto empezara, tumbado en la piscina del jardín con sus hijos. Una sonrisa se dibujó en su rostro y supo que había tomado la decisión correcta.

En cuanto volvió a entrar en la habitación, Seth notó la aprensión de inmediato.

"¿Cómo que los macedonios nos dicen que nos retiremos? ¿Con qué autoridad?", gritó el general Lancaster a un capitán que llevaba un teléfono al hombro.

"Es el embajador. Está al teléfono, señor", respondió el capitán, con la voz ligeramente temblorosa. Le tendió el auricular al general.

Lancaster se acercó airadamente al capitán y le arrebató el auricular. "Soy el general de brigada William Lancaster. ¿Con quién hablo?", ladró.

Pasaron unos segundos antes de que escucharan la siguiente interacción de la conversación unilateral. "¿Con qué autoridad intenta abortar *mi* misión, embajador?". dijo Lancaster escuetamente.

Se produjo otra pausa. "Tengo entendido que el Primer Ministro macedonio acaba de rescindir nuestro permiso para operar en su espacio aéreo. Tengo un equipo de Fuerzas Especiales que está a menos de cinco minutos de interceptar este vehículo. Vamos a avanzar y atrapar a este hombre", insistió Lancaster.

Nadie podía oír lo que decía el embajador, pero en ese momento, Seth estaba seguro de haber oído que el volumen y el ritmo de la voz al otro lado de la línea eran cada vez más altos y agresivos.

"Señor embajador, el presidente de Estados Unidos me ha ordenado interceptar ese vehículo y detener a ese hombre", insistió el general. "La NSA le ha relacionado directamente con el cerebro de los ataques terroristas contra nuestro país. Voy a hacer lo que se me ha ordenado. Si tiene algún problema con eso, dígale al Primer Ministro que llame al Presidente".

Esta vez el general no esperó mucho a la respuesta del embajador y le interrumpió. "¡Dígale a ese bastardo que si su gente intenta interferir en esta operación, ordenaré a mis hombres que lo traten como un acto hostil! ¿Entendido, señor embajador?"

Antes de que pudieran decirse más palabras acaloradas, el general Lancaster colgó el teléfono. Se volvió hacia el comandante Delta. "Póngame con el equipo ODA", ladró.

Un segundo después, uno de los sargentos del centro de operaciones le entregó un receptor de radio. "Capitán, aquí Lancaster. Puede haber una complicación en sus órdenes. Al parecer, alguien está agarrando al Primer Ministro macedonio por las pelotas y apretándole para que dejemos pasar este coche. El Presidente nos ha ordenado que no dejemos que eso ocurra. Deben tratar a cualquiera que intente interferir en su captura como hostil, incluyendo a la nación anfitriona. ¿Está claro? Interceptarás ese vehículo y traerás a ese hombre de vuelta a Bondsteel, ¿he sido claro?".

El general asintió cuando el capitán acusó recibo de las órdenes.

"Nos vemos en treinta minutos, Capitán. Fuera". El general le devolvió el auricular.

Luego se dirigió a otro de los suboficiales y ordenó: "Póngame con el general Royal".

Pasó un minuto y el general Lancaster se puso al teléfono con su jefe en el SOCOM, que también estaba al teléfono con el Pentágono y la Casa Blanca para informarles de lo que estaba ocurriendo en Macedonia.

Seth se rascó la cabeza, sumido en sus pensamientos. Alguien debía de tener mucha influencia sobre el Primer Ministro para conseguir que interfiriera en una operación que él había aprobado apenas treinta minutos antes. La pregunta era: ¿quién? ¿Quién podía haberle llamado en ese intervalo de tiempo para tener esa influencia?

Capitulo 11
Por correo

27 de octubre de 2020
Raleigh, Carolina del Norte
Oficina Federal de Investigación

El agente especial Trey Mandel estaba exhausto cuando se llevó la taza de café a los labios.

No puedo esperar a que acaben estas elecciones, pensó. *Esta alerta de terrorismo me está chupando la vida.*

"Despierta, dormilón", le dijo Linda Conway acercándose a su mesa.

Trey bostezó y volvió a dejar la taza sobre el escritorio. "Estás demasiado alegre a estas horas de la mañana. ¿Cómo lo haces?", preguntó bromeando.

Linda se rió entre dientes. "Es fácil. Tengo un hijo de tres años que se levanta al amanecer, así se hace", dijo. "Ahora, coge tus cosas. Tenemos una misión".

Levantando una mano en señal de protesta, Trey respondió: "Vamos, Linda. Estoy hasta arriba de papeleo. Todavía tengo que redactar mis 302 sobre los interrogatorios de anoche. Ya sabes, ese informe falso sobre unos hombres de Oriente Medio que vigilaban el YMCA de la avenida Hillsborough".

Desde los terribles atentados terroristas ocurridos hace menos de una semana, el FBI ha estado siguiendo todas las pistas e indicios posibles que le llegaban por teléfono de la población o de las fuerzas de seguridad locales. Lamentablemente, la agencia estaba llegando al límite de su capacidad y sus agentes no daban abasto. Si añadimos los continuos ciberataques contra las oficinas electorales de varios estados y las denuncias de intimidación de votantes por parte de varios grupos marginales de extrema derecha y extrema izquierda, muchos de los agentes estaban a punto de desplomarse de agotamiento.

"Mala suerte, grandullón", replicó Linda. "Hoy tenemos un caso de verdad. Se acabó perseguir amenazas terroristas. Vamos, te lo explicaré en el coche".

De mala gana, Trey cogió su bloc de notas, sacó el arma del cajón de su escritorio y se la colocó en el cinturón. Tras coger su chaqueta de traje, persiguió a Linda, su agente supervisora.

Diez minutos más tarde, los dos estaban en su coche del gobierno, dirigiéndose a Raleigh.

"¿Adónde vamos, Linda?", preguntó Trey.

"La oficina de correos", respondió. "Recibimos una alerta de Hacienda. Al parecer, un par de empleados de correos de la zona han hecho unos depósitos bastante sustanciosos y creen que está pasando algo raro." Linda giró hacia la calle Fayetteville, que les conduciría a la oficina central de correos de Raleigh.

Trey suspiró con fuerza. "Tiene que ser una broma", comentó. "¿Ahora nos tienen persiguiendo actividades bancarias sospechosas? ¿No saben que tenemos mejores cosas que hacer con nuestro tiempo que esto?".

Linda miró a Trey como lo haría con su hijo de siete años cuando se queja de algo. "Trey, somos el FBI. Ése es nuestro trabajo. Investigamos cosas sospechosas y luego determinamos si hay algo más, o si simplemente no es nada. Caray, ¿ya no os enseñan nada en la academia?".

"Vale, vale, jefe", dijo Trey, levantando las manos en señal de rendición. "Dígame más. ¿Qué tiene a Hacienda tan alborotada como para meter a dos agentes del FBI a vigilar a un par de trabajadores de correos mal pagados?".

"Bueno, en primer lugar, hay cuatro trabajadores postales en cuestión en Raleigh. En segundo lugar, los trabajadores en cuestión hicieron algunos depósitos realmente sustanciales en el último par de semanas. Uno de ellos depositó 79.000 dólares, otro 116.000 y un tercero pagó el saldo de una hipoteca de 78.000 dólares. Lo realmente interesante es que todos lo hicieron el mismo día. El sueldo anual de un empleado de correos suele rondar los 68.000 dólares aquí en Raleigh, así que estos depósitos se salen de la norma". Se giró brevemente para mirar a su joven compañero. "¿Te parece que merece la pena que lo investigue el FBI?", preguntó con una sonrisa burlona.

Trey asintió. Se dio cuenta de que había hablado demasiado deprisa sin tener todos los datos, algo que Linda le había planteado en más de una ocasión este último año. Trey aún estaba en su período de prueba de dos años en el FBI. Recién salido de Quantico, había conseguido un cómodo puesto en la bonita oficina de campo de tamaño medio de Raleigh, mientras que la mayoría de sus compañeros habían ido directamente a las grandes oficinas de campo.

"Entiendo lo que quieres decir, Linda", dijo. "Mencionaste algo sobre cuatro trabajadores en Raleigh; ¿significa eso que hay trabajadores postales en otras zonas que también están siendo examinados?".

Sonrió. "Ahora estás usando la cabeza, mi joven padawan. Sí, nuestro SAC me dijo esta mañana que agentes en Texas, Georgia, Florida y Ohio también están investigando casos en los que un puñado de trabajadores postales han hecho algunos depósitos bancarios sospechosos también. Así que no sólo nosotros en Carolina del Norte estamos investigando esto".

Unos minutos más tarde, aparcaron en la oficina principal de correos de Raleigh. Tardaron unos minutos en llegar hasta el director general de correos del edificio, pero una vez lo hicieron, preguntaron por los cuatro individuos en cuestión.

"Si no le importa que le pregunte, ¿por qué pregunta por cuatro de mis carteros?", preguntó el jefe de correos con cara de preocupación. "Ninguno de nosotros corre peligro, ¿verdad?", preguntó.

"No, nadie corre peligro, al menos que sepamos. Ahora mismo es sólo un control rutinario, nada de lo que preocuparse", responde Linda. Habían decidido que fuera ella quien dirigiera la reunión. Sin embargo, le hizo un gesto con la cabeza a Trey para que se adelantara.

"¿Puede hablarnos un poco de sus rutas?", preguntó. "¿Cuánto tiempo llevan en Correos? ¿Y han tenido algún problema financiero que usted sepa?". Linda miró y sonrió.

Volviéndose hacia Trey, que estaba preparado con su bolígrafo, listo para escribir, el jefe de correos contestó: "Um, sí, supongo". Pasó un minuto mientras sacaba sus expedientes personales. "Parece que todos llevan un tiempo con nosotros. Con la excepción de Julie Parsons, todos llevan trabajando para Correos veinte años o más. En cuanto a tu otra pregunta, no veo ninguna nota de sus supervisores sobre problemas económicos de ninguno de ellos: ni solicitudes de anticipos en efectivo, ni informes de que hayan manipulado mal cartas o paquetes, ni denuncias de robo contra ellos. De hecho, todos parecen buenos trabajadores".

"¿Puede hablarnos de sus rutas? ¿Dónde suelen repartir el correo?" preguntó Trey.

"Hmm... oh sí, aquí está", dijo el jefe de correos después de juguetear con el ordenador. "Parece que manejan en gran medida las entregas a granel."

Inclinándose hacia delante, Linda preguntó: "¿Puede aclarármelo? ¿Qué quiere decir con entregas a granel?".

"Sí, una entrega masiva es cuando entregamos correo en Walmart, un complejo de apartamentos o un centro de jubilados. El empleado de correos suele recoger grandes cajas de cartas o paquetes y entregar el mismo tipo de material en el lugar. Debido al gran número de artículos que manejan allí, no suelen hacer muchas paradas a lo largo del día."

"Ah, vale", reconoció Trey. "¿Puede decirnos a qué tipo de lugares suelen hacer entregas estos cuatro?", preguntó, con el bolígrafo tomando notas afanosamente.

"Claro, déjame ver". Pasó un minuto mientras el jefe de correos examinaba cada una de las rutas. "Hmm, parece que los cuatro manejan principalmente una serie de comunidades de jubilados y hogares de ancianos. ¿Eso ayuda?"

Linda y Trey se miraron y luego asintieron. "Sí, creo que sí. Creo que tenemos lo que necesitamos. Si tenemos que hablar con estas personas, ¿cómo podemos localizarlas en horario laboral?", preguntó Linda mientras se levantaba.

"Puedo darle la dirección de cada una de las oficinas de correos en las que trabajan. "Normalmente, los trabajadores vuelven a la oficina sobre las tres de la tarde para terminar de clasificar el correo del día antes de terminar sus turnos a las cinco. Si los echa de menos, bueno, seguro que sabe cómo encontrar sus casas, pero puedo darle sus direcciones de registro si lo desea".

Sonriendo, Trey contestó: "Sería estupendo. Gracias de nuevo por tu ayuda".

Cinco minutos más tarde, Linda y Trey volvieron a subirse al coche y se dirigieron a la oficina para anotar lo que tenían hasta el momento y comparar las notas con las de las demás oficinas locales. Querían ver si podían encontrar alguna correlación entre los propios trabajadores. Algo no cuadraba, pero aún no estaban seguros de lo que significaba.
****

Washington, D.C.
Sede del FBI

J. Edificio Edgar Hoover

El televisor del despacho del subdirector Joseph Latrell estaba encendido, pero en silencio. Fox News emitía su programación habitual y Joe ignoraba obedientemente lo que estuvieran diciendo. Tenía cosas mucho más importantes que hacer que dejarse absorber por la diatriba política de los tertulianos y expertos. La única razón por la que dejaba la televisión encendida era que, en caso de que se produjera alguna noticia de última hora, podría enterarse rápidamente.

"¿Qué estoy viendo exactamente?" Joe preguntó a Ashley Bonhauf, su subdirectora adjunta . Había colocado una gran colección de papeles sobre su mesa, que parecía demasiado organizada.

Sonrió a medias. Ashley era como el conejito de Energizer. Tenía una energía inagotable y estaba completamente casada con su trabajo en el FBI. Si no tenía cuidado, algún día sería su jefa.

Habían pasado dos horas desde la comida y Joe se encontraba en ese estado depresivo de media tarde, el que suele producirse cuando se ingiere una comida copiosa y toda la sangre se acumula en el estómago, como consecuencia de la mala decisión de comer en exceso. No le llegaba suficiente oxígeno al cerebro y eso ralentizaba sus capacidades cognitivas.

"Un par de cosas, señor. Este es un informe de la Red de Represión de Delitos Financieros que nos llegó el lunes", explicó Ashley, señalando uno de los montones. "Señalaron a treinta y cuatro trabajadores postales por actividades bancarias sospechosas. Al principio no le di demasiada importancia, pero le pedí a alguien de nuestra célula de financiación de amenazas que le echara un vistazo y nos recomendó que lo enviáramos a las oficinas locales para que los agentes locales intentaran recabar más información. Ayer recibí los informes iniciales de las oficinas de Raleigh, Dallas, Cleveland y Miami, y todos tienen algo en común. Todos los trabajadores postales en cuestión realizan entregas y recogidas masivas en el mismo tipo de instalaciones: residencias de ancianos y comunidades de jubilados."

Ashley levantó una mano para adelantarse a las preguntas. "No se me habría ocurrido hacer lo que hice a continuación, pero recibí una consulta de nuestro representante de enlace en el Mando de Operaciones Especiales de los Estados Unidos preguntando por la integridad de nuestro sistema de voto por correo y en ausencia. Al principio me pareció una pregunta extraña, así que le pregunté por qué lo hacía. Me dijo que alguien del CyberCom lo había mencionado en un informe al Secretario de Defensa la semana pasada y que ahora el comandante del SOCOM quería información adicional al respecto. Cuando me enteré de que estos trabajadores postales hacían entregas y recogidas masivas en residencias de ancianos y comunidades de jubilados, se me encendieron unas cuantas alarmas.

"Me puse en contacto con las oficinas electorales estatales de esos distritos concretos y les pregunté si habían observado alguna actividad inusual en el voto anticipado o en los votos por correo y en ausencia. Me dijeron que habían enviado aproximadamente el mismo porcentaje de votos por correo que en las elecciones anteriores; sin embargo, habían observado un descenso en el número de votos devueltos hasta ese momento. Aunque la gente tiene hasta el mismo día de las elecciones para enviarlas por correo, normalmente ya habrían devuelto cerca del noventa por ciento de las papeletas que enviaron. Una de las oficinas electorales me dijo que el tiempo típico que transcurre desde que se envía un voto por correo hasta que se devuelve es de menos de dos semanas. Hasta ahora, menos del treinta por ciento han sido devueltas en estos distritos".

Joe consideró la situación por un momento. Dudaba en involucrarse en algo que se pareciera a la política. Sus predecesores lo habían hecho y todos habían sido acusados de mentir a los investigadores.

No quiero acabar en el lado equivocado de las cosas, pensó.

Suspirando, Joe se pasó los dedos por el pelo mientras miraba a su joven protegido. "Entonces, déjame intentar explicar esto. Una de las oficinas electorales dijo que envían por correo una papeleta a un votante y, basándose en datos históricos de elecciones pasadas, esa misma papeleta suele devolverse en un plazo de dos semanas. Pero en la actualidad, sólo se ha devuelto el treinta por ciento de las papeletas enviadas por correo, cuando en elecciones anteriores esa cifra se acercaba al noventa por ciento. ¿Me he perdido algo?", preguntó. Se dio cuenta de que la había repetido, pero quería asegurarse de que entendía las ramificaciones de lo que ella estaba insinuando.

Ashley sonrió y asintió. "Y pensar que algunos por aquí creen que has perdido tu agudeza".

Haciendo una mueca de dolor por la alusión a su edad, Joe replicó: "No sabía que la gente pensara eso de mí". Entonces bostezó de repente, incapaz de controlar el mal momento de aquella respuesta innata.

Inclinándose hacia adelante, Ashley dijo: "Por favor, dime que estoy en algo aquí, Joe. Sé que aún no tenemos toda la información, pero faltan menos de seis días para las elecciones y, de algún modo, ha desaparecido un gran número de votos por correo en varios distritos decisivos."

Resoplando ante la insinuación, Joe miró las ubicaciones de las oficinas de campo en el mapa que tenía delante. "Mira, Ashley, no soy un experto en ciencias políticas. No tengo ni idea de las implicaciones de que unos miles de votos por correo no se hayan contado en estos distritos. Me parece, sólo juzgando por la ubicación, que todos estos parecen ser distritos fuertemente demócratas. ¿Crees que alguien está tratando de reequilibrar la balanza?"

Ahora fue el turno de Ashley para hacer una pausa y pensar en su respuesta. "No estoy segura. No sé cuál es el porcentaje de votantes republicanos o demócratas que votan por correo en esos distritos concretos. Aunque déjame anotarlo como pregunta de seguimiento para hacer".

Joe asintió. "Me parece un buen plan. Por qué no investigas eso, y si encuentras algo más de interés, entonces podemos abordarlo".

Se inclinó hacia delante. "Mientras tanto, ¿cómo de graves son las consecuencias políticas en Macedonia y los demás países vecinos tras la incursión de ayer de las Fuerzas Especiales? Anoche, en las noticias, el aterrizaje del Osprey en medio de la autopista para bloquear el tráfico justo delante de la frontera griega y los soldados corriendo para sacar a ese tipo de su vehículo parecía una fantasía. Todavía no puedo creer que nadie resultara herido o herido de bala".

La decisión del Presidente de perseguir a los terroristas islámicos que estuvieron detrás del reciente atentado terrorista provocó algunas olas políticas tanto en el país como en el extranjero. Muchos lo consideraron un truco justo antes de las elecciones, mientras que muchos otros estaban encantados de ver a Estados Unidos perseguir a los terroristas tan rápidamente. Por supuesto, la muerte del embajador estadounidense en Kosovo también había echado leña al fuego en favor de una acción militar rápida y decisiva.

Ashley suspiró ante la pregunta. También le habían encargado que se ocupara de algunas de las represalias extranjeras que se estaban produciendo en los Balcanes. Los agregados legales del FBI en las embajadas pedían a gritos más ayuda. Los gobiernos locales les bombardeaban pidiendo ayuda para hacer frente a lo que de repente se había convertido en un grupo muy activo de extremistas islámicos. Necesitaban ayuda para coordinar las cosas con el ejército estadounidense, que de repente había inundado la región con soldados de las Fuerzas Especiales que realizaban redadas a través de las fronteras nacionales con total impunidad.

"Eh, qué desastre está resultando todo esto, Joe. ¿Por qué has tenido que ponerme a mí al frente?", preguntó cabizbaja. Empezó a recoger los papeles que le había estado enseñando.

"Porque quieres ser director algún día. Eso significa que tendrás que saber manejar el trabajo con todos los aspectos extranjeros del FBI. ¿Cómo le va al agregado legal en Skopje?"

"Está bien. La embajada parece estar bien. Es la política interna de Macedonia la que parece tener problemas. Nadie está seguro de qué demonios ha pasado. En un momento, el Primer Ministro estaba a favor de que Estados Unidos purgara su problema étnico con los musulmanes albaneses, y al minuto siguiente, el Primer Ministro le grita al embajador que estamos tratando de perseguir a un ciudadano chino que vive en Skopje". Terminó de meter sus papeles en la carpeta.

"¿El objetivo de la redada era un ciudadano chino? Creía que era un tipo con dinero que estaba relacionado con el grupo terrorista que llevó a cabo el atentado de hace una semana", dijo Joe, con la frente fruncida por el pensamiento.

"Era el tipo del dinero. Resulta que era de nacionalidad china. Al parecer, trabajaba en el Banco de la Ruta de la Seda de Macedonia. Los militares lo tienen bajo custodia ahora. Sospecho que averiguaremos lo que pasa en algún momento, una vez que empiecen a publicar algunos informes de inteligencia sobre su interrogatorio."

Joe se quedó pensativo un momento. Algo no encajaba en todo esto. *¿Por qué iba a financiar un ciudadano chino un atentado extremista islámico en suelo estadounidense?* se preguntó.

"Ashley, antes de que te vayas, quiero que investigues lo del voto que mencionaste", pidió Joe. "Averigua con esos funcionarios electorales cuáles son las estadísticas de votos en ausencia republicanos frente a demócratas en esos distritos. Además, trata de averiguar de dónde viene el dinero que esos empleados de correos parecen estar adquiriendo de repente. Que los agentes de campo traigan a todos los trabajadores postales y empiecen a apretarles para obtener información sobre el origen del dinero. Algo parece raro. No puedo ubicarlo, pero tenemos que movernos en esto. Tráelos hoy, ¿quieres?"

"Claro, jefe. Le llamaré mañana cuando tenga más que informar".
****

Kosovo
Campamento Bondsteel

El tiempo se había vuelto decididamente frío en las últimas veinticuatro horas. La temperatura había bajado a cuarenta y dos grados y amenazaba lluvia. Negros nubarrones se cernían sobre la ciudad.

El teniente coronel Seth Mitchell estaba sentado en el centro de operaciones, revisando el último dossier que habían reunido la NSA, la DIA y la CIA.

¿Qué tiene que ver un ciudadano chino con la financiación de un grupo extremista islámico en los Balcanes? se preguntó.

Al sentir que alguien caminaba detrás de él, Seth se giró y vio que se le acercaba el general de brigada William Lancaster. El general tenía esa expresión en el rostro que indicaba que estaba a punto de encargarle un proyecto difícil.

"Buenos días, señor. ¿Tiene algo para mí?", preguntó.

Acercando una silla a su lado, el general se sentó y miró a su alrededor para asegurarse de que no había nadie cerca o que pudiera estar escuchándoles. Luego se inclinó hacia él y le dijo en voz baja: "Mira, Seth, el interrogador de la OGA lleva casi catorce horas interrogando a Rexhepi. Hemos tenido a este nacionalista chino cociéndose en una celda desde su captura. Tenemos que empezar a interrogarle y obtener algunas respuestas".

Seth asintió. "Anoche hablé con Smith, el interrogador de la OGA. Primero está recabando información periférica sobre el chino de Rexhepi. Luego quiere interrogar al chino con lo que ha averiguado de nuestro amigo kosovar. Conseguirá lo que necesitamos, señor. He trabajado con Smith. Es muy bueno en este trabajo".

"Puede que sea así, pero el Departamento de Estado, el FBI y ahora parece que el gobierno de Kosovo nos están presionando mucho para que retengamos a este ciudadano chino", dijo Lancaster con desánimo. "No estoy seguro de quién es este tipo, ni de lo que está pasando, pero al parecer el gobierno chino está muy interesado en recuperarlo. Los chinos están armando todo tipo de revuelo en Kosovo y con la UE por el secuestro de uno de sus ciudadanos." El general hizo una segunda pausa antes de añadir: "No confío en que podamos retenerlo mucho más tiempo. Quiero que averigües con Smith lo que tiene y que vayas a interrogarle ya".

Seth se encogió de hombros. "Puedo, pero no estoy seguro de lo rápido que obtendremos respuestas. Este tipo de cosas llevan su tiempo. Es como quitar las capas de una cebolla. Si ha tenido algún tipo de entrenamiento de resistencia a los interrogatorios..."

Lancaster interrumpió: "Lo sé. Mira, esto no va más allá de ti y de mí. El presidente firmó una orden secreta hace una hora y se la envió al director de la CIA y a nuestro jefe, el general Royal. Debemos usar medidas extremas para obtener la información que necesitamos. No tenemos mucho tiempo, y si hay otro ataque terrorista planeado que vaya a coincidir con las elecciones, necesitamos saberlo. Estamos a cinco días de las elecciones, no tenemos tiempo para perder el tiempo".

Seth negó con la cabeza, consternado. "Más vale que haya algún tipo de inmunidad o cobertura superior para mí", afirmó. "No pienso volver a pasar por lo de Yemen".

Lancaster puso la mano en el hombro de Seth. "Te cubro las espaldas en esto, Seth. No te dejaré en la estacada. Si alguien intenta colgar esto de tus hombros, tendrá que colgarlo también de los míos".

Tras inspirar profundamente y contener la respiración durante varios segundos, Seth la soltó lentamente. "Vale, lo haré", respondió. "Me han dicho que te has traído mi equipo por si lo necesitábamos, ¿es cierto?".

"Lo hicimos", respondió Lancaster. "Dile a tu amigo Smith acerca de la orden si su propia gente no lo han hecho ya. No tenéis mucho tiempo para conseguir lo que necesitamos, así que poneos a ello".

Seth asintió, se levantó y se dirigió al pequeño centro de detención donde tenían a sus dos invitados. Tras el corto paseo, se acercó al edificio correspondiente, pero vio que ahora había un par de guardias de paisano con chalecos antibalas apostados fuera, que llevaban M4 colgadas del pecho a poca altura.

Uno de ellos levantó la mano diciendo: "Lo siento, señor. Esta es una zona restringida".

Un segundo después, la puerta del edificio se abrió y Smith salió. Sus ojos se iluminaron cuando vio a Seth, y pasó por delante del guardia hacia él. "No pasa nada, chicos. Está conmigo. Está en la lista".

Los guardias asintieron y volvieron a su postura estoica, asegurándose de que sus miradas amenazadoras protegieran a cualquiera que se acercara a *sus* instalaciones.

Smith les guió hasta el interior de las instalaciones junto con Seth. Se acercaron a una mesa con un par de sillas libres, junto a unos ordenadores manejados por un par de analistas.

"Déjame ponerte al día con lo que hemos encontrado hasta ahora. Ah, y antes de que se me olvide, tu equipo está en la otra mesa". Smith sonrió una sonrisa diabólica. "Es bueno tenerte de vuelta, amigo mío."

Sacudiendo la cabeza ante la referencia, Seth respondió: "Sigo intentando salir, pero me vuelven a meter". Los chicos que le rodeaban se echaron a reír.

"Vale, basta de cháchara", dijo Smith con buen humor. "Tenemos mucho trabajo que hacer y, por lo que me ha dicho mi jefe, no tenemos mucho tiempo. Vamos a tener que soltar pronto a este bromista, así que tenemos que exprimirle todo lo que podamos." Smith sacudió la cabeza con consternación. "No estoy seguro de quién es el pariente de este tipo, pero tiene mucha influencia en el gobierno chino. Piden a gritos su liberación en Washington, aquí en Europa y también en Kosovo".

"Eso he oído". Seth se inclinó hacia delante. "Entonces, ¿qué sabemos de él?"

"Lamentablemente, no mucho. Sabemos que trabaja como ejecutivo bancario para el Silk Road Bank en Skopje. El banco tiene su sede en Baar (Suiza), al sur de Zúrich. Lleva trabajando allí unos seis años y ha pasado la mayor parte de ese tiempo con la empresa en los Balcanes, sobre todo prestando servicios bancarios en Macedonia, Grecia, Kosovo, Albania, Serbia y Bosnia, así que seguro que se ha reunido con mucha gente de la región. Ahora, aunque no tenemos muchos datos sobre él, sí tenemos los sellos de su pasaporte, y sus dispositivos electrónicos están empezando a arrojar alguna información interesante."

Uno de los analistas cercanos se sentó en una silla junto a Seth. "Sí, uno de los dos portátiles con los que fue capturado parece estar relacionado con el gran hackeo de Gmail y la Casa Blanca de hace dos años. Te acuerdas, ese grupo KHS que supuestamente realizó el hackeo".

Seth se frotó la sombra de las cinco de la tarde que ya le crecía en la cara. *¿Qué tiene que ver ese pirateo de hace dos años con los extremistas islámicos de los Balcanes?* se preguntó.

"Vale, ¿qué quieres exactamente que le pregunte?" preguntó Seth. "Sospecho que quieres que le interrogue mientras tú sigues centrado en Rexhepi, ¿verdad?".

Smith asintió. "Ahora que nos han dado luz verde para usar las otras herramientas de nuestra bolsa, sí. Quiero que averigües para quién está trabajando realmente, y qué tipo de apoyo está proporcionando al grupo de Rexhepi. ¿Sabe de algún otro ataque terrorista contra nuestro país? ¿Cuál es su conexión con el grupo de hackers KHS, y qué tuvo que ver con el hackeo de Gmail y la Casa Blanca de hace dos años?".

Seth resopló ante la petición. "¿Quieres que averigüe con quién salió cuando tenía dieciséis años mientras estoy en ello?"

Smith se limitó a mirarle mal mientras negaba con la cabeza. "Tienes tus órdenes de marcha, soldado. Póngase a ello". Su tono sugería que hablaba en broma, pero lo decía en serio.

Sin decir nada más, Seth asintió y se levantó. Cogió su bolsa del gimnasio y sacó un par de pantalones y una camisa de 5.11. Procedió a cambiarse el uniforme militar por el atuendo civil. No iba a dejar que este tipo supiera que era militar si podía evitarlo. Mejor que el hombre pensara que era de la CIA y creyera que las normas eran laxas o inexistentes.

Diez minutos después, Seth abrió la puerta del pasillo que conducía a las cuatro salas de interrogatorio de la pequeña instalación. Rexhepi estaba en una sala y su misterioso chino, en otra. Se acercó a la puerta correspondiente, giró el picaporte y entró.

Atado a una silla frente a una pequeña mesa había un hombre de aproximadamente 1,70 m de altura. Parecía tener las manos suaves y cuidadas, las manos de alguien que no hace mucho trabajo sucio. Seth observó que aún llevaba puesto el equipo de privación sensorial. Hizo un gesto con la cabeza al guardia que estaba detrás de su nuevo amigo chino para que se lo quitara.

Una vez que le quitaron las gafas y los auriculares, el hombre parpadeó varias veces y sacudió brevemente la cabeza, mirando alrededor de la habitación mal iluminada para hacerse una idea de dónde estaba retenido.

Cuando los soldados de las Fuerzas Especiales lo capturaron, le inyectaron una droga que lo dejó inconsciente durante casi doce horas. Cuando despertó hacía cinco horas, le colocaron inmediatamente el equipo de privación sensorial. La combinación del sueño inducido y los efectos desorientadores del equipo que llevaba le habrían hecho ignorar por completo cuánto tiempo llevaba bajo su custodia. Probablemente pensaría que le habían retenido tres o cuatro días más.

Sentado frente al prisionero, Seth sacó el pasaporte del hombre y lo levantó. Lo abrió y leyó el nombre en voz alta: " Wen Zhenyu ."

El hombre le miró con cautela y luego asintió. "Ése es mi nombre. ¿Quién es usted? ¿Por qué me retienen?", preguntó enfadado en un inglés excelente. Seth detectó una pizca de acento del Medio Oeste, como si hubiera pasado algún tiempo en la zona de Chicago.

Desoyendo la pregunta del preso, Seth preguntó: "¿Para quién trabajas?".

Burlándose de la pregunta, Wen respondió: "Trabajo como ejecutivo bancario para el Silk Road Bank de Skopje. Estoy especializado en préstamos a empresas y a la construcción".

Wen siguió mirando alrededor de la habitación, buscando pistas que pudieran ayudarle a averiguar quién le retenía y dónde estaba.

Seth negó con la cabeza. "Sé que esa es tu tapadera oficial. Lo que quiero saber es para quién trabajas *realmente*".

Seth observó que los ojos del hombre recorrían un poco más la habitación, buscando algo pero, al parecer, sin ver lo que buscaba.

"Soy un ciudadano chino. No tienen derecho a retenerme. No he hecho nada malo. Exijo hablar con alguien de mi consulado". dijo Wen enfadado.

Seth negó con la cabeza. Luego abrió la carpeta manila que llevaba y la colocó sobre la mesa. Wen miró la carpeta, casi sorprendido por su repentina aparición.

Sosteniendo una foto de Rexhepi para que la mirara, Seth preguntó: "¿Quién es este hombre?".

Wen miró la foto y sacudió la cabeza. "No tengo ni idea de quién es. Exijo hablar con alguien de mi consulado", volvió a decir indignado.

Manteniendo la calma, Seth levantó el móvil de Wen. "Este es tu teléfono, ¿no?"

Wen miró nervioso el teléfono, pero asintió.

Sacando una pequeña grabación digital, Seth procedió a reproducir la grabación de la llamada telefónica interceptada entre Wen y Rexhepi. Cuando Wen oyó su voz y la de Rexhepi al otro lado, sus ojos se abrieron un poco más antes de recuperar rápidamente la compostura.

"Fabricaste esa grabación", dijo, furioso. "No tengo ni idea de a quién pertenece esa otra voz. Le exijo que me permita hablar con alguien de mi consulado. No diré ni una palabra más", gritó furioso.

Ya basta, pensó Seth.

Golpeó con la mano la mesa de metal, y su anillo de casado chocó contra el metal con un fuerte crujido mientras se levantaba de la silla. Con un movimiento rápido, agarró el lado derecho de la mesa y lo lanzó hacia un lado, haciendo que el guardia que estaba detrás de Wen diera un pequeño salto hacia atrás. Seth estaba sobre Wen antes de que éste se diera cuenta de lo que había ocurrido.

Seth agarró a Wen por el cuello y lo levantó de la silla. Utilizó la fuerza de su impulso hacia delante para empujar a Wen más allá del guardia, que se había apartado justo a tiempo para que Seth golpeara el cuerpo de Wen contra la pared trasera de la sala de interrogatorios.

El hombre no podía pesar más de ciento cuarenta libras; Seth lo maniató sin esfuerzo. Mientras levantaba a Wen del suelo, asfixiándolo, Seth se inclinó cerca de su cara. Mirándolo a los ojos con ardiente ira y odio, gritó: "¡Basta de juegos! Te han descubierto. Te han pillado ayudando a un conocido terrorista que atacó nuestra nación. O hablas conmigo o, con la ayuda de Dios, desearás estar muerto".

Tiró a Wen al suelo y dejó que se hundiera mientras jadeaba.

Seth miró al guardia, que sólo enarcó una ceja ante lo que acababa de ocurrir. "Arregla la mesa y vuelve a sentarlo en su silla", ordenó Seth. "Vuelve a ponerle las correas. Volveré en un par de minutos". Luego salió de la habitación.

Si quiere jugar duro, me parece bien; tengo muchas herramientas en mi caja de herramientas, pensó. Una sonrisa maníaca se dibujó en su rostro.

Saliendo al pasillo, Seth se dirigió a la habitación exterior, donde le esperaba su equipo. Cuando entró, vio a Smith de pie con las manos en la cadera.

"Es bueno verte en acción, Seth", dijo con una sonrisa de satisfacción. "Seguro que lo tienes en vilo".

"Odio dejar salir esa parte de mí", respondió Seth con desgana. En el fondo, odiaba dejar salir a ese animal interior. No era quien era, era una respuesta entrenada y no algo que sintiera que siempre podía controlar. Yemen se lo había enseñado.

En ese momento, el general Lancaster entró en la habitación y se acercó a Smith y Seth. "¿Habéis encontrado algo ya? Tengo una llamada con el Pentágono dentro de unas dos horas y voy a necesitar darles una razón para retrasar nuestra entrega de Wen a los chinos. Un enviado especial del gobierno chino aterrizará aquí en Kosovo en tres horas. Vuela directamente desde Pekín".

"Realmente debemos tener a alguien importante si envían a un enviado especial a buscar a este tipo. Será mejor que vayas directo al grano, Seth", añadió Smith. Esperaban tener más tiempo para interrogarle, pero eso no ocurriría ahora a menos que descubrieran algo importante.

Seth asintió y cogió su pequeña mochila de trucos y volvió a entrar.

Al volver a entrar en la habitación, se dio cuenta de que Wen no parecía tan seguro de su situación como hacía unos minutos.

Bien, quizá haya llamado su atención, esperaba Seth.

"No puede hacerme esto. Exijo hablar con alguien de mi consulado".

Seth colocó su pequeña bolsa sobre la mesa y procedió a sacar algunos objetos de ella, colocando cada cajita sobre la mesa delante de Wen, haciendo todo lo posible para que se viera cada una de ellas.

Wen se retorció un poco, inseguro de lo que estaba a punto de ocurrirle.

"Eres estadounidense, no puedes torturarme", insistió Wen. "Va contra sus leyes". Ahora estaba claramente nervioso.

Para meterle más miedo, Seth sacó unos alicates de punta, un martillo de bola, un cortapuros y una pequeña sierra de hueso a pilas. A Wen se le salían los ojos de las órbitas.

Seth esbozó una sonrisa perversa mientras accionaba el interruptor de seguridad de la sierra para huesos. Le dio la potencia suficiente para hacer girar las cuchillas, produciendo un espeluznante quejido cuando la sierra de metal empezó a girar a cientos de revoluciones por segundo. A

Wen se le fue todo el color de la cara. Seth apagó la sierra y la volvió a dejar sobre la mesa, mirando fijamente al hombre sentado ante él.

"Mira, Wen, esto va a ir de dos maneras", explicó Seth. "O respondes a mis preguntas y me cuentas lo que sabes, o esto se va a poner doloroso. A mí no me va a doler lo más mínimo, pero puedo garantizarte que vas a sentir un dolor como nunca has sentido en tu vida, el tipo de dolor que no sabías que existía. ¿Me entiendes, Wen?"

Por primera vez desde que habían empezado a hablar, Wen parecía realmente asustada. Seth se inclinó hacia él. "Wen, me doy cuenta de que estás pensando en intentar aguantar todo lo posible. Te dices a ti mismo que recurras a tu entrenamiento, que lo que te enseñaron tus instructores te ayudará a evadir mis preguntas, que si aguantas lo suficiente, alguien de tu gobierno vendrá a buscarte".

Wen levantó la cabeza para mirar a Seth con expresión sorprendida, como si éste acabara de leerle el pensamiento.

"Wen, estás sola... y nadie va a venir a salvarte. No me obligues a hacerte daño. No me obligues a hacerte esto", dijo Seth mientras agitaba la mano sobre los objetos de la mesa.

Seth se inclinó hacia delante para mirar a Wen a los ojos. "Déjame contarte un secreto, Wen. Por muy fuerte que sea una persona, por mucho entrenamiento que haya tenido, todas se rompen. Es sólo cuestión de tiempo y paciencia, pero al final, todos se rompen. La única pregunta es, ¿cuánto dolor quieres pasar antes de decidir que has tenido suficiente? Por favor, Wen, no me hagas usar estas herramientas contigo", imploró Seth.

Wen sacudió la cabeza con rabia y frustración. "No puede hacer esto. Va en contra de todo lo que representa tu país, de todas las leyes que has aprobado. No puede torturarme así. Yo no he hecho nada y exijo que me dejen ir".

Seth miró a Wen, con la decepción dibujada en el rostro. Se acercó a una de las cajas pequeñas y la abrió. Dentro había una jeringuilla y un frasco de líquido transparente. Los sacó y procedió a llenar la jeringuilla con tres centímetros cúbicos del líquido transparente. Accionó la jeringuilla y empujó el émbolo un poco hacia arriba para eliminar una burbuja de aire antes de mirar al guardia.

"Sujétalo", ordenó Seth.

El guardia avanzó y agarró a Wen firmemente por los hombros. Wen trató de retorcerse mientras Seth le agarraba el brazo izquierdo con fuerza. Luego le clavó la aguja en el músculo deltoides y presionó el émbolo. Cuando expulsó todo el líquido, Seth sacó la aguja y volvió a la cajita, donde colocó la jeringuilla usada y el frasquito. El guardia que estaba detrás de Wen soltó el agarre y retrocedió un par de pasos detrás de él, a la espera de nuevas instrucciones.

Mientras Seth dejaba que la droga empezara a hacer efecto en el torrente sanguíneo de Wen, se acercó a la esquina de la habitación y cogió el trípode y la cámara que había apoyado contra la pared. Lo preparó y volvió a comprobar que estaba bien orientado hacia Wen antes de encenderlo e iniciar la grabación.

La medicación tardó unos veinte segundos más en surtir el efecto deseado, pero cuando empezó a hacer efecto, Wen cambió por completo. Sus ojos se volvieron un poco vidriosos y parecía increíblemente relajado. Seth dejó que el fármaco hiciera efecto un poco más antes de empezar a hacer a Wen algunas preguntas muy genéricas sobre su infancia, dónde había crecido, cuál era su comida favorita, su primera novia, su primer amor de la infancia... todas las cosas que le provocaban un recuerdo feliz. Seth sabía que esto pondría a Wen en un estado mental feliz y lo distraería de su entorno actual.

Ahora que Wen estaba bien preparado, empezaba el verdadero interrogatorio.

"Wen, dijiste que trabajas para el Banco de la Ruta de la Seda en Skopje. ¿Para quién trabajas realmente?"

Wen esbozó una sonrisa bobalicona. "No trabajo para el Banco de la Ruta de la Seda. Trabajo para el Ministerio de Seguridad del Estado".

Ahora estamos llegando a alguna parte, pensó Seth.

"¿Cuál es tu trabajo en el Ministerio de Seguridad del Estado?", preguntó Seth.

Girando un poco la cabeza, Wen respondió: "Mi trabajo es socavar el gobierno de Estados Unidos y fomentar sentimientos antiestadounidenses entre las comunidades musulmanas del sureste de Europa".

"¿Cuál es su relación con Rexhepi?" preguntó Seth. Ya se estaba acostumbrando a hacer preguntas.

"Soy su controlador. Es mi activo, tonto. Hace lo que yo le digo", respondió Wen con sarcasmo. "¿Me das agua o un trago? Me vendría muy bien un trago fuerte ahora mismo", añadió.

Como no quería distraer su atención de su felicidad, Seth indicó con la cabeza al guardia que les trajera algo de beber. Seth sabía que tenían una botella de rakia, un tipo de brandy muy popular en los Balcanes, junto a los analistas para este tipo de situaciones.

"¿Ordenó a Rexhepi llevar a cabo un ataque terrorista contra los EE.UU.?" preguntó Seth.

Sonriendo con picardía, Wen confesó: "Claro que sí. Es mi obra maestra. Años de planificación y millones de dólares después, he logrado un éxito mayor del que jamás pensé".

"¿Quién te ordenó llevar a cabo este ataque?"

"El Ministerio de Seguridad del Estado, por supuesto. Nosotros los chinos hacemos exactamente lo que se nos dice, a diferencia de ustedes los estadounidenses. No nos dejamos llevar. Somos buenos comunistas", respondió jovialmente. "Tío, ¿qué clase de drogas me has dado? Me siento muy bien. No me había sentido tan feliz en... no sé cuánto tiempo".

Seth sonrió. "Me alegro de que te gusten. Tengo muchos más que puedo darte. ¿Cuál fue tu relación con el grupo de hackers de Kosovo hace dos años?". Quería ver si había alguna conexión entre ambos sucesos.

Sacudiendo la cabeza, Wen dijo: "KHS era solo una tapadera. Necesitaba averiguar qué aranceles o sanciones económicas iba a aplicar el presidente Sachs a mi país tras vuestras elecciones de mitad de mandato de 2018. Mi gobierno necesitaba saber qué planeaba hacer el suyo".

A Seth le sorprendió la respuesta. Era un poco más de lo que creía, pero explicaba perfectamente por qué los chinos habían reaccionado así ante Estados Unidos. Sabían lo que iba a hacer el presidente, así que podían esquivarle en todo momento.

De repente, a Seth se le ocurrió una idea. "¿Va a interferir el Ministerio de Seguridad del Estado en las elecciones presidenciales de Estados Unidos?", preguntó.

Riéndose de la pregunta, Wen se limitó a negar con la cabeza. "No tienes ni idea de lo que te espera. No vamos a interferir en sus elecciones. Ya hemos elegido a su próximo presidente y ni usted ni nadie puede hacer nada al respecto".

Justo en ese momento, el guardia volvió a entrar en la habitación, con una botella de rakia y un par de vasos de chupito en la mano.

"Ah, ya era hora de que volvieras con lo bueno", dijo Wen. "Sírveme un trago y te contaré todo sobre el régimen títere que estamos estableciendo aquí en los Balcanes... y tu nuevo presidente".

Capítulo 12
Caída del dominó

28 de octubre de 2020
Washington, D.C.
Departamento de Seguridad Interior

El tiempo había pasado de ser un verano indio a ser decididamente frío en el lapso de unos pocos días en D.C., lo que a Patricia le pareció una señal de lo que se avecinaba. Cuanto más leía el informe de Kosovo, más ganas tenía de vomitar. Dejó la carpeta y se quedó mirando la pantalla del ordenador. Aún tenía el vídeo del interrogatorio en pausa. Lo había visto, pero lo detuvo a la mitad para poder leer el informe y el análisis que lo acompañaba y así poder contextualizarlo.

Tenía que admitir que lo que estaba leyendo era absolutamente espeluznante. Era el peor temor del gobierno sobre lo que podría ocurrir durante unas elecciones, y no parecía que hubiera nada que pudieran hacer para detener la caída de este tren.

Pasó una hora sentada en su despacho, adormecida, viendo el vídeo del interrogatorio y leyendo el informe. Cuando terminó, supo que tenía que empezar a informar a más gente. Esto se iba a poner muy serio y su departamento tenía que hacer todo lo necesario para adelantarse.

A las 11 de la mañana, ya había reunido a varios de sus adjuntos y jefes de departamento, junto con el grupo encargado de la seguridad de las elecciones. Para su alivio, se unió a ellos en la reunión el Director Adjunto del FBI, Joseph Latrell, junto con un alto funcionario de la CIA y la NSA. Todos se pusieron manos a la obra para decidir qué hacer a continuación.

Al ver que habían llegado todos los que debían estar presentes, Patty da comienzo a la reunión. "Gracias a todos por venir con tan poca antelación. Sé que todos están ocupados, y lo que es peor, es casi el final de la semana, por lo que todo el mundo quiere terminar las cosas antes de las elecciones. Sin embargo, estamos aquí hoy porque nuestra nación está a punto de ser atacada por extremistas islámicos. Nuestras elecciones presidenciales están a punto de ser interferidas por actores extranjeros".

Se oía un murmullo en la sala mientras muchos de los presentes compartían miradas nerviosas entre sí.

"Debido a la gravedad de lo que se ha descubierto recientemente, tenemos aquí a varias personas de nuestros socios interinstitucionales para ayudarnos a ponernos al día sobre ciertos aspectos de lo que se ha descubierto. Dicho esto, voy a ceder la reunión al señor Latrell", dijo mientras le indicaba con la cabeza que empezara.

Joe se aclaró la garganta mientras se preparaba para pronunciar su discurso. "Para quienes no me conozcan, me llamo Joe Latrell y soy el Director Adjunto del FBI. Gracias al duro trabajo de nuestros militares en el extranjero y a los esfuerzos de la CIA y la NSA -dijo señalando con la cabeza a los dos representantes de la agencia-, en los últimos días hemos tenido conocimiento de dos nuevos atentados terroristas planeados contra nuestro país.

"Según los servicios de inteligencia, el próximo ataque está previsto para Halloween, el 31 de octubre. Luego, un segundo ataque está programado para el día de las elecciones, el 3 de noviembre. Por desgracia, aún no sabemos quiénes son los atacantes. Nuestras fuerzas en Kosovo están trabajando duro para descubrir esa información para nosotros mientras hablamos.

"Lo que hemos podido rastrear del atacante solitario que fue detenido tras el atentado del 24 de octubre es que se trata de una organización terrorista albanesa que responde al nombre de Estado Islámico de Kosovo, o ISK. Todos, y quiero hacer hincapié en esto, *todos* los atacantes del 24 de octubre habían luchado previamente con ISIS en Siria e Irak. Todos eran originarios de Kosovo y de un pequeño enclave albanés en Macedonia. El cabecilla de esta organización es un hombre llamado Luan Rexhepi, un kosovar de etnia albanesa de cuarenta y cuatro años. Luchó contra los serbios en la guerra de 1999 y fue sospechoso de varias atrocidades cometidas contra personas de etnia serbia. A mediados de la década de 2000, viajó a Afganistán y más tarde a Irak para luchar contra las fuerzas estadounidenses. Uno de sus hermanos también se encontraba entre los atacantes.

"Cuando Rexhepi regresó a Kosovo a finales de la década de 2000, intentó formar una organización terrorista con la intención de derrocar al gobierno e instaurar un gobierno de la sharia dirigido por él. Pasó un par de años en la cárcel por sedición, pero al salir de prisión volvió a radicalizar a la gente de su pueblo. En algún momento alrededor de 2017, ISK comenzó a recibir algunas grandes donaciones financieras de una fuente desconocida. El Departamento del Tesoro todavía está investigando de dónde procedían los fondos. Con el dinero añadido, comenzó a comprar lealtad y nuevos seguidores. Durante los dos años siguientes, su organización creció y se formó. Se sospecha que su grupo tiene unos doscientos miembros repartidos por Kosovo, Macedonia y Albania.

"Lo que hemos podido averiguar sobre el atentado de Halloween es que este en concreto lo llevará a cabo una organización hermana, el Estado Islámico en Bosnia. El atentado del día de las elecciones lo llevará a cabo el Estado Islámico en Serbia, también una organización hermana del ISK."

Durante los minutos siguientes, siguió explicando la historia de las tres organizaciones y quién era el responsable y planificaba los atentados terroristas. Luego explicó que los militares habían detenido a Rexhepi hacía dos días en Kosovo.

"¿Fue esa incursión de las Fuerzas Especiales que vimos en las noticias que tuvo lugar en Macedonia con esos dos helicópteros aterrizando en el centro de la autopista cerca de la frontera griega?", preguntó uno de los jefes de departamento del DHS.

Joe negó con la cabeza. "No. Se trataba de la detención de otro hombre llamado Wen Zhenyu. Él es, en última instancia, la razón por la que hemos convocado esta reunión".

Mientras negaba con la cabeza, Riku Tanaka preguntó: "¿Qué tiene que ver un ciudadano chino con ese grupo terrorista albanés que nos atacó?".

"Estoy llegando a eso", dijo Joe. "Si todos ustedes pueden por favor permanecer paciente un poco más, todo se aclarará. Durante la detención de Rexhepi, la NSA interceptó una llamada telefónica entre él y el señor Wen. Jill, ¿podrías reproducir la conversación?". preguntó Joe.

Jill asintió y sacó una pequeña grabadora digital de una bolsa con candado que había traído consigo. Dirigió a los asistentes una mirada muy severa antes de declarar: "Lo que voy a reproducir para ustedes está clasificado como alto secreto. Su contenido no debe comentarse fuera de esta sala. Si lo hacen, la NSA no tardará mucho en averiguar quién lo ha filtrado, y puedo garantizarles *que esa* persona será procesada".

La advertencia fue tan severa que incluso Patty sintió que un escalofrío de nerviosismo le recorría la espina dorsal.

La conversación entre ambos se reprodujo en voz alta, y Patty vio cómo muchos de los presentes se enfadaban y se sorprendían de que este ciudadano chino no sólo estuviera ayudando a este conocido terrorista, sino que parecía participar activamente en la planificación de futuros atentados.

Cuando terminó la cinta, Joe añadió: "Durante el interrogatorio del señor Wen, nos enteramos de que en realidad es un agente encubierto del Ministerio de Seguridad del Estado, la versión china de la NSA, la CIA y el FBI, todo en uno. Además de los dos ataques terroristas, reveló un complot mucho mayor que ya está en marcha para subvertir nuestras elecciones presidenciales."

Patty vio que varias personas se llevaban las manos a la boca, asombradas, mientras otras murmuraban algunas palabrotas en voz baja.

Joe continuó: "Nuestros agentes están en proceso de detener a más de dos docenas de agentes durmientes que iban a llevar a cabo estos atentados. Desgraciadamente, hay otra célula responsable de los atentados del día de las elecciones, y aún no hemos identificado quiénes son sus miembros ni dónde se esconden. Todo lo que sabemos es que esta segunda célula está vinculada a un enclave albanés en Serbia conocido como Presevo. Dejaré que nuestro representante de la agencia te cuente más sobre eso". Hizo un gesto con la cabeza al Director de la CIA, Marcus Ryerson, para que tomara el relevo.

Ryerson levantó la barbilla cuando todas las miradas se volvieron hacia él. "Durante nuestro interrogatorio al señor Wen, supimos que también financiaba una organización terrorista independiente que tiene lazos poco sólidos con el grupo de Rexhepi en un enclave albanés llamado Valle de Presevo. Esta zona ha sido un foco de extremismo musulmán albanés desde la guerra serbo-bosnia de los años noventa. La actividad extremista ha aumentado con el ascenso del ISIS en Oriente Próximo. Los serbios estiman que cerca de trescientos o cuatrocientos hombres y mujeres jóvenes de esta zona han viajado a Siria a mediados de la década de 2010.

"En estos momentos estamos trabajando con los serbios para intentar averiguar quién puede ser el líder de la célula y quién de esa región ha mencionado viajar a Estados Unidos o puede que ya haya partido hacia ese país. Me temo que todavía no tenemos mucha información sobre este segundo grupo. Lo que puedo decirles es que estamos experimentando un enorme rechazo por parte de todos los gobiernos de la región desde que detuvimos al Sr. Wen. Antes de su detención, todos los países balcánicos estaban haciendo lo imposible por ayudarnos a dar caza a estos terroristas. Una vez que detuvimos a Wen, fue como si se encendiera un interruptor e inmediatamente nos encontramos con una fuerte resistencia.

"No hace falta que les diga cuánto odian los serbios a los kosovares, los albaneses o los musulmanes. Su odio mutuo se remonta a cientos de años. Demonios, han limpiado étnicamente pueblos enteros por lo mucho que se odian. Pero ahora mismo, todos ellos están cantando una voz unificada, diciendo que debemos liberar al Sr. Wen y detener nuestro secuestro unilateral de estos extremistas islámicos".

Patty vio la perplejidad en los rostros de muchos de los presentes. Ella también lo sintió.

El director Hogan intervino en ese momento. "Creo que deberíamos hablar de por qué los chinos se muestran tan inflexibles respecto a que liberemos a Wen, y de lo que nos dijo. No podemos resolver este problema si no revelamos a todo el mundo toda la verdad de lo que hemos descubierto."

Todos los ojos se volvieron ahora hacia el Subdirector del FBI Latrell.

Joe suspiró y asintió. "Observamos algunas irregularidades con una docena de trabajadores postales que parecían estar recibiendo importantes sumas de dinero. Cuando nuestros agentes investigaron, descubrieron que estos trabajadores postales se encargaban de recoger y dejar el correo masivo en residencias de ancianos y diversas comunidades de jubilados. Al principio, no sabíamos qué pensar de este vínculo común que todos parecían tener. Cuando interrogamos a una de las trabajadoras postales acerca de las grandes sumas de dinero con las que de repente se había visto inundada, rompió a llorar y confesó lo que estaba haciendo."

Joe sacudió la cabeza como si no quisiera hablar de ese tema. "Nos contó que un hombre con el que había estado saliendo le dijo que tenía un amigo que le pagaría cincuenta dólares por cada papeleta de voto por correo que recogiera y entregara a su amigo".

En la sala se oyeron jadeos y gruñidos.

Riku Tanaka intervino. "Esto suena como una historia descabellada que ha sido hilada para dar una excusa si la administración pierde las elecciones la próxima semana".

Más de uno miró mal a Riku por el comentario.

Joe intervino de inmediato. "Un momento. Mis agentes no se han inventado esta mierda, y no estamos urdiendo algo para dar una excusa a ningún grupo en particular en caso de que pierdan las elecciones".

"Vamos, ¿de qué estamos hablando?" Riku replicó. "Como mucho, unos cientos de votos por correo. Esto es una pista falsa".

Joe golpeó la mesa con la mano, sobresaltando a la mitad de los presentes. "Son más que unos cientos de papeletas. Este grupo sólo en Charlotte compró más de 30.000 papeletas. En el sur de Florida, son más de 65.000 papeletas. Estamos hablando de votos suficientes para cambiar las elecciones en cinco estados que previamente han decidido las elecciones por menos de 30.000 votos."

Varias personas sacudieron la cabeza con incredulidad.

El director Ryerson se levantó y se inclinó sobre la mesa, mirándolos con lascivia. "Si quieren más pruebas, pídanle a la directora Hogan que comparta con ustedes el vídeo del interrogatorio del señor Wen. Ella ha visto las pruebas. Los chinos han robado estas elecciones incluso antes de que las tuviéramos. Han financiado a estos grupos terroristas para llevar a cabo estos ataques contra nosotros y luego han convertido en armas los vídeos de los mismos en las redes sociales para destrozarnos. Si crees que los rusos interfirieron en las elecciones de 2016, los chinos han manipulado directamente el voto y han utilizado nuestras redes sociales contra nosotros. La pregunta más importante que tenemos que hacernos es ahora que sabemos lo que se ha hecho, ¿qué hacemos al respecto?"

"Esto es una farsa. Es imposible que los chinos manipulen el voto", exclamó Riku enfadado. "Dijiste que eran votos por correo, así que no tenemos forma de saber si le quitaron votos a los demócratas o a los republicanos. Por lo que sabemos, se trata de un desesperado último suspiro de una administración que parece estar perdiendo unas reñidas elecciones."

"Basta, Riku", insistió Patty, reprendiéndole públicamente por su exabrupto. "El FBI, la CIA y la NSA nos están proporcionando información objetiva sobre la injerencia extranjera directa en nuestras elecciones. No importa lo que digan las encuestas ni nuestra opinión sobre la actual administración. Nuestro deber no es para con la administración, sino para con la Constitución de Estados Unidos y nuestro país. Tenemos pruebas claras. De hecho, aquí están".

Sacó su ordenador portátil y mostró el interrogatorio, dándole la vuelta para que todos pudieran verlo. "Este es el interrogatorio del Sr. Wen. Llevamos una hora de interrogatorio. Les dejaré que escuchen cómo el interrogador le hace las preguntas, y podrán oír la respuesta del señor Wen con sus propios oídos".

Durante los diez minutos siguientes, el grupo escuchó al interrogador preguntar metódicamente al Sr. Wen sobre la manipulación electoral. Entró en detalles sobre cómo habían elegido los distritos específicos y aproximadamente cuántos votos por correo necesitaban interceptar para reducir el número de votos e inclinar el resultado de las elecciones en cada uno de esos estados para obtener el resultado deseado.

Cuando terminó el vídeo, Riku preguntó indignado: "¿Cómo sabemos que este tipo no fue torturado para decir todo esto? A mí me parece que está bastante drogado".

Jill, la representante de la NSA, sacudió la cabeza ante el comentario. "¿De qué lado estás?", preguntó. "Nos han enseñado un interrogatorio en vídeo de un espía confeso de la seguridad del Estado chino, una grabación de audio en la que habla con el líder terrorista del atentado del 24 de octubre y la confesión de un empleado de correos implicado en este complot para interferir en nuestras elecciones... ¿y aún tienes la osadía de decir que todo esto se está inventando y fabricando de alguna manera? ¿Dónde has encontrado a este idiota incompetente?". Lanzó al director Hogan una mirada de desprecio.

Riku se quedó un momento en silencio. Su rostro adquirió un tono más oscuro. Estaba claramente furioso, pero parecía saber lo suficiente como para morderse la lengua.

Gracias a Dios, pensó Patty. *Ya ha dicho mucho más de lo que debería a estas alturas.*

"Joe, ¿qué está haciendo el Director al respecto?" Preguntó Patty. "¿Ha hablado ya con el Fiscal General o con el Presidente?"

Joe consultó su reloj y respondió: "Ahora debe estar reunido con el fiscal general. Cuando termine, sospecho que el fiscal querrá hablar contigo sobre qué hacer con la información. Creo que tenemos que informar al Presidente, pero francamente, no estoy seguro de lo que se puede hacer. El daño ya está hecho. Ya se han robado más de 180.000 votos por correo en cinco estados. No hay forma de saber a qué persona le han robado el voto y a cuál no. A menos que se anulen todos los votos por correo y se obligue a todo el mundo a votar en persona, no sé cómo se podría solucionar esto. E incluso si se hiciera eso, se privaría del derecho al voto a las decenas de millones de personas que ya votaron por correo por una razón u otra."

Patty sacudió la cabeza con disgusto. Había que hacer algo y, en última instancia, sería el Presidente quien tendría que tomar la decisión. Ahora mismo, tenía que darle algunas opciones para que las considerara, pero no tenía ni la más remota idea de cuál sería el mejor curso de acción.
****

Washington, D.C.
Tribunal Supremo de EE.UU.

Anna Cho termina de preparar una cafetera y otra tetera con agua caliente para el té. Luego colocó un par de bolsitas de té en el carrito. Se aseguró de coger también el pequeño recipiente con la mitad de leche y algunas cremas aromatizadas. Miró a su alrededor con cautela: seguía sola.

Rápidamente sacó el pequeño tubo de pintalabios rojo de L'Oréal y sonrió.

Qué forma tan inteligente de disimular su contenido, pensó.

Giró suavemente la parte inferior del tubo del pintalabios, que reveló un pequeño compartimento lleno de un polvo gris metálico. Vertió la mitad del polvo en el café y la otra mitad en la olla de agua caliente para el té. En un abrir y cerrar de ojos, el polvo se disolvió y desapareció. Anna volvió a colocar el recipiente en su sitio y respiró aliviada.

Dios, espero no haber inhalado nada de eso, pensó nerviosa. *Supongo que lo sabré en una semana...*

Una vez cumplida su misión principal, terminó de preparar el carrito con los pocos artículos que quedaban: un sándwich cortado en cuadraditos para un juez, nueces de macadamia para otro y fruta fresca para un tercero. Cada magistrado tenía su propio tentempié favorito, y personas como Anna Cho y otras que trabajaban en el comedor del Tribunal Supremo se aseguraban de que los magistrados estuvieran bien alimentados e hidratados a lo largo del día.

Su compañera de trabajo, Maja Stankovic, volvió a entrar en la cocina. "¿Necesitas ayuda con eso?", le preguntó.

Sonriendo, Anna respondió: "No, creo que lo tengo todo preparado. Quieres subírselo?".

"¿En serio? ¿Me dejarás hacer eso?" preguntó Maja. "¿Estás segura?"

Maja era una empleada relativamente nueva. Sólo llevaba un año trabajando aquí, así que normalmente hacía los trabajos más serviles en la cocina.

Sin embargo, Anna estaba más que dispuesta a dejar que la empleada subalterna se llevara la gloria ese día. Después de todo, tenía que asegurarse de tener una coartada para cuando los jueces enfermaran. Después de hoy, Anna se tomaría cinco días de vacaciones preaprobadas, así que cuando los jueces empezaran a mostrar síntomas, ni siquiera estaría en el trabajo para ser considerada sospechosa. Especialmente cuando podría señalar a Maja como la que había traído el té y el café a los jueces y no ella.

Sonrió afectuosamente a su compañera de trabajo. "Sí, puedes llevarles el carro. Además, harás este trabajo por mí mientras estoy de vacaciones, así que será una buena práctica. Recuerda que el presidente del Tribunal Supremo, Mark Lighthouse, es un prolífico bebedor de café, y la juez Amy Keaton se pasó hace poco al té después de que su médico le recomendara cambiar de dieta. He escrito una pequeña nota sobre lo que les gusta beber a cada uno de ellos y su tentempié favorito de la tarde para ayudarte."

Maja sonrió. "Eres muy amable, Anna. Gracias por la ayuda. Te lo agradezco mucho". Miró a su alrededor para asegurarse de que nadie más la oyera. "Algunas de las otras damas aquí son realmente maliciosas, ¿no?" preguntó.

Anna soltó una risita ante el comentario. "Sí que pueden serlo. Los inmigrantes tenemos que estar unidos", dijo guiñando un ojo.

Anna era china, estadounidense de primera generación, y Maja era una refugiada serbobosnia. Su familia había huido de aquel país asolado por la guerra a finales de los noventa para venir a Estados Unidos. En realidad, Estados Unidos era el único hogar que Maja había conocido, aunque había visitado Bosnia en varias ocasiones para ver a familiares que aún vivían allí.

Mientras Maja recogía la carretilla y se dirigía a la sala de deliberaciones de los jueces, Anna esbozó una sonrisa traviesa, sabiendo que estaba a punto de cambiar para siempre el tejido de América. Ninguna otra persona del Ministerio de Seguridad del Estado tendría el

nivel de impacto en el mundo que ella tendría, y sólo ese hecho la calentaba por dentro.
****

Kosovo
Campamento Bondsteel

El general de brigada William Lancaster miraba frustrado la pantalla de vídeo. El monitor de sesenta pulgadas estaba dividido en cuatro recuadros separados: uno mostraba la sala de situación del Pentágono, otro el centro de operaciones SOCOM, otro una sala de briefing en Langley y el último recuadro era la Sala de Situación de la Casa Blanca. Todos los grupos de los SVTC discutían sobre qué hacer ante la evolución de la situación en los Balcanes.

El general Lancaster se frotó las sienes. Tenía que volver a poner a todo el mundo en marcha y orientarles sobre lo que debían hacer a continuación. "¡Eh! Disculpadme todos", dijo en voz bastante alta. Las cabezas parlantes del otro lado del SVTC dejaron de hablar.

"Entiendo que hay muchas decisiones políticas que deben tomarse, pero tengo algunos problemas serios aquí en Kosovo que necesitan una decisión inmediata", insistió Lancaster. "El gobierno de Kosovo dice que mis fuerzas no tienen permiso para operar dentro de su país, y por el momento, están tratando de mantener a mis chicos embotellados aquí en Bondsteel.

"En el norte de Kosovo, donde capturamos Rexhepi, la policía kosovar ha estado librando un tiroteo de casi un día de duración con restos del ISK y necesita ayuda desesperadamente. En el cuartel general de las Fuerzas de la OTAN en Kosovo, en Pristina, el comandante alemán no quiere liberar a sus fuerzas para que vayan a ayudarles, y además me dice que mis fuerzas no tienen autoridad para operar dentro de Kosovo. Así que, por un lado, tengo a la policía y al servicio de seguridad suplicándome ayuda. Por otro, tengo al gobierno y al comandante de la KFOR diciéndome que no tengo autoridad ni permiso para operar en Kosovo. Necesito que alguien tome una decisión sobre lo que debo hacer", dijo Lancaster en tono frustrado.

El Consejero de Seguridad Nacional del Presidente, Robert Grey, respondió: "Estamos trabajando para averiguarlo, General". Hipotéticamente, ¿hay alguna fuerza militar o gubernamental en la zona cercana que pudiera impedirle intervenir en nombre de la policía de Kosovo, si ésta optara por solicitar unilateralmente ayuda militar al Presidente en contradicción con las directrices de su propio gobierno?".

Ugh... hablando de poner a mis chicos en una mala posición, pensó Lancaster, controlando su impulso de gemir.

Respiró hondo. "En realidad no", respondió. "Hay un Grupo de Combate Multinacional-Oeste estacionado en Camp Villaggio, Italia, cerca de Pec. Está formado por una pequeña fuerza italiana y austriaca, pero no tienen nada que pueda considerarse una amenaza para mi fuerza. Asimismo, hay una unidad de policía militar en Pristina compuesta en su totalidad por Carabinieri italianos. Ninguno de esos dos grupos tiene realmente ningún tipo de poder de combate que pueda detener a mi fuerza, pero prefiero que nuestros hombres no se enfrenten si puedo evitarlo".

"¿Qué hay de Serbia y Bosnia?", preguntó otra persona, que estaba en la Sala de Situación con el Presidente. "Si tuvieras que emprender una acción unilateral en cualquiera de esos países e ir a por los pisos francos que te proporcionaron las fuentes de la CIA, ¿podrías hacerlo?".

El general Lancaster meditó un poco más la pregunta antes de responder. "Esa es una pregunta más complicada, señor. Me referiré primero a Serbia. Los serbios tienen un ejército de verdad. No tengo ni idea de qué tipo de fuerza militar tienen en la zona ni de si intentarían intervenir. Me gustaría pensar que se mantendrían al margen y nos dejarían hacer lo necesario. No les gustan los albaneses más de lo que a nosotros nos gusta Al Qaeda.

"El mayor desafío en Serbia es la Gendarmería, que depende del Ministerio del Interior, o MUP. Esta fuerza paramilitar depende directamente del presidente. Si recibe presiones de los chinos para que proteja a este grupo terrorista albanés, puedes apostar a que encargará a la Gendarmería que lo haga. Dudo que los militares obedezcan una orden así, pero el MUP seguro que sí.

"En cuanto a Bosnia, también tienen ejército, pero es relativamente pequeño. Si optaran por proteger a la ISB, podrían ser un problema, pero dudo que se involucraran. Nuestro mayor problema en Bosnia sería una lucha real con el propio ISB. Según el último informe de la CIA que tenemos sobre ellos, su número oscila entre quinientos y ochocientos combatientes, concentrados principalmente en la zona montañosa alrededor de Tjentiste, cerca de la región fronteriza entre Montenegro y

Serbia. Es una parte relativamente aislada del país sin presencia militar, pero puedes apostar a que es un bastión del ISB".

Se hizo el silencio al otro lado de la línea mientras los interlocutores silenciaban sus líneas y comentaban las opciones. El general Lancaster se dio cuenta de que ninguna era buena.

El General Royal del SOCOM finalmente intervino. "Señor Presidente, tenemos una idea razonablemente buena de dónde está retenido Sefer Kubura, el líder del ISB; es su grupo el que está programado para llevar a cabo un ataque terrorista contra nuestro país en menos de cuarenta y ocho horas. También tenemos sólo cinco días para averiguar quiénes son los atacantes del día de las elecciones y cuándo y dónde van a atacar. En este momento, él es nuestra mejor apuesta. Simplemente no tenemos tiempo para lidiar con la política de la situación, Sr. Presidente. Si quiere que averigüemos quiénes son esos atacantes y dónde se encuentran, tenemos que capturar a los líderes de la célula e interrogarlos lo antes posible."

El Presidente soltó una retahíla de obscenidades. "No hay una buena respuesta, ¿verdad, caballeros?", preguntó finalmente. "Bueno, no voy a dejar que ocurra otro ataque terrorista bajo mi vigilancia".

Se inclinó para que su cara fuera visible en la pantalla de teleconferencia. "General Royal, Lancaster, tienen autorización para acabar con estos tipos. Hagan lo que tengan que hacer, pero capturen a estos hombres y averigüen quiénes son los atacantes".

A continuación, el Presidente se dirigió a los directores del FBI y de Seguridad Nacional. "Mientras los militares y la CIA descubren nombres, quiero que vuestros agentes lleven a cabo redadas y detengan a los sospechosos. Trabajen con sus fuentes aquí en Estados Unidos y no dejen piedra sobre piedra. Tenemos que encontrar a estos terroristas antes de que puedan llevar a cabo su próximo ataque. También quiero que esos trabajadores postales sean acusados de interferir en unas elecciones, soborno y cualquier otro cargo que se os ocurra. Tenemos que construir un caso sólido de cómo un actor extranjero ha interferido activamente en nuestras elecciones para que podamos presentarlo al pueblo estadounidense una vez que tengamos todos los detalles. Mientras tanto, esto tiene que permanecer hermético hasta que tengamos todo listo para hacerlo público."

El Presidente se giró entonces en su silla para mirar a su Secretario de Estado. "Quiero que confronte a los chinos con la información que tenemos de Wen Zhenyu . Diles que sabemos del fraude electoral que están intentando y de su plan con los empleados de correos. Diles que tenemos pruebas de que están detrás de los ataques terroristas y que si se producen más ataques contra nuestro país, lo consideraremos un acto de guerra."

"Sí, Sr. Presidente", respondió el Secretario Kagel. "Transmitiré la información y la amenaza. ¿Qué quiere que diga si no hacen caso?"

Inclinándose hacia delante, el Presidente exclamó: "Dile a ese hijo de puta conspirador de Chen que sigo al mando del ejército más poderoso del mundo. Si quiere que nuestra guerra comercial se convierta en un conflicto militar en toda regla, que vuelva a producirse un atentado terrorista en nuestro país. Más les vale cancelarlos o destruiré su economía". Sachs golpeó la mesa con el puño para enfatizar su argumento.

Capitulo 13
Raider-Uno, Raider-Dos

Kosovo
Campamento Bondsteel

Mientras colocaba el último cargador de treinta cartuchos en su bolsa delantera, Seth se aseguró de tenerlo todo dispuesto tal y como quería antes de ponerse su chaleco antibalas individual y empezó a ajustar todas las correas en su sitio para que se ajustaran perfectamente a su cuerpo. Miró a los demás hombres que estaban en el hangar, cerca del helipuerto. Todos tenían una expresión de determinación en el rostro mientras preparaban su equipo individual.

"No tengo palabras para agradeceros que hayáis ayudado a mis hombres", dijo un coronel de la policía de Kosovo. Había acudido al campamento Bondsteel para solicitar personalmente su ayuda en Srbica. Sus policías estaban luchando contra una insurrección generalizada en la ciudad tras la captura de Rexhepi.

Volviéndose para mirar al coronel de policía que venía con ellos, Seth replicó: "Me alegro de que podamos ayudar, coronel. Asegúrese de que sus oficiales sepan cuándo llegamos y dígales que se mantengan alejados hasta que les pidamos ayuda. Vamos a movernos rápidamente por el pueblo y no queremos acabar disparándonos accidentalmente, ¿de acuerdo?".

El coronel asintió y levantó el móvil. "Estoy en contacto permanente con el comandante de la policía. Sus agentes están escondidos en la comisaría, esperándonos. Se han encerrado en el edificio por el momento".

Poniendo una mano en el hombro del hombre, Seth añadió: "Resolveremos esto y rescataremos a sus hombres, coronel. Estos terroristas no van a ganar".

El capitán Justin Nicholson se acercó y apartó a Seth. "¿Seguro que quieres venir con nosotros?", preguntó. "Este va a ser un golpe rápido, caliente y pesado. Tenemos que prepararnos para hacer un giro rápido para la próxima misión".

Seth sonrió a Nicholson. "Lo sé, capitán. Pero ustedes van a necesitar más ayuda. Además, ayudaré a coordinar las cosas con el coronel y sus hombres, para que su equipo pueda centrarse en acabar con esos insurgentes. Si podemos tomar algunos prisioneros, mejor. Los chicos de la DEVGRU llegarán en breve, y tienen otro equipo de interrogación que vendrá con ellos".

Nicholson asintió. "¿Sabes quién está dando el golpe en Bosnia y Serbia?"

"Por lo que tengo entendido, serán los chicos del JSOC los que den los dos golpes", explicó Seth. "Desgraciadamente, aún no tenemos aquí una compañía de Rangers, así que vuestro equipo ODA actuará como QRF en caso de que alguno de los dos grupos se meta en problemas".

El general Lancaster se unió a ellos. "Bueno, basta de cháchara. Subid a los helicópteros y limpiad nuestro desastre", ordenó.

"Ja, ja. Ya te gustaría venir", replicó Seth con buen humor.

"Claro que no. Ya soy demasiado viejo para esta mierda", dijo Lancaster riendo. "Pero seguro que me gusta veros en mis drones Reaper".

Tras unos minutos de instrucciones finales, el equipo de doce hombres de la ODA, junto con Seth y el coronel de la policía de Kosovo, embarcaron en los dos helicópteros Blackhawk que les llevarían a veinte minutos de distancia a Srbica , la pequeña ciudad donde habían capturado a Rexhepi. Allí, sus partidarios habían rodeado la comisaría local y matado a cinco agentes hasta el momento.

Cuando sus helicópteros despegaron, también lo hicieron dos helicópteros de combate Apache. Sólo tenían un total de cuatro de ellos en Bondsteel, especialmente transportados desde Rumania utilizando tanques de caída en sus pilones de ala para conseguir el alcance extra necesario para volar a Kosovo.
****

Los dos Blackhawks sobrevolaron rápidamente la ciudad y el estadio Bajram Aliu, que estaba a dos manzanas de la comisaría asediada. Mientras sobrevolaban la zona, Seth divisó a decenas de individuos rodeando la comisaría y disparando contra ella.

El capitán Nicholson dijo a los pilotos: "Establezcan mi equipo en el estadio. Nos moveremos a pie desde allí".

Los Blackhawks volvieron a dar la vuelta y aterrizaron rápidamente en el centro del campo. En cuestión de segundos, ambos grupos desmontaron rápidamente de los helicópteros y comenzaron a avanzar para avanzar sobre los insurgentes.

Seth le dio un golpecito en el hombro al coronel de policía. "Llama a tus hombres y avísales de que estamos sobre el terreno para relevarles", ordenó.

Mientras avanzaban, el coronel hizo la llamada.

Cuando el grupo dobló una de las esquinas de la calle principal, se encontraron cara a cara con un grupo de cinco insurgentes que estaban cerca de una camioneta recargando cargadores. Sin vacilar, los soldados de las Fuerzas Especiales abatieron a los cinco hostiles antes de que se dieran cuenta de lo que había ocurrido.

"Equipo Bravo, tomen el lado más alejado de la calle y avancen. Equipo Alfa, conmigo", gritó el capitán Nicholson mientras avanzaba con el rifle preparado.

Volviéndose hacia el coronel de policía, Nicholson le dijo: "Mantente agachado y sígueme".

Seth alzó su propia M4 al hombro y avanzó rápidamente detrás del equipo Alfa. Recorrieron la mitad de la manzana antes de que los atacantes se dieran cuenta de que les estaban atacando.

Zip, zip, crack.

Las balas se estrellaron contra los coches y las paredes cercanas de los edificios a medida que el equipo Alfa avanzaba. Seth vio a un insurgente que manejaba una de las ametralladoras pesadas, le apuntó y apretó el gatillo antes de que el hombre pudiera girar el arma pesada para dispararles. La bala de Seth alcanzó al hombre en la cabeza y lo derribó allí mismo.

"¡Cúbranse a la derecha!", gritó uno de los soldados mientras desviaban el fuego hacia un edificio situado al otro lado de la calle. Varios soldados dispararon a una figura que había aparecido de repente de la nada.

Se oyeron más disparos procedentes de otros edificios mientras los soldados de las Fuerzas Especiales se desplegaban rápidamente y se acercaban a los insurgentes.

Mientras los soldados estadounidenses avanzaban sobre los insurgentes, uno de los helicópteros Apache sobrevolaba la zona, inclinando el morro hacia abajo y lanzando una ráfaga de disparos desde su cañón.

BOOM.

Un coche frente a la comisaría explotó, matando a varios insurgentes que se habían escondido tras él mientras acribillaban la comisaría con ametralladoras.

El segundo Apache sobrevoló lentamente la comisaría, moviendo la carrillera allá donde el artillero giraba la cabeza mientras buscaba más objetivos. Al encontrar uno, soltó una corta ráfaga de disparos, destrozando a otro insurgente.

En ese momento, los insurgentes restantes interrumpieron su ataque e intentaron escabullirse como pudieron. El resto de los hombres del capitán Nicholson continuaron avanzando por las aceras de la carretera principal que conducía a la comisaría de policía. Cuando llegaron cerca de ella, hicieron que el coronel de policía llamara a sus hombres y les comunicara que habían llegado a la comisaría.

Unos minutos más tarde, media docena de policías salieron del edificio y se acercaron a los soldados estadounidenses. El coronel de la policía habló con ellos durante unos minutos y luego dijo a varios de ellos que acompañaran a los soldados de las Fuerzas Especiales para comprobar los alrededores y asegurarse de que no había más insurgentes escondidos en ninguna parte. Era imperativo que se aseguraran de matarlos a todos o de conseguir que desalojaran la zona.

Pasaron veinte minutos mientras la policía seguía registrando los alrededores en busca de más insurgentes. Lograron detener a dos de ellos cuando intentaban escapar por un callejón. Cuando la policía regresó, se dedicó a recoger los cadáveres de los insurgentes muertos y sus armas, mientras se llamaba a un camión de bomberos local para que apagara el incendio del coche que los apaches habían hecho explotar.

La radio de Seth se activó. "Teniente Coronel Mitchell, aquí el General Lancaster. Estoy enviando a los Blackhawks a recogerlos. Parece que el comandante de la KFOR en Pristina por fin va a enviar algunos soldados a Srbica. No os quiero allí cuando lleguen, así que aseguraos de coger lo que creáis importante y subid a esos helicópteros."

"Recibido, señor. Estaremos sobre los pájaros antes de que lleguen", respondió Seth. Rápidamente hizo señas a Nicholson y le puso al corriente de la situación. Su compatriota estuvo de acuerdo en que era hora de salir de allí.

Con el sonido de los helicópteros acercándose cada vez más fuerte, Seth señaló a los dos prisioneros. "Llevémoslos con nosotros. Podemos intentar averiguar cuántos insurgentes más operan en la zona y quién más está implicado".

Los soldados que estaban cerca asintieron. Se acercaron a los prisioneros y les ataron las manos con cremalleras antes de colocarles capuchas negras. Luego los llevaron al campo de fútbol cercano, donde aterrizarían los helicópteros.

Una vez que todos estuvieron en los helicópteros, éstos despegaron sin demora. Cuando empezaban a elevarse en el aire, una docena de vehículos blindados italianos entraron en la ciudad y se dirigieron directamente a la comisaría de policía. Los soldados italianos miraron a los estadounidenses mientras se alejaban y agitaron los puños, pero estaban fuera de su alcance.

Cuando Seth y sus hombres se acercaron al campamento Bondsteel, vieron una pequeña columna de jeeps militares y vehículos ligeramente blindados alineados en la puerta principal.

Me pregunto a qué viene todo esto, pensó Seth.

Cuando los helicópteros hubieron aterrizado, Seth partió al trote hacia el centro de operaciones. Tenía un mal presentimiento sobre la actividad en la puerta principal y quería averiguar qué estaba pasando.

En cuanto Seth entró en el edificio, vio inmediatamente al general Lancaster hablando por teléfono con alguien. El general le hizo un gesto para que se reuniera con él.

"Sí, señor. Me aseguraré de decirles....Sí, señor, los SEAL deberían estar aterrizando aquí en breve....Lo sé, una vez que estén aquí, los ensillaremos para la misión. Le volveré a llamar". Lancaster colgó el teléfono y se volvió hacia Seth.

"Buen trabajo en Srbica", dijo. "Sin embargo, ahora tengo otro problema para el que necesito tu ayuda". Estaba claramente frustrado por cómo estaban resultando las cosas.

"Claro, jefe", respondió Seth. "¿Qué está pasando?"

Lancaster negó con la cabeza. "Tengo que ir a tratar con el comandante de la KFOR que está en la puerta principal. Insiste en que esta base está bajo su control y nos ordena que cesemos nuestras operaciones militares ahora mismo. Tengo que ir a decirle que por orden del Secretario de Defensa y del Presidente de los Estados Unidos, eso no va a ocurrir".

"Vaya, todo este lugar se está convirtiendo en una completa soga de cabras. ¿Qué demonios está pasando?", preguntó Seth, desahogado.

"En un momento los kosovares están contentos de que estemos aquí sacando a esos terroristas de allí, y al siguiente parece que el gobierno, junto con nuestros socios de la OTAN, les está protegiendo".

El general Lancaster ignoró el comentario. Hizo un gesto a Seth para que le siguiera mientras salían del centro de operaciones. "El equipo Delta está casi listo para partir", explicó. "Los SEAL no tardarán en llegar. Cuando lo hagan, necesito que les informes sobre la incursión en Presevo. Uno de los planificadores de operaciones tiene el informe preparado, sólo necesito que pongas al corriente a los chicos de la DEVGRU de lo que ha estado ocurriendo y de quién es el objetivo".

Oyeron el rugido de un C-17 que sobrevolaba la base y levantaron momentáneamente la vista. Divisaron unas cuatro docenas de paracaídas que descendían hacia la zona del helipuerto de la base. Seth miró al general. "¿Es el jefe de los SEAL? ¿Les ha hecho saltar en paracaídas?", preguntó con cara de incredulidad.

Lancaster escupió al suelo. "El maldito gobierno y la KFOR no nos darían permiso para aterrizar en el aeropuerto de Pristina, y ninguno de los países vecinos les dejaría aterrizar tampoco. No tengo tiempo para que se cuelen subrepticiamente. Los necesito en tierra ya". Salió dando pisotones en dirección a la puerta principal para ir a tratar con el comandante alemán de la KFOR.

Vaya, toda esta misión se está yendo a la mierda, pensó Seth. *¿Qué demonios está pasando?*
****

Washington, D.C.
Centro de Operaciones del Pentágono

Eran las 2109 horas cuando el Secretario de Defensa Charles "Chuck" McElroy echó un par de Alka-Seltzers en su vaso de agua, esperando a que las pastillas se disolvieran para poder engullir el líquido. El ardor de estómago le estaba matando y necesitaba controlarlo.

Al mirar la pantalla de vídeo, vio que eran las 0.309 horas, hora local de Bosnia. El Osprey acababa de aterrizar en un campo cercano a la ubicación del objetivo en Tjentiste, cerca de la frontera entre Montenegro y Serbia, descargando su carga de operadores. Las fuerzas terrestres se desplazarían a pie un kilómetro y medio hasta la ubicación del objetivo mientras trataban de mantener su sigilo. El avión no tripulado Reaper que sobrevolaba la zona le proporcionaba una excelente vigilancia en tiempo real de los alrededores, y otra pantalla mostraba una imagen térmica del edificio objetivo, cortesía de un satélite de la CIA situado a unas sesenta millas por encima de ellos.

McElroy vio cómo un grupo de helicópteros dejaba caer a un equipo de doce operadores Delta. Veinte minutos más tarde, su Alka-Seltzer empezó a hacer efecto y vio cómo un grupo más pequeño de cuatro operadores se acercaba rápidamente desde el aire al tejado del edificio objetivo. Habían entrado en HALO y se acercaban rápidamente al lugar en el que, según fuentes de inteligencia, se encontraba Sefer Kubura, el líder del ISB.

El Secretario de Defensa observaba ansioso, sin apenas acordarse de respirar. Cuando los soldados que se lanzaban en paracaídas se acercaron al tejado, dispararon a los dos guardias que se encontraban allí con sus fusiles con silenciador, asegurándose de que su presencia no fuera detectada. Para cuando los guardias del edificio pudieron oír el ruido de los rotores de los Ospreys, los cuatro operadores que habían aterrizado en el tejado ya se estaban preparando para penetrar en el edificio desde arriba.

El equipo de doce hombres que había aterrizado más lejos y había llegado a pie se dividió en dos grupos separados. Un grupo de seis se acercó a la casa objetivo, mientras que el otro se dirigió a las dos dependencias cercanas. Su fuente bosnia había dicho que los edificios periféricos actuaban como una especie de barracones, albergando hasta quince insurgentes armados.

Otro monitor de ordenador cobra vida de repente. Uno de los técnicos había añadido las imágenes de las cámaras montadas en la cabeza que llevaban los operadores. Había una pantalla dividida y McElroy no tardó en averiguar qué imagen era la de uno de los operadores en el tejado y cuál era la del equipo que se dirigía al mismo edificio desde el nivel del suelo.

El Secretario de Defensa escuchó de repente el audio de uno de los hombres, a medio mundo de distancia. "¡Cinco, cuatro, tres, dos, uno...!" Entonces vio un destello brillante en la puerta de la azotea.

BOOM.

En cuestión de segundos, un segundo destello fue seguido de un breve *"whoomf"* al estallar un flash-bang. A continuación, los cuatro operadores del tejado irrumpieron rápidamente en el edificio. McElroy observó cómo los otros dos grupos de operadores en tierra irrumpían casi simultáneamente por las puertas de los restantes edificios de la propiedad.

En el lapso de tres minutos, los operadores Delta habían capturado vivo a Sefer Kubura, junto con un puñado de sus lugartenientes. Sólo cuatro ocupantes de la propiedad habían muerto en la refriega, mientras que los otros once habían sido capturados. Con su objetivo principal bajo custodia, los operadores iniciaron un rápido rastreo de los edificios en busca de cualquier material sensible que pudiera ayudar a arrojar algo de luz sobre sus actividades. Se apoderaron de ordenadores portátiles, memorias USB, teléfonos móviles, mapas, diarios y cuadernos, y metieron todo lo que pudiera tener valor en bolsas grandes. Algunos de sus compañeros reunieron a todos los prisioneros y los retuvieron a cincuenta metros de los edificios mientras esperaban a que los Osprey volvieran a recogerlos.

Pasaron diez minutos mientras esperaban a que regresaran. Cuando los helicópteros aterrizaron, el equipo que dirigía el SSE de los edificios había recogido lo que pudo y se dirigió a la zona de aterrizaje.

Cuando los Ospreys aterrizaron, los operarios arrojaron a los prisioneros antes de amontonarse con todo el material capturado. El Secretario de Defensa McElroy respiró aliviado.

Un equipo de especialistas estaría esperando a los hombres de Bondsteel para empezar a extraer los teléfonos, ordenadores, memorias USB y cualquier otro dispositivo electrónico. Todos los datos se enviarían a los equipos de la NSA, la CIA y el SOCOM para su posterior análisis.

McElroy sabía que, por el momento, los operadores se sentarían y se considerarían afortunados de que ninguno de ellos hubiera muerto o resultado herido en lo que podría decirse que era una misión preparada a toda prisa y sin preparación alguna, algo en lo que sabía que ambos estaban especializados y odiaban absolutamente que se les pidiera que hicieran.
****

A medida que la primera misión en Bosnia llegaba a su fin, la misión en el valle de Presevo se iba calentando. Tras algunas presiones por parte del Presidente y el Secretario de Estado, y sesenta millones de dólares en ayuda exterior, el gobierno serbio había concedido permiso a Estados Unidos para llevar a cabo la incursión en su territorio.

La vigilancia demostró que, efectivamente, estaban retirando a sus fuerzas del MUP de la zona, junto con otras unidades policiales y militares, para que no hubiera ninguna posibilidad de que se produjera una situación de fuego amigo. Lo único que habían pedido los serbios era que se les permitiera vigilar la incursión, a lo que el DoD accedió en un principio, pero sólo si realizaban su vigilancia desde los confines de la Embajada de EEUU en Belgrado, donde los estadounidenses podían contravigilar a los oficiales serbios.

Dado que esta incursión se consideraba mucho más peligrosa, se envió un pelotón completo del equipo SEAL, junto con el ODA 0311 en estado de alerta en un segundo grupo de helicópteros, acompañados por dos helicópteros de combate Apache.

McElroy hizo un comentario a los que estaban en la sala con él. "Bueno, la primera incursión salió sin problemas. Esperemos que los SEAL tengan la misma suerte que acaba de tener el Ejército".

Un poco erizado por el comentario, el Jefe de Operaciones Navales hinchó un poco el pecho. "Estoy seguro de que DEVGRU atrapará a nuestro hombre", dijo con confianza.

El Secretario de Defensa asintió. "Estoy seguro de que lo harán, Almirante. Estoy seguro de que lo harán". Se levantó. "Discúlpenme un momento", dijo mientras se dirigía al baño. Tenían menos de treinta minutos antes de la siguiente incursión. Iba a ser una larga noche para los hombres y mujeres del Pentágono.
****

Cuando la incursión de Delta Force volvió a entrar en el espacio aéreo de Kosovo, la incursión de DEVGRU acababa de salir, cruzando hacia Serbia y el valle de Presevo. Eran las 4.35 horas, todavía faltaban dos horas y media para el amanecer, tiempo de sobra para operar en las horas más oscuras del día. Un segundo avión no tripulado Reaper, procedente de una base aérea rumana, se había puesto en marcha, cargado con cuatro misiles Hellfire, listo para prestar apoyo aéreo en caso necesario.

En esta incursión, los SEAL atacarían dos objetivos concretos. El Servicio de Seguridad serbio no pudo confirmar en qué lugar se acostaba Tahir Shicri , el jefe del Estado Islámico de Serbia, por lo que los SEAL tendrían que atacar dos lugares simultáneamente, razón por la que todo el pelotón iba a participar en la incursión. Cada equipo tendría también un helicóptero de combate Apache asignado como apoyo cercano, y el Reaper podría ser enviado en función de la ayuda adicional que se necesitara. En circunstancias normales, habrían tenido dos Apaches para cada lugar, pero estos aviones no se desplegaban habitualmente en Kosovo, y los otros dos habían acompañado al equipo Delta en Bosnia.

Mientras todos observaban los monitores que mostraban cómo los aviones se dirigían a sus objetivos individuales, el Presidente Sachs se coló en la sala y se acercó a una silla vacía junto al Secretario de Defensa. Cuando el Presidente se acercó a la mesa, algunas personas se percataron de su presencia y empezaron a levantarse antes de que él les hiciera señas para que permanecieran sentados.

Ahora que todos los ojos se habían vuelto hacia él, dijo: "Por favor, continúen, gente. Sólo estoy aquí para mirar como el resto de vosotros".

La atención en la sala volvió rápidamente a los monitores mientras esperaban a que los equipos de asalto alcanzaran sus objetivos.

El primer equipo de asalto se abalanzó rápidamente sobre el tejado del edificio que iban a asaltar. Se lanzaron cuerdas por la parte trasera del Osprey y dos grupos de operadores descendieron rápidamente por las cuerdas. Mientras el primer Osprey desembarcaba a un grupo de operarios, un segundo aterrizó a menos de 30 metros del edificio y descargó al otro grupo.

Con el Apache volando en círculos, los operadores se dirigieron rápidamente hacia la casa. Justo cuando parecía que iban a entrar en la casa antes de que nadie pudiera reaccionar, una figura solitaria apareció en una de las ventanas y soltó una ráfaga de balas contra el grupo de SEALs que se había abalanzado sobre la fachada del edificio, obligando a muchos de ellos a agacharse para ponerse a cubierto mientras unos cuantos valientes operadores cargaban hacia delante, disparando sus propias armas contra el tirador.

Los Osprey que sobrevolaban el edificio desconectaron las cuerdas una vez descargado el equipo de asalto y encendieron inmediatamente los motores mientras luchaban por ganar toda la altitud posible para salir de la zona de impacto. De repente, cuatro figuras aparecieron de un pequeño edificio situado a no más de doscientos pies de distancia y abrieron fuego contra el Osprey con AK-74. Luego apareció una figura solitaria en un edificio pequeño. Luego apareció una figura solitaria en el tejado de un edificio situado varias puertas más abajo y disparó un RPG contra el Osprey.

El piloto giró hábilmente a la izquierda, lo que permitió que el RPG pasara justo por debajo del motor derecho y no les alcanzara. De repente, un segundo hombre apareció prácticamente debajo de ellos y disparó otra ráfaga de RPG. Casi sin previo aviso, el piloto no tuvo forma de evitar este nuevo ataque, y el segundo RPG se estrelló contra el vientre del avión. La ojiva explotó en el compartimento de carga, y el Osprey se deslizó lateralmente en el aire durante un momento antes de empezar a perder altitud y estrellarse sumariamente contra el lateral de una casa de una sola planta, prácticamente en la calle principal de la pequeña ciudad.

El helicóptero de combate Apache voló e iluminó rápidamente el edificio donde el hombre acababa de disparar el RPG con su cañón de cadena de 30 mm. A continuación, el artillero apuntó con la carabina al otro grupo de tiradores que había disparado el primer RPG e iluminó también ese edificio.

Mientras todo esto ocurría, el equipo de asalto que había entrado por el tejado se encontró con una fuerte resistencia en el interior del edificio. Los hombres y mujeres del centro de operaciones del Pentágono observaban nerviosos una de las cámaras frontales del equipo de ruptura mientras se movían rápidamente de una habitación a otra, buscando al individuo de alto valor que habían sido enviados a capturar. De repente, una explosión apagó la pantalla.

El segundo equipo, que estaba cargando por la fachada del edificio, llegó a la entrada principal cuando un ametrallador abrió fuego contra ellos desde el otro lado de la calle. Varios de los SEAL cayeron bajo la lluvia de balas antes de que el artillero del Apache pudiera girar su ametralladora y bombardear el edificio con proyectiles de 30 mm, destrozando la estructura y a todos los que se encontraban en su interior.

"¡Es una maldita trampa!", gritó un capitán de la Marina en el centro de operaciones del Pentágono. Golpeó la mesa con el puño, haciendo saltar a todos los presentes.

"¿Qué demonios está pasando, Chuck?", preguntó el Presidente, que observaba con ansiedad cómo varios de los operarios arrastraban a algunos de sus hermanos heridos detrás de un par de vehículos aparcados frente al edificio.

"Espere, Sr. Presidente, estamos intentando averiguarlo", respondió el SecDef. Lanzó una mirada nerviosa a un par de sus generales. Esta misión de asalto había pasado de ser un rápido secuestro a una misión de rescate en un lapso de sesenta segundos.

Uno de los generales cogió rápidamente el teléfono y ordenó al general Lancaster que enviara al equipo de ODA que tenían preparado.

Mientras se pedían refuerzos, los SEAL que quedaban sobre el terreno siguieron intentando llevar a cabo la misión. Terminaron de despejar la casa, pero no encontraron al individuo de alto valor que se les había enviado a capturar. Con la misión oficialmente fracasada, hicieron todo lo posible por recoger a sus heridos y asegurar un perímetro hasta que su QRF pudiera llegar y sacarlos de allí.

Varios SEAL despegaron hacia el Osprey derribado para ver cómo estaba la tripulación. Afortunadamente, nadie había muerto en el accidente ni por el RPG. Los dos jefes de tripulación y uno de los pilotos habían resultado heridos. Los SEAL los recogieron rápidamente y se dirigieron hacia donde tenían al resto de sus compañeros heridos. Varios médicos empezaron a estabilizar a los heridos mientras esperaban a que los helicópteros de rescate fueran a buscarlos.

Mientras tanto, el Apache continuó haciendo varias pasadas bajas sobre la zona, dando una pausa a cualquiera que quisiera atacar a los estadounidenses.

"Todavía tenemos al otro grupo de asalto dirigiéndose a su objetivo", explicó esperanzado uno de los coroneles del Ejército. "Deberían estar sobre el objetivo en minutos".

Todos volvieron la vista hacia el segundo grupo de asalto, que se preparaba para alcanzar su objetivo. Antes de que llegaran los dos Osprey para dejar al siguiente equipo, el Apache sobrevoló lentamente la granja, explorando la zona en busca de posibles amenazas. El artillero vio algo sospechoso cerca de uno de los edificios periféricos de la granja y abrió fuego, destrozando el edificio. En un abrir y cerrar de ojos, una ametralladora pesada abrió fuego contra el Apache desde el bosque cercano, alcanzando al helicóptero con una serie de ráfagas de ametralladora de grueso calibre. Afortunadamente, el Apache era un helicóptero de ataque fuertemente blindado, y las balas rebotaron inofensivamente.

En ese momento, los dos Ospreys cambiaron de rumbo y se desplazaron para ganar más altitud y dejar que el Apache hiciera lo suyo. Mientras el helicóptero de combate daba la vuelta en busca de un mejor ángulo para atacar la línea de árboles, soltó dos cohetes antimaterial contra la posición de la ametralladora pesada para silenciarla. Justo entonces, el helicóptero escupió repentinamente bengalas mientras sus sistemas evasivos de emergencia tomaban el control.

Una fracción de segundo después, un misil tierra-aire de un sistema portátil de defensa antiaérea salió disparado de un bosquecillo cercano. El MANPAD había sido disparado a menos de mil pies de distancia, dejando poco tiempo u oportunidad para que las bengalas hicieran que el cabezal buscador se fijara en ellas antes de que el misil se estrellara contra el motor derecho del Apache.

El motor del helicóptero de combate empezó a escupir llamas y humo. El helicóptero viró hacia la derecha, echando humo mientras se alejaba de los árboles y la granja. Ahora el piloto tendría que hacer todo lo posible para que el helicóptero volviera al campamento Bondsteel y esperar no tener que realizar un aterrizaje de emergencia.

"¿Qué demonios está pasando?" exigió el SecDef mientras se levantaba, mirando al general y a los coroneles sentados a la mesa. "Está claro que alguien les avisó de que veníamos, porque es imposible que supieran que íbamos a atacar ambos lugares".

Todavía furioso, se volvió hacia uno de los coroneles, que sostenía un auricular de teléfono junto a su hombro. "Ordene al otro equipo que aborte. Diles que se dirijan al otro objetivo y trabajen para recoger a nuestros heridos. Ordena a la Parca que ilumine esa granja y sus alrededores. Si nuestro objetivo todavía está allí, entonces lo quiero muerto. Si no, ¡quiero al resto de esos hostiles muertos!"

Pasó un minuto y entonces vieron cómo varios misiles entraban a toda velocidad y volaban por los aires la granja entera, junto con la única dependencia y varios puntos en la arboleda donde se había lanzado el MANPAD.

Los dos Ospreys que se habían mantenido a mayor altitud hasta que el helicóptero de combate se aseguró de que la zona estaba despejada se dirigieron hacia el otro objetivo a diez minutos de distancia para ayudar a recoger a sus compañeros heridos del otro equipo.

El Presidente miró a los generales alrededor de la mesa y formuló la pregunta obvia. "¿Cómo no supimos de esta emboscada? ¿Por qué nuestra vigilancia no detectó a esos tipos en la arboleda?".

El único representante de la Oficina Nacional de Reconocimiento, o NRO, se inclinó hacia delante y respondió: "Deben de haberles avisado. En cuanto a por qué no los detectamos en los satélites... podrían haber utilizado una manta térmica y haber esperado bajo ella hasta que nuestro helicóptero estuviera en su radio de acción. Una manta térmica es una tecnología relativamente barata hoy en día".

El Presidente sacudió la cabeza. "Eso no es suficiente, gente. Quiero respuestas sobre quién filtró la información de la redada y cómo este grupo terrorista sabía exactamente cuándo y dónde íbamos a atacar. Alguien del lado serbio debe haberles avisado. Averiguad quién sabía qué y cuándo, y qué demonios está pasando", ordenó.

Volviéndose para mirar al Secretario de Defensa y al Jefe del Estado Mayor Conjunto, el Presidente añadió: "Me gustaría hablar con ambos por separado; tenemos que repasar algo en privado".

Los dos se miraron y luego volvieron a mirar al Presidente. "Sí, Sr. Presidente", dijo el Secretario de Defensa. "Podemos subir a mi despacho". Hizo un gesto a los otros dos hombres para que le siguieran.

Los tres salieron del centro de operaciones, dejando que el resto del personal se encargara de la recuperación y del resto de la misión por su cuenta.

****

Cuando salieron del centro de operaciones, el Fiscal General y el Director de Seguridad Nacional les esperaban en el pasillo.

Al Secretario de Defensa y al Presidente del Estado Mayor les pilló desprevenidos, pero enseguida recuperaron la compostura. Volviéndose para mirar al Presidente mientras los cinco caminaban ahora por el pasillo en dirección a su despacho, McElroy preguntó: "Está pasando algo gordo, ¿verdad?".

El Presidente se limitó a asentir, sin decir palabra, mientras caminaban por el pasillo. Luego se volvió para mirar al Secretario de Defensa. "Es mejor que esperemos a entrar en su despacho antes de hablar, pero, sí, algo gordo está pasando".

El resto del camino transcurrió en silencio mientras el grupo se abría paso por el laberinto de pasillos hasta llegar al despacho del Secretario de Defensa. Cuando entraron, Chuck se dio cuenta de que faltaban 2247 horas, una hora y trece minutos para medianoche.

Cuando todos estuvieron en el despacho, el Presidente pidió a los agentes del Servicio Secreto que permanecieran fuera y se aseguraran de que nadie les molestara a menos que fuera absolutamente urgente. Una vez asegurada la sala y sentados los cinco, Sachs se dirigió al Secretario de Defensa.

"Chuck, tengo malas noticias sobre las elecciones y todo lo que ha pasado", empezó. Tenía una mirada nerviosa e insegura.

Levantando una mano antes de que el Presidente pudiera decir nada más, el Secretario de Defensa dijo: "Si me está diciendo que parece que podemos perder, yo no me daría por vencido todavía. Las encuestas se equivocaron la última vez".

El Presidente negó con la cabeza. "No es eso, Chuck. Voy a perder. Esta vez ni siquiera se trata de las encuestas". Sachs suspiró y se volvió hacia el Fiscal General, Malcolm Wright. "¿Por qué no le cuentas lo que sabemos hasta ahora? Cuanto antes lo sepa Chuck, antes podrá ayudarnos a decidir qué hacer a continuación".

Malcolm asintió. "Hemos descubierto un complot muy sofisticado para subvertir las elecciones", dijo.

"Dios mío. Tiene que ser una broma", dijo el Secretario de Defensa, estupefacto. "¿Qué tan malo es?"

"Es malo, Chuck", dijo Malcolm. Se levantó y se paseó un segundo detrás de su silla. "Hace varias semanas, descubrimos lo que creíamos que eran un par de empleados de correos que habían sido sobornados para interceptar votos de ausentes que se entregaban en la oficina de correos durante sus rutas diarias de correo."

"¿Qué? ¿Cómo diablos es eso posible?" preguntó Chuck enfadado.

Con este documento nacional de identidad y el iVote, se suponía que las elecciones iban a ser infalibles, pensó. *Demasiado para asegurar las elecciones.*

"Es complicado, Chuck, pero haré lo posible por explicarlo en términos sencillos. Al principio, pensamos que esto era sólo un par de manzanas podridas, unos pocos trabajadores postales pícaros. Desafortunadamente, cuanto más investigábamos, más encontrábamos. A partir de esta mañana, hemos detenido a cuarenta y tres trabajadores postales involucrados en el esquema. Podría haber más, pero esos son los que hemos descubierto hasta ahora".

El Secretario de Defensa levantó la mano. "Espera, ¿no pueden las oficinas electorales enviar nuevas papeletas a las personas que las solicitaron y hacer que la gente vuelva a votar? Debe haber un mecanismo que permita algo así".

Suspirando antes de responder, Malcolm explicó: "Desgraciadamente, eso no es posible. En primer lugar, la comisión electoral de cada zona afectada tendría que volver a enviar las papeletas de voto por correo y en ausencia a todos los habitantes de los distritos afectados. En segundo lugar, simplemente no hay tiempo suficiente para enviar nuevas papeletas a todo el mundo y permitir que la gente las revise y las devuelva antes del día de las elecciones. Faltan menos de cuatro días. Además, aunque se enviaran las nuevas papeletas, no habría forma de distinguir entre las papeletas que ya se han recibido y contabilizado y las que no. Podríamos tener decenas de miles de personas depositando más de una papeleta".

"Debe tratarse de algún tipo de error", insistió McElroy. "¿Cuántas papeletas podrían haber interceptado estos trabajadores postales? Quizá no sean suficientes para afectar al resultado de las elecciones".

"No, esto no es un error ni una broma de mal gusto", insistió Malcolm. "Por el número de personas que el FBI ha atrapado hasta este momento y la cantidad de dinero que se ha identificado como parte de este esquema, parecería que estos trabajadores postales fueron capaces de interceptar más de 192.000 votos en cinco estados, suficiente para cambiar el resultado de las elecciones en Florida, Ohio, Pensilvania, Carolina del Norte y Texas."

Malcolm bajó la cabeza. "Esto es sólo lo que sabemos por ahora", dijo en un tono muy deprimido. "Este esquema podría estar ocurriendo en otros estados también. Tengo al FBI investigando a todos los trabajadores postales del país en este momento, pero no hay tiempo para descubrir todos los ángulos posibles antes de las elecciones." Se desplomó en su silla con una expresión de desesperación y angustia en el rostro.

Hubo una breve pausa mientras Chuck y el general Austin Peterson, presidente del Estado Mayor Conjunto, digerían lo que acababan de decirles. Finalmente, el general preguntó: "¿Cómo sabemos que estos votos interceptados no le ayudarán, señor Presidente? No quiero faltarle al respeto, pero quizá esto se esté haciendo para adelantarle".

"También pensamos en ello", respondió Patricia Hogan, Secretaria del DHS. "Sin embargo, los distritos de los que se robaron estos votos eran distritos que tradicionalmente han votado a los demócratas por un margen de dos a uno. Los empleados de correos que participaron en este plan tenían como objetivo las residencias de ancianos, las comunidades de jubilados y las residencias asistidas de estos distritos. Estos grupos específicos han votado tradicionalmente a los republicanos por un amplio margen. No lo suficiente como para inclinar la balanza en sus distritos, pero sí lo suficiente como para evitar que las elecciones allí fueran una derrota total."

Se inclinó hacia delante mientras continuaba explicando: "El consenso en mi departamento es que estas instalaciones fueron elegidas como medio para suprimir el voto republicano en estos distritos. Si 30.000 personas menos votaran a los republicanos en uno de estos distritos, no se notaría tan fácilmente porque estos distritos ya votan dos a uno contra los republicanos a pesar de todo. Por lo tanto, si ese margen aumentara a tres a uno, no levantaría necesariamente ninguna bandera roja. Sin embargo, la diferencia en el margen sería lo suficientemente grande como para cambiar el equilibrio del estado, haciendo que los resultados en estos estados pasaran de votar estrechamente a los conservadores a votar apenas a los demócratas".

Volviendo a la conversación, Malcolm añadió: "Cuando revisamos el interrogatorio de Wen Zhenyu y volvimos a interrogar a un puñado de trabajadores postales, sumamos dos más dos y descubrimos que Wen era uno de los principales financiadores de esta operación.

"Una de las empleadas de correos de Carolina del Norte nos dijo que salía con un tipo llamado Michael Wang y que fue él quien le habló del plan. Cuando el FBI hizo una redada en su lugar de trabajo y le detuvo, acabó por contarlo todo. Dijo que unos hombres se habían puesto en contacto con él y le habían dicho que si no cooperaba con ellos, sus abuelos, que aún viven en China, y toda su familia serían encarcelados o posiblemente asesinados.

"Durante su interrogatorio, nos dijo que le habían ordenado crear varias cuentas corrientes comerciales para un par de empresas en cada uno de los estados en los que se estaba llevando a cabo la trama. A continuación, Wen Zhenyu se puso en contacto con él y le dijo que empezaría a enviar dinero a través de una cuenta en un paraíso fiscal para colocarlo en cada una de estas sociedades ficticias que le habían ordenado crear. Una vez que conocimos la versión del Sr. Wang, presionamos a Wen al respecto. No sólo confirmó la información, sino que reveló un plan mayor para amañar las elecciones. Así que, como pueden ver, se trata de una conspiración mucho mayor de lo que pensábamos al principio. Tenemos pruebas reales y verificables de que al menos una potencia extranjera ha interferido con éxito en nuestras elecciones para manipular el resultado a su antojo".

Volviéndose para mirar a su Secretario de Defensa, el Presidente dijo: "Eso nos lleva de nuevo a lo que está ocurriendo en los Balcanes. Este Wen Zhenyu parece ser el principal responsable del dinero. Sabemos que ha apoyado esta trama electoral aquí en Estados Unidos y que ha apoyado financieramente a los grupos terroristas que llevaron a cabo los atentados del 24 de octubre. También ha dado dinero para ayudar a llevar a cabo los ataques de Halloween mañana y el día de las elecciones, si nuestra gente no es capaz de detenerlos."

Meneando la cabeza con disgusto, Chuck preguntó: "¿Pero con qué fin? ¿Y por qué? ¿Cuál es el objetivo final de toda esta implicación? Seguro que sabían que en algún momento lo descubriríamos".

El Presidente resopló. "Para cambiar de administración, Chuck. Quiero decir, pela la cebolla hacia atrás. Los analistas de la CIA que examinan los ordenadores y los datos electrónicos de Wen pudieron rastrear ese hackeo de Gmail y del correo electrónico de la Casa Blanca en 2018 hasta el Ministerio de Seguridad del Estado. Estaban tratando de averiguar si íbamos a imponerles nuevos aranceles comerciales y etiquetarlos como manipuladores de divisas. Querían nuestro libro de jugadas sobre lo que íbamos a hacerles económicamente para poder anticiparse a nuestros movimientos y tener contramovimientos listos y preparados. Cuando vieron la gravedad de lo que íbamos a imponer, optaron por un enfoque más directo para manipular nuestra democracia. ¿Qué mejor manera de controlar las políticas comerciales a su elección que robar directamente las elecciones?"

"¡Esto es una mierda! ¿Qué vamos a hacer al respecto?" Preguntó Chuck enfadado mientras miraba a los cuatro en busca de respuestas.

"No hay mucho que podamos hacer, Chuck", dijo Malcolm. "Sabemos lo que está pasando, pero ¿qué se supone que debemos hacer? ¿Dar una rueda de prensa y poner todas las cartas sobre la mesa? Si lo hacemos, nos acusarán de intentar amañar las elecciones un par de días antes de que se celebren. Los demócratas y los medios de comunicación se volverán locos, ¿y quién puede culparles? Dirán que diseñamos esto, que permitimos que ocurrieran los ataques terroristas, que fuimos incompetentes a la hora de proteger a la nación".

"Es una tormenta perfecta, Chuck", dijo el Presidente. "Estamos en un total Catch-22 aquí. Si permanecemos en silencio, sabemos que el senador Tate va a ganar porque todo ha sido diseñado para que lo haga. Si sacamos a la luz toda esta información, nos acusarán de intentar amañar las elecciones. Si ganamos, dirán que manipulamos a los votantes en el último minuto, y si perdemos, dirán que fue un repudio a nuestro intento de culpar de la derrota a los chinos y a los extremistas islámicos. Es la última posición de perder-perder". De su expresión se desprendía que Sachs se sentía completamente impotente.

"No podemos permitir que esto ocurra, Sr. Presidente", insistió el SecDef. "No podemos permitir que el país sea manipulado así". No estaba contento con la respuesta del Presidente hasta este punto.

El Presidente dejó escapar un profundo suspiro. "¿Qué quieres que haga, Chuck? Esto tiene el potencial de dividir completamente al país. Quiero decir, mira lo que está sucediendo ya desde la militarización de los ataques del 24 de octubre en las redes sociales. La mitad del país ni siquiera cree que fueron extremistas islámicos. *Creen* las narrativas que se estaban difundiendo en las redes sociales, que eran ataques llevados a cabo por Antifa, nacionalistas blancos o Black Lives Matters. Usted y yo sabemos que eso es basura, y lo hemos dicho en múltiples conferencias de prensa y sesiones informativas, refutándolo. En los últimos cuatro años se han difundido tantas noticias falsas que ya nadie escucha lo que realmente está pasando". Sacudiendo la cabeza, el Presidente añadió: "No quiero pasar a la historia como el último presidente estadounidense, Chuck".

Levantándose, Chuck se acercó a mirar por la ventana de su despacho. Necesitaba pensar un momento. Al contemplar la capital al otro lado del Potomac, sacudió la cabeza con disgusto.

No vamos a perder este país por esto, resolvió. *Tenemos que encontrar una solución.*

Al volverse para mirar al Presidente, Chuck vio que los otros cuatro le observaban, esperando a ver qué decía a continuación. No se contuvo en su respuesta. "No lo acepto, señor Presidente. Somos más grandes que esto. Tenemos que impedir que esto ocurra".

"¿Qué quieres que hagamos, Chuck? ¿Dar una rueda de prensa y contarle al mundo lo que está pasando?". replicó Malcolm. "No nos creerán. Incluso si les mostramos las pruebas, la mitad del país seguirá sin creerlo".

"Podemos aplazar las elecciones", afirmó Chuck. Rápidamente levantó una mano para impedir que le interrumpieran. "Déjenme terminar mi reflexión. Mirad, ya hemos hecho de la votación por blockchain una opción para la gente. Diablos, parece que el 35% del electorado ha optado por utilizar la aplicación iVote. ¿Y si presentamos nuestros hallazgos al pueblo estadounidense y, como consecuencia de lo que hemos descubierto, posponemos las elecciones sesenta días para que la gente tenga tiempo de registrarse para votar utilizando la aplicación iVote? De ese modo, quienes no puedan utilizar la aplicación tendrán tiempo de solicitar la ayuda de un trabajador electoral o de votar mediante un nuevo voto por correo que se escanee inmediatamente en la máquina de votación para que no haya posibilidad de fraude".

El Presidente observó las caras a su alrededor. El Secretario McElroy vio que el Fiscal General y el Secretario del DHS seguían reflexionando sobre la idea.

Al cabo de un momento, Malcolm se aclaró la garganta. "Señor Presidente, no estoy seguro de si el plan de Chuck podría funcionar, pero con los atentados terroristas pendientes que sabemos que van a tener lugar, podríamos utilizarlo como justificación para posponer las elecciones. Podemos entonces presentar el caso de fraude electoral y anular todos los votos por correo y en ausencia. Podríamos anunciar que la gente tiene que acudir físicamente a un colegio electoral para votar o utilizar la aplicación iVote. Podrían hacerse excepciones para aquellos que están confinados en casa y no pueden utilizar la aplicación o acudir a un colegio electoral, pero tendríamos que limitar realmente las excepciones y luego salir de nuestro camino para asegurarnos de que un trabajador electoral fuera capaz de acomodar a aquellos que lo necesitaran."

El fiscal general hizo una pausa. "Nos van a acusar de interferir en las elecciones si intentamos que el pueblo estadounidense sea consciente de lo que está ocurriendo; tenemos que aceptar ese hecho. Sin embargo, si no hacemos nada, si nos quedamos callados, tendremos que aceptar que no sólo vamos a perder, sino que una potencia extranjera habrá conseguido manipular nuestras elecciones. *Si* permitimos que eso siga así, señor Presidente, puede que nunca sepamos si nuestras futuras elecciones serán alguna vez libres y justas. Será un desprestigio permanente para nuestra nación y, lo que es peor, si alguna vez se corre la voz de que lo sabíamos y no hicimos nada, puede destrozar el país."

"Puede destrozar el país tal y como está, Malcolm", dijo el Presidente. Suspiró. "No, el país se va a desmoronar si hacemos esto".

Luego se volvió para mirar a Austin Peterson, el Presidente del Estado Mayor Conjunto. "General, si seguimos adelante con este plan y lo ponemos en conocimiento de la población, se van a producir graves disturbios civiles. Peor aún, las cosas pueden empezar a desmoronarse. ¿Qué pensarán los militares? ¿De qué lado se pondrán?", preguntó.

"No se trata de saber de qué lado se pondrán los militares, señor Presidente", respondió el general Peterson. "Todos y cada uno de nosotros hemos prestado juramento a la Constitución, para protegerla contra enemigos tanto extranjeros como nacionales. Lo que veo por lo que se me ha comunicado hasta ahora es un claro ataque a nuestra democracia. Actores extranjeros han intentado a propósito usurpar nuestro gobierno e instalar a un candidato de su elección, no del pueblo estadounidense. Ese es el problema. Dicho así, creo que los oficiales y soldados bajo mi mando se atendrán a la autoridad del Presidente debidamente elegido. Ahora mismo, ese es usted. Si se celebraran las elecciones y se eligiera a un nuevo líder, entonces los militares caerían bajo esa nueva autoridad.

"Si presentas la información a la gente de la misma manera que me la presentaste a mí, creo que los votantes decidirán por sí mismos qué creer. Si aun así deciden votar al otro, entonces habrás hecho lo correcto y habrán ganado limpiamente y los militares te respaldarán en eso".

Austin ha estado bastante callado durante la última hora, por lo que McElroy consideró que era bueno conocer su punto de vista sobre la situación.

Levantando la cabeza, el Presidente se volvió hacia Malcolm y Patty. "De acuerdo. Informaremos al pueblo americano de lo que sabemos y dejaremos que las fichas caigan donde tengan que caer. Mientras tanto, General, necesito que trabaje con el Fiscal General y el DHS para evitar que se produzcan estos ataques terroristas. Si tengo que firmar algún tipo de orden ejecutiva para hacer que llueva, entonces por favor dígame lo que necesita. Tenemos que detener estos ataques".

La siguiente hora se dedicó a repasar qué leyes concretas debían suspenderse y durante cuánto tiempo. Una vez que la NSA fuera capaz de identificar y localizar las células terroristas aún ocultas, el Mando Conjunto de Operaciones Especiales desataría sobre ellas toda la ira del ejército estadounidense.

Capitulo 14
Nubes de tormenta

31 de octubre de 2020
Kosovo
Campamento Bondsteel

Sefer Kubura llevaba casi cuatro horas desnudo y atado a una silla en la sala de interrogatorios, con los auriculares de privación sensorial y el antifaz puestos. Su cuerpo se estremeció un poco con el aire frío y se le puso la piel de gallina.

Una vez capturado y llevado a Bondsteel, empezaron inmediatamente a desorientarlo y a prepararlo para el interrogatorio. Su mente y su cuerpo estaban siendo meticulosamente preparados para lo que estaba a punto de sucederle. No se escatimaron esfuerzos para doblegarlo física, emocional y mentalmente.

Como se suponía que hoy iba a producirse un atentado terrorista, no había mucho tiempo para sacarle la información, así que tuvieron que saltarse muchos pasos que normalmente se habrían dado.

"Seth", dijo el general de brigada Lancaster, sacando a su camarada de un profundo hilo de pensamientos. "Averigua si sabe algo sobre el ataque del día de las elecciones que el grupo serbio iba a llevar a cabo. No confío en que encontremos a Tahir Shicri a tiempo ahora que sabe que vamos tras él".

Seth asintió. Estaba de acuerdo en que las posibilidades de que encontraran a Shicri en menos de setenta y dos horas eran escasas. Tendrían que ver si Sefer podía completar alguna de las mismas piezas del rompecabezas.

"Haré lo que pueda, señor", respondió Seth. "Sé que no tengo mucho tiempo, así que vamos directamente a lo difícil". Levantó una pequeña bolsa negra con una cremallera.

No hacía falta decir nada más. El general regresó a la sala de observación de interrogatorios junto con los demás analistas, que comprobarían y contrastarían cualquier información que proporcionara Sefer y transmitirían las preguntas a Seth a través de su auricular.

Una vez que entró en la sala de interrogatorios, Seth dijo a los dos guardias que quitaran los auriculares y el antifaz al prisionero. Mientras lo hacían, Seth colocó una botella de agua en la mesa frente a Sefer.

Cuando el detenido, desorientado, pudo volver a ver, Seth señaló el agua y, con la ayuda de un intérprete, le dijo que bebiera.

A Seth no le gustaba trabajar con intérprete, pero no hablaba serbocroata ni albanés. Seth dominaba el mandarín y tenía nociones de coreano, pero prácticamente no sabía idiomas europeos.

Sefer cogió la botella de agua y se bebió casi toda. Se tomó un minuto para observar su entorno; al igual que Rexhepi, no veía ninguna salida. Volviendo su atención al americano que tenía delante, le preguntó: "¿Por qué me has capturado? No te he hecho nada". El traductor hizo todo lo posible por seguirle el ritmo.

Fingiendo que el traductor no estaba allí, tal y como había sido entrenado para hacer, Seth centró su atención en el prisionero y dejó que el hombre sentado detrás de él hiciera su trabajo mientras él se centraba en hacer el suyo.

"Sabemos del ataque terrorista que planeas llevar a cabo en Estados Unidos", afirmó Seth. "Quiero saber cuánta gente está involucrada y cuáles son tus objetivos".

Con una mirada de indignada arrogancia, Sefer se limitó a reír.

Sintiendo que su ira aumentaba en su interior, Seth volvió a hacer la misma pregunta.

Esta vez, Sefer se limitó a escupir a Seth. "Nunca los encontrarás. Llegas demasiado tarde", dijo, dejando escapar una profunda carcajada gutural.

"Ya veremos cuánto te ríes dentro de unos minutos", contraatacó Seth, abriendo la pequeña bolsa negra que había sobre la mesa, frente a él.

La sonrisa de Sefer se tornó seria de inmediato cuando vio que Seth sacaba un pequeño frasco con un líquido amarillento. Seth llenó la jeringuilla hasta la mitad. Para hacer efecto, empujó un poco del líquido hacia fuera, dejando que una pequeña cantidad salpicara el aire mientras expulsaba el aire restante de la jeringuilla.

Seth miró a su prisionero. "Estoy a punto de darte una droga, Sefer. No es una droga divertida que te hace feliz. Verás, ésta es una droga especialmente diseñada, una droga experimental, si quieres. Ha sido fabricada con un único propósito: hacer que cada terminación nerviosa de tu cuerpo se sienta como si estuviera ardiendo. En realidad, su cuerpo no estará envuelto en llamas, pero puedo prometerle que su mente no será capaz de distinguir la diferencia". Hizo una pausa para que el traductor se pusiera al día.

"Voy a preguntártelo de nuevo: ¿cuántas personas están implicadas en este ataque y cuáles son sus objetivos?". Levantó la jeringuilla para hacer efecto. "Si no coopera, le inyectaré esta droga".

Cuando el traductor terminó de hablar, Sefer lo miró con pura ira y odio en los ojos. Luego se aspiró todos los mocos que pudo en el fondo de la garganta e intentó escupírselos a Seth.

Seth se apartó justo a tiempo y el escupitajo aterrizó detrás de él, junto a su intérprete, que igualmente esquivó el esputo. Seth hizo un gesto con la cabeza a uno de los guardias, que se acercó a Sefer desde un lado y le dio un puñetazo tan fuerte en un lado de la cara que se cayó de la silla mientras seguía atado a ella. A continuación, el guardia levantó la silla con él aún atado a ella y le sujetó los brazos. Seth se acercó a Sefer, le clavó la aguja en el músculo deltoides y apretó el émbolo. En cuestión de segundos, la actitud de Sefer cambió por completo.

Empezó a gritar incontroladamente. El sudor se le acumulaba en la frente y la cara. El monitor cardíaco que le habían colocado los guardias mostró un aumento inmediato de su pulso a medida que la droga circulaba por su cuerpo. Durante los minutos siguientes, Sefer se limitó a gritar y chillar de dolor agonizante mientras cada nervio de su cuerpo enviaba señales a su cerebro, diciéndole que se estaba quemando por dentro. No dejaba de mirarse los brazos y las piernas, como si no creyera posible que no estuviera envuelto en llamas.

Cuando el ritmo cardíaco de Sefer se estabilizó un poco, Seth preguntó: "¿Cuántas personas forman parte de este ataque? ¿Qué van a atacar?".

Sefer se esforzó por parecer duro. Levantó la barbilla. "Puedes torturarme todo lo que quieras, pero nunca hablaré. *Jamás*". Luego volvió a gritar cuando otra oleada de dolor lo invadió. Su cuerpo se tensó y luchó contra las correas que lo sujetaban a la silla.

Seth volvió a coger el vial y llenó la jeringuilla hasta la mitad con más líquido amarillento. Mostró la droga a Sefer. "Esto no te matará, pero desearás que lo hiciera. El dolor sólo va a empeorar. Te sugiero que empieces a hablar. Si lo haces, puedo darte otra droga que lo apagará como un interruptor". Chasqueó los dedos para hacer efecto.

Furioso, Sefer se limitó a gruñirle. Seth volvió a hacer un gesto con la cabeza a los guardias, que se adelantaron y mantuvieron quietos los brazos del prisionero mientras Seth se acercaba. Rápidamente inyectó la segunda tanda de drogas en el brazo de Sefer.

Sefer gritó una y otra vez de dolor, aullando mientras la agonía bañaba cada célula de su cuerpo. Empezó a temblar y a sudar por la cara y el resto del cuerpo. Su ritmo cardíaco había aumentado a doscientas pulsaciones por minuto. Seth sabía que no podía forzarlo mucho más o se desmayaría.

Espero que rompa en unos minutos más, pensó Seth. No quería recurrir a lo físico, pero lo haría si tenía que hacerlo.

Pasaron tres minutos sin que nadie dijera nada. Seth se limitó a observar cómo Sefer se balanceaba de un lado a otro contra las ataduras, dolorida.

"Todo lo que quiero es un número. ¿Cuántas personas van a llevar a cabo el ataque?". preguntó Seth, utilizando un tono más reconfortante.

Temblando incontrolablemente, Sefer miró a Seth. "Bien. Te lo diré. Pero haz que pare", gritó. "No puedo soportarlo más".

Asintiendo, pero sin sonreír, Seth respondió: "Vale, Sefer. Haré que se detenga. Sólo dime cuántas personas están involucradas en el ataque". Cogió otro vial que contenía un líquido transparente. Seth cogió una jeringuilla limpia y la llenó hasta una cuarta parte. Luego hizo una pausa mientras esperaba la respuesta.

Con fuego en los ojos y un odio que Seth sólo había visto unas pocas veces en su vida, Sefer le maldijo unas cuantas veces antes de decir finalmente: "Seis. Seis personas van a llevar a cabo el ataque hoy".

Asintiendo, Seth se levantó y se acercó a Sefer. Antes de colocarle la jeringuilla en el brazo, le preguntó: "¿Cómo van a llevar a cabo su ataque?".

Mirando a Seth, Sefer esbozó de repente una sonrisa malvada. "No importa. Llegas demasiado tarde para detenerlos", dijo.

Inclinando la cabeza hacia un lado, Seth respondió: "Entonces no deberías tener ningún problema en decirme cómo va a suceder. Si llegamos demasiado tarde, ¿qué más da?".

Luego procedió a inyectar a Sefer el brebaje que desactivaría los efectos del dolor nervioso. Sin que su prisionero lo supiera, Seth ya había mezclado esta droga con su otra droga preferida, la droga de la felicidad, que volvía a la gente extremadamente tranquila, parlanchina y completamente incapaz de resistirse a responder a sus preguntas.

El nuevo brebaje sólo tardó un momento en hacer efecto. En una fracción de segundo, el lenguaje corporal de Sefer cambió por completo. Todos los músculos de su cuerpo que habían estado tensos se relajaron de inmediato. Seth vio cómo la expresión de júbilo se apoderaba del rostro de su prisionero; el odio y la animosidad habían desaparecido.

Sefer se rió ante la pregunta de Seth. "Tienes razón, da igual. No puedes detenerlos. ¿Sabes por qué no puedes detenerlos?", preguntó.

Volviendo a la silla frente a Sefer, Seth se sentó y le miró. "No. ¿Por qué no me iluminas?", preguntó.

Sefer sonrió. "Mírame. Mírate a ti. Mira a tu intérprete... todos somos blancos. No puedes detener a mis bombarderos porque, a diferencia de los árabes, todos somos blancos. Nos parecemos a ti. No pueden detenernos porque no pueden distinguirnos de ustedes".

Seth asintió a la respuesta. Tenía que reconocerles el mérito. Quienquiera que hubiera ideado este plan maestro había hecho un trabajo soberbio. Habían encontrado a un grupo de extremistas islámicos que se parecían al americano o al europeo medio.

Seth pasó a elogiar a su prisionero y a acariciarle el ego. "Inteligente. Increíblemente inteligente, Sefer", dijo.

El prisionero sonrió y asintió. "Nuestro ataque es aún más inteligente", dijo, repitiendo inconscientemente las palabras de Seth. "No sólo estamos utilizando a gente blanca para llevarlo a cabo, sino que estamos llevando a los yihadistas directamente a vuestra gente más vulnerable. Esta noche, cuando vuestros hijos salgan a pedir caramelos, nuestros terroristas suicidas atacarán".

Seth hizo todo lo posible por disimular su horror y su propia rabia. *Mis propios hijos van a salir esta noche*, pensó, con un sentimiento de pánico subyacente.

Seth respiró hondo y se serenó. "¿Qué tipo de ataque van a llevar a cabo?", preguntó con calma.

Sefer soltó una risita. "Uno que no se puede detener-mártir ataca."

Sacudiendo la cabeza con desaprobación, Seth exclamó: "Imposible. No se puede conseguir el equipo para construir un chaleco suicida en Estados Unidos, no en 2020; quizá hace una década, pero no hoy en día". Seth intentaba crear dudas en la mente de Sefer y conseguir que les contara más detalles que pudieran ayudarles a rastrear quiénes podrían ser los atacantes.

"Los americanos sois tan arrogantes. Creéis que lo sabéis todo. No sabéis nada. Nuestros chalecos no son caseros. Están hechos profesionalmente usando explosivos de grado militar. Cuando tienes amigos en las altas esferas y haces la voluntad de Alá, nada es imposible".

"¿De verdad crees que los chinos van a ayudarte?" replicó Seth. "Probablemente te han vendido explosivos falsos sólo para sacar dinero de ti". Estaba lanzando un trozo de carne al aire sólo para ver cuál sería la respuesta de Sefer.

Ladeando la cabeza, Sefer esbozó una sonrisa irónica. "¿Sabes lo de los chinos?"

"Lo sabemos todo", dijo Seth con indiferencia. "¿Por qué no me cuentas tu versión?"

Sefer sonrió y sacudió la cabeza. "Bonito truco, pero creo que dejaré que resuelvas las cosas por tu cuenta...".

Durante la hora siguiente, Seth intentó por todos los medios que Sefer diera detalles sobre el tipo de atentado suicida que su gente iba a llevar a cabo y si sabía algo más sobre el atentado que el grupo serbio planeaba para el día de las elecciones. Desgraciadamente, Sefer no cedió, a pesar de las drogas que Seth seguía inyectándole.

Frustrado, Seth entregó el interrogatorio a uno de los equipos de interrogación de la DEVGRU para que trabajara con él durante un rato. Necesitaba escribir lo que tenía. Aunque no tenía todos los detalles que buscaba, ahora sabían que los terroristas iban a atacar a los que pedían dulces esta noche. No era mucho, pero con un poco de suerte esa información podría unirse a otras y dar una idea suficiente para que alguien se diera cuenta de todo.
****

Fort Meade, Maryland
Agencia de Seguridad Nacional

El consejero de Seguridad Nacional, Robert Grey, tamborileaba con los dedos sobre la mesa de caoba mientras esperaba a que uno de los subdirectores de la NSA entrara para informarle. El Presidente había firmado una orden ejecutiva por la que se suspendían algunas leyes de protección de la intimidad en Estados Unidos que impedían a la NSA escuchar las llamadas telefónicas realizadas por personas que encajaban en un perfil predeterminado creado por el Departamento de Justicia, el FBI, la NSA y el Departamento de Seguridad Nacional.

Afortunadamente, los servicios de inteligencia habían determinado que el atentado iba a ser perpetrado por individuos de Bosnia, Serbia, Kosovo, Albania y Macedonia, por lo que la NSA podía centrar sus esfuerzos en perseguir a individuos y grupos que encajaran en ese grupo demográfico específico. Por supuesto, la OE sólo era válida durante cinco días, pero esperaba que fuera el tiempo suficiente para identificar a los terroristas antes de que pudieran llevar a cabo sus atentados.

Dios, si se llega a saber lo que estamos haciendo, esto podría salirnos muy mal, pensó. Sabía que la óptica sería especialmente mala, ya que era justo antes de unas elecciones.

De repente se abrió la puerta de su despacho. Uno de los subdirectores de la NSA entró con una mujer a la que no reconoció inmediatamente.

"Buenos días, señor Grey", dijo el subdirector Tony Wildes. Se acercó y le tendió la mano.

Sonriendo, la NSA Grey respondió: "En realidad ya es por la tarde". Señaló las sillas y tomaron asiento.

Tony se sonrojó ligeramente. "Supongo que tienes razón", dijo. "Hemos estado ocupados tratando de localizar la información que solicitó. Debo decir que estoy bastante sorprendido de que el Fiscal General y el FBI estuvieran de acuerdo con esta OE. Es una directiva increíblemente amplia". Abrió su maletín y sacó una carpeta que había traído consigo.

"Tiempos extraordinarios exigen que se tomen medidas extraordinarias para proteger nuestra democracia", dijo rotundamente Grey.

"Sí, por supuesto", dijo Tony, moviéndose un poco en su asiento. "De acuerdo, según los parámetros que nos han dado, hemos hecho algunas búsquedas, y creo que hemos dado con algunos posibles nombres e individuos que encajan".

El agente Grey levantó la ceja izquierda con suspicacia. No esperaba un resultado tan rápido.

La mujer que había tomado asiento junto a Tony le explicó: "Has quitado la correa. Estamos respondiendo".

Grey sonrió ante la respuesta. "Perdona. ¿Cómo te llamas y qué haces aquí?", preguntó.

"Soy Leah Riesling. Soy una de las jefas del departamento de contrainteligencia. Dirijo la oficina europea", respondió.

Robert asintió. "Es bueno saberlo", respondió. Luego anotó su nombre y su cargo en el bloc de notas. Cuando terminó, dijo: "Buen trabajo encontrando algo tan rápido. ¿Qué tienes para mí?".

"Tenemos algunos nombres para usted", dijo Leah, señalando una lista en la primera página del informe que Tony había elaborado. "Estos seis individuos entraron en Estados Unidos con pasaportes alemanes hace cinco días: tres hombres y tres mujeres. No se marcó nada cuando entraron en el país, pero desde entonces hemos sabido que los datos biométricos que proporcionaron coinciden con ciudadanos alemanes que todavía se encuentran en Alemania."

La ANS Grey levantó una mano. "Vaya, ¿cómo es posible? ¿No se habría detectado esto cuando entraron?".

"Los pasaportes fueron falsificados, señor. Cogieron un pasaporte legítimo, falsificaron la imagen con su operador previsto y luego piratearon la electrónica para asociar las huellas dactilares de otra persona. Cuando hicimos el control en la aduana, todo parecía correcto".

"Vale, ¿y cómo lo habéis averiguado?", preguntó Grey.

"En circunstancias normales, sinceramente no tendríamos ni idea de que alguien había conseguido falsificar un pasaporte. Sin embargo, con la OE que ustedes nos proporcionaron, entramos en la base de datos biométricos alemana. Tras cotejar los datos de entrada recientes con su sistema, descubrimos que esas huellas coincidían con las de otros ciudadanos alemanes, no con las que figuraban en sus pasaportes."

"¿Cómo? preguntó Grey, con la boca ligeramente abierta.

"Lo mejor que se nos ocurre es que estos hombres y mujeres recibieron huellas dactilares falsas para colocarlas sobre las suyas, unas que se emparejaron electrónicamente con sus pasaportes".

Leah metió la mano en el bolsillo y sacó un pequeño estuche. "Esto -dijo, mostrando lo que parecía un trozo de cinta adhesiva- son huellas dactilares falsas. Las utilizamos con algunos de nuestros agentes cuando entran en un país que utiliza la biometría en sus puntos de control de entrada y necesitamos pasar desapercibidos. Antes de acercarse al agente de aduanas, se retira este lado del adhesivo y se coloca sobre las propias huellas dactilares. A continuación, se retira el otro extremo de la cinta y, durante la siguiente hora más o menos, se tienen las huellas dactilares de otra persona. Es algo de alta tecnología".

Meneando la cabeza con incredulidad, el agente Grey preguntó: "¿Quién podría proporcionar este tipo de material? Quiero decir, ¿es fácil de conseguir o de fabricar? Ni siquiera sabía que realmente se fabricaban porquerías como ésta. Creía que sólo era material de las películas de James Bond".

Leah soltó una risita. "Es un arte de espionaje, Sr. Grey. Créame, hay mucho más de donde vino esa cosa. Pero, ¿cómo lo consiguieron estos individuos en particular? Bueno, podrían haberlo comprado en el mercado negro. No es barato, pero se puede adquirir. Sin embargo, el hecho de que los datos biométricos reales de estos pasaportes y estas huellas dactilares coincidan con los de ciudadanos alemanes reales, en particular con los de personas del sistema penal alemán -los individuos estaban en la cárcel, sin poder viajar y, por tanto, causando preguntas-, es muy probable que fueran proporcionados por el BND."

¿"Inteligencia alemana"? ¿Con qué fin? ¿Por qué tendría el BND vínculos con estos individuos?". preguntó Grey.

Tony intervino. "Aún no tenemos pruebas definitivas de que el BND esté implicado. Sabremos más dentro de un día o así, una vez que hayamos tenido tiempo de analizar sus comunicaciones seguras, mensajes de texto y otras comunicaciones electrónicas."

"Vaya, vale. ¿Qué más has encontrado sobre estos individuos? ¿Tenemos alguna forma de rastrearlos o saber dónde están?"

"Tomamos las imágenes captadas por la aduana y las cotejamos con las bases de datos de reconocimiento facial de la CIA, el Departamento de Defensa y la NSA. Así pudimos averiguar sus nombres reales. A partir de esos datos, más todos los alias conocidos de estas personas y los nombres que figuraban en los pasaportes, hemos rastreado cualquier mención de estos nombres en las redes sociales, el correo electrónico, los chats o las llamadas telefónicas. Hace treinta minutos hemos conseguido localizar a los seis", explicó Tony. Hinchó un poco el pecho, claramente orgulloso del esfuerzo de su gente.

Robert estaba visiblemente emocionado. "¿Los has encontrado? ¿Dónde están? ¿Sabemos algo más de ellos o de lo que están haciendo?", preguntó rápidamente.

Tony levantó la mano. "Espere, Sr. Grey. Sí, creemos que hemos conseguido encontrarlos, pero aún no hemos determinado del todo que sean en realidad los terroristas que buscamos. Todo lo que sabemos ahora mismo es que entraron en EEUU usando pasaportes falsos. Podrían ser legítimamente agentes del BND alemán, infiltrados en EE.UU. bajo una tapadera no oficial. Hacemos eso a Alemania y a muchas otras naciones todo el tiempo; no significa que ninguna de las partes esté a punto de cometer un acto terrorista. Hasta que no podamos verlos físicamente, no me atrevo a decir que son los hombres y mujeres que estamos buscando."

"¿Tienen todos un nexo con los Balcanes?", preguntó Grey.

"Así es. Verificamos las imágenes faciales con múltiples interacciones diferentes de las fuerzas de seguridad y de control de pasaportes en Europa."

"¿Por qué no me enseñas algunos de los contactos e intentamos ver si podemos establecer la conexión? "Además, quiero que envíes la información que tengas al FBI inmediatamente, para que puedan trabajar para ponerles los ojos encima. Esto está demasiado caliente como para quedarse de brazos cruzados ahora mismo".

Tony parecía incómodo con la petición, pero asintió a Leah. Luego cogió un teléfono seguro que había sobre la mesa y llamó rápidamente a alguien.

"Sí, soy Tony", escuchó Grey. "Necesito que envíes los datos de los que hablamos al representante de enlace del FBI para que actúen". Hubo una breve pausa mientras la persona al otro lado acusaba recibo de las órdenes, y luego Tony colgó el teléfono.

Leah retomó la conversación. Señaló una foto de una de las mujeres del grupo. "Bien, esta foto fue tomada en la aduana de Newark hace cinco días", empezó. "Aquí hay otra foto de ella pasando por la aduana de Ankara, Turquía, hace tres años. Esta es de ella en la aduana de Ginebra, Suiza, y otra vez en Frankfurt, Alemania. Nuestro software de reconocimiento facial comparó la imagen tomada en Newark con todas estas imágenes. Sin embargo, el pasaporte decía que era esta persona", explicó Leah, señalando la imagen de una mujer de aspecto similar. "Esta mujer, sin embargo, está cumpliendo una condena de tres años de prisión en Leipzig por fraude bancario".

Los tres hablaron durante otros veinte minutos mientras Leah señalaba las demás coincidencias biométricas con otras fotografías de control de pasaportes tomadas en distintos países. Aunque no pudieron encontrar ningún vínculo definitivo que vinculara a los seis individuos directamente con el ISIS o con cualquier otra organización extremista islámica, pudieron determinar que todos habían viajado a Turquía durante el apogeo del poder del ISIS y parecían haber permanecido en la región durante más de un año.

"No estoy seguro de que vayamos a encontrar una conexión directa con el ISIS, pero una vez que seamos capaces de obtener sus verdaderos datos biométricos, puede que tengamos suerte y encontremos algo en la base de datos biométricos del Departamento de Defensa", explicó Leah. "En este momento, todo lo que tenemos son imágenes faciales; lo que necesitamos son huellas dactilares o ADN. Podríamos tener suerte y encontrar una coincidencia con una de sus huellas dactilares en algún material enemigo capturado, armas o restos de un artefacto explosivo improvisado".

Asintiendo, Grey dijo: "Veré si el FBI puede recoger sus huellas subrepticiamente, pero de nuevo, si se supone que estos ataques ocurrirán esta noche, puede que no tengamos tiempo de hacerlo."

NSA Grey hizo algunos cálculos en su cabeza. "Muy bien, mientras el FBI persigue a estos seis individuos, quiero que vosotros sigáis buscando a cualquier otro que pueda encajar en este perfil. Quizá tengamos suerte y encontremos otra aguja en el pajar que encaje con nuestro perfil. Aún necesitamos encontrar a los atacantes del día de las elecciones. Sabemos que los grupos involucrados en ese ataque están supuestamente vinculados al Estado Islámico en Serbia. Voy a hacer una conjetura educada de que esos atacantes, como el grupo bosnio y kosovar, son probablemente de Serbia. Por lo tanto, vamos a ver si podemos conseguir una cuenta en ellos. Faltan tres días para ese atentado. Aunque se aplacen las elecciones, no tenemos ninguna garantía de que no se produzcan los atentados".

"De acuerdo. Empezaremos a trabajar en ello inmediatamente", dijo Tony mientras se levantaba, al parecer dándose cuenta de que la reunión estaba llegando a su fin. Leah le siguió. "Oye, una nota al margen", dijo como si de repente recordara algo, "¿qué demonios pasó en esa incursión en Serbia? He oído que perdimos a siete agentes del SEAL Team Six en esa incursión fallida, junto con dos helicópteros".

Grey suspiró y sacudió la cabeza. "Todavía estamos intentando reconstruirlo. La Agencia cree que alguien del MUP, el Ministerio del Interior serbio, les avisó de la incursión. En realidad, me preocupa más averiguar quién les proporcionó el MANPAD que derribó nuestro helicóptero de combate. Que Dios nos ayude si tienen acceso a más de ellos o consiguen introducirlos de contrabando en EEUU".

Hablaron durante unos minutos mientras el agente Grey caminaba con Tony y Leah hasta el helipuerto. Un helicóptero de la base aérea de Andrews había volado para recoger a Grey y llevarlo de vuelta a la Casa Blanca. El tiempo apremiaba demasiado en aquel día crítico como para que se quedara atascado en el tráfico. Tenía que volver a la Sala de Situación de la Casa Blanca para poder coordinar mejor la respuesta del gobierno.
****

Jacksonville, Carolina del Norte

Los agentes especiales Scott Spellman y Amelia Riley acababan de llegar al aparcamiento situado frente a la entrada del centro comercial, cerca de Sears. Mirando por la fila de coches aparcados, vieron el Toyota Corolla azul que habían estado siguiendo durante la última hora.
****

Lo que había empezado como un fin de semana al límite se había convertido en algo mucho peor. Sabían que había una alerta elevada sobre un posible atentado terrorista en vísperas de las elecciones, pero no tenían ni idea cuando les llamaron al trabajo esa mañana de que su ciudad era uno de los objetivos elegidos. Cuando recibieron un aviso urgente de la central y de la NSA sobre un posible terrorista suicida en Jacksonville, pensaron que se trataba de un error. Sin embargo, cuando la NSA empezó a proporcionarles datos GPS en tiempo real de dónde se encontraba la persona, supieron que no se trataba de un error garrafal.

A las 15.00 horas recibieron los primeros datos de rastreo y se subieron al coche para dirigirse a las coordenadas que les habían dado. Rápidamente se dieron cuenta de que el presunto agresor estaba en movimiento, así que se apresuraron a encontrar el coche y ver al sospechoso. Lo que habían encontrado era un anodino Toyota Corolla azul, que conducía despreocupadamente por las calles del centro de Jacksonville como cualquier otra persona.

Al cabo de diez minutos, el coche había aparcado cerca de una mezquita local. Los agentes Spellman y Riley vieron a su objetivo entrar. Permaneció allí aproximadamente una hora antes de regresar a su vehículo. Cuando finalmente salió, utilizaron la lente telescópica de su cámara para tomar varias fotografías del hombre antes de que entrara en su coche, y enviaron rápidamente las imágenes a su oficina.

El posible terrorista parecía ser un varón de origen europeo, de entre veinte y treinta años. Continuaron siguiendo al conductor, que parecía dirigirse hacia el centro comercial. Entonces recibieron un mensaje de su oficina por radio.

"Un equipo HRT está en camino para interceptar al conductor", les dijo su supervisor. "No le perdáis de vista hasta que lleguen y seguid informando de sus movimientos. Las fuerzas de seguridad locales también están siendo alertadas y les enviarán ayuda."

Cuando terminó la transmisión, el agente Riley comentó: "Caray, esto es de verdad si el equipo de rescate de rehenes se está involucrando".

Cuando el Corolla entró en el centro comercial, el agente Spellman golpeó nerviosamente el volante. "Riley, preferiría no ocuparme de un presunto terrorista por nuestra cuenta, pero si esto está pasando ahora, tenemos que hacer algo", dijo.

Al salir del coche, el agente Riley llamó a su oficina para informarles de lo que estaba ocurriendo, y se dirigieron rápidamente a interceptar al hombre.

A lo lejos, podían oír las sirenas de la policía cada vez más cerca.

Cuando el hombre se acercó a la entrada de Sears, el agente Spellman echó a correr y el agente Riley se movió rápidamente para alcanzarle. El sospechoso alcanzó la puerta.

"Disculpe, señor", gritó Spellman. "¿Tiene tiempo?"

El hombre se dio la vuelta justo a tiempo para ver a dos personas corriendo hacia él, con las armas desenfundadas y las luces de varios coches de policía parpadeando cerca. Sus ojos se abrieron de par en par.

El sospechoso echó mano a un dispositivo que colgaba del interior de la manga derecha de su abrigo, pero Spellman y Riley dispararon inmediatamente sus armas, alcanzando al sospechoso varias veces en el pecho. Su cuerpo se desplomó contra la entrada y se deslizó hacia abajo, sin vida.

Corriendo hacia él, Scott gritó: "¡Corre dentro y dile a todo el mundo que se aleje de la entrada!". Luego se dirigió hacia el hombre que yacía en el suelo con un creciente charco de sangre expandiéndose a su alrededor.

Scott se agachó para tomarle el pulso y confirmó que estaba muerto. En ese momento, varios agentes de policía se acercaron corriendo.

"¡Atrás!", ordenó. "Necesito revisar su chaqueta".

Todos los agentes se miraron con preocupación y miedo, y luego retrocedieron gradualmente unas decenas de metros.

Scott se tomó un momento para abrir suavemente la cremallera de la chaqueta del hombre. Al hacerlo, sus ojos se abrieron como platos al ver lo que más temía: un chaleco suicida.

¿Cómo demonios no lo hemos activado al dispararle? se preguntó, con un enorme nudo en la garganta al pensar en lo cerca que había estado de la muerte.

Scott retrocedió alejándose del cuerpo del hombre.

"¡Tenéis que alejaros!", gritó a la policía. "Tenemos que establecer un cordón de varios cientos de metros alrededor del cuerpo, por si acaso tienen una forma de activar el chaleco por control remoto".

La adrenalina le recorre el cuerpo por la experiencia cercana a la muerte y sus manos tiemblan un poco. Informó de lo sucedido y pidió a los artificieros que se ocuparan del chaleco suicida.
****

Con la confirmación de que este hombre era, de hecho, uno de los terroristas, el FBI ordenó la rápida detención de los cinco individuos restantes antes de que pudieran llevar a cabo sus propios atentados. En otros cuatro estados, los agentes del FBI interceptaron a los terroristas antes de que pudieran detonar sus chalecos suicidas.

Lamentablemente, tres agentes del FBI y varios policías locales murieron cuando uno de los terroristas pudo activar su chaleco antes de morir en un tiroteo. Sin embargo, aparte de los tres agentes y el puñado de policías que murieron aquel día, no hubo más víctimas. Se evitó lo que podría haberse convertido en una horrible masacre.
****

Vinton, Luisiana
Interestatal 10

Dusty Hampton acababa de completar un viaje de diez horas por la mayor parte de Texas en su camión de dieciocho ruedas de camino a Tallahassee, Florida, cuando decidió que era hora de dar por terminado el día y tomar algo de cena y una cerveza. Dusty, que había encontrado el lugar perfecto, se detuvo en el aparcamiento de camiones del

Longhorn Truck and Car Plaza y encontró sitio junto a un par de camiones grandes. Dusty apretó el botón amarillo para poner el freno de mano, cerró la puerta y se dirigió a la cafetería para tomar algo de comer y una cerveza fría antes de irse a dormir.

Encontró una mesa con asiento frente a uno de los varios televisores instalados en las paredes y se dejó caer. La camarera se acercó y le trajo un vaso de agua y un menú.

"Gracias, señora", dijo. "¿Tiene Miller Lite de barril?"

"Sí, claro", respondió ella.

"Perfecto. Tomaré uno de esos mientras pienso qué quiero comer", dijo Dusty.

"Me parece bien", dijo ella, corriendo a por su cerveza.

Cuando volvió la camarera, ya había decidido qué quería comer.

"¿Qué puedo servirte, cariño?", preguntó la camarera con un guiño mientras le acercaba la Miller Lite.

Sonrió a la mujer, leyendo por primera vez la etiqueta con su nombre. *Sarah Jo*, pensó, *un nombre sureño encantador donde los haya.*

"Me gustaría el ribeye Billy's Longhorn con una patata asada y el arroz sazonado", respondió.

"¿Cómo quieres el filete?"

"Medio raro, por favor."

Garabateó su petición. "Claro, cariño. Dame unos veinte minutos y estará lista". Luego se marchó, dejando que Dusty empezara a beberse su primera cerveza mientras veía una repetición *de Dinastía de Patos.*

Cuando terminó su bebida, le hizo señas a Sarah Jo para que bajara y le pidiera otra. Justo cuando llegaba su segunda cerveza, un locutor interrumpió el programa. Uno de los veteranos, que parecía ser un cliente habitual, hizo señas a una de las camareras para que subiera el volumen de la televisión.

"La Casa Blanca ha pedido que todas las cadenas emitan un mensaje especial del Presidente. Estamos a la espera de un momento mientras esperamos a que el Presidente entre... oh, mientras hablamos, parece que está a punto de empezar."

La cámara pasó del locutor a una imagen del Presidente, resueltamente sentado tras el escritorio del Despacho Oval. Dusty se dio cuenta enseguida de que Sachs parecía agotado; sus ojos tenían unas bolsas notables debajo.

"Compatriotas", comenzó diciendo el Presidente, "vengo a ustedes esta noche con graves noticias que creo que ustedes, el pueblo estadounidense, necesitan conocer. Como la mayoría de ustedes están empezando a saber, hoy los valientes hombres y mujeres del FBI y de Seguridad Nacional interceptaron a seis individuos que llevaban chalecos suicidas justo antes de que llevaran a cabo sus viles ataques contra nuestra nación. Desgraciadamente, tres agentes del FBI y cinco policías locales murieron cuando uno de los supuestos terroristas detonó su chaleco suicida durante un tiroteo con la policía en un centro comercial de Manchester, New Hampshire. Los otros cinco terroristas suicidas murieron o fueron detenidos sin que se produjeran más víctimas mortales. Estos terroristas intentaban llevar a cabo un atentado coordinado dirigido específicamente contra nuestros niños".

El Presidente parecía visiblemente conmocionado mientras explicaba la amenaza.

"Estos seis terroristas suicidas también estaban vinculados al grupo terrorista Estado Islámico en Kosovo que llevó a cabo el atentado del 24 de octubre contra cuatro centros de votación anticipada. Incluso ahora, nuestras valientes fuerzas armadas están atacando los refugios de estos terroristas en todo Kosovo en coordinación con nuestros socios kosovares. Me enorgullece informar de que nuestros militares han capturado con éxito al líder de esta organización, Luan Rexhepi, que deberá responder de sus crímenes ante un tribunal de justicia."

El Presidente hizo una pausa. "Los seis terroristas suicidas que iban a llevar a cabo su atentado hoy formaban parte del Estado Islámico en Bosnia, socio del grupo de Kosovo. Desgraciadamente, tenemos información creíble que afirma que un tercer grupo, el Estado Islámico en Serbia, está planeando llevar a cabo un atentado terrorista similar contra nuestro país este martes, el día de las elecciones. No estamos seguros de cuándo se planean estos atentados ni de qué lugares concretos se han fijado como objetivo. Lo que sí sabemos es que los terroristas planean llevar a cabo atentados en Florida, Ohio, Pensilvania, Carolina del Norte y Texas. Les aseguro que nuestras agencias de inteligencia y las fuerzas del orden están trabajando diligentemente para seguir la pista de estos individuos y detenerlos."

Levantando la barbilla, el Presidente se inclinó hacia delante, mirando directamente a la cámara con renovada energía en los ojos.

"En las últimas tres semanas, el FBI y el Departamento de Seguridad Nacional no sólo han descubierto estos planes terroristas para atacar nuestra nación, sino que también han descubierto un complot mucho mayor para interferir en nuestras elecciones. El Departamento del Tesoro, junto con nuestras agencias de inteligencia, ha identificado varios bancos en Europa como las instituciones financieras que financiaron y apoyaron no sólo estos cobardes ataques terroristas contra nuestro país, sino un plan más amplio y más grande para robar nuestras elecciones. Ayer, el FBI detuvo a treinta y seis trabajadores de correos de EE.UU. que fueron sorprendidos robando y luego vendiendo votos por correo y en ausencia a un tercero.

"A través del trabajo colectivo de nuestras agencias de inteligencia, ese tercero ha sido identificado como un miembro del Ministerio de Seguridad del Estado chino. El FBI ha descubierto pruebas de que el Ministerio de Seguridad del Estado chino participó y fue responsable del robo de estas papeletas en un descarado intento de interferir en nuestras elecciones presidenciales. El robo de estas papeletas tuvo lugar incidentalmente en los mismos estados en los que se planearon estos ataques terroristas. Todo esto fue orquestado en un intento de suprimir la participación electoral en distritos clave para influir en las elecciones en estos estados y así manipular el colegio electoral.

"Hasta la fecha, el FBI, en colaboración con los funcionarios electorales locales, ha determinado que más de 300.000 votos en cinco estados fueron interceptados y destruidos antes de que pudieran ser contados. Como no tenemos forma de saber a qué personas se les robaron las papeletas, he consultado con el Departamento de Justicia y el Departamento de Seguridad Nacional, y vamos a anular todas las papeletas de voto por correo y en ausencia recogidas hasta ahora en estos estados. Exigiremos a las personas que voten utilizando la aplicación iVote, que voten en persona o que soliciten que un trabajador electoral visite su residencia y les ayude a utilizar la aplicación iVote.

"Como todo esto llevará tiempo implementarlo, y como sólo faltan cuatro días para las elecciones, debemos posponer las elecciones del 3 de noviembre hasta el lunes 4 de enero de 2021. También voy a declarar el 4 de enero fiesta nacional por una sola vez, para que la gente tenga el día libre para ir a votar.

"La integridad de nuestras elecciones es absolutamente primordial para garantizar la confianza en el gobierno federal y en nuestros funcionarios electos. Cuando el FBI descubrió pruebas de que una potencia extranjera había interferido en nuestras elecciones, consideré que lo responsable, lo correcto, era presentarles esta situación a ustedes, para asegurarme de que ustedes, el pueblo estadounidense, saben que su Gobierno está haciendo todo lo que está en su mano para garantizar la integridad de nuestras elecciones.

"No toleraremos que una potencia extranjera interfiera en nuestras elecciones en un intento de influir en las políticas en su beneficio. Con pruebas objetivas de lo que ha ocurrido, he ordenado al Departamento del Tesoro que sancione a las instituciones financieras de Europa y Asia implicadas en esta conspiración. Serán excluidas de cualquier trato financiero con los Estados Unidos. También he ordenado al Departamento de Justicia que presente todos los cargos penales disponibles contra los individuos implicados.

"Estoy seguro de que, gane o pierda estas elecciones, la historia recordará nuestra decisión de presentarles esto a ustedes, el pueblo estadounidense, como la decisión correcta. Si pierdo las elecciones el 4 de enero, habré perdido limpiamente y no a causa de interferencias extranjeras. Es imperativo que la gente pueda confiar en los resultados de las elecciones y no tener la mancha de la interferencia extranjera sobre quienquiera que gane.

"Quiero dar las gracias especialmente a los hombres y mujeres del FBI, de Seguridad Nacional, del Departamento de Defensa y de nuestras agencias de inteligencia por su duro trabajo tanto para descubrir esta conspiración antes de que fuera demasiado tarde, como para impedir que estos terroristas llevaran a cabo otro vil ataque contra nuestra gran nación. Que Dios os bendiga a todos y os mantenga a salvo en estos tiempos difíciles".

Al volver a *Duck Dynasty*, Dusty sacudió la cabeza horrorizado.

Madre mía, tengo que dejar esta carga y salir de Florida cuanto antes, pensó. No pudo evitar pensar que podría haber quedado atrapado en uno de los ataques. Se quedó mirando la comida del plato. De repente, ya no tenía mucha hambre.

****

Cleveland, Ohio
Sede electoral del senador Tate

"¿Qué demonios se supone que tenemos que hacer ahora?", gritó Louis Carter, jefe de campaña del senador Tate. "¿Ha pospuesto las elecciones?" Su cara estaba roja de ira. Antes del anuncio, las encuestas les daban ventaja en varios estados indecisos.

"¡Maldito sea!", gritó el senador Marshall Tate. Se levantó y soltó una retahíla de obscenidades contra la televisión, ahora silenciada, y los expertos políticos que analizaban el discurso del Presidente.

Cuando Tate dejó de jurar, Jerome Powell, su antiguo jefe de gabinete, le ofreció: "Podemos presentar una medida cautelar de emergencia y obligar a que las elecciones se celebren el martes. Si conseguimos que el tribunal bloquee el retraso y la anulación de los votos por correo y en ausencia, podremos seguir adelante con la fecha original de las elecciones."

El senador Tate refunfuñó y luego ordenó: "Hazlo".

Jerome cogió su smartphone y marcó el número de su abogado jefe. Mientras hablaba por teléfono con su abogado, Louis cogió su propio móvil y llamó al presidente del Comité Nacional Demócrata para que se pusiera manos a la obra. Tendrían que actuar con rapidez para impedir la aplicación de la orden ejecutiva del Presidente antes de que fuera demasiado tarde.

Con Jerome y Louis en movimiento, Marshall se dirigió a una de sus ayudantes principales. "Janey, llama a nuestro amigo del DHS y averigua qué demonios está pasando. Dile que necesitamos su ayuda para frenar esto o que haga lo posible para que las elecciones sigan celebrándose el martes".

Ella asintió e inmediatamente se levantó para ir a la otra habitación a hacer la llamada.

Marshall Tate miró al televisor, conmocionado y furioso. Estaba a menos de cuatro días de ser elegido próximo Presidente de Estados Unidos, y ahora todo parecía en el limbo. Las cabezas parlantes no paraban de hablar de la gran bala que el país acababa de esquivar con la detención de esos seis terroristas suicidas; otro grupo empezó a parlotear sobre si el Presidente tenía o no autoridad para aplazar las elecciones.

De repente, el teléfono de Marshall zumbó en la mesa de al lado. Al mirar el identificador de llamadas, vio que era un número de Nueva York. Cogió el teléfono. "Soy Marshall".

Se sentó y escuchó un momento mientras el interlocutor empezaba a darle información. Una sonrisa se dibujó en su rostro. "Son excelentes noticias", dijo. "¿Seguro que no lo impugnarán en los tribunales?".

Pasaron otros treinta segundos mientras el interlocutor seguía explicando la situación. Marshall asintió un par de veces. "¿Hay tiempo para que el Tribunal Supremo vea el caso antes del martes?".

Al oír la respuesta, la sonrisa de Marshall creció y su ánimo se elevó.

Todavía puedo ganar esto, pensó.

Al apartar el teléfono de la cara, Marshall terminó la llamada sintiéndose mucho mejor que hacía cinco minutos. Su equipo legal estaba en ello. Menos de cuatro horas después de la proclamación del Presidente, habían conseguido que un juez del Sexto Circuito emitiera una orden judicial contra el aplazamiento de las elecciones, calificándolo de inconstitucional y ajeno a la autoridad estatutaria del Presidente.

Según los juristas, sólo el Congreso tenía autoridad para cambiar la fecha de las elecciones, y su partido controlaba firmemente la Cámara de Representantes. Marshall respiró hondo, soltó el aire y se dejó llevar por el sueño en su silla mientras su equipo seguía trabajando.

Capítulo 15
El Tribunal Supremo

1 de noviembre de 2020
Washington, D.C.

El presidente del Tribunal Supremo, Mark Lighthouse, no podía creer lo que leía en el *New York Times* sentado a la mesa de su cocina. Era sábado por la mañana, y normalmente disfrutaba con la sección de crucigramas del periódico, pero no con los titulares que vio salpicados en la portada.

La noche anterior, los terroristas estuvieron a punto de perpetrar seis atentados contra lugares donde los niños pedían caramelos. Entonces el Presidente hizo su anuncio bomba sobre la interferencia china en las elecciones. Cuando leyó que Sachs había pospuesto las elecciones sesenta días, supo inmediatamente que el Departamento de Justicia y el Presidente serían demandados y que la proclamación quedaría en suspenso.

Sacudió la cabeza. El Artículo 1, Sección 4 de la Constitución establecía claramente que el Congreso tenía autoridad para determinar cuándo y con qué frecuencia se celebraban elecciones presidenciales. *El Fiscal General debería haberle asesorado mejor sobre esa proclamación*, pensó.

El juez Lighthouse había tenido náuseas y se había sentido un poco indispuesto durante las últimas veinticuatro horas. Esperaba encontrarse mejor el lunes, porque sabía muy bien que el Fiscal General exigiría que oyeran el fondo del asunto mañana o el lunes a más tardar para poder pronunciarse sobre la constitucionalidad del decreto del Presidente. Desde luego, había argumentos a favor de la seguridad pública, pero a menos que el Presidente de la Cámara se pronunciara a favor de la orden ejecutiva, Lighthouse no creía que se pudiera argumentar eficazmente a favor de la legalidad del aplazamiento de las elecciones.

Justo cuando estaba a punto de coger su smartphone para llamar a uno de los otros jueces y ver si debían ver el caso el domingo o esperar hasta el lunes, sintió de repente la imperiosa necesidad de vomitar.

Después de vomitar durante unos minutos en el cuarto de baño, el Juez Faro se inclinó sobre el lavabo y se echó agua en la cara. Se miró brevemente en el espejo y se sorprendió de su mal aspecto. Su piel tenía varias marcas oscuras en las que nunca se había fijado. Incluso su pelo tenía un aspecto extraño. Se pasó la mano por el nacimiento del pelo. Cuando bajó la mirada hacia su mano, había una pequeña mata de pelo en ella.

De repente sintió pánico. *Algo no va bien*, se dio cuenta.

El Juez Faro se dirigió al salón y encontró a su mujer.

"Cariño, necesito que me lleves al hospital", dijo.

"Dios mío, ¿qué pasa, Mark?", preguntó.

"No lo sé, pero acabo de vomitar y se me cae el pelo".

Inmediatamente cogió su bolso y lo llevó a urgencias del hospital Walter Reed. Cuando la enfermera de triaje vio su estado, lo llevaron rápidamente a la parte de atrás y un médico lo atendió casi de inmediato.

Cuatro horas y unos cuantos análisis de sangre después, varios médicos que hablaban en la sala parecían perplejos ante sus síntomas. Lo que estaba claro, sin embargo, era que su estado empeoraba.

Cuando los demás jueces del Tribunal Supremo empezaron a llegar a Walter Reed con síntomas similares, quedó claro que todos habían sido infectados por algo, pero se encontraban en una carrera contrarreloj para averiguar qué era y cómo tratarlo.
****

Washington, D.C.
Edificio Robert F. Kennedy
Departamento de Justicia

"¿Cómo que todos los jueces están enfermos? ¿Han cogido la gripe todos a la vez?", gritó Malcolm Wright enfadado en el auricular del teléfono que tenía entre las manos.

Esto es lo que pasa cuando tienes un geriátrico por Tribunal Supremo, pensó.

"No es un resfriado ni un virus, Malcolm", replicó Carl Iverson, el Fiscal General.

El fiscal general odiaba tratar con aquel pobre hombre; era un imbécil arrogante y demasiado seguro de sí mismo que había perdido un par de casos importantes ante el Tribunal Supremo. En consecuencia, Carl había caído en desgracia tanto con el Presidente como con Malcolm.

"Si no están enfermos de gripe, ¿entonces qué demonios es?" Malcolm exigió.

"Aún no lo saben, pero es grave. Muestran signos de fallo orgánico".

"¿Están *todos* enfermos?", preguntó el GC, ahora con un poco de preocupación en la voz. Claro, uno o dos de ellos podrían haber contraído la gripe o alguna otra dolencia, pero todos a la vez... no, eso no era una coincidencia.

"Sí, los nueve jueces han sido hospitalizados en Walter Reed", respondió Carl.

"Bueno, házmelo saber tan pronto como averigües qué les pasa. Tenemos que resolver este caso lo antes posible, Carl. No podemos sentarnos a esperar a que esto se abra camino por los cauces normales - terminó Malcolm, y colgó el teléfono.

Malcolm buscó en su escritorio el número directo con el director del FBI. No encontró enseguida el número que buscaba, pero sí la tarjeta de visita de su adjunto. Rápidamente marcó el número de móvil del hombre.

Sonó un par de veces antes de contestar. "Al habla el subdirector Joseph Latrell".

"Joe, soy Malcolm del Departamento de Justicia. Acabo de recibir una llamada muy preocupante del Procurador General. Está intentando que los jueces del Tribunal Supremo vean el caso de esta orden ejecutiva presidencial, pero me acaba de decir que todos han aparecido repentinamente enfermos en Walter Reed hace unas horas."

"Espera, ¿sólo uno o dos, o dijiste todos?", preguntó Joe.

"Oíste bien la primera vez", dijo Malcolm. "Todos ellos. Hay algo que no me cuadra. Necesito que envíes a un par de tus mejores agentes al Walter Reed lo antes posible y averigües qué demonios está pasando. En cuanto sepas algo, vuelve a llamarme". Luego colgó el teléfono.

Si los jueces del Tribunal Supremo estaban todos enfermos, tenía que averiguar cuáles eran sus próximos pasos para conseguir que se restableciera esta OE. Sólo les quedaban tres días antes de las elecciones.
****

El subdirector Joe Latrell se detuvo en la entrada de urgencias del Centro Médico Militar Nacional Walter Reed exactamente veinte minutos después de que el fiscal general le hablara de los jueces del Tribunal Supremo. Había telefoneado con antelación a su oficina central para decirles que quería que enviaran un par de agentes a Walter Reed para reunirse allí con él. Su siguiente llamada había sido a su jefe, el Director, para asegurarse de que le mantenían informado. Su jefe le había dicho que averiguara qué estaba ocurriendo y que, si parecía que se estaba jugando sucio, le llamara a él antes de llamar al fiscal general o a cualquier otra persona.

Joe metió su vehículo oficial en uno de los aparcamientos vacíos reservados a las fuerzas del orden, cerró rápidamente la puerta y entró en urgencias. En cuanto llegó a la recepcionista, mostró sus credenciales del FBI. "Necesito hablar *ahora* con el médico de guardia", dijo en un tono que iba en serio.

La recepcionista asintió. Cogió un teléfono y llamó al médico jefe por megafonía. Un par de minutos después, entraron otros tres agentes del FBI y se dirigieron rápidamente hacia él. Juntos esperaron a que llegara el médico.

Un hombre vestido con una bata verde azulado se acercó. Cuando estuvo a un par de metros, les hizo señas para que le siguieran a un despacho vacío para hablar. Los cinco entraron en la habitación y esperaron a que el médico cerrara la puerta.

Volviéndose hacia los hombres G, dijo: "Soy el Dr. Patrick Morris. Soy el médico jefe de guardia del fin de semana. Supongo que están aquí para hablar de los jueces del Tribunal Supremo".

Todos los agentes asintieron.

El presidente del Tribunal Supremo, Mark Lighthouse, llegó hace unas cinco horas quejándose de vómitos, náuseas y diarrea. Aunque dijo que llevaba sintiéndose mal unos dos días, sintió que algo realmente malo debía estar pasando cuando empezaron a caérsele mechones de pelo, así que pidió a su mujer que le trajera en coche."

Levantó una mano para evitar el aluvión de preguntas que sabía que le iban a hacer. "Hemos estado haciendo pruebas para averiguar qué les puede pasar. Hasta ahora, todos los resultados han sido normales. No tiene gripe, ni neumonía, ni ningún tipo de enfermedad exótica. Si no lo conociera mejor, diría que sus síntomas parecen de enfermedad por radiación, pero no veo cómo podría haber estado expuesto a ningún tipo de radiación que pudiera causar este tipo de síntomas."

Joe lo pensó un momento antes de preguntar: "¿Y los demás jueces? ¿Parecen tener los mismos síntomas?".

El Dr. Morris asintió. "Desgraciadamente, lo hacen".

Uno de los agentes preguntó: "¿Es posible que los jueces fueran envenenados?".

Otro agente replicó: "¿Por qué envenenar a los jueces? ¿Quién saldría ganando con eso?".

El médico les miró como si se le acabara de ocurrir una idea. "Si me disculpan, hay otra prueba que no hemos hecho y que podría decirnos qué está pasando". Con eso, el doctor salió de la habitación y trotó por el pasillo por el que había venido, dejando a los agentes del FBI sin saber qué decir o hacer a continuación.

Tras unos incómodos momentos de silencio, Joe hizo un gesto a los otros agentes para que le siguieran hasta una máquina expendedora cercana. "Ya que parece que vamos a estar aquí un rato, al menos os invito a un café", les ofreció.

Uno de los agentes levantó una mano. "No se ofenda, señor, pero no nos va a invitar a un café de máquina expendedora cuando hay un Starbucks ahí mismo", dijo.

Dos de los otros agentes soltaron una risita. Joe se echó a reír, asintió con la cabeza y los cuatro se dirigieron al Starbucks a tomar algo mientras esperaban a que volviera el médico y les contara qué demonios estaba pasando.

Treinta y dos minutos más tarde, el Dr. Morris se acercó a ellos con gesto adusto.

"¿Supongo que has encontrado algo con esta última prueba?", preguntó Joe mientras los demás miraban.

Asintiendo, el médico se dejó caer en la silla junto a ellos mientras se pasaba la mano derecha por su pelo canoso. "Cuando ustedes mencionaron el envenenamiento, me hizo pensar en el envenenamiento en 2018 de Sergei y Yulia Skripal en el Reino Unido. Ellos, por supuesto, fueron envenenados con el agente nervioso Novichok. Ninguno de los jueces parece tener ninguno de esos síntomas".

Todos los agentes del FBI dejaron escapar un suspiro colectivo de alivio ante aquella proclamación.

El Dr. Morris añadió: "Sin embargo, en 2006, los rusos envenenaron en Londres a un antiguo espía llamado Alexander Litvinenko. El Sr. Litvinenko presentaba síntomas de envenenamiento por radiación, que más tarde se descubrió que era un síndrome inducido de radiación aguda relacionado con el envenenamiento por polonio 210. Fue el primer caso conocido de muerte por envenenamiento con polonio.

Fue el primer caso conocido de muerte por envenenamiento con polonio".

Joe Latrell se levantó en ese momento, mirando al doctor. "¿Está diciendo que los jueces... está diciendo que *todos* los jueces del Tribunal Supremo han sido envenenados con polonio?".

Los demás agentes miraron a Joe y luego al médico en estado de shock e incredulidad.

"Me temo que eso es exactamente lo que estoy diciendo. No estoy seguro de cómo ocurrió, ni siquiera de cuándo ocurrió. Pero parece que a todos ellos se les ha dado suficiente polonio como para ser letal."

Joe se agarró al borde de la silla, sintiéndose de repente un poco mareado. Volvió a sentarse antes de mirar al médico. "¿Hay algo que se pueda hacer por ellos?", preguntó, apenas consiguiendo pronunciar las palabras.

El Dr. Morris negó con la cabeza. "Me temo que no. Podríamos haber hecho algo por ellos el día en que fueron envenenados, pero ya es demasiado tarde. Si tuviera que hacer una estimación, diría que probablemente les administraron el polonio hace cuatro, tal vez cinco días, basándome en el momento en que los jueces dijeron que empezaron a tener algunos síntomas."

Con todo el color completamente drenado de su cara, Joe preguntó: "¿Cuánto tiempo tienen?"

Con una mueca, el Dr. Morris respondió: "De cuarenta y ocho a setenta y dos horas como mucho. Pero, francamente, los próximos dos días van a ser duros. Sus órganos internos van a empezar a fallar muy pronto. Va a ser un rápido declive una vez que empiece a tener lugar".

Joe se pasó nerviosamente los dedos por el pelo. "Dr. Morris, no tengo que decirle lo importante que va a ser este anuncio o cómo va a afectar al país. Lo que necesito que haga ahora mismo es que trabaje con mis agentes para asegurarse de que esta información se mantiene en secreto, al menos durante el resto del día. Tengo que informar al Director, y obviamente el AG va a querer decir algo y posiblemente el Presidente. ¿Puedes ayudarme a mantener esto en secreto el tiempo suficiente para permitir que los líderes de nuestro país respondan? Por lo que sabemos, otros miembros del gobierno podrían haber sido blanco de este ataque".

El Dr. Morris pareció de pronto muy preocupado ante aquella perspectiva. Asintió solemnemente y condujo a los demás agentes de

vuelta al ala del hospital donde tenían secuestrados a los jueces. A continuación, los agentes hablaron con el personal médico para asegurarse de que todos conocían la urgencia de mantener la situación en secreto por el momento.
****

El Fiscal General Malcolm Wright pensó que se iba a poner enfermo cuando el Subdirector del FBI Joe Latrell terminó de informarles a él y al Director del FBI Nolan Polanski.

El Fiscal General hizo la pregunta obvia. "Si los jueces están enfermos -no, permítanme decirlo de otro modo, si todos los jueces del Tribunal Supremo se están muriendo, y por lo tanto no pueden oír este caso- ¿cómo vamos a resolver esto antes de las elecciones? Sólo tenemos dos días para resolverlo antes del martes".

El director Polanski le miró mal. "Tienes que estar de broma", replicó. "¿Te preocupa que se pronuncien sobre tu caso de la OE? Esto podría ser la primera etapa de un gran ataque contra nuestro gobierno".

El Fiscal General espetó: "Proteger el país y averiguar quién cometió este atentado es su carril. Yo intento asegurarme de que no se celebren unas elecciones fraudulentas el martes, creando una crisis constitucional."

Joe levantó la mano. "Por favor, caballeros. Ninguno de nosotros es el enemigo. Claramente, alguien pensó todo esto. Alguien o algún grupo sabía que si descubríamos esta conspiración para robar las elecciones, el Presidente emitiría algún tipo de orden ejecutiva y esa OE sería impugnada en los tribunales, lo que provocaría que tuviéramos que llevarla al Tribunal Supremo. Quienquiera que esté detrás de esta conspiración se anticipó a nuestros movimientos y se nos adelantó envenenando a los jueces antes de que pudieran emitir un fallo."

Malcolm suspiró. "Esto cae claramente en su carril", dijo, señalando a Joe y al director Polanski. "¿Quién podría haber llevado a cabo este tipo de ataque? ¿Quién tiene ese tipo de capacidad, y estamos nosotros mismos en peligro? ¿Y el Presidente o los miembros del Congreso?".

Los dos hombres del FBI se miraron antes de devolver el contacto visual del fiscal general. "No puedo asegurar que nadie más en el Gobierno esté en peligro inmediato", admitió el director Polanski. "Mi consejo es que alertemos a la Policía del Capitolio y al Servicio Secreto

de la posibilidad de un envenenamiento por polonio". En cuanto a quién
podría llevar a cabo este tipo de ataque, bueno, sólo hay un par de
naciones que tienen este tipo de capacidad. Sin embargo, los principales
sospechosos serían Rusia y China. En el caso de Rusia, sabemos que ya
ha llevado a cabo este tipo de ataque; también ha asesinado a disidentes
en el Reino Unido.

"Los chinos también son capaces de llevar a cabo este tipo de
atentados. Dicho esto, no tienen antecedentes de asesinatos selectivos en
el extranjero. Sin embargo, ciertamente tienen un hacha que afilar contra
el presidente Sachs. Les ha causado un inmenso daño económico con los
aranceles comerciales, así que no querría descartar totalmente a los
chinos."

Malcolm suspiró. "Bien, Nolan, esto es lo que quiero que hagas.
Reúne todas las pruebas que puedas sobre este ataque. Reúne toda la
información que puedas sobre quién pudo llevar a cabo este ataque y
cómo. También necesito que termines el caso probatorio contra el Sr.
Wang y el Ministerio de Seguridad del Estado ahora. Voy a recomendar
al Presidente que convoque una reunión de emergencia con los líderes
de la Cámara y el Senado para presentarles esta información.

"Es obvio que no vamos a poder confiar en que el Tribunal
Supremo decida sobre la constitucionalidad de la OE. El único otro curso
de acción es que expongamos el caso a la Presidenta de la Cámara y la
convenzamos de que acepte posponer las elecciones hasta el 4 de enero.
También necesito que recopiléis todo lo que tengáis sobre los atentados
terroristas del día de las elecciones. Si todavía no tenemos ninguna pista,
tienen que hacérselo saber. Tienen que tomar una decisión sobre lo que
van a hacer, y pronto. El país se dirige a una crisis constitucional si no
resolvemos esta situación."

Capítulo 16
Carrera contrarreloj

Kosovo
Campamento Bondsteel

El teniente coronel Seth Mitchell estaba agotado. Le habían dado espasmos en la espalda y aún se sentía dolorido por el ataque con un artefacto explosivo improvisado que casi le había matado hacía varios días. Empezó a pensar en la sensación del vehículo rodando una y otra vez, sintiéndose ingrávido por un momento.

Pensó en el sargento mayor Nance y en el oficial de apoyo de la embajada; por suerte, ambos habían sobrevivido. Estaban un poco magullados y peor, pero saldrían adelante. Ambos habían sido trasladados en avión al Centro Médico Regional de Landstuhl, en Alemania, antes de ser enviados de vuelta a Estados Unidos.

"Eh, vuelve a la realidad", dijo el general Lancaster mientras chasqueaba los dedos un par de veces delante de Seth.

Dejando escapar un bostezo, Seth se levantó y estiró el cuerpo, forzando un par de sonoros chasquidos y crujidos.

"Necesito café y un Flexeril para la espalda", respondió Seth. Se dirigió a la parte trasera del centro de operaciones. Alcanzó una placa caliente en la que había una cafetera recién puesta y otra que ya se estaba preparando. Vertió un poco de café de la marca Death Wish en una de las tazas y se llevó rápidamente el líquido negro a los labios y bebió un par de sorbos.

Se acercó de nuevo a Lancaster, con el café en la mano. "¿Se sabe ya dónde está Tahir Shicri o si su cuerpo estaba en el edificio que arrasamos?". preguntó Seth.

Lancaster pareció frustrado ante la pregunta. Sacudió la cabeza. "Desgraciadamente, no. No tenemos ADN para compararlo con los cadáveres del piso franco que volamos. La Agencia insiste en que sigue vivo; dijeron que hace unas horas recibieron un mensaje de inteligencia que coincidía con su voz".

Justo entonces, uno de los sargentos que había estado trabajando con la NSA en la localización del último líder terrorista saltó de su asiento. "¡Lo hemos encontrado!", gritó.

"Whoa, soldado", dijo el Jefe Moore. "Cálmate y muéstranos lo que encontraste".

El sargento señaló el monitor del ordenador. "Aquí mismo. Uno de los drones Reaper acaba de interceptar una llamada telefónica con una huella de voz que coincide con Shicri".

"¿Conseguimos una copia de la llamada?" preguntó Seth. "¿Qué dijo y con quién estaba hablando?"

"Todavía están rastreando a quienquiera que estuviera al otro lado. Fue sólo una llamada rápida de veinte segundos, pero se originó en este pueblo de aquí. La NSA sigue rastreando el teléfono desde el Reaper. Parece que el teléfono debe estar moviéndose a pie, ya que se mueve lentamente y a través de un terreno accidentado".

"Santo cielo, esos chicos de la NSA son buenos", dijo el general Lancaster. Alcanzó el teléfono que le comunicaría con el centro de operaciones SOCOM en MacDill.

Pasaron unos minutos mientras Lancaster ponía al corriente a su jefe y trabajaba para obtener permiso para ir a capturar a Shicri.

Mientras hablaba por teléfono, uno de los soldados que estaba escuchando comentó: "¿No deberíamos darle con un Hellfire del Reaper?".

El jefe Moore le lanzó una mirada de desaprobación. "Claro, si no queremos averiguar qué van a atacar el día de las elecciones o quién está implicado en el atentado. A lo mejor no te importa quién les financia o les proporciona las armas o los explosivos, ¿eh?".

La cara del soldado enrojeció al darse cuenta de lo estúpido que había sido su comentario. Volvió a manejar el sistema de armas del Reaper sin decir nada más.

El General Lancaster terminó su llamada. "Estamos listos", anunció. "Pongan en marcha la unidad. ¡Los quiero listos para rodar en la próxima hora!"

El teniente coronel Patrick "Paddy" Maine, del JSOC, preparó a sus hombres para el lanzamiento.

El general Lancaster miró a Moore. "Jefe, necesito que su grupo empiece a trabajar en la zona objetivo. Averigüe qué hay allí. Vea si nuestro LNO serbio tiene alguna información que pueda ofrecernos", ordenó.

Entonces el general se volvió hacia Seth. "Necesito que te pongas con Smith y sus chicos de la ORA. Necesitamos tener un plan de juego listo para cuando capturemos a este bromista. No tenemos mucho tiempo para conseguir lo que necesitamos de él. Faltan menos de tres días para el próximo ataque terrorista".

Seth asintió. *Sin presiones ni nada*, pensó.

Seth salió por la puerta para caminar hacia donde Smith y su grupo estaban trabajando. Todavía tenían a sus tres prisioneros clave en secreto. Entre Smith y un grupo de interrogación de la DEVGRU y la Unidad, habían estado interrogando a estos tipos casi sin parar desde su captura.

Cuando Seth entró en la sala principal del pequeño centro de detención, vio inmediatamente a Smith hablando por teléfono con alguien. Smith miró a Seth a los ojos y le hizo un gesto con la mano para que se acercara. Seth tomó asiento junto a su colega y esperó a que terminara la llamada.

Cuando Smith colgó, dirigió a Seth una mirada seria. "Las cosas se están empezando a ir al garete en casa, amigo mío", le dijo.

Seth frunció el ceño. "¿Qué significa eso?"

"Las cosas empiezan a descontrolarse más rápido de lo que podemos detenerlas".

"Vas a tener que ser un poco más específico", respondió Seth.

Suspirando, Smith se inclinó para que los demás a su alrededor no pudieran oír. "Acabo de hablar con mi jefe..."

Seth interrumpió: "¿Quién es exactamente tu jefe?".

Smith rechazó la pregunta. "Eso no es importante. Lo que me dijo aún no se ha hecho público, pero alguien envenenó a los jueces del Tribunal Supremo".

Con cara de sorpresa, Seth preguntó: "¿Cuál?".

Smith negó con la cabeza. "No, me has oído mal. No fue uno de ellos, fueron todos. El FBI está tratando de averiguar cuándo ocurrió o si hay otros miembros del Gobierno en el punto de mira. Parece que fueron envenenados con polonio 210".

Seth se quedó estupefacto ante la noticia antes de responder. "Vaya. ¿Cómo demonios ha podido pasar?".

Los dos permanecieron sentados un momento, sin decir nada. Smith rompió por fin el silencio. "Nadie conoce aún los detalles, pero esto no es bueno. ¿Has estado siguiendo algo de las elecciones?"

Seth negó con la cabeza. "He estado demasiado ocupado y, francamente, normalmente trato de ignorar la política".

"Bueno, puede que quieras empezar a prestar un poco más de atención ahora mismo. Al parecer, nuestro ciudadano chino que ha estado soltando sus tripas ha estado involucrado en una conspiración mucho más grande de lo que pensábamos originalmente. Has oído hablar de todos esos trabajadores de correos que han sido arrestados por manipular las papeletas de las elecciones, ¿verdad?"

Seth empezaba a sentirse como un idiota viviendo bajo una roca. No se había enterado de nada de lo que pasaba en casa. Había estado tan concentrado en lo que pasaba aquí, delante de ellos, que había bloqueado todo lo demás.

Seth levantó las manos en señal de rendición. "Vale, Smith, me has pillado. He estado un poco preocupado con estas basuras que hemos estado charlando. No tengo ni idea de lo que estás hablando".

Smith sacudió la cabeza con desaprobación. "Seth... tienes que hacerlo mejor, amigo mío. No puedes seguir viviendo en la oscuridad. Todo lo que hemos estado descubriendo aquí se ha estado haciendo en casa. Ha creado un gran alboroto y circo. Diablos, el Presidente incluso trató de posponer las elecciones hasta que la amenaza terrorista se hubiera evitado con éxito. Incluso llegó a anular todos los votos por correo y en ausencia una vez que se descubrió que el Ministerio de Seguridad del Estado chino estaba implicado en su robo".

Seth se quedó sentado, atónito ante lo que Smith acababa de decirle. No tenía ni idea de que las cosas se estuvieran desmoronando así en casa. Ahora que lo pensaba, hacía dos días que no llamaba para hablar con su mujer. Probablemente estaba muy preocupada por él.

Tengo que llamar a Dana más tarde hoy cuando las cosas se calmen, resolvió.

Entonces Seth volvió a la tarea que tenía entre manos. "Smith, no es por ignorar lo que acabas de decirme, pero la razón por la que vine aquí fue porque el jefe quiere que averigüe cuál es el plan para cuando atrapemos a Shicri".

Con cara de sorpresa, Smith preguntó: "¿Le hemos encontrado?".

Ahora le tocaba a Seth ser el que estaba al tanto. "Sí, la NSA acaba de localizarlo. El general está preparando la unidad para ir tras él ahora mismo. Puede que lo tengamos bajo custodia en unas horas. Entonces, ¿cuál es el plan? ¿Cómo vamos a conseguir lo que necesitamos de él?" preguntó.

"Creo que es bastante simple, Seth. Seguimos usando lo que ha estado funcionando. Obtuviste buena información del último par de tipos con tu bolsa de trucos farmacéuticos. Yo digo que sigamos con eso".

"¿Trajiste 'El Ojo' contigo?" preguntó Seth.

Smith sonrió satisfecho. "Sí, claro que sí. ¿De verdad crees que tendrás tiempo para hacer ese tipo de interrogatorios? ¿Por qué no te limitas a las drogas? Funcionan más rápido para lo que estamos haciendo".

"No lo sé. Es una herramienta extra", respondió Seth. "Sólo asegúrate de tenerla fuera, para que pueda encontrarla cuando llegue el momento. Creo que me gustaría probar esa cosa primero antes de volver a usar la droga de fuego".

"No te preocupes", dijo Smith. "Tendré un sólido paquete de información para ti sobre Shicri en unas horas si tus devoradores de serpientes lo atrapan. He tenido a mis chicos ocupados rastreando todo y algo más".

Seth asintió y salió del centro de detención para dirigirse al comedor a desayunar. Calculó los husos horarios. Era tarde en Florida, pero sabía que Dana preferiría despertarse a no tener noticias suyas. Marcó el número de su mujer.

"Seth, ¿eres tú?", preguntó Dana grogui.

Dios, es tan bueno escuchar su voz ahora mismo, pensó.

"Sí, soy yo, cariño. ¿Cómo estáis tú y los niños?"

"Nos va bien. *¿Y tú?* ¿Volverás pronto a casa?", preguntó.

"Ahora no, cariño. Las cosas están demasiado calientes aquí", dijo, su voz traicionando algo de la tristeza que sentía. "Sinceramente, las cosas estaban tan ajetreadas que ni siquiera me había enterado de que habían robado las papeletas, ni de que se habían aplazado las elecciones ni nada. Supongo que tengo que llamar más a menudo. Siempre me mantuviste al tanto de las noticias importantes".

"Aw, nena. Sí, esto es una locura", respondió Dana. "Al menos detuvieron esos ataques terroristas en Halloween. Sé que estás haciendo cosas que son realmente importantes y que marcan la diferencia ahora mismo, pero la parte egoísta de mí desearía que estuvieras aquí."

Suspiró. "Eric ha estado teniendo pesadillas como cada dos noches. La mitad de las veces acabo dejándole dormir en la cama conmigo. Lily sigue intentando que la lleve al colegio, pero esta vez es porque no para de decirme que es más probable que un terrorista atente contra un autobús escolar que contra un coche. Crecen demasiado deprisa. El mundo da miedo".

"Dana, siento mucho que tengas que encargarte de todo eso", respondió Seth. "Tendré que llamar cuando sea un mejor momento del día para hablar con ellos. Quizá pueda ayudar a tranquilizarlos por ti".

"Eso sería genial, cariño. Si pudieras, sería de gran ayuda". Hizo una pausa. "Escucha... por mucho que quiera hablar más contigo, ahora mismo estoy muy cansada. Últimamente he tenido muchas conversaciones nocturnas. ¿Hay alguna posibilidad de que podamos hablar más después de que haya tenido la oportunidad de dormir?"

"Sí, por supuesto. Descansa, cariño. Seguiré haciendo lo que pueda por este lado para detener toda esta locura. Te quiero".

"Yo también te quiero", respondió ella. "Ven a casa conmigo sano y salvo".
****

Linca, Serbia
10 kilómetros al noroeste de Presevo

El aire frío azotaba la cabina abierta del Blackhawk, pero los seis operadores de Delta Force seguían concentrados como láser mientras se preparaban para una extracción diurna increíblemente peligrosa de un objetivo de alto valor.

Tras el Blackhawk de cabeza iban otros dos carros voladores, con dieciséis Rangers del Ejército que se encargarían de la seguridad terrestre de la zona una vez que los operadores Delta aterrizaran para llevar a cabo el golpe. Cubrirían la extracción y se asegurarían de que no aparecieran fuerzas imprevistas para interferir en esta captura de alto riesgo.

Un par de helicópteros Apache volaban ligeramente por encima de los helicópteros de transporte de tropas. Como un par de perros pastores, se aseguraban de que no se produjeran avances no deseados hacia los soldados de abajo.

Más arriba de la formación, merodeaba un dron Reaper solitario, armado con cuatro misiles Hellfire, listo para proporcionar apoyo terrestre adicional en caso necesario.

A menos de cuarenta y ocho horas del próximo atentado terrorista y de las elecciones estadounidenses, el Departamento de Defensa estaba sometido a una inmensa presión para encontrar y posteriormente capturar

al líder terrorista cuyos miembros se estaban posicionando para llevar a cabo su próximo atentado.
****

El sargento mayor Bruce "Deuce" Wilder hizo una última comprobación de su arnés y su arma mientras el Blackhawk se dirigía a toda velocidad hacia la frontera serbia. Al mirar las caras de los demás operadores, vio que estaban listos para vengarse. La última incursión para capturar a este HVI se había saldado con un puñado de SEAL heridos y muertos, por no mencionar la pérdida de dos helicópteros. Había eludido la captura una vez, pero no iba a conseguirlo por segunda vez.

El sargento de primera clase Larry Flint, al que simplemente llamaban Larry en lugar de algún indicativo, iba a asaltar la fachada del edificio con él, junto con el sargento de primera clase Pedro "Araña" Santos, su rompedor. Él se encargaría de derribar la puerta principal, lo que les permitiría entrar en el edificio. Los otros tres operadores que saldrían del helicóptero por la otra puerta se dirigirían rápidamente a la parte trasera del edificio y abrirían una brecha desde allí, asegurándose de que nadie pudiera escapar por la entrada trasera. Si todo iba según lo previsto, entrarían en el edificio y lo desalojarían en menos de tres minutos.

Deuce se agarró al borde del helicóptero mientras sus pies colgaban por debajo del borde del compartimento de carga. El helicóptero aceleró y giró bruscamente a la izquierda, cortando otro valle a medida que se acercaba al objetivo, justo al otro lado de la frontera entre Kosovo y Serbia. Los otros helicópteros de su séquito hicieron lo mismo, siguiéndoles mientras volaban a escasos metros por encima de los árboles desnudos del valle.

"¡Tres minutos!", gritó el jefe de la tripulación por encima del rugido del aire silbante.

Su objetivo estaba situado en un pequeño pueblo montañoso al norte del enclave musulmán de Presevo. Se rumoreaba que esta zona estaba controlada por un grupo extremista musulmán albanés. También era un lugar donde se habían cometido diversas atrocidades tanto por parte de las fuerzas serbias del MUP como de los grupos terroristas albaneses que dominaban la zona. La animosidad entre los serbios cristianos ortodoxos y los musulmanes de etnia albanesa había estallado allí docenas de veces, dando lugar a algunas atrocidades horribles por ambas partes.

El jefe de la tripulación se volvió de nuevo hacia los operadores. "¡Nos acercamos al objetivo!", gritó. Los dos artilleros giraron sus miniguns M134 hacia los edificios cercanos que estaban apareciendo rápidamente.

El morro del helicóptero se encendió al tiempo que el brazo de cola descendía, perdiendo velocidad rápidamente cuando el helicóptero pasó de viajar a más de cien millas por hora a casi planear sobre la zona de aterrizaje prevista. En cuestión de segundos, el helicóptero estaba en tierra y los operadores se lanzaban desde la bestia metálica al suelo. Corrieron hacia su objetivo, un pequeño grupo de edificios que formaban el centro de este pequeño pueblo.

Deuce empuñó su arma y corrió hacia el edificio. El lavado del rotor hizo volar hojas parduscas y tierra suelta por todas partes mientras el piloto aplicaba potencia para que el helicóptero volviera a levantar el vuelo.

Segundos después, Deuce y su equipo estaban prácticamente en la puerta principal cuando surgió el primer objetivo, un joven de unos veinte años que blandía un AK-74. Deuce apretó el gatillo una vez, enviando una corta ráfaga de disparos al pecho del hombre, lanzándolo de espaldas contra la puerta de la que acababa de salir.

Los operadores continuaron su carga implacable hacia el edificio objetivo, sabiendo que la velocidad era la vida en esta situación. Tenían que atacar el edificio ahora, cuando los ocupantes aún estaban confusos por lo que estaba ocurriendo y antes de que pudieran organizarse y repeler el ataque.

Deuce se encontraba ahora prácticamente en la parte delantera del edificio. Sus dos compañeros se desplazaron a la izquierda de la puerta principal mientras él se movía hacia el lado derecho, cerca de un ventanal que permitía a los ocupantes ver el exterior.

A cien metros a su derecha e izquierda, aterrizaban los otros dos Blackhawks, dejando a los dieciséis Rangers del Ejército que se centrarían en asegurar el perímetro de la aldea.

Cuando Deuce se acercó a la fachada del edificio, la ventana más cercana a él explotó. Las balas de AK-74 destrozaron el cristal y rasgaron la pared por encima, por debajo y a derecha e izquierda del marco de la ventana mientras el tirador intentaba matar a los hombres que intentaban asaltar su edificio antes de que pudieran forzar la entrada.

Deuce cogió una de las granadas M-84 que llevaba en el chaleco. La apretó en la mano, tiró de la anilla y la arrojó contra la ventana destruida. Más balas atravesaron la pared a escasos centímetros de su cara y su cuerpo, mientras el ocupante del interior intentaba matarle.

BOOM.

La granada explotó y el tiroteo se detuvo momentáneamente. Spider, el compañero de Deuce, había conseguido pegar una tira de cordón detonante al borde exterior de la puerta. En cuanto se silenciaron las balas, voló la puerta. Deuce y Larry entraron corriendo, barriendo en busca de amenazas. El tirador solitario que había intentado matarlos desesperadamente momentos antes se retorcía de dolor en el suelo, sintiendo aún los efectos de la granada aturdidora y de la puerta reventada.

Larry corrió hacia el tirador abatido y le propinó una fuerte patada en la ingle con su bota con punta de acero. Luego se arrodilló, le dio la vuelta y le ató las manos con las esposas flexibles que habían traído para ese fin.

Deuce corrió más allá de Larry con Spider pisándole los talones. Corrieron hasta el segundo piso del edificio, en busca de su HVI. Justo cuando estaban a punto de llegar a una curva de la escalera, la pared frente a ellos estalló en astillas. Un tirador en el segundo piso salpicó la escalera con balas.

Deuce se arrodilló y una ráfaga de balas le pasó por encima de la cabeza. Spider lanzó rápidamente otra granada aturdidora al rellano.

BOOM.

En cuanto estalló la granada, Deuce volvió a ponerse en pie y subió el resto de las escaleras de tres en tres. Cuando llegó arriba, encontró al tirador sentado, inmóvil, con la espalda apoyada en la pared y su AK-74 en el regazo. Deuce le quitó el arma del regazo de una patada y se abalanzó sobre él. Le propinó un puñetazo tan fuerte como pudo con la mano derecha y le obligó a ponerse boca abajo. Tiró de las manos del hombre hacia atrás, cogió las esposas flexibles de su chaleco y las ajustó con fuerza a las manos del hombre, inmovilizándolo.

Mientras Deuce maniataba a su tirador, Spider ya le había adelantado y había irrumpido en uno de los dormitorios. Deuce oyó una ráfaga de balas y corrió a ayudar a cubrir a su camarada.

Atravesó la entrada justo a tiempo para ver cómo Spider se lanzaba sobre un hombre, soltándole el rifle de las manos. Los dos cayeron sobre una cama. Spider golpeó al tirador con todas sus fuerzas en la ingle y luego le hizo rodar sobre el vientre. Cogió las esposas flexibles y se las puso al hombre, apretándoselas en las muñecas y neutralizándolo como amenaza.

Justo cuando Deuce empezaba a pensar que Spider tenía la situación bajo control, vio una figura que se acercaba sigilosamente a la puerta trasera.

Mierda, Shicri está a punto de escapar, se dio cuenta.

BAM.

La puerta estalló hacia dentro, lanzando a Shicri contra la pared que tenía detrás. Se desplomó en el suelo, sujetándose el pecho. La conmoción de la explosión probablemente le había dejado sin aliento.

Uno de los otros operarios irrumpió por el agujero de la pared y tiró a Shicri boca abajo. El hombre lo ató con una cremallera antes de que pudiera responder. Tosió varias veces, intentando recuperar el aliento, y el hombre sentó a su nuevo prisionero.

Deuce sonrió ante el éxito de su misión, y luego pensó en la visión que tenía Shicri. Estaba mirando a un soldado con barba bien recortada, casco táctico y gafas balísticas, chaleco antibalas cubierto de granadas de mano, granadas aturdidoras, cartucheras y otro par de esposas flexibles. Entonces sus ojos se centraron en el parche de velcro de camuflaje de Punisher, justo encima de otro parche de velcro con su grupo sanguíneo, O positivo.

Deuce soltó una risita. *Se estará preguntando quiénes somos*, pensó.

Tras asegurarse de que la situación era segura, Deuce agarró al hombre desde lo alto del rellano y le ayudó a bajar la escalera, para que pudieran desalojar la casa y empezar a buscar cualquier cosa de valor que pudiera ayudar a los servicios de inteligencia a localizar a los terroristas que quedaban en Estados Unidos.

Spider tenía a su prisionero detrás y hacía lo mismo. Cuando llegaron a la planta baja, sacaron a los dos hombres por la puerta principal hasta donde los demás miembros de su equipo tenían a los otros prisioneros del edificio sentados al estilo indio en el suelo.

Con dos de los operadores vigilando a los cuatro prisioneros, el resto del equipo estaba dentro del edificio, cogiendo todo lo que pudiera ser de valor para los servicios de inteligencia. En ese momento, los Rangers del Ejército se habían acercado a su posición e informaron de que no habían detectado más amenazas.

Un puñado de civiles que vivían en las inmediaciones salieron cautelosamente de sus casas, pero se mantuvieron a distancia. Los operarios debían de parecerles un misterio porque, a diferencia del MUP serbio u otras unidades policiales que pudieran haber visto en el pasado, Deuce y sus compañeros iban muy cargados de armas y equipo. Se mezclaban tranquilamente entre ellos.

Pasaron unos minutos relativamente tranquilos antes de que volviera el familiar sonido de los helicópteros. Los primeros en aparecer fueron los dos Apache, que se mantuvieron en vuelo estacionario en los extremos opuestos de la aldea, haciendo notar su presencia y asegurándose de que nadie decidiera dispararles. A continuación llegaron una serie de Blackhawks y un Chinook solitario. El Chinook aterrizó primero, lo que permitió a los operadores cargar a sus cuatro prisioneros y la media docena de bolsas negras grandes con pruebas que habían cogido del edificio. Los seis miembros de la Fuerza Delta también subieron al aparato para escoltar a su HVI de vuelta a Bondsteel.

A continuación llegaron los dos Blackhawks, que recogerían a los Rangers. Cuando el último helicóptero despegó y estuvo a salvo fuera de la aldea, los dos Apaches dieron media vuelta y siguieron a sus tropas a través de la frontera serbia con Kosovo.

Deuce sonrió. Para eso vivía: había sido una misión exitosa, sin bajas y con un solo terrorista muerto.
****

Seth miró la imagen desnuda y temblorosa de Tahir Shicri mientras estaba sentado, atado a la silla de metal con una capucha negra sobre la cara. Aún no le habían colocado el equipo de privación sensorial. Seth quería dejarlo para más tarde, cuando quisiera hacer creer a su prisionero que había estado retenido mucho más tiempo del que realmente había estado. En ese momento, era mucho más importante que no supiera dónde estaba retenido y qué iba a ocurrirle a continuación. Por desgracia, Seth y Smith no disponían de mucho tiempo para obtener la información que necesitaban para detener la próxima serie de atentados terroristas.

Seth hizo un gesto con la cabeza a uno de los dos guardias que había en la sala para que le quitara la capucha negra que le cubría la cara. Al quitársela, Shicri arrugó un poco los ojos, tratando de adaptarse a la escasa iluminación de la sala. Seth había reajustado la configuración para sus propósitos; una sola bombilla que colgaba del techo apenas iluminaba el lugar con su resplandor amarillento. Unas sombras ominosas rellenaban el resto.

Set se adelantó para dejarse iluminar y esperó a que la mirada de Shicri se posara en él. Cuando por fin su prisionero estableció contacto visual, Set vio la expresión de miedo y rabia en sus ojos.

"¿Tienes sed?" Preguntó Seth. "¿Quieres un poco de agua?"

Shicri abrió la boca como si fuera a decir algo, pero la cerró rápidamente. Seth ya lo había visto antes. Su detenido no quería admitir que necesitaba algo. De todos modos, Seth cogió una botella de agua y la colocó en la mesa frente a él.

Al ver que los brazos de Shicri seguían atados a la silla, Seth hizo una señal a uno de los guardias para que lo soltara. Éste accedió, sacó un cuchillo y cortó rápidamente las ataduras de plástico que lo sujetaban a la silla. A continuación, el guardia envainó el cuchillo y se ocultó en las sombras, fuera de la vista pero siempre presente por si se le necesitaba.

Shicri se quedó mirando la botella de agua, inseguro de si debía cogerla o no.

"Beba", ordenó Seth, haciendo la mímica con la mano derecha. El intérprete, sentado en una silla detrás del prisionero, también oculto en la oscuridad, se hizo eco de las instrucciones de Seth.

De mala gana, Shicri cogió la botella de agua, desenroscó el tapón y procedió a vaciarla de varios tragos.

"¿Quieres comer algo?" Preguntó Seth.

Shicri le miró extrañada.

Antes de que su prisionero tuviera la oportunidad de negarse, Seth agitó una mano y la puerta de la habitación se abrió, dejando entrar un chorro de luz procedente del pasillo. Una figura solitaria apareció en el umbral y un hombre entró con una bandeja que contenía ocho alitas de pollo, aceitunas y fruta recién cortada. Dejó la bandeja delante de Shicri y salió.

El prisionero miró el plato de comida con anhelo y escepticismo, obviamente inseguro de si la comida había sido aderezada con algo o qué pensar de todo aquello.

Seth sonrió. Sabía que cuando Shicri había sido capturado, esperaba que lo torturaran, no que lo alimentaran y cuidaran; su campaña de confusión estaba surtiendo el efecto deseado.

De repente, Shicri empezó a temblar. Luego se miró a sí mismo. Fue como si redescubriera que estaba desnudo, sentado en una silla de metal en una habitación que tenía una temperatura ambiente de unos cincuenta y cinco grados Fahrenheit.

"Lamento el trato que recibiste al principio, Shicri", dijo Seth con consuelo. "No deberían haberte desnudado así. Sigues siendo un ser humano y deberían tratarte con respeto".

Seth chasqueó los dedos y uno de los guardias trajo una manta. "Levántate", ordenó. Cuando Shicri obedeció, envolvió al hombre con la manta y volvió a sentarse, visiblemente más cómodo.

Seth observó que su prisionero volvía a mirar la comida. "Come", le dijo. "Esperaré a que te hayas saciado antes de que hablemos los dos".

Los instintos de Shicri se apoderaron de él y empezó a engullir la comida como si no hubiera comido en dos semanas. Seth observó al hombre mientras comía, buscando señales de que las drogas que había inyectado en el agua de Shicri estuvieran teniendo los efectos deseados. Comía un poco más despacio y empezó a tantear con el tenedor de plástico.

Excelente, pensó Seth.

Su prisionero era ajeno a lo que le estaba sucediendo, pero su mente estaba siendo adormecida en un lugar de tranquilidad y paz. Una sensación de euforia empezaba a apoderarse de él a medida que cualquier inhibición que tuviera empezaba a desvanecerse.

Durante los cinco minutos siguientes, más o menos, Seth entabló una conversación informal con el hombre sentado frente a él, le preguntó si había peregrinado al Haj y compartió su propia historia de la experiencia de peregrinación que había vivido varios años antes. Dado que la peregrinación de Seth se había realizado por motivos encubiertos durante una operación de la que formaba parte en Yemen, aún así pudo compartir parte de aquella experiencia con Shicri, que ahora mostraba un poco más de respeto hacia Seth que unos minutos antes. Compartir la misma experiencia creó un vínculo que Seth pudo aprovechar.

En su vida en Estados Unidos, Seth asistía a una iglesia baptista, pero sabía lo suficiente sobre el Islam como para hacerse pasar fácilmente por musulmán cuando la situación lo requería, como ahora, durante el interrogatorio de este cerebro terrorista.

Ahora que Shicri había terminado de comer, preguntó: "¿Cómo puede un musulmán, un hermano en la fe, trabajar para un gobierno ateo tan impío? ¿Cómo puedes trabajar contra nosotros? Estamos haciendo la obra de Alá, ¿qué hacéis vosotros?".

Seth asintió a la pregunta. "Todos hacemos el trabajo de Alá a nuestra manera, Shicri. Todos llevamos Sus cargas de forma diferente".

"Deberías trabajar con nosotros, no contra nosotros por esos infieles", contraatacó su prisionero.

Seth negó con la cabeza. "Estás equivocado, hermano. Mientras tú libras la yihad menor contra Occidente, yo libro la gran yihad, la yihad contra la mente, el cuerpo, que es mucho más difícil que la guerra que libras contra la carne y la sangre."

"Sólo intentas deformar mi sentido del honor, mi sentido del propósito", replicó Shicri con enfado.

"Hermano, Occidente será derrotado en las próximas décadas cuando los fieles musulmanes superen en número a estos infieles. No hay necesidad de violencia cuando a través de la procreación los superaremos en número, elegiremos líderes que estén de acuerdo con nuestra interpretación de la Sharia y nuestros valores y forma de vida. Sólo es cuestión de ser paciente, hermano".

Shicri se quedó un momento mirando a Seth, casi estupefacto por lo que había dicho. Parecía estar reflexionando sobre si lo que el hombre que tenía delante podía ser cierto o no.

Ahora que Seth tenía a Shicri pensando, y estaba seguro de que las drogas estaban surtiendo el efecto deseado, empezó a sentar sus bases. "Mira, sabemos que tu grupo terrorista está planeando llevar a cabo un atentado en América durante las elecciones. Podría torturarte para obtener la información que busco, pero ¿por qué? No quiero torturar a un compañero musulmán, un hermano en Alá. Al final, Alá derrotará a Occidente, pero lo hará a través de la paz y mostrándoles Su amor, no Su odio.

"Quiero que me digas lo que planeas hacer. ¿Cuántos de sus seguidores están involucrados, y dónde se llevarán a cabo estos ataques?"

Seth se inclinó hacia él. "No podemos derrotar a Occidente a través del amor de Alá y superándolos si provocamos que teman a Alá y arremetan contra sus seguidores. Por favor, date cuenta de que estás poniendo en peligro una yihad mucho mayor en Occidente llevando a cabo un ataque que sólo perjudicará al resto de nuestros hermanos y hermanas musulmanes."

Luego, en voz muy baja, Seth preguntó: "¿Lo entiendes?".

Shicri miró a Seth con aire inseguro. Estaba claro que las drogas le dificultaban el pensamiento. Después de un momento, sacudió la cabeza. "No. No, no puedo traicionar a mi pueblo", dijo. "Hemos entrenado demasiado tiempo y demasiado duro para este día. Esta es nuestra oportunidad de golpear el corazón del gran Satán".

"¿En qué se va a diferenciar tu ataque al gran Satán de lo que ya se ha hecho? ¿Tu grupo no es más que otro imitador de los anteriores?", preguntó Seth.

Shicri soltó una risita ante el comentario. "Oh, no. No somos imitadores. Hemos recibido ayuda para asegurarnos de que nuestro ataque será mayor y mejor que cualquier otro anterior".

Seth sonrió y preguntó: "Entonces dime, de hermano musulmán a hermano musulmán, ¿qué es? Dímelo para que pueda regocijarme en tu triunfo y compartir tu alegría".

En ese momento, Seth había cruzado la mesa y cogido suavemente las manos de Shicri mientras le miraba a los ojos con tanta alegría y emoción como la que tendría un niño al ver el árbol de Navidad de su familia totalmente decorado y rodeado de regalos bellamente envueltos.

Una sonrisa se dibujó en el rostro de Shicri. "De acuerdo. Compartiré contigo uno de los ataques, pero tendrás que esperar a los demás. Son una sorpresa..."

Capítulo 17
Nacimiento de un nuevo orden mundial

Nueva York, Nueva York
Sede de las Naciones Unidas

El Secretario General de las Naciones Unidas, Johann Behr, estaba sentado en su despacho, mirando por los grandes ventanales la gran ciudad de Nueva York que tenía ante sí. Desde su posición, podía ver gran parte de Manhattan y el puerto y las vías fluviales circundantes. Por mucho que le gustara la escena llena de energía que tenía ante sí, despreciaba la nación a la que pertenecía. Para él, Estados Unidos era un parásito, una sanguijuela que desangraba el mundo. Su interminable sed de energía y recursos y su perversa creencia de que, de algún modo, su pueblo era más importante que el de cualquier otra nación lo convertían en un peligroso azote.

Excepcionalismo estadounidense... más bien imperialismo estadounidense si no consiguen lo que quieren, pensó Behr.

Como un niño petulante, Estados Unidos arremetía sistemáticamente contra varios países del mundo cuando no conseguía lo que quería, utilizando su economía y su ejército para intimidar a los países más pequeños y someterlos. Le reconfortaba saber que esos días estaban llegando rápidamente a su fin.

Sólo unos días más y América -y el mundo- cambiará a mejor.

"Señor Secretario General", dijo su ayudante, rompiendo su trance y devolviéndole a la realidad.

Se volvió para mirar a su ayudante y le vio entrar acompañado de un general canadiense, un hombre llamado Guy McKenzie.

El general canadiense se había forjado una conocida reputación, tanto dentro de las fuerzas de su propio país como de las de la ONU, como auténtico diplomático guerrero. Había pasado gran parte de su carrera en las Fuerzas Especiales canadienses y luego en diversas funciones desarrollando el pequeño ejército canadiense hasta convertirlo en una fuerza profesional bien entrenada. Había sido comandante de numerosas operaciones de mantenimiento de la paz de la ONU en todo el mundo. Las pocas operaciones de mantenimiento de la paz dirigidas por la ONU que no habían estado plagadas de escándalos o empañadas por la indiferencia, como las de Sudán del Sur, eran las dirigidas específicamente por McKenzie. Cuando llegó el momento de desarrollar un verdadero ejército permanente de la ONU, no había ni un solo militar en el mundo que tuviera el nivel de respeto necesario para hacer que este concepto funcionara, aparte del General Guy McKenzie.

El Secretario General Behr sonrió cálidamente a los dos hombres cuando se levantó para saludarles. Llevaba todo el día esperando esta reunión. Rodeó su mesa y les estrechó la mano con entusiasmo. "General, me alegro de verle aquí en Nueva York. ¿Cómo van las cosas?"

"Áspero por los bordes, señor, pero progresando", respondió el general McKenzie en tono optimista.

El Secretario General les guió hasta una mesa situada al otro lado de su despacho. "Por favor, General, dígame cómo van las cosas y qué más puedo hacer para ayudar o hacer llamadas para que las cosas vayan más deprisa para usted", insistió Behr.

McKenzie asintió. "No quiero faltarle al respeto, pero ¿está el señor Vollmer autorizado para esto?", preguntó, inclinando la cabeza hacia Bruno Vollmer, que estaba sentado junto al general.

Behr se desentendió del comentario. "Bruno es plenamente consciente de lo que estamos haciendo. Me está ayudando a orquestar el aspecto político de las cosas aquí en la ONU, así que siéntete libre de hablar libremente delante de él".

"Muy bien", respondió el general McKenzie. A continuación, abrió una bolsa cerrada que llevaba consigo y sacó algunos papeles y una carpeta para iniciar su conversación. "Los planes para los ejercicios van bien. Esta semana llegarán las avanzadillas de los ejércitos de las naciones participantes. El ejercicio de entrenamiento de las Naciones Unidas Operación Restablecer el Orden se perfila como un gran éxito".

"Espera, ¿cómo lo llamas?", preguntó Bruno con cara de interrogación. Hacía pocos días que se había decidido el nombre de la operación, así que aún no era muy conocido.

"Um, decidimos llamarla Operación Restablecer el Orden, ya que esa va a ser esencialmente la función del nuevo ejército permanente. Para abreviar, vamos a llamar al ejercicio de entrenamiento U-N-O-R-O. Supongo que se pronunciaría yoon-OH-roh".

"No quiero interrumpir, pero ¿cuántas naciones han aceptado finalmente participar?". preguntó con entusiasmo el Secretario General Behr. Había estado tan ocupado tratando de resolver el aspecto político de este ejercicio que no había podido profundizar demasiado en los detalles.

El General McKenzie sonrió. "En estos momentos, cuarenta y dos países participan de una forma u otra. Los principales contribuyentes al ejercicio son Francia, Alemania, Turquía, Bélgica, Países Bajos, Noruega, España, Italia y, sorprendentemente, China y Rusia también han accedido a enviar fuerzas. Muchos de los demás países contribuyen con menos de cien soldados, en su mayoría observadores que, presumiblemente, informarán sobre si las cosas van bien o mal para que sus países de origen puedan decidir si quieren apoyarlo y cuántos soldados quieren enviar.

"Cuando termine el ejercicio, tendremos una idea más clara de cuántas naciones querrán aportar fuerzas a largo plazo al ejército permanente. Una vez disponga de esas cifras, podré elaborar mi informe sobre cuántos soldados necesitaremos reclutar para cubrir las carencias de la fuerza y eso nos dirá cuáles serán los costes".

Mirando uno de los papeles que había sacado, McKenzie añadió: "De las principales naciones participantes, este es el desglose de tropas. China envía un total de 3.500 soldados. La mayoría de los soldados chinos forman parte de sus fuerzas aéreas y navales, no de sus fuerzas terrestres. Una vez que lleguen a Vancouver, se dirigirán a la base Comox de las fuerzas canadienses, al noroeste de Vancouver. Además de la fuerza aérea, un total de diez buques de la Armada del Ejército Popular de Liberación de China harán escala en la Base Esquimalt de las Fuerzas Canadienses.

"La Federación Rusa va a enviar 22.000 soldados para participar en los ejercicios que tendrán lugar en la base de las Fuerzas Canadienses en Trenton. Además de las fuerzas terrestres, los rusos también van a enviar dos escuadrones de cazas para que nuestros aviones basados en la OTAN tengan la oportunidad de entrenarse contra algunos de sus cazas de primera línea. Estamos realmente entusiasmados con esta oportunidad de entrenarnos con los rusos y pasar de verlos siempre como un enemigo a un nuevo socio potencial en el mantenimiento de la paz de la ONU."

El Secretario General Behr gruñó. Seguía teniendo sus sospechas sobre los motivos de los rusos, pero llegados a este punto, las necesitaba.

"Alemania envía el mayor contingente, 24.000 soldados. Luego Francia envía 18.000 soldados". Se detuvo un segundo mientras rebuscaba entre los papeles para encontrar lo que buscaba. "Ah, aquí está. Turquía y Pakistán envían una fuerza combinada de 9.000 soldados, y el resto de países han contribuido con un total de 17.000 soldados. En total, esperamos contar con 68.000 soldados de las cuarenta y dos naciones".

Behr dejó escapar un suave silbido. Le impresionó que fueran capaces de organizar a tantos pacificadores de tantas naciones diferentes, nada menos que en pleno invierno y viajando a Canadá.

Esto va a salir mejor de lo que esperaba, pensó.

"Increíble, General", dijo Behr. "Verdaderamente genial lo que ha sido capaz de reunir. Esta será la mayor fuerza militar de la ONU desde la Guerra de Corea".

Sonriendo ante los grandes elogios, McKenzie añadió: "Y todo se habrá hecho sin ayuda de los estadounidenses. Un verdadero esfuerzo de las naciones del mundo sin tener que depender de Estados Unidos para lograrlo".

"¿Cómo vamos a conseguir que todo el equipo militar de estas naciones se traslade a Canadá?". preguntó Bruno mientras apuntaba una nota. "Además, ¿cuánto durará el ejercicio y qué estáis haciendo para mantenerlos a todos alimentados y ocupados?".

El general McKenzie sonrió ante las preguntas, evidentemente no se inmutó en absoluto. "Durante décadas, las fuerzas de mantenimiento de la paz de las Naciones Unidas han estado mal entrenadas y mal dirigidas porque la organización ha dependido de recibir las fuerzas que cada estado miembro estuviera dispuesto a prestarnos. En muchos casos, hemos recibido unidades mal entrenadas y mal equipadas, ya que los Estados miembros esperaban que estas unidades recibieran el entrenamiento y la experiencia que ellos mismos eran incapaces de proporcionar. En esencia, se limitaban a darnos cuerpos calientes con escasas habilidades o experiencia y esperaban que, de alguna manera, detuviéramos una guerra civil o impusiéramos la paz en una nación devastada por la guerra con estas fuerzas inadecuadas.

"Desgraciadamente, esto se ha traducido en un pésimo historial de mantenimiento de la paz y ha empañado el nombre de la ONU. En algunos casos, hemos causado más daño que bien. Nuestro historial en Sudán del Sur y Somalia es un buen ejemplo". McKenzie puso cara de tristeza al mencionar esos dos países, pero luego se animó. "Este ejercicio de adiestramiento pretende resolver muchos de esos problemas;

sobre todo, pretende solucionar nuestro problema logístico de enviar una fuerza militar a un país extranjero y mantenerla abastecida.

"En este caso, dependemos en gran medida de países como Holanda, Dinamarca, Alemania, Francia, China y Rusia para la mayor parte del transporte de vehículos y equipos pesados. La mayor parte del material llegará a las costas este y oeste de Canadá en los próximos días y, desde allí, se enviará por ferrocarril a las distintas bases militares canadienses hasta que los soldados empiecen a llegar por avión desde todo el mundo. La mayoría de los soldados empezarán a llegar a Canadá hacia el 3 de noviembre. Dentro de cinco días, todos los soldados participantes habrán llegado y empezarán a recoger su equipo y a prepararlo".

Sacando un calendario, McKenzie añadió: "El primer día de las maniobras militares será el 7 de noviembre, y se prolongarán durante cuarenta y cinco días. Cuando terminen, habrá un periodo de cinco días en el que llevaremos a cabo una revisión posterior a la acción de todos los soldados implicados para averiguar qué salió bien y qué salió mal, de modo que podamos trabajar para solucionar los problemas a medida que se identifiquen."

Bruno sonrió y asintió a la información. Anotó algunas cosas más en su bloc de papel antes de volver a mirar al general. "¿Cuáles son los escenarios exactos para los que se entrenará?".

McKenzie asintió. "Bueno, en este caso, nos entrenaremos para un par de escenarios. El primer escenario es un reinicio de la Guerra de Corea. En este escenario, entrenaremos a nuestras fuerzas de combate para llevar a cabo maniobras conjuntas para hacer frente a una fuerza terrestre norcoreana mucho mayor. La mayor parte del entrenamiento consistirá en maniobras en las que las unidades se desplazarán de una base a otra siguiendo unos plazos estrictos y simulando encontrarse con una división norcoreana concreta. Se trata de un gigantesco ejercicio de logística y abastecimiento, lo que supone un enorme reto para cualquier ejército.

"El segundo escenario se ajusta más a nuestras misiones tradicionales de mantenimiento de la paz. Ayudar a restablecer el orden en un país tras un golpe de estado o trabajar con un gobierno local para evitarlo. Este ejercicio dará lugar a muchas interacciones comunitarias entre las fuerzas de la ONU y a formación sobre cómo manejar adecuadamente esas interacciones. En el pasado hemos fracasado rotundamente en esas áreas, por lo que se trata de un ejercicio muy necesario.

"Estos ejercicios también nos permitirán identificar a los oficiales y suboficiales de cada país anfitrión más adecuados para futuras misiones de la ONU. De este modo, cuando se haga un llamamiento para una fuerza de la ONU en, digamos, Gabón o Sierra Leona, podremos solicitar oficiales específicos y sus unidades a una nación anfitriona y saber que esos individuos han recibido la formación adecuada y reaccionarán correctamente en determinadas situaciones."

Inclinándose hacia delante, Behr preguntó: "¿Y qué hay de nuestra prueba de las redes de defensa aeroespacial americanas? ¿Se ha informado a esas unidades sobre qué hacer y qué buscar?".

McKenzie asintió. "Sí, nuestros oficiales canadienses que sirven en las bases conjuntas de EE.UU. y Canadá estarán supervisando las cosas desde su lado. En cuanto a nuestro lado de la frontera, los rusos y los alemanes estaban muy ansiosos por tener la oportunidad de zumbar una base aérea estadounidense y practicar la realización de simulacros de misiones de bombardeo. Será una buena prueba del sistema de defensa aeroespacial estadounidense".

El Secretario General Behr sonrió con orgullo cuando McKenzie terminó su informe. No podía estar más orgulloso de la ONU ni de aquello en lo que se estaba transformando. Desde su época de ministro de Asuntos Exteriores alemán, había querido ver surgir no sólo una Unión Europea fuerte y dominante como contrapeso a Estados Unidos, sino unas Naciones Unidas fuertes y eficaces.

Durante décadas, la ONU no sólo había sido una burocracia hinchada que había demostrado ser en gran medida inútil, sino que había carecido de verdaderos dientes para hacer cumplir sus mandatos y políticas. ¿Cuántas resoluciones había aprobado la ONU sancionando a Corea del Norte, al Irak de Sadam Husein o incluso a Israel por su trato inhumano a los palestinos? Ninguna de ellas valía ni el papel en el que estaban escritas sin un ejército permanente que hiciera cumplir sus edictos. Durante demasiado tiempo, cualquier atisbo de ejército de la ONU se vio obligado a estar formado por fuerzas estadounidenses. En última instancia, esto significaría que la ONU se utilizaría una vez más como arma de Estados Unidos para promover sus causas, sus objetivos, aunque fuera en contra del bien del mundo.

Mirando al General McKenzie con orgullo, Behr sintió que por fin estaba a punto de disponer de la herramienta de la que carecían todos los anteriores Secretarios Generales de la ONU: una fuerza militar real que pudiera hacer cumplir sus mandatos.

Capítulo 18
El destino de la República

2 de noviembre de 2020
Washington, D.C.
J. Edificio Edgar Hoover
Sede del FBI

Faltaban menos de treinta y seis horas para la apertura de las urnas y el FBI seguía sin estar más cerca de detener los inminentes atentados terroristas que dos días antes. La información que habían recibido de Kosovo les había permitido detener a dos individuos, pero aún no habían encontrado al resto de su célula ni a los demás implicados en el complot.

Cuando habían asaltado la vivienda que utilizaban los dos individuos, habían descubierto algo realmente espeluznante. Su furgoneta de carga GMC Savana de 2019 se había convertido en una versión móvil gigante de una mina antipersona Claymore. Cuando los artificieros habían desguazado el vehículo, habían visto que las paredes interiores de la furgoneta habían sido recubiertas por varias capas de diminutos rodamientos de bolas de acero. Detrás de los rodamientos de bolas había una capa de C-4, que actuaría como propulsor que lanzaría los rodamientos de bolas en un amplio arco, lejos del vehículo. Los terroristas incluso habían moldeado placas de acero para que encajaran detrás de los explosivos, a fin de garantizar que la presión de la explosión se expandiera en la dirección deseada.

Incluso habían marcado la furgoneta para que pareciera una furgoneta de pruebas de la policía, con todas las marcas adecuadas, números de vehículo y todo lo necesario para que pareciera oficial. Aún no habían averiguado cómo habían planeado utilizarla los terroristas ni dónde iban a detonarla, pero por el tipo de explosivos que habían encontrado y la forma en que estaba configurada con los cojinetes de bolas, sabían que iba a ser utilizada contra un objetivo fácil, un lugar donde se reuniera mucha gente.
****

Exactamente a las 9:07 de la mañana, el Fiscal General Malcolm Wright y uno de sus ayudantes entraron sin previo aviso en el despacho del Director del FBI Nolan Polanski.

Levantó la cabeza un poco sorprendido por la repentina aparición del GC y balbuceó: "Yo... no le esperaba, señor. ¿En qué puedo ayudarle?"

Con un poco de acaloramiento en la voz, Malcolm dijo: "Necesito saber en qué punto estamos con el interrogatorio de estos terroristas. Hace un día que los tienes bajo custodia y aún no sabemos quiénes son sus cómplices ni dónde planeaban llevar a cabo el próximo atentado. ¡Necesito respuestas, Nolan! Tengo al Presidente respirándome en la nuca, y las elecciones son mañana".

Enfadado, el director Polanski replicó: "¡No lo sé, Malcolm! Les hemos estado presionando sin parar desde que les detuvimos. Nos han engañado con abogados, y de alguna manera la ACLU se enteró de que habíamos detenido a sospechosos de terrorismo, y ahora *los tengo* respirando en mi espalda, exigiendo que sean procesados y se les permita tener representación."

El director del FBI se desplomó abatido en su silla, frustrado porque sus agentes no conseguían la información que necesitaban con la suficiente rapidez. Sabía que iban contrarreloj: mañana iba a producirse un atentado terrorista y, hasta el momento, él era incapaz de impedirlo.

Malcolm no estaba de acuerdo. Golpeó el escritorio con la mano, devolviendo a Polanski a la realidad. "¡Maldita sea, Nolan! Eres el director del FBI. Utiliza todas las herramientas que tengas a tu disposición para hacerles hablar. En cuanto a la ACLU, dime quién te está dando problemas y deja que yo me ocupe de ellos. Estos tipos están bajo la Ley Patriota; no tienen derechos. No tienen derecho a ver a un abogado y, además, ni siquiera son ciudadanos estadounidenses. Consígueme respuestas, Nolan, y evita que ocurra este ataque terrorista".

Los dos se quedaron sentados un momento, mirándose sin decir palabra, antes de que el director Polanski asintiera por fin. Cogió el teléfono de su mesa y habló en voz baja con alguien al otro lado.

"He transmitido tus preocupaciones, Malcolm. Aumentarán la presión sobre ellos". Se cruzó de brazos. "Será mejor que luego no me quemes con esto", replicó. Se sentía frustrado porque, aunque su agencia no estaba infringiendo las normas, sin duda estaban a punto de saltárselas para obtener las respuestas que quería el fiscal general en el plazo que les habían dado.

"Si ocurre otro ataque, Nolan, será la cabeza de ambos, así que concentrémonos en atrapar a estos tipos. Ahora, ¿qué ha averiguado tu gente sobre el envenenamiento de los jueces del Tribunal Supremo?" Malcolm preguntó.

"Creemos que pueden haber sido envenenados mientras deliberaban a principios de la semana pasada. Lamentablemente, los últimos cuatro jueces morirán hoy o mañana. El envenenamiento por radiación fue demasiado grave para salvarlos".

Sacudiendo la cabeza, el GC preguntó: "¿Hemos averiguado ya cómo fueron envenenados?".

"Lo mejor que hemos podido determinar es que probablemente les dieron el veneno en sus bebidas en algún momento de la semana pasada. Hemos registrado la cocina e interrogado a todo el personal que trabaja allí menos a uno. La otra está de vacaciones, así que la interrogaremos cuando vuelva. Hasta ahora, no hemos podido encontrar ningún rastro de polonio. Lo más probable es que lo que se utilizó para envenenarlos ya se haya limpiado a fondo, y la vida media de este material es bastante corta. En cierto modo, tenemos suerte de que no se colocara en el sistema de calefacción, ventilación y aire acondicionado del edificio. De haber sido así, podría haber envenenado a cientos de personas".

Malcolm resopló. "No me preocupa tanto la muerte de unos cientos de personas como el hecho de que entre hoy y mañana, los nueve jueces del Tribunal Supremo estarán muertos al mismo tiempo. Esto es mucho más catastrófico para el tejido y la estabilidad de nuestra nación que unos cientos de visitantes, abogados y peticionarios ante el tribunal."

El director del FBI se mostró de acuerdo con la morbosa valoración. "¿Qué va a hacer el Presidente con los jueces? No podemos tener un Tribunal Supremo completamente incapaz de oír casos, especialmente dada la actual orden ejecutiva sobre las elecciones. ¿Alguien ha determinado oficialmente qué va a pasar con eso? Nos estamos quedando sin opciones y sin tiempo".

Sacudiendo la cabeza, Malcolm se frotó el lado derecho de la cabeza con la mano. Miró a su colega con la tristeza y la incertidumbre escritas en el rostro. "No lo sé, Nolan. Ya no sé qué hacer. El Presidente tiene que nombrar nuevos jueces, pero el país aún está de luto por su pérdida, por no mencionar que mañana tenemos unas elecciones que, sinceramente, probablemente no van a ser legítimas. Has visto a los expertos y lo que la campaña de Tate está publicando. Han azuzado a la gente, diciendo que todo este complot terrorista y estos trabajadores postales que el FBI arrestó son sólo una distracción de la pérdida de

Sachs. Tú y yo sabemos que eso es ridículo, pero ¿cómo convencemos a la otra mitad del país que está bebiendo el Kool-Aid de Tate?"

"Dejemos que los terroristas lleven a cabo su ataque mañana. Cuando vean estallar unas cuantas docenas de bombas, sabrán que no estábamos mintiendo ni inventando esta mierda", respondió con ligereza el director del FBI. Inmediatamente se arrepintió de haber dicho ese pensamiento en voz alta en lugar de guardárselo en la cabeza.

Malcolm se quedó boquiabierto.

El director Polanski levantó una mano. "Lo siento, no quería decir eso. He repasado el informe del TEDAC sobre el camión bomba que ya hemos capturado. Son bombas horribles si acaban explotando".

Malcolm sacudió la cabeza, obviamente enfadado y disgustado. "Mira, Nolan, sé que todos estamos bajo mucha presión, pero contrólate, tío. Tienes a miles de agentes buscando tu liderazgo en este momento. Puede que yo me quede sin trabajo, dependiendo de cómo vayan las elecciones mañana, pero tú seguirás aquí, y necesitamos que termines este trabajo.

"Hay que averiguar quién está implicado en esta conspiración. Alguien envenenó deliberadamente a los jueces del Tribunal Supremo justo cuando estaban a punto de escuchar quizás el caso más importante de nuestra generación. Hay una serie de atentados terroristas planeados contra nuestro país, se han convertido en armas las redes sociales para poner a los ciudadanos unos contra otros, ¿y ahora descubrimos a trabajadores de correos robando los votos por correo? No se podrían inventar estas cosas aunque lo intentaran y, sin embargo, todo está ocurriendo ante nuestros propios ojos."

Malcolm hizo una pausa y se inclinó hacia delante. "Tienes que averiguar quién está detrás de todo esto antes de que sea demasiado tarde. El destino de toda nuestra república pende de un hilo..."

Capítulo 19
La jornada electoral

3 de noviembre de 2020
White Settlement, Texas
Biblioteca Pública White Settlement

Eran las 9:03 de la mañana y la cola acababa de empezar a moverse. Dwight Larson hacía cola pacientemente junto a docenas de personas que debían de haber tenido la misma idea que él: votar en cuanto abrieran las urnas y ahorrarse la molestia de esperar en lo que él creía que sería una cola mucho más larga y lenta a última hora de la tarde.

En circunstancias normales, Dwight ya estaría trabajando. Su turno en la planta de Lockheed Martin, justo al final de la calle, empezaba a las 8. Sin embargo, el día anterior ya le había dicho a su jefe que hoy llegaría tarde al trabajo para poder votar. Aunque su turno solía terminar lo bastante pronto como para poder votar antes de que cerraran las urnas, nadie quería esperar hasta el último minuto, cuando las colas solían ser más largas. No, hoy quería entrar y salir, especialmente con todas las advertencias sobre un posible ataque terrorista.

Poco a poco, la fila que serpenteaba alrededor de la biblioteca fue avanzando. Quizá por primera vez, Dwight vio a cinco soldados fuertemente armados cerca de la puerta. No estaban comprobando las identificaciones de la gente, pero estaban echando un vistazo a todo el mundo, probablemente intentando asegurarse de que nadie sobresalía.

Bueno, al menos el gobierno puso seguridad armada en el colegio electoral, pensó Dwight mientras se acercaba a la puerta. Todos los votantes tenían en mente que no querían sufrir un atentado como el que había ocurrido durante la votación anticipada.

Pasaron unos minutos más y Dwight pudo entrar en la biblioteca. Se acercó a la mesa de inscripción y entregó a la anciana voluntaria su carné de votante. La voluntaria le hizo varias preguntas y luego le hizo firmar en la tableta electrónica. La voluntaria comparó la firma con su DNI y su tarjeta de votante y le devolvió las tarjetas con una cálida sonrisa.

Cuando hubo guardado sus tarjetas, ella le entregó su papeleta. "Aquí tiene, Sr. Larson. Elija un puesto libre, rellene los círculos y coloque su papeleta en el escáner situado al final de la sala", le indicó.

"Gracias, señora", responde antes de coger su papeleta y dirigirse a una de las cabinas de votación.

Dwight utilizó el rotulador que le habían proporcionado para rellenar el círculo y elegir a Sachs como presidente y luego votó por el senador y el congresista de su distrito. A pesar de lo que ocurría en el mundo, en general las cosas iban bien en la casa de los Larson, así que en la mente de Dwight, si las cosas iban bien, ¿por qué cambiarlas?

Justo cuando terminaba de rellenar la última papeleta, que tardó una eternidad en leer, oyó un fuerte chirrido de neumáticos y luego unos gritos excitados. Una mujer grita y unos disparos rompen el inquietante silencio.

Pop, pop, pop, pop.

Entonces, la explosión más fuerte y estremecedora sacudió el mundo de Dwight cuando las ventanas que daban al aparcamiento estallaron en un millón de pequeños fragmentos. La propia pared implosionó con una fuerza que Dwight no creía posible, mientras trozos de madera, bloques de hormigón y otros escombros se estrellaban contra todas las partes posibles de su cuerpo, lanzándolo hacia atrás.

Durante unos instantes, Dwight se encontró mirando al techo, pero viendo de algún modo llover trozos de papel ardiendo y algún que otro destello del cielo matutino. Arrugó la frente.

¿Cómo puedo ver el cielo si sigo dentro de la biblioteca? se preguntó. Su mente aún no se había percatado de que casi la mitad de la biblioteca acababa de quedar completamente destrozada: el techo del edificio había sido arrancado como si se abriera una lata de metal.

Momentos después, el cielo de la mañana empezó a oscurecerse mientras el mundo de Dwight se perdía en el olvido.
****

River Oaks, Texas
Ayuntamiento de River Oaks

El aparcamiento del Ayuntamiento estaba abarrotado esta mañana y sólo eran las 9:06. Kimberly Wilson había renunciado a encontrar aparcamiento y había aparcado delante de la casa de alguien a una manzana de distancia. Esperaba que el propietario no se enfadara demasiado por haber aparcado allí. Quería votar y ponerse a trabajar. Aunque no tenía que estar en la peluquería hasta las diez de la mañana, a juzgar por la cantidad de gente que ya había en la cola, podría tardar más de unos minutos en votar.

Mientras caminaba hacia el Ayuntamiento, vio lo que le pareció el final de la cola, así que empezó a caminar en esa dirección. Cuando se acercó al final del grupo de gente, Kimberly oyó una serie de suaves chasquidos, casi como si alguien estuviera encendiendo unos petardos. Todos giraron la cabeza hacia el ruido. Kimberly y varios otros se tiraron al suelo instintivamente, buscando refugio. Entonces metió la mano en el bolso y sacó su arma oculta. Levantó la vista y vio a otros hombres y mujeres de la fila que sacaban sus pistolas de sus jerséis, chaquetas y bolsos.

Esto es Texas, después de todo, pensó.

"¡Mirad allí!", gritó uno de los hombres.

Una mujer lanza un grito. Una columna de humo negro se elevó hacia el cielo, en marcado contraste con los azules brillantes de la media mañana.

"Todo el mundo, ¡mantened la calma!", gritó un agente de policía que ahora caminaba por la fila de gente hacia el humo. "Si pudiera hacer que todos guardaran sus armas personales, eso nos ayudaría enormemente a asegurarnos de que no disparamos accidentalmente a alguien", anunció el oficial lo suficientemente alto como para que todos lo oyeran. La multitud empezó a reaccionar a lo que había dicho, enfundando sus armas.

Un momento después, varios soldados armados se acercaron trotando a la multitud desde la fachada del ayuntamiento. "Si pudiéramos hacer que todo el mundo abandonara la zona, no estamos seguros de si este colegio electoral será el próximo en ser atacado", gritó el que parecía ser un sargento.

"Si nos vamos ahora, ¿cuándo vamos a poder votar?", gritaba enfadado un hombre mayor que lucía una gorra del partido del Presidente.

Con cara de preocupación, el soldado respondió: "No lo sé, señor. Tal vez, si están dispuestos a esperar un poco, podamos hacerles pasar. Sin embargo, ahora mismo, no sé si nuestro colegio electoral es el siguiente", reiteró. Su explicación fue más que suficiente para que una gran parte de la multitud comenzara a dispersarse rápidamente para salir de allí.

Kimberly se debate entre irse o no. No podría dejar el trabajo para ir a votar más tarde, así que era su única oportunidad. Algunas personas seguían discutiendo con el soldado y el agente de policía, y ella y algunos otros se quedaron de brazos cruzados, sin saber qué hacer.

De repente, desde la esquina, oyó el sonido de disparos de fusiles automáticos. Los soldados corrieron inmediatamente a la vuelta de la esquina para averiguar qué diablos estaba pasando, y Kimberly se encontró siguiendo a los que quedaban en la cola para ver qué había ocurrido. El único agente de policía renunció a decirle a la gente que se quedara atrás y se unió a la multitud.

Cuando dobló la esquina, vio una furgoneta de carga blanca acribillada a balazos. Había una mancha de sangre roja brillante esparcida por los restos del parabrisas destrozado.

Un soldado solitario estaba de pie junto a la parte delantera de un Toyota Camry, con su M240 Gulf preparada con el bípode extendido sobre el capó del coche y un montón de casquillos gastados a sus pies. Todavía tenía la ametralladora apuntando a la furgoneta mientras otro soldado, con el fusil preparado, se acercaba para asegurarse de que el conductor estaba muerto.

****

El especialista José Ramírez sujetaba su M4 con fuerza al hombro, con el dedo en el gatillo, preparado para enviar una furia de balas contra el conductor de la furgoneta si creía ver movimiento.

¿Cómo se me ocurre ir a comprobar si este terrorista está muerto? pensó mientras se acercaba cada vez más a la puerta del conductor de la furgoneta.

Cuando José llegó a unos tres metros de la furgoneta, vio al conductor sangrando por varios disparos. Mirándole a la cara, vio que le salía sangre de la boca.

Gracias a Dios, está muerto, pensó.

Justo entonces, el hombre movió la cabeza y le miró directamente. Mientras escupía sangre, el terrorista sonrió antes de detonar la bomba en la furgoneta.

En un abrir y cerrar de ojos, una enorme explosión convirtió al especialista José Ramírez en una fina niebla roja que desapareció en la conflagración que consumió los vehículos y el edificio cercanos. Miles de bolas de acero salieron despedidas en todas direcciones, cortando a todo aquel que se cruzaba en su camino, matando e hiriendo a decenas de personas que hacía unos instantes se creían a salvo.

En cuestión de minutos, el Estado Islámico en Serbia había atacado dos centros de votación diferentes en la zona de Fort Worth (Texas), infundiendo el miedo en el corazón de todos los estadounidenses que empezaban a dirigirse a las urnas para elegir al próximo presidente.
****

Arlington, Virginia
Pentágono

El Secretario de Defensa Chuck McElroy no podía creer lo que estaba viendo en los distintos medios de comunicación. Cuando se enteró del primer ataque, corrió inmediatamente al centro de operaciones en las entrañas del Pentágono. Dos de los monitores estaban sintonizados con las noticias que describían lo que parecían ser un par de atentados en la zona de Fort Worth.

Antes de que McElroy pudiera siquiera pedir un SITREP, llegaron informes de un par de ataques similares en Florida, uno en Tampa y otro en Kissimmee.

Eso está a kilómetros de Disney World, pensó McElroy.

Segundos después de esos ataques, se produjeron varios más en Ohio, y luego en Pensilvania y Carolina del Norte. El país estaba siendo atacado, y sus fuerzas se habían mostrado impotentes para detenerlos.

Sonó el teléfono rojo situado cerca de la cabecera de la mesa del centro de operaciones. Todo el mundo sabía que era la línea directa entre el Presidente y el Secretario de Defensa, y todos los ojos se volvieron hacia él cuando cogió el teléfono.

"Este es McElroy", dijo, muy práctico.

"¡Quiero que se eleve el nivel de alerta en todo el país a Condición de Amenaza Delta!"

"Sí, Sr. Presidente. Estoy de acuerdo".

"Empiecen a ejecutar todas las operaciones que puedan en los Balcanes, independientemente de lo que piensen al respecto las naciones anfitrionas. Ya no me importa lo que piensen esos líderes".

"Estoy de acuerdo. Creo que la situación ha cambiado. Haremos el ajuste, Sr. Presidente", respondió McElroy. "¿Nos muevo de DEFCON 5 a DEFCON 3?"

"¿Qué te parece?" preguntó Sachs con sarcasmo. "Obviamente. Parar inmediatamente todo el tráfico aéreo y cerrar todos los puertos terrestres y marítimos". Respiró hondo y soltó el aire. "Chuck, autorizo el uso de la fuerza letal para defender nuestras instalaciones y activos estratégicos. Si ves algo sospechoso, no quiero que te lo pienses, simplemente dispárale. ¿Entendido?"

"Sí, Sr. Presidente".

"Bien. Ahora que las Fuerzas Aéreas preparen algunos cazas y empiecen a volar patrullas de combate sobre todos nuestros activos estratégicos y ciudades importantes. Eso incluye terminales de petróleo y gas natural, puertos, etc., no sólo las instalaciones militares, ¿de acuerdo?"

"Sí, Sr. Presidente".

"Muy bien, Chuck, te dejo con ello, entonces". La línea se cortó y McElroy colgó el auricular.

El Presidente del Estado Mayor Conjunto, General Austin Peterson, preguntó: "¿Qué ha dicho? ¿Cuáles son nuestras órdenes?"

McElroy transmitió los detalles de la conversación. El General Peterson y el Jefe de las Fuerzas Aéreas acusaron recibo de las órdenes y se apresuraron a poner manos a la obra. La nación estaba en pie de guerra. En cuanto tuvieran un objetivo que volar o disparar, lo atacarían.
****

Washington, D.C.
J. Edificio Edgar Hoover
Sede del FBI

Ashley entró en el despacho del subdirector Joseph Latrell con un propósito. Necesitaba hablar con él inmediatamente. Cuando entró, él le lanzó una mirada de desprecio antes de levantar una mano y señalar el teléfono que tenía en la otra. Ella asintió y se mordió el labio para no hablar.

"Sí, señor.... Sé que no hemos podido encontrar a los bombarderos. ¡Están detonando bombas en media docena de ciudades ahora mismo!"

Se oyeron gritos en el auricular cuando Joe se lo acercó un poco a la oreja.

Ashley pensó *que quienquiera que estuviera al otro lado de la llamada* se *estaba ensañando con Joe.* Se sintió un poco aliviada de que no fuera ella quien la recibiera.

"No, señor. No puedo decir con certeza que no haya más ataques. Los ataques tuvieron lugar en los primeros treinta minutos de la apertura de las urnas. Por lo que sabemos, los terroristas podrían estar escalonando sus ataques. Podrían continuar durante todo el día".

Joe no sólo parecía derrotado por haber fracasado a la hora de impedir que se produjeran estos ataques, sino que parecía apoplético por el hecho de que ni siquiera podía devolver el golpe a los responsables de esta horrible carnicería.

"No sé si estaremos listos para entregar nuestro informe mañana", dijo.

Ashley arrugó la cara ante el comentario.

¿Está hablando de mi informe? se preguntó. Había estado a punto de terminar antes de descubrir un nuevo ángulo de esta trama.

Joe dejó escapar un suspiro audible mientras asentía, más para sí mismo que para su interlocutor. "Sí, señor. Entregaremos personalmente el informe en la Casa Blanca mañana a las diez de la mañana y estaremos listos para informárselo al Presidente y a quien usted crea que deba escucharlo."

Ahora Ashley estaba preocupada. Si querían informar de su informe al Presidente... aún no estaba listo.

"Entiendo. Estaremos en la Casa Blanca el resto del día y luego .... Sí, estaremos listos para informar a la prensa si el Presidente nos lo pide .... Sí, señor. Le llamaré si tenemos alguna novedad que comunicarle antes de que acabe el día", dijo Joe. Luego colgó el teléfono.

Miró a Ashley y negó con la cabeza. Antes de que ella pudiera decir nada, se levantó y se acercó a la ventana que daba a la ciudad. Era un día triste. Unas nubes bajas se cernían oscuras y ominosas sobre la ciudad, amenazando con descargar un torrente de lluvia o aguanieve. Ashley imaginó que el cielo tenía el mismo aspecto que él, oscuro y deprimido.

"¿Quién era el que estaba al teléfono dándote el tercer grado?" Ashley finalmente preguntó, rompiendo el silencio.

Dándose la vuelta, Joe respiró hondo y enderezó la espalda. "Era el Fiscal General. No pudo comunicarse con el Director, así que yo fui la siguiente mejor opción".

"¿Dónde está el Director?" preguntó Ashley.

"En un avión, rumbo a Orlando con varias docenas de agentes. Al parecer, uno de los atacantes fue capturado durante un tiroteo con la policía. Está herido, pero no de gravedad, así que el Director se dirige hacia allí con un equipo de interrogatorio mejorado y agentes adicionales."

Ashley sacudió la cabeza. "Dios, esto es terrible. No puedo creer lo que está pasando".

Haciendo a un lado el comentario, Joe preguntó: "¿Qué necesitabas, Ashley? Viniste aquí como si estuvieras lista para descargarte conmigo".

Ella se sonrojó ante el comentario, dándose cuenta de que había entrado en su despacho de forma airada. "Tengo otra arruga en nuestro informe en el que estoy trabajando".

"Oh, hombre", dijo Joe. "Por favor, dime que no se nos está desmoronando".

Ella negó con la cabeza. "No, en realidad se está complicando".

Señalando las dos sillas situadas frente a su escritorio, la llevó a sentarse y hablar de ello.

"¿Qué más has encontrado?", preguntó.

"¿Recuerdas cómo el fiscal general y el presidente hicieron firmar una OE especial, desatando a la NSA y *todas* sus capacidades para rastrear a los atacantes del 31 de octubre ?", preguntó.

Joe asintió. "Sí. Para ser sincero, me preocupaba un poco quitarle la correa a la NSA. ¿Qué se les ocurrió?", preguntó.

"Sin excepción, todos los atacantes -el grupo del 24 de octubre, la cohorte de Halloween y apuesto a que el grupo que está llevando a cabo el ataque actual también pertenecerá a este grupo- entraron en Estados Unidos utilizando pasaportes de la UE, pasaportes alemanes para ser más exactos". Sacó unos papeles de su carpeta y le mostró copias de los pasaportes.

"Podrían haber obtenido pasaportes robados o comprados ilegalmente. Sucede, Ashley".

Ella asintió. "Así es. Pero lo que no ocurre es que estos individuos también usaron biometría falsificada".

Levantó la cabeza sorprendido. "Explícate", ordenó.

"El otro día me reuní con el Consejero de Seguridad Nacional, Robert Grey. También me informó otra persona de la NSA, Leah Riesling. Ella es aparentemente su jefe del departamento de contrainteligencia. Ella me guió a través del proceso de cómo los atacantes entraron en el país.

"Básicamente, lo que hicieron fue utilizar huellas dactilares falsas que coincidían con los datos biométricos de los ciudadanos alemanes a los que realmente pertenecían estos pasaportes. El problema es que todos estos ciudadanos alemanes están cumpliendo penas de prisión en Alemania, por lo que no podrían viajar a Estados Unidos con sus pasaportes. Alguien cambió las imágenes faciales de los pasaportes por las de los atacantes y les dio huellas dactilares falsas para colocarlas sobre las verdaderas, como si fuera cinta adhesiva. De ese modo, cuando se escanearan sus huellas dactilares, coincidirían con las del chip electrónico de los pasaportes y con las de la propia base de datos del gobierno alemán, que permite al DHS llevar a cabo una verificación uno por uno cuando uno de sus ciudadanos viaja a Estados Unidos".

Joe levantó una mano. "Entonces, ¿cómo sabía la NSA que eran falsos?"

Ashley explicó cómo las imágenes faciales captadas en el puerto de entrada estadounidense coincidían con varias imágenes que el Departamento de Defensa tenía registradas como pertenecientes a miembros del ISIS o de alguno de los otros grupos extremistas islámicos. Mostró a Joe cómo algunos de estos individuos habían viajado previamente a través de Ankara, Turquía, durante el apogeo de ISIS, y luego algunas otras veces habían sido capturados por la vigilancia de aviones no tripulados o puntos de control de pasaportes de otros países.

"Una vez que supieron que una de las entradas era falsa, comprobaron inmediatamente todos los pasaportes de todos los alemanes y, a continuación, de todos los titulares de pasaportes de la UE que habían entrado en Estados Unidos en los últimos noventa días. Así es como encontraron a los otros atacantes. Así es también como encontraron las identidades de los atacantes de Halloween antes de que pudieran llevar a cabo sus ataques. Una vez que supieron qué buscar, pudieron averiguar rápidamente qué pasaportes habían sido falsificados y cuáles no. Básicamente, la NSA hackeó el sistema penitenciario alemán y comparó los datos biométricos de los pasaportes con los de las personas que estaban cumpliendo condena."

"Si esto es cierto, entonces los terroristas deben haber tenido ayuda de alguien en Alemania, alguien que tiene mucha influencia en su gobierno", dijo Joe. Continuó examinando la información que Ashley le estaba dando. Gran parte de lo que le había entregado estaba clasificado como alto secreto/ORCON por la NSA.

"Bueno, como sabéis, esa OE sólo era válida durante un par de días, así que el grupo de Leah la aprovechó al máximo", dijo Ashley. "Hackearon el sistema del BND y descubrieron que alguien de la inteligencia alemana había ayudado a los atacantes con los datos biométricos y los pasaportes falsificados". Ahí, lo había dicho. Había soltado la bomba del descubrimiento del que la NSA le había hablado justo antes de los ataques terroristas.

Joe miró a Ashley un momento, calculando lo que le acababan de decir. Podía ver el conflicto en su rostro, y estaba bastante segura de que tenía una idea de lo que estaba pensando, ya que ella había pensado lo mismo. Las pruebas electrónicas que le había proporcionado la NSA eran bastante convincentes, pero no encajaban con lo que sabían de los alemanes. No tenía sentido.

"¿Cómo encaja algo de esto con lo que sabemos, Ashley?" Joe finalmente preguntó. "Quiero decir, ¿cuál es el fin del juego aquí? ¿Los alemanes ayudando a extremistas islámicos a infiltrarse en EEUU para llevar a cabo un ataque terrorista? ¿Los chinos robando votos por correo y en ausencia, y los rusos llevando a cabo todo tipo de ciberataques y campañas de desinformación contra el país? Aquí se nos escapa algo, Ashley, y tenemos que averiguar qué es antes de presentar este informe al Presidente".

Ashley asintió. Tenían la mayoría de las piezas de este rompecabezas, pero aún no podían descifrar completamente la imagen más grande.
****

Cleveland, Ohio
Sede de la campaña del Senador Marshall Tate

Al ver las horribles escenas del atentado en Orlando, precisamente en Downtown Disney, Marshall no pudo evitar preguntarse si todo esto estaba siendo orquestado en su beneficio.

¿Hice mal en oponerme al Presidente al aplazar las elecciones? se preguntó. Ahora toda esa gente estaba muerta, y él no había hecho nada para evitarlo.

Sacudió la cabeza. Sabía que no era culpa suya. Fueron el FBI y Seguridad Nacional quienes no lograron identificar a esos atacantes e impedir que llevaran a cabo ese vil atentado.

Jerome Powell, su Jefe de Gabinete, se acercó y se sentó en la silla vacía a su lado. Silenció el televisor. "Cuando gane esta noche, tendrá la oportunidad de perseguir a los monstruos responsables de esto", dijo mientras ponía una mano en el hombro del senador.

Marshall resopló ante el comentario. "No traerá de vuelta a ninguna de las personas que han muerto hoy", replicó.

"No, pero hará que el resto del país se sienta bien, y te consolidará como un Comandante en Jefe decisivo", contraatacó Jerome.

"¿De verdad crees que vamos a ganar hoy? ¿Incluso a pesar de todo lo que ha pasado?" Preguntó Marshall.

Jerome sonrió ante la pregunta. "Claro que vamos a ganar. No quiero ser grosero, pero estos ataques no están teniendo lugar precisamente en bastiones demócratas".

"Eso que dices es terrible, Jerome", respondió Marshall. "Siguen siendo americanos".

Sin parecer herido por la reprimenda, Jerome replicó: "Son estadounidenses, estadounidenses que habrían votado contra usted y, con toda probabilidad, se habrían opuesto a usted una vez que hubiera ganado. No digo que sea bueno que los hayan matado. Sólo digo que estos atentados van a deprimir seriamente la participación electoral en estos distritos, y probablemente en el resto del país. La baja participación electoral nos favorece, Marshall".

Sacudiendo la cabeza, Marshall respondió: "Ni siquiera sé qué decir a eso: no vuelvas a trivializar así a la gente delante de mí. ¿Lo entiendes?"

Jerónimo asintió solemnemente.

"Estoy de acuerdo en que probablemente vamos a ganar, pero aún así vamos a tener que lidiar con las secuelas de este ataque. No podemos dar la impresión de que esto nos ayudó y perjudicó a Sachs o se verá como que lo apoyamos o lo consentimos. Esa es una línea que no podemos cruzar -dijo Marshall con una severidad en la voz que Jerome rara vez había oído.

Jerome volvió a asentir, pero no dijo nada más. En lugar de eso, se levantó e hizo algunas llamadas con su teléfono inteligente para saber

cómo estaban afectando los atentados a la participación electoral en otros estados y distritos clave que estaban vigilando.
****

Arlington, Virginia
Pentágono

El Secretario de Defensa McElroy entró en el Centro Nacional de Mando Militar tras recibir una llamada urgente del oficial de guardia. Eran las 17.07 horas y, aunque no se habían producido nuevos atentados terroristas, el país seguía conmocionado por la matanza de la mañana.

McElroy identificó al oficial que le había llamado y se acercó a él. "¿Qué ocurre, general?", le preguntó.

El general de brigada de las Fuerzas Aéreas tenía un teléfono en la oreja y se lo acercó al hombro. "Tenemos un problema en el norte, cerca de la frontera canadiense, señor", dijo.

"¿Qué problema?" preguntó McElroy, cruzándose de brazos.

El general levantó un dedo índice mientras hablaba por teléfono.

"Dígales a esos pilotos que si esos Fullbacks vuelven a cruzar el espacio aéreo estadounidense, tienen permiso para enfrentarse a ellos. Ya hemos informado a los canadienses y al resto del mundo que el espacio aéreo de EE.UU. está cerrado a todo lo que no sea tráfico militar. Cualquier transgresión de eso será tratada como hostil".

El general colgó el teléfono y se volvió hacia el Secretario de Defensa. "Señor, hay un problema grave". Hizo una pausa para beber un trago de agua. "Como sabe, los canadienses están organizando un gran ejercicio de entrenamiento de la ONU en estos momentos".

El Secretario de Defensa asintió. "Sí, lo sabemos desde hace casi un año. Entonces, ¿qué ocurre para que me llamen?", preguntó, un poco irritado porque el general no fuera al grano.

"Bueno, señor, cuando cerramos el espacio aéreo de EE.UU. después de los ataques terroristas y movimos el país a DEFCON 3, nuestro espacio aéreo a lo largo de la frontera canadiense ha estado siendo sondeado una y otra vez durante todo el día por varios escuadrones de aviones rusos y chinos. Incluso hemos tenido un par de Eurofighter Typhoons alemanes penetrando en nuestro espacio aéreo y zumbando Fort Drum".

McElroy se quedó estupefacto. "¿Cuándo demonios ha ocurrido eso y por qué no me lo han dicho?", preguntó.

Pareciendo un poco nervioso, el general respondió: "Um, eso ocurrió hace unas tres horas, pero lo que realmente ha causado un problema y casi un derribo es lo que ha ocurrido hace diez minutos. Un par de Fullbacks rusos, Su-34, penetraron en nuestro espacio aéreo en Dakota del Norte y llevaron a cabo lo que sólo podemos deducir que fue un simulacro de ataque a la Base Aérea de Minot."

McElroy sintió que su cara se enrojecía de ira. "¡Mierda, es una base nuclear!", rugió. "Póngame con el comandante de la base *ahora*, y que alguien me ponga con el Presidente. Tiene que saberlo".

Un momento después, le entregaron el teléfono rojo y cogió el auricular con rabia.

"Señor Presidente, tenemos un problema grave y necesito su autorización para resolverlo", dijo enérgicamente. Durante los dos minutos siguientes, puso al Presidente al corriente de la situación.

Sachs estaba furioso. "Voy a llamar ahora mismo al Primer Ministro canadiense y al Secretario General de la ONU. Les diré que si cualquier avión adicional que participe en su pequeño ejercicio de entrenamiento vuelve a penetrar en el espacio aéreo estadounidense, o se acerca siquiera a una de nuestras instalaciones militares, ¡será derribado! Después de todo lo que ha pasado hoy, que realicen ejercicios militares sin previo aviso contra nuestras bases militares... no, Chuck. Dile a nuestros cazas que ataquen *a cualquier* avión que penetre en nuestro espacio aéreo hasta que rebajemos nuestra postura defensiva. Todavía no sabemos si hay más ataques planeados". A continuación, el Presidente colgó el teléfono, presumiblemente para ir a regañar al Primer Ministro canadiense y a ese pomposo Secretario General de la ONU.

Tras colgar el teléfono rojo, Chuck le indicó que quería el teléfono que le comunicaba con el comandante de la base de Minot. Cuando por fin consiguió hablar con el coronel, éste le explicó en términos inequívocos que si otro caza extranjero volvía a zumbar en su base, sería relevado en el acto y obligado a jubilarse.

El coronel se apresuró a responder: "Señor Secretario, tengo una flota de bombarderos B-52 y silos de misiles, pero no tengo cazas ni sistemas de defensa aérea aquí. ¿Cómo voy a derribar cazas extranjeros que intenten sobrevolar mis instalaciones?".

Esa es una muy buena pregunta, pensó Chuck con enfado.

"Coronel, espere un momento", dijo mientras se volvía rápidamente hacia el oficial de guardia. "¿Cuál es el activo de combate más cercano que tenemos a Minot que pueda desplegarse ahora mismo?".

Mirando un portapapeles que le entregó uno de los suboficiales superiores, el general respondió: "Tenemos la 366ª Ala de Caza en Mountain Home, Idaho. Es un ala de F-15E. También tenemos el Ala de Caza 388 de la Base Aérea de Hill, Utah. Es un ala de F-35".

"Dígale al comandante del ala de Hill que envíe ya algunos F-35", exigió el Secretario de Defensa. "Quiero que su ala empiece a cubrir la frontera las 24 horas del día hasta que se le diga lo contrario. Dígale también al comandante del ala de Mountain Home que envíe también sus aviones. Esos aviones rusos y chinos probablemente no verán los F-35, pero seguro que verán los F-15. Dígales que quiero sus radares de búsqueda en la frontera. Diles que quiero sus radares de búsqueda encendidos para asegurarme de que todo el mundo al otro lado de la frontera sepa que estamos detrás de sus jueguecitos". Comenzó una oleada de actividad.

McElroy reflexionó un momento. Todo esto estaba ocurriendo bajo los auspicios de la ONU y en plena coordinación con los canadienses. *Mierda, hay canadienses en el NORAD*, se dio cuenta.

"Póngame con el comandante del NORAD", ladró. "Además, envíe una alerta a nuestros chicos del Sector Este de Defensa Aérea en Roma, Nueva York. Diles que hasta nuevo aviso, deben bloquear a sus homólogos canadienses. Quiero que los escolten fuera de las instalaciones.

"Cuando toda esta mierda se aclare, pueden volver al trabajo con mis más sinceras disculpas, pero por ahora, no voy a permitir que los canadienses vean qué tipo de defensa aérea estamos coordinando en respuesta a esta agresión que está llevando a cabo este ejercicio de la ONU. Lo último que necesitamos es que sepan lo que estamos haciendo. ¿Entendido?"

Al oficial de guardia de las Fuerzas Aéreas se le fue el color de la cara. "Sí, señor. Lo siento, ni siquiera habíamos pensado en ello. Probablemente vieron nuestra respuesta, o más bien la falta de ella, cuando esos Eurofighters atacaron Drum y pensaron que podrían hacer lo mismo con Minot. Demonios, han tenido una imagen completa de lo que ve el NORAD, así que han sabido todo el tiempo dónde están posicionados nuestros cazas". Dejó escapar un torrente de improperios. "Si eso hubiera sido un ataque real, podrían haber saqueado la mayor parte de nuestra capacidad nuclear".

McElroy asintió. "Exactamente. Que corten esos enlaces. Podemos restablecerlos cuando termine este ejercicio de la ONU, pero por el momento, no vamos a permitir que las naciones que participan en el ejercicio tengan acceso al NORAD o conozcan todas nuestras capacidades."

Chuck sacudió la cabeza, frustrado y furioso. *¿Cuánto habrán visto ya los rusos y los chinos?* pensó.
****

Nueva York, Nueva York
Sede de la ONU

"Mis disculpas, Sr. Presidente. No sé en qué estaba pensando el general McKenzie al permitir que sus medios aéreos penetraran en el espacio aéreo estadounidense en un día como hoy. Hablaré con él inmediatamente sobre esto", dijo Johann mientras hacía todo lo posible por ocultar su desprecio por el presidente estadounidense.

En unas horas más, habrás perdido la reelección y ya no tendremos que ocuparnos de ti, pensó.

"Si sus fuerzas de paz vuelven a cruzar nuestra frontera, ordenaré que las derriben", afirmó Sachs.

"Sí, Sr. Presidente. De nuevo, lo siento sinceramente. Estoy seguro de que fue un error. Dudo que el General McKenzie hubiera permitido a sus fuerzas realizar bombardeos simulados contra sus bases. Probablemente fueron un par de pilotos sin escrúpulos".

La conversación duró otros sesenta segundos antes de terminar. Una vez terminada, Johann soltó una carcajada gutural de satisfacción.

Luego esperó que McKenzie hubiera conseguido la información que necesitaba. *Esos rusos casi nos la juegan*, pensó.

Levantó su teléfono de seguridad y llamó al buen general.

McKenzie parecía sonreír cuando descolgó el teléfono. "Ah, señor Secretario General. Espero que todo vaya bien", dijo jovialmente. Empezó a reírse entre dientes. "¿Supongo que acaba de recibir una llamada del presidente estadounidense?". preguntó McKenzie entre risas.

"Así es. El pomposo idiota me regañó por permitir que te desbocaras con tu ejercicio de entrenamiento. Me ha dicho que te diga que si vuelves a intentar hacer prácticas de bombardeo a través de su frontera, hará que derriben tu avión", respondió Behr, un poco divertido con la conversación y sin tomarse en serio a Sachs ni por un minuto.

Se produjo un momento de silencio antes de que el general McKenzie respondiera: "Creo que realmente puede hacerlo, señor".

Behr frunció el ceño. "¿Por qué dice eso? Está a punto de perder la reelección y su país acaba de sufrir otro atentado terrorista. No se atrevería".

McKenzie dejó escapar un suspiro que se transmitió a través del teléfono. "*Exactamente* por eso podría derribar a uno de nuestros cazas. Acaban de ser brutalmente atacados. Me han dicho que el número de muertos ha alcanzado casi el millar. Sus militares tienen el gatillo fácil en estos momentos. No sólo eso, me dijeron que nuestro acceso a NORAD y al sistema de defensa aérea oriental acaba de ser cortado. El comandante adjunto en NORAD es un general canadiense, y me telefoneó diciéndome que todo su personal estaba siendo escoltado fuera de NORAD y que permanecería cortado hasta que concluyera nuestro ejercicio de la ONU."

Behr volvió a calcular. No esperaba ese tipo de respuesta, y menos antes de que concluyeran las elecciones. "¿Cambia esto alguno de nuestros planes?", preguntó, ahora un poco preocupado.

"No, al menos todavía no. Puede que sí, dependiendo de si Sachs opta por irse pacíficamente o hay que darle una patada en el trasero. No recomiendo que pongamos a prueba su espacio aéreo de nuevo, sin embargo. Creo que hemos hecho lo que teníamos que hacer esta tarde, así que no hay necesidad de volver a ponerles a prueba".

Behr asintió, más para sí mismo que para McKenzie. Los dos hablaron un rato más antes de colgar. Sabían que habría mucho de lo que hablar en los próximos días, una vez concluidas las elecciones estadounidenses.

Capítulo 20
Crisis postelectoral

4 de noviembre de 2020
Washington, D.C.
Complejo de la Avenida Nebraska
Departamento de Seguridad Interior

Eran las 8:22 de la mañana cuando la secretaria del Departamento de Seguridad Nacional, Patricia Hogan, terminó de revisar el análisis postelectoral de los distintos distritos de los estados indecisos que habían decidido finalmente las elecciones. Su frente se arrugó mientras miraba los datos con los ojos inyectados en sangre por la falta de sueño. "¿Qué estoy viendo?", preguntó finalmente. "¿Qué tiene de malo esta imagen?".

Neil Curtis, presidente de la Comisión Federal Electoral, cuyo equipo ha estado despierto toda la noche y esta mañana recopilando este informe, respondió: "Normalmente no profundizamos tanto en los datos de las votaciones, pero los presidentes de los partidos de los estados de Florida, Carolina del Norte, Texas, Pensilvania y Ohio nos enviaron unos datos bastante inquietantes tras el cierre de las urnas anoche. Sus preocupaciones fueron validadas por los datos del RNC y los datos de la campaña de Sachs. Basándonos en datos históricos de elecciones pasadas, está muy claro que hubo un alto nivel de supresión de votantes o de manipulación directa de los votos."

Levantó un poco la cabeza. "Es una gran afirmación. ¿Cómo habéis llegado a esa conclusión?", preguntó.

Se mordió el labio inferior antes de responder: "Déjeme que le ponga como ejemplo el condado de Broward, en Florida".

Giró el portátil hacia ella para que pudiera ver de qué estaba hablando. Apareció una imagen del condado y muchos datos sobre los votantes. "Déjame mostrarte esto para darte un punto de referencia. En 2012, durante las elecciones Obama-Romney, los demócratas ganaron el distrito con el 67,2 por ciento de los votos, mientras que los republicanos recibieron solo el 32,3 por ciento. En las elecciones presidenciales de 2016, los republicanos recibieron 260.951 votos, es decir, el 31,2 por ciento en ese condado. En las elecciones intermedias de 2018, esa cifra fue de 220.012 o aproximadamente el 31,3 por ciento de los votos. Si bien el número fue menor, aún fue proporcional cuando se mira en comparación con el número de personas que votaron en las elecciones intermedias, que siempre es menor que en un año presidencial. Los datos lo demuestran. Durante los últimos ciclos electorales, los republicanos sólo bajaron un 1% en su porcentaje de votos.

"Ahora bien, se trata obviamente de un bastión demócrata y los republicanos no suelen tener buenos resultados en esos distritos, pero históricamente los republicanos casi siempre han obtenido alrededor del 31 por ciento de los votos. Sin embargo, ayer, los republicanos obtuvieron sólo el 18% de los votos en ese mismo distrito. Es una caída del 13% en sólo dos años".

Se tiró de la coleta. "¿No podría atribuirse a los atentados terroristas de Orlando y Tampa?", preguntó.

Neil respondió: "Podría, si eso fuera cierto para todos los votantes en todo el estado, pero no para un solo partido y no en sólo cuatro distritos en el estado. Lo que lo hace más problemático es que hemos visto esta misma tendencia en West Palm Beach, Miami Dade y el condado de Orange. Esta caída de votos republicanos en estos bastiones demócratas fue un cambio suficiente como para inclinar Florida a favor de Tate".

"¿Y los demás estados?" preguntó Patty.

Neil asintió. "Es lo mismo en los otros bastiones demócratas de los otros cuatro estados. Una caída significativa de diez o más puntos porcentuales, que resulta en votos suficientes para inclinar los estados a favor de Tate".

Suspiró antes de añadir: "Me temo que la información sobre los empleados de correos que interceptaron votos por correo y en ausencia en esos distritos puede haber inclinado las elecciones a favor de Tate y, además, probablemente hubo otros esfuerzos para reducir los votos republicanos que aún desconocemos". Lo digo porque el número de personas que votaron a los demócratas en esos distritos no aumentó; los votos demócratas no subieron en ninguna cantidad estadísticamente significativa desde las tres elecciones anteriores, así que no es que los demócratas recibieran más votos o que la gente estuviera descontenta con Sachs. Estamos ante la desaparición de unos cientos de miles de votos en cada uno de estos estados".

Volviéndose para mirar por la ventana de su despacho, Patty intentó averiguar qué hacer a continuación. Sabían que los rusos habían interferido en las elecciones de 2016 con la difusión de noticias falsas a través de bots en las redes sociales. Habían intentado interferir en las elecciones de 2018, junto con China. Ahora parecía que una potencia extranjera realmente había logrado suprimir suficientes votos para cambiar el resultado de unas elecciones presidenciales.

Pero, ¿qué hacer con esa información? se preguntó.

"El Presidente no ha concedido la elección todavía", dijo Neil, interrumpiendo sus pensamientos. "No debería. Está claro que, entre estos ataques terroristas y las pruebas que tenemos de que los chinos pagaron a estos trabajadores postales, nuestras elecciones se vieron comprometidas. Esto debe ser impugnado".

Patty le miró un momento, sin saber qué decir. Sabía que tenía razón; había que cuestionarlo.

¿Pero cómo? se preguntaba. *El Tribunal Supremo ha sido aniquilado.*

El Tribunal del Sexto Circuito no permitiría al Presidente retrasar las elecciones para abordar estas cuestiones, así que ¿cómo se podía contar con ellos para actuar ahora? Tendría que discutirlo con el equipo del Presidente en un par de horas, cuando se reuniera con el Presidente, el Fiscal General y el Director del FBI.
****

Washington, D.C.
Casa Blanca

La mañana era siniestra. Oscuras nubes de tormenta habían entrado por la noche, ofreciendo a la ciudad un excepcional espectáculo de relámpagos y chaparrones de lluvia helada. Los fríos torrentes de agua habían salpicado la Casa Blanca, como si enviaran un mensaje tácito de lo que estaba por venir. Aproximadamente a las 11:37 p.m. de la noche anterior, las principales cadenas de noticias habían anunciado la elección del senador Marshall Tate. Con el cambio electoral sin precedentes de Texas, junto con una barrida limpia de Ohio, Pennsylvania, Carolina del Norte y Florida, el senador Marshall Tate había ganado por una enorme avalancha en el colegio electoral.

El senador Marshall Tate había pronunciado un discurso de victoria, saludando el triunfo como un paso adelante para el hombre común y un rechazo de las políticas que habían perjudicado a la economía estadounidense y no habían conseguido protegerla del terrorismo internacional.

Mientras mucha gente celebraba la victoria de Tate, los GOP estatales y el RNC empezaron a analizar los datos de la votación. Rápidamente descubrieron lo mismo que había descubierto el presidente de la FEC: algún grupo había influido en las elecciones lo suficiente como para inclinarlas.
****

El Presidente estaba sentado en la sala de reuniones con muchos de los principales miembros de su gabinete y asesores, haciendo todo lo posible por digerir la información lo mejor que podía. El FBI y el DHS acababan de presentar lo que todos creían que era un caso claro de manipulación extranjera de la votación. El FBI había llegado a la conclusión de que el momento en que los jueces del Tribunal Supremo habían sido envenenados era casi fortuito, porque había hecho imposible que se escucharan los argumentos del Presidente para aplazar las elecciones. Cuando se añadieron los efectos de lo que los trabajadores de correos habían hecho con los votos por correo y por correo en ausencia, y la coordinación de estos ataques terroristas y las campañas masivas de desinformación, obviamente fue suficiente para cambiar el resultado de las elecciones.

"¡Esto es inaceptable!", gritó el Secretario de Defensa mientras golpeaba la mesa con el puño. "Tenemos pruebas de que los chinos financiaron a estos terroristas que nos atacaron ayer, pruebas de que pagaron a estos trabajadores postales para llevar a cabo este plan, y pruebas de que, por alguna razón desconocida, alguien en la inteligencia alemana proporcionó a los terroristas los pasaportes necesarios para entrar en los EE.UU.. Si a esto le añadimos los tejemanejes que tuvieron lugar ayer con el "ejercicio de entrenamiento de la ONU" y el uso de las redes sociales por parte de los rusos y su campaña de desinformación, creo que nos han engañado. Una potencia extranjera acaba de robarnos las elecciones".

Una expresión de horror se extendió por los rostros de los comensales. Por fin se habían dado cuenta de lo que había ocurrido.

El presidente negó con la cabeza. "Los hechos son los hechos. Tenemos pruebas de lo ocurrido. La pregunta que tenemos que responder ahora es qué se puede hacer al respecto. El Sexto Circuito bloqueó nuestra OE para posponer las elecciones. Los jueces del Tribunal Supremo fueron asesinados, así que no pueden oír el caso, y Dios sabe que no puedo nombrar a los nueve jueces de la noche a la mañana. Entonces, ¿qué hacemos?", preguntó exasperado.

"Llevaremos esto ante el Circuito de Washington", respondió el fiscal general Malcolm Wright. "Necesitamos que anulen las elecciones y nos permitan aplazarlas el tiempo suficiente para asegurar el proceso de votación y saber que se puede volver a votar sin injerencias extranjeras".

Rich Novella, Jefe de Gabinete del Presidente, resopló. "No es tan sencillo", replicó. "La percepción va a ser que somos unos perdedores resentidos, que no podemos aceptar el resultado de las elecciones, así que nos agarramos a un clavo ardiendo para encontrar la manera de decir que estaban amañadas".

"Excepto en este caso, que *estaba* amañado", replicó airada la Secretaria de Estado.

El Director de Inteligencia Nacional, que en gran medida había permanecido callado durante estas reuniones informativas del gabinete, añadió: "No me importa cuál sea la óptica. Los medios de comunicación y esta campaña masiva de desinformación que están llevando a cabo los rusos lo están inventando todo. Lo que sabemos son los hechos.

"Los hechos nos demuestran que múltiples potencias extranjeras interfirieron en nuestras elecciones con la única intención de sustituir al Presidente Sachs por un candidato de su elección. Claramente, este plan ha estado en marcha durante muchos años, y ha sido bien coordinado y pensado, a juzgar por la reacción del mundo a los resultados de anoche. Basta con ver lo rápido que los medios de comunicación mundiales y otros gobiernos han desestimado la inteligencia que hemos estado presentando para demostrar que estas elecciones estaban siendo manipuladas. Usted, señor Presidente, tiene que coger el toro por los cuernos y arreglar esto. No va a ser popular, y va a recibir muchas críticas, pero usted es el Presidente. No puede permitir que esto siga así, o no podremos decir con la cara seria que ninguna de nuestras futuras elecciones será libre y justa de interferencias o manipulaciones extranjeras".

Los demás presentes se quedaron sentados un momento, escuchando la sabia sabiduría del veterano profesional de los servicios de inteligencia. Asintieron con la cabeza y se volvieron para mirar al Presidente, esperando a ver qué respondía.

Levantando la barbilla, el Presidente tomó su decisión. "OK. Entonces esto es lo que vamos a hacer. Vamos a presentar un escrito ante el Circuito de Washington, pidiendo que anulen las elecciones de ayer y reinstauren nuestra orden ejecutiva que traslada las elecciones al 4 de enero. Todos los votantes deben votar en persona o pedir a un trabajador electoral que les ayude a utilizar la aplicación iVote o a votar con un voto en ausencia que se contará en el momento en que se tome. Tenemos que tener una forma de asegurar las elecciones y saber que no han sido manipuladas."
****

Tres horas después
Washington, D.C.
Casa Blanca

Eran las 16:47. El Presidente del Tribunal Supremo, Laurence Buckley, miraba al Director del FBI, al Director de Inteligencia Nacional, al Secretario de Seguridad Nacional y al Presidente en estado de shock por lo que le acababan de decir.

Durante los últimos treinta minutos, habían expuesto metódicamente las pruebas de la manipulación e injerencia extranjeras que se habían producido hasta ese momento. Todo parecía surrealista: un espía chino había facilitado la financiación de una trama en la que estaban implicados trabajadores de correos, y extremistas islámicos se habían infiltrado en el país gracias a la financiación de los chinos y a la ayuda de alguien del BND alemán.

Dios santo, espero que sólo haya sido un elemento deshonesto y no una acción oficial, pensó el juez Buckley.

No le había impactado tanto enterarse de la campaña de desinformación que habían llevado a cabo los rusos tras los atentados del 24 de octubre, pero cuando le explicaron lo del envenenamiento de los jueces del Tribunal Supremo para evitar que se enteraran de la orden ejecutiva del Presidente para retrasar las elecciones, un escalofrío le recorrió la espalda.

¿Y ahora quieren que yo lleve este caso? pensó.

Cuando pensó en el panorama general, el juez Buckley sintió de repente que se iba a poner enfermo. El tejido mismo del país se estaba desgarrando ante sus ojos, y él sentía que casi no había forma de evitar que se hiciera pedazos.

Se volvió hacia el presidente Sachs. "¿Le ha contado al senador Tate o a cualquier otro líder del Congreso sobre esto o lo que ha ocurrido?".

"Hemos compartido la mayor parte de esto con ellos cuando presentamos nuestra OE inicial para posponer las elecciones, pero aún no hemos compartido lo que acabamos de mostrarles. Lo hemos reconstruido todo en las últimas veinticuatro horas", respondió Sachs.

El Presidente hizo una pausa antes de añadir: "Tampoco hemos concedido aún las elecciones. Sabemos lo que ha pasado, pero necesitábamos saber de ustedes, legalmente, cuál creen que debe ser nuestro siguiente curso de acción."

Sachs hizo una pausa. "Mire, sé que usted y yo no siempre hemos estado de acuerdo en política. Sin embargo, en este momento, le hemos presentado pruebas verificables de que nuestras elecciones fueron influenciadas indebidamente. De hecho, se robaron y suprimieron votos. Puedo aceptar la derrota en las urnas cuando se ha hecho limpiamente, pero si aceptamos estos resultados fraudulentos ahora, no sé si podremos aceptar unas futuras elecciones como verdaderamente libres y justas. ¿Y tú?"

Levantando la cabeza, el juez Buckley miró al techo un momento para pensar. Se levantó, pero pidió a todos que permanecieran sentados. Se paseó brevemente detrás de su silla y luego miró por la ventana.

Sachs tenía razón en que no estaba de acuerdo con la política del Presidente. A nivel personal, no le gustaba en absoluto como líder, y Buckley había utilizado su posición en el pasado para bloquear ciertas directivas presidenciales que detestaba. Sin embargo, el Presidente Sachs tenía razón en cuanto a poder confiar en futuras elecciones.

Si dejo que esto siga así y no hago nada, seré culpable de contribuir a esta subversión de nuestra democracia, se dio cuenta.

El juez Buckley volvió a tomar asiento y miró al Presidente. "Estoy de acuerdo con usted. Esto es inaceptable. No hay forma de que podamos decir que han sido unas elecciones libres y justas, teniendo en cuenta la montaña de pruebas que me ha mostrado. Quiero tener el vídeo y las transcripciones de todos los interrogatorios y la información que han recopilado hasta ahora. Necesito revisarlo independientemente yo mismo e incorporarlo a mi juicio. Esto tendrá que ser revisado y dictaminado por el panel completo del Circuito de DC. Emitiré una medida cautelar contra el resultado de las elecciones mientras deliberamos, lo que detendrá la transición de poder. Intentaremos tener una decisión completa para el viernes a mediodía de esta semana".

Todos respiraron aliviados. El fiscal general no tardó en preguntar: "¿Quiere que presentemos el caso al pleno?".

Buckley negó con la cabeza: "No. No quiero convertir esto en un circo. Si le permito presentar información, tengo que permitir que el equipo del senador Tate también lo haga. Lo que me gustaría es tener acceso a todo el mundo para que los jueces puedan interrogarles si necesitan alguna aclaración. Comenzaremos las deliberaciones mañana por la mañana. Francamente, habiendo visto la información que nos han mostrado hasta ahora, no veo cómo alguno de ellos podría fallar en contra de que anulemos las elecciones y celebremos unas nuevas en la fecha anterior que usted había sugerido. Es posible que tengamos que involucrar al Congreso y conseguir que acepte el cambio también, pero si no están de acuerdo, creo que el poder judicial puede forzar la cuestión basándose únicamente en las pruebas que nos has proporcionado de la interferencia."

El grupo habló durante un rato más sobre algunas de las pruebas; el juez Buckley preguntó sobre las fuentes y los métodos con los que habían obtenido la información, y adónde les había llevado. El Presidente también le hizo saber que si los magistrados necesitaban una habilitación de seguridad más elevada para ver la información completa, él se aseguraría de que tuvieran el acceso que necesitaban.
****

Esa misma noche
Cleveland, Ohio
Sede electoral del senador Tate

El día después de las elecciones estaba resultando tan exasperante y frustrante como el día de las elecciones. Debería haber sido un día lleno de alegría y emoción por haber ganado la presidencia; en cambio, fue un día angustioso de frustración y espera. A pesar de la enorme victoria electoral, el Presidente Sachs aún no había admitido la derrota.

Empezaron a correr rumores de que no había aceptado la derrota y que estaba maquinando la manera de mantenerse en el poder.

Cuando el Presidente del Tribunal Supremo del Distrito de Columbia fue visto entrando en la Casa Blanca, los rumores empezaron a correr como la pólvora. Cuando el Juez Buckley permaneció en la Casa Blanca durante casi tres horas, la espera de información se hizo casi insoportable.

"¿Qué demonios está pasando? ¿Por qué no admite que ha perdido?". ladró Jerome Powell. Miró al televisor con el ceño fruncido.

El senador Tate se dejó caer en la silla de al lado. Sólo quería hablar de cualquier otra cosa. "¿Hemos decidido ya a quién queremos para algunos de los puestos clave de nuestro gabinete?", preguntó.

Jerome suspiró y asintió. "Deberíamos considerar seriamente a Jim Daoud para Secretario del Tesoro". Luego le pasó a Marshall un dossier sobre Daoud.

Jerome había elaborado expedientes sobre los cinco principales candidatos para cada uno de los puestos del gabinete que necesitarían cubrir. Su esperanza era que, si los tenía listos para Marshall al día siguiente de las elecciones, podrían empezar a anunciar su gabinete y acelerar la transición. Tenían mucho trabajo por delante.

"¿No es Daoud el actual CEO de UBS?"

"Lo está", confirmó Jerome. "Ha hecho un buen trabajo allí. Ha sido uno de los críticos comerciales más abiertos de Sachs. Necesitaremos su experiencia para revertir muchas de estas sanciones y aranceles que se están aplicando ahora con China y la UE. Tenemos que restablecer nuestra economía, y él es el más indicado para hacerlo. Es muy respetado en Europa y tiene una buena relación de trabajo con los chinos".

"Déjame ver la lista de a quién estás considerando para algunos de los otros puestos".

Jerome asintió y le entregó la lista que había confeccionado meticulosamente en los últimos meses. Cada candidato había sido entrevistado e investigado en secreto antes de ser añadido.

Marshall enarcó una ceja ante las opciones del DHS. "¿Todavía tienes a Riku Tanaka en la lista?", preguntó.

"Ha sido un verdadero activo para nosotros durante la campaña. Además, sus mejoras tecnológicas y actualizaciones de la infraestructura informática del departamento han sido increíbles. Puede que forme parte de la administración Sachs, pero usted sabe tan bien como yo que es un liberal progresista. Sus intereses personales son llevar la infraestructura informática del gobierno al siglo XXI".

"En eso no estoy en desacuerdo contigo", dijo Marshall. "Me gustaría que formara parte de la administración. Pero no estoy seguro de que esté realmente capacitado para ese tipo de posición de liderazgo. No tiene experiencia política y, francamente, es un poco empollón. Sin ánimo de ofender, no parece el tipo de persona que necesitaríamos en ese puesto, no con el tipo de iniciativas que queremos impulsar. Dejémosle en su puesto actual o busquemos la manera de ponerle al frente de toda la infraestructura informática del Gobierno".

Jerome asintió. "No discrepo de su apreciación", reconoció. Pasó una página. "Creo que tenemos buenas opciones para Secretario de Defensa. ¿Qué opinas?"

Marshall encontró los nombres. Una sonrisa se dibujó en su rostro. "Me gusta la idea del Almirante Hill. Es un verdadero guerrero de guerreros".

"No es McElroy, pero dirigió la redada contra Bin Laden y el SOCOM durante la administración anterior, así que reforzará nuestra buena fe en defensa", afirmó Jerome. "También debería disipar algunas de las preocupaciones sobre si eres demasiado blando en defensa".

Justo cuando estaban a punto de repasar unos cuantos nombres más, entró Janey Roberts, una de las asesoras principales de Tate, más enfadada que una avispa. "¡No te vas a creer la llamada que acabo de recibir!", exclamó.

Marshall intentó calmarla. "Oye, Janey, todo irá bien. Acabamos de ganar las elecciones, aunque ese hijo de puta de Sachs no lo admita".

Suavizó un poco la expresión de su rostro. "Bueno, hay un problema con eso. Acabo de recibir una llamada de nuestro amigo del DHS. Me ha dicho que el presidente del Tribunal Supremo, Laurence Buckley, va a emitir una orden judicial temporal contra los resultados, deteniendo la transición mientras el panel completo del Circuito de Washington D.C. se pronuncia sobre si ganamos legítimamente."

Marshall casi explota. "¿Qué quieres decir con *que* si lo ganamos legítimamente? Él es el que no acepta los resultados".

Jerome puso una mano en el brazo de Marshall. "Aguante, señor. Estoy seguro de que hay una manera de evitar esto. Hagamos unas llamadas y averigüemos qué está pasando".

Los veinte minutos siguientes transcurrieron en un frenesí de actividad y llamadas telefónicas. Empezaron a llamar a todo tipo de marcadores y chits con gente de todo el gobierno y del poder judicial para averiguar todo lo que pudieran sobre lo que estaba pasando.

Capítulo 21
Interferencias electorales

6 de noviembre de 2020
Vinton, Luisiana
Interestatal 10

Dusty Hampton nunca se cansaba de conducir por esta ruta a lo largo de la I-10. Le encantaba ver la variedad de árboles y vegetación a lo largo de este tramo de carretera. Le encantaba ver la variedad de árboles y vegetación a lo largo de este tramo de carretera. Recogía un cargamento en San Diego y lo transportaba por todo el país hasta Florida. Nunca preguntaba qué había en el remolque, aunque sabía que no debía hacerlo. Cuando transportabas para USA Trucking, aceptabas que transportabas algunos objetos interesantes. La mayoría de sus transportes consistían en recoger algo en una base militar, una instalación gubernamental o algún edificio de un contratista de defensa. En ocasiones, transportaba algo que requería marcas especiales en el remolque, pero incluso entonces, sabía que una vez enganchado el remolque, el propietario colocaba un candado y un sello especiales en el remolque que sólo podía deshacer la parte receptora.

A medida que se acercaba a Vinton, Luisiana, se acordó del pequeño restaurante en el que había parado hacía unas semanas y se propuso parar para tomarse otra cerveza y uno de esos increíbles filetes Billy's Longhorn.

Redujo la velocidad y tomó la salida adecuada de la interestatal. Giró a la izquierda y condujo por debajo del paso elevado hasta la conocida parada de camiones, el Longhorn Truck and Car Plaza. Encontró un sitio en la parte trasera del aparcamiento reservado para camiones como el suyo. Aseguró el camión, entró y se sentó.

Sacudió la cabeza mientras miraba la televisión. *A la misma hora, en el mismo canal.* Volvían a emitir las reposiciones *de Dinastía de Patos*.

Vio que se le acercaba la misma camarera de la última vez. Trajo un vaso de agua y un menú y los colocó sobre la mesa.

"¿Te traigo algo más de beber mientras echas un vistazo al menú?", preguntó con una cálida sonrisa.

"Tomaré una Miller Lite, y sé lo que quiero. Me gustaría pedir el ribeye con una patata asada y el arroz sazonado", contestó. Quería que su pedido se cocinara. Tenía hambre.

"¿Cómo quieres que te cocine el filete?", preguntó.

"Medio raro, por favor."

"De acuerdo, cariño. Enseguida vuelvo con tu cerveza", dijo y se fue a buscarle una fría.

Un hombre se acercó a una de las camareras y preguntó si podían cambiar uno de los televisores a Fox News. Al parecer, a las cinco de la tarde se iba a hacer un gran anuncio. Pasó un minuto y el televisor cambió al canal de noticias.

Dusty vio a uno de los presentadores de las noticias hablando con un invitado antes de que la emisión se interrumpiera para dirigirse a la sala de reuniones de la Casa Blanca. Un juez se acercó a un atril, flanqueado por el Director de Inteligencia Nacional, el Director del FBI y el Secretario del Departamento de Seguridad Nacional.

Están sacando la artillería pesada para este anuncio, pensó Dusty.

El juez se aclaró la garganta. "Seré breve con mis comentarios", comenzó. "Los demás aquí presentes podrán aportar más claridad sobre lo que ha ocurrido. Lo que estoy aquí para decirles es que el Circuito de Washington, con la excepción de un juez, ha determinado que las elecciones de 2020 habían sido manipuladas más allá de la esperanza de que todavía pudieran ser consideradas unas elecciones libres y justas."

Varias personas en el restaurante jadean.

"El Director de Inteligencia Nacional, junto con el Director del FBI y el Director de Seguridad Nacional, ha presentado suficientes pruebas que demuestran la intervención extranjera directa en nuestras elecciones que creemos que la orden ejecutiva inicial del Presidente de posponer las elecciones hasta que pudieran ser adecuadamente protegidas de la interferencia extranjera debería haber sido confirmada. Tal y como están las cosas, los resultados de las elecciones del martes se vieron gravemente influidos por varias naciones extranjeras, en particular China, Rusia y Alemania."

Hizo una pausa de un segundo antes de añadir: "Es a la luz de estas pruebas, y del hecho de que estas elecciones habían sido comprometidas incluso antes de celebrarse, que hemos emitido una resolución anulando los resultados electorales del martes."

Dusty oyó un fuerte murmullo entre los periodistas de la sala de reuniones.

Deben estar prácticamente saltando de sus asientos para gritarle preguntas, pensó.

El juez Buckley levantó una mano para adelantarse a la inevitable avalancha con la que estaba a punto de ser atacado. Y añadió: "Debido a que las elecciones se vieron comprometidas y no deberían haberse celebrado, el Circuito de Washington D.C. restablece la orden ejecutiva original del Presidente, trasladando las elecciones del pasado martes 4 de noviembre de 2020 al lunes 4 de enero de 2021. El FBI, junto con Seguridad Nacional, han determinado que esto debería dar al gobierno tiempo suficiente para garantizar la integridad de las elecciones. Con eso, voy a ceder la palabra al FBI y a otros para que ofrezcan su informe de lo que ocurrió durante este pasado martes y por qué hubo que tomar este curso de acción."

Dusty estaba sentado en silencio en la cafetería, un poco estupefacto por lo que acababa de oír. Miró a su alrededor y vio a muchos otros que sentían lo mismo. Algunos estaban evidentemente enfadados por el anuncio, mientras que otros se alegraban de que se hiciera algo respecto a lo que percibían como una victoria ilegítima de la campaña de Tate.

Un momento después, la camarera le trajo su cerveza. La comida llegó quince minutos después. Mientras tanto, la conferencia de prensa seguía su curso, y cada persona explicaba lo sucedido durante las últimas seis semanas de la campaña, incluidos los atentados terroristas. Era alucinante pensar que todo esto había sido orquestado por una potencia extranjera, una injerencia directa en las elecciones estadounidenses. No sólo se robaron votos, sino que se llevaron a cabo multitud de atentados terroristas contra el país, todo ello en un intento de distraer la atención de la trama electoral y sembrar el miedo y el caos en el electorado antes del día de las elecciones.

Espero que alguien pague por esto. Esto no está bien, pensó Dusty mientras cenaba, observando y escuchando lo que ocurría en Washington.
****

Cleveland, Ohio
Sede de la campaña del senador Tate

Marshall Tate estaba sentado en su mullido sillón de cuero, furioso por lo que acababa de oír. El Presidente del Tribunal Supremo del Distrito de Columbia acababa de anular su victoria presidencial.

¡Maldito Sachs! Ha encontrado la manera de subvertir la voluntad del pueblo, pensó con rabia.

Se volvió para mirar a su jefe de gabinete y a sus principales asesores políticos, que miraban al televisor con la boca abierta. "¿Podemos conseguir que otro tribunal disienta de su fallo? Tiene que haber una forma de anularlo", afirmó Marshall.

Jerome se echó hacia atrás en la silla, dejando caer los hombros. Un momento después, se incorporó de repente. "¿Y si conseguimos que los gobernadores se pongan de nuestro lado y no reconozcan la autoridad del Circuito de Washington? "También podríamos conseguir que la Presidenta de la Cámara de Representantes se uniera a nosotros. Seguro que estaría de acuerdo con nosotros en que estas elecciones se ganaron limpiamente".

Janey Roberts asintió. "Tenemos que conseguir que el Presidente de la Cámara recuerde al tribunal que sólo el Congreso tiene autoridad para fijar y cambiar las fechas de las elecciones. El Presidente y los tribunales no tienen voz constitucional en el asunto, que es por lo que la OE del Presidente fue rechazada en primer lugar. Si hace valer su autoridad en este asunto y conseguimos que varios gobernadores se pongan de su parte, creo que podremos defender públicamente que usted *es* el Presidente electo y que el 20 de enero será *usted* el Presidente, no Sachs".

Marshall estuvo de acuerdo. Cogió su smartphone y llamó al Presidente de la Cámara. Tardó unos minutos en comunicarse. Cuando consiguió hablar con ella, no tuvo oportunidad de defender su caso.

"Marshall, lo siento, pero no puedo hablar ahora. Estoy de camino a la Casa Blanca, junto con el líder de la mayoría y el líder de la minoría del Senado, para ser informada por los directores del FBI, Seguridad Nacional e Inteligencia Nacional." Hizo una pausa. "Cuando termine la reunión, me pondré en contacto contigo y te diré cómo creo que se resolverán las cosas".

Lógicamente, lo que le había dicho tenía sentido, pero emocionalmente le enfurecía que no le anunciara inmediatamente su

apoyo y denunciara la sentencia judicial. Necesitaban un frente sólido si querían impugnar la sentencia.
****

Era casi medianoche cuando el Presidente le devolvió la llamada.

"Marshall, he visto la información de inteligencia", comenzó, "y parece que su victoria fue sin duda, al menos en parte, debido a la interferencia de múltiples actores extranjeros".

"¿Qué?", dijo, exasperado.

"Mira, basándome en la información que acabo de ver, no puedo apoyar tu pretensión de impugnar el fallo judicial. Tengo que apoyar la nueva fecha de las elecciones".

Desconectó la llamada y se le hundió el estómago. Marshall se dejó caer en el sillón de cuero, abatido y desinflado. *¿Y ahora qué?* se preguntó.

"¿Qué ha dicho?", preguntó Janey, que estaba inclinada hacia delante, obviamente esperando con la respiración contenida.

Marshall la miró. "Ella dijo que no nos apoyaría", dijo, hablando en voz baja. "Dijo que la inteligencia era bastante convincente de que un actor extranjero había intervenido en las elecciones".

Janey sacudió la cabeza con disgusto. "Ese traidor. Ya me encargaré de eso", dijo enfadada. Se levantó y se marchó enfadada. Janey la oyó hacer algunas llamadas, presumiblemente a algunos congresistas amigos que podrían convencer a la presidenta para que cambiara de opinión.

Jerome entró en la habitación justo cuando Janey pasaba a su lado. Lanzó una mirada inquisitiva a Marshall, pero no dijo nada mientras se sentaba a su lado. "Creo que tengo una solución para nosotros", anunció.

Marshall giró la cabeza, todo oídos a cualquier salida de este enigma.

"El gobernador de California, junto con el presidente del partido estatal, va a presentar un escrito al Noveno Circuito para intentar que anulen la decisión del Circuito de Washington. El gobernador de California también va a hacer que su Secretario de Estado certifique los resultados. Estoy en el proceso de conseguir que los otros secretarios de estado demócratas hagan lo mismo. Creo que si conseguimos que un número suficiente de gobernadores y secretarios de Estado te respalden como Presidente electo, aún podremos conseguirlo".

Marshall miró a Jerome con un respeto recién descubierto. Sabía que su jefe de gabinete era un abogado consumado, pero ni siquiera se le había ocurrido intentar que los secretarios de Estado intentaran certificar las elecciones como un fin en torno a los tribunales.

"Jerome, si conseguimos que todos los secretarios de Estado demócratas certifiquen las elecciones, ¿serán suficientes votos electorales para que sigamos ganando?", preguntó Marshall.

Jerome negó con la cabeza. "Me temo que no. Florida, Texas y Ohio tienen secretarios de Estado republicanos. No estarán de acuerdo con eso. Creo que nuestra mejor apuesta es que, mientras trabajamos en este ángulo, nos esforcemos por desbancar a la congresista Miller como presidenta de la Cámara y encontremos a alguien que respalde nuestra afirmación de que las elecciones fueron legítimas y no necesitan repetirse. No sé, Senador, todo esto es una apuesta. Estamos en aguas desconocidas. Nunca hemos tenido una situación como esta antes".

El resto de la tarde lo pasaron hablando con varios gobernadores, secretarios de Estado, el líder de la minoría del Senado y varios líderes del Congreso. Por fin consiguieron impulsar el movimiento para presentar un desafío de liderazgo contra el Presidente Miller a la mañana siguiente.

Lo único que todos sabían que no tenían a su favor era el tiempo: cuanto más tiempo se dejara sin impugnar la decisión del Circuito de Washington, más difícil sería revocarla y mantener a la gente con ellos. Así las cosas, se produjeron protestas sin precedentes en todo el país, denunciando la decisión de los jueces en casi todas las grandes ciudades estadounidenses.

Capítulo 22
La toma del poder

10 de noviembre de 2020
Sacramento, California

El gobernador Gary Lawson sentía como si el peso del mundo descansara sobre sus hombros. Los últimos tres días habían sido horribles para la nación, y para su estado en particular. Desde que el Presidente del Tribunal Supremo de Washington D.C. anunció que había invalidado los resultados de las elecciones cuatro días antes, casi todas las grandes ciudades de California habían vivido algún tipo de protesta masiva. La situación había empeorado tanto que estuvo a punto de llamar a la Guardia Nacional.

Aún podría tener que hacerlo si las cosas no se calman, pensó.

Apenas dos días antes, un tribunal en banc del Noveno Circuito había escuchado la impugnación del Circuito de D.C. y emitido un fallo en contra de su proclamación que había anulado las elecciones. Un en banc de los circuitos Segundo, Tercero, Sexto y Séptimo también se puso del lado del Noveno en su fallo, anulando la sentencia del tribunal de D.C. A falta de un Tribunal Supremo, los presidentes de los tribunales de los cinco circuitos emitieron una declaración en la que manifestaban que sus conclusiones colectivas invalidaban la decisión del Circuito de Washington, y ordenaban así a los cincuenta secretarios de estado que procedieran a certificar al senador Marshall Tate como 46° presidente de los Estados Unidos.

Ese mismo día, la congresista Harriet Miller, de su estado natal, había sido destituida como Presidenta de la Cámara al negarse a ponerse del lado del senador Tate. Fue sustituida rápidamente por el Presidente del Poder Judicial de la Cámara, Timothy Borq, de Nueva York, que se puso inmediatamente del lado de los jueces de circuito y declaró además que sólo el Congreso tenía autoridad para cambiar la fecha y la hora de las elecciones presidenciales. Como tal, declaró que el Congreso no reconocía como legal la orden ejecutiva del Presidente de cambiar la fecha de las elecciones. Declaró que las elecciones que acababan de celebrarse se mantenían.

Tras ese torbellino de actividad, los gobernadores demócratas habían acordado colectivamente que apoyarían la decisión del Noveno

Circuito y la del nuevo Presidente de la Cámara, a pesar de las protestas de los republicanos, los jueces del Circuito de Washington y el Presidente.

El Gobernador Lawson dio un sorbo a su taza de café mientras reflexionaba sobre los tumultuosos acontecimientos de los últimos días. Luego volvió a centrar su atención en la preparación de su discurso de ese mismo día. Podría ser uno de los discursos más importantes de su carrera política. Estaba a punto de disparar un tiro en la proa de la actual administración, un tiro destinado a conseguir que pusieran fin a esta crisis constitucional creada por ellos mismos y trabajaran juntos para superar las elecciones y sanar el país.
****

Mientras escuchaba la ruidosa charla que tenía lugar en la sala de prensa, a pocos metros de distancia, el Gobernador Lawson sintió de repente calor, sudor y un nerviosismo extremo. Se armó de valor y saludó con la cabeza a su secretaria de prensa, que le abrió la puerta. Rápidamente entró en la sala y se dirigió al atril. La conversación se calmó rápidamente. Lawson saludó con la cabeza a algunas caras amigas y esbozó la sonrisa de un millón de dólares que tan bien le caracterizaba.

Se aclaró la garganta. "La última semana -no, las últimas seis semanas- ha sido increíblemente dura para nuestro país. Nuestra nación fue atacada varias veces por terroristas y más de mil de nuestros conciudadanos fueron asesinados. Muchos miles más resultaron heridos. En ese mismo periodo de tiempo, nuestra nación emprendió acciones militares unilaterales en las pequeñas y pacíficas naciones de Kosovo, Macedonia, Serbia y Bosnia, sin coordinarse con nuestros aliados europeos o de la OTAN. Hace poco hablé con el consulado chino, que me dijo que la administración Sachs secuestró a un hombre de negocios chino en Macedonia que incluso ahora está retenido en un sitio negro de la CIA sin cargos ni acceso a un abogado.

"La administración del presidente Sachs no ha sabido protegernos de los recientes atentados terroristas. En lugar de admitir ese fracaso, han arremetido militarmente para distraer la atención de sus fallos. Cuando se hizo evidente en las encuestas que el presidente Sachs iba a perder, inventó esta ridícula afirmación de que los chinos habían robado de alguna manera los votos por correo y en ausencia en cinco estados. Convenientemente, esos eran los mismos cinco estados que necesitaba para ganar. Intentó utilizar sus poderes como Presidente para anular la Constitución y el Congreso y posponer las elecciones. Cuando el plan fracasó y perdió las elecciones, puso el grito en el cielo alegando, una vez más, la injerencia china. Entonces convenció a varios jueces del Circuito de Washington para que se pusieran de su parte y anularan las elecciones".

Sacudió la cabeza con frustración y rabia. "Afortunadamente, una sentencia de los Circuitos Segundo, Tercero, Sexto, Séptimo y Noveno puso fin a esta burla de nuestras leyes y a esta infructuosa toma de poder y anuló la decisión del Circuito de Washington. Me enorgullece informar de que estos jueces, junto con el recién elegido Presidente de la Cámara de Representantes, Tim Borq, han reafirmado lo que todos sabemos que es cierto. El senador Marshall Tate fue debidamente elegido para ser el 46° presidente de los Estados Unidos".

Gary se detuvo un segundo cuando estallaron algunos aplausos en la sala de reuniones antes de levantar brevemente las manos para calmarlos.

"Como gobernador de California, pido al presidente Sachs que reconozca los resultados de las elecciones. Estoy apelando a su decencia humana para que acepte los resultados, honre su juramento debidamente prestado a nuestra Constitución y permita que el presidente electo Tate inicie el proceso de transición del gobierno de un partido a otro, tal y como hicieron los presidentes que le precedieron."

Hinchando un poco el pecho, Lawson añadió: "Tanto si el presidente Sachs reconoce los resultados de las elecciones como si no, el 20 de enero de 2021, el gobierno de California sólo reconocerá a Marshall Tate como presidente legítimo de Estados Unidos, y pido a mis colegas gobernadores y ciudadanos que hagan lo mismo. Como gobernadores y líderes de nuestros estados, es imperativo que demos ejemplo. Incluso si el presidente Sachs no se adhiere a la voluntad del pueblo y abandona pacíficamente el cargo el día 20, los gobernadores debemos seguir adelante, reconociendo a quien sabemos que es el legítimo 46° presidente, el presidente electo Marshall Tate".
****

Washington, D.C.
Edificio Robert F. Kennedy
Departamento de Justicia

El director adjunto del FBI, Joseph Latrell, dejó escapar un largo suspiro mientras se frotaba las sienes. Cogió su taza de café medio vacía. Se la llevó a los labios e inmediatamente escupió el contenido en la taza.

Mierda, el café se ha enfriado, se dio cuenta.

Riéndose entre dientes por lo que acababa de ocurrir, el fiscal general Malcolm se levantó y se acercó al borde de su puerta. Asomó la cabeza a la habitación contigua a la suya. "Linda, ¿nos traes otra cafetera?", preguntó.

"Otra olla está en camino, Joe, así que aguanta", dijo Malcolm con una sonrisa burlona.

Joe sonrió. "Gracias, General. No creo haber dormido más de cuatro horas seguidas por noche en los últimos dos meses".

Malcolm asintió. "Yo siento lo mismo". Dejó escapar un profundo suspiro. "Entonces, dime, ¿tenemos pruebas suficientes para proceder a llevar a juicio a los empleados de correos y a los espías extranjeros?".

Un par de los fiscales que llevarían el caso dejaron sus bolígrafos un momento y miraron a Joe para escuchar lo que tenía que decir.

Mirando al grupo reunido en torno a la mesa de la sala de conferencias, Joe asintió. "Creo que mis agentes han reunido pruebas más que suficientes para obtener la condena de todos los empleados de correos. También creo que tenemos pruebas suficientes para que los cargos de proporcionar apoyo material y ayuda a terroristas extranjeros se atengan a los agentes extranjeros que hemos detenido."

Las sonrisas se dibujaron lentamente en los rostros de los fiscales. Joe se dio cuenta de que probablemente salivaban ante la perspectiva de meter a esa gente entre rejas.

"¿Cuántos agentes extranjeros detuvimos en total?", preguntó Malcolm.

Ashley Bonhauf, subdirectora adjunta de Joe, respondió: "Detuvimos a nueve ciudadanos chinos que la NSA, la CIA y el FBI habían confirmado que eran agentes encubiertos del Ministerio de Seguridad del Estado. También detuvimos a dos ciudadanos alemanes aquí en Estados Unidos e imputamos a otros cinco que se encuentran actualmente en Alemania. Se trata de individuos que la NSA identificó como los que proporcionaron a los terroristas los documentos de viaje falsos que les permitieron entrar en nuestro país."

"¿Qué pasa con los rusos? ¿Qué tenemos sobre ellos?", preguntó uno de los fiscales.

Sonriendo, Ashley respondió: "Con respecto a los rusos, arrestamos a cinco individuos en Chicago. Estos individuos dirigían una especie de granja de servidores, que hemos identificado como una de las principales fuentes que estaban propagando la distribución de los vídeos terroristas y otras noticias y artículos falsos que han estado bombardeando las redes sociales. En realidad era una operación bastante compleja la que dirigían".

Malcolm negó con la cabeza. "Así pues, tenemos a los chinos, que proporcionaron los medios financieros para que estos terroristas atacaran nuestro país, junto con otro apoyo material. Los alemanes, o al menos un elemento deshonesto de su gobierno, les proporcionaron los documentos de viaje necesarios para burlar nuestra seguridad y entrar en el país, y luego los rusos tomaron los vídeos de los atentados y los convirtieron en armas en las redes sociales en lo que sólo puedo llamar un intento de piratear las mentes de la gente y ponernos a todos unos contra otros. ¿Eso lo resume todo, Joe?"

Joe sonrió. "Es el análisis más conciso que creo haber oído, Sr. Fiscal General".

Malcolm gruñó, más para sí mismo que para nadie. "Entonces esto es lo que quiero del FBI, Joe. Quiero que escribas lo que acabo de decir, que expongas el caso lo mejor que puedas y que lo presentes en una reunión informativa esta noche a las cinco. Las cosas están empezando a descontrolarse y tenemos que mantener al público de nuestro lado."

Un momento después, los teléfonos de todos empezaron a zumbar. Mirando su propio teléfono, Joe vio un mensaje corto que decía que tenía que encender las noticias inmediatamente.

Cogió rápidamente el mando a distancia y lo encendió. Todos los presentes vieron cómo el gobernador Gary Lawson arremetía contra la administración y anunciaba que el 20 de enero su estado dejaría de reconocer la autoridad y el poder de la administración Sachs.

¿Qué demonios? pensó Joe.

Dirigiéndose a uno de sus ayudantes, Malcolm preguntó: "¿Por qué no se nos informó de que los demás circuitos habían emitido una sentencia contraria a la del Circuito de Washington? ¿Cuándo ocurrió esto?"

En ese momento, otro ayudante entró apresuradamente con un montón de papeles. "Señor fiscal general, acabo de recibir estas sentencias de los tribunales del Segundo, Tercero, Sexto, Séptimo y Noveno Circuito, que invalidan la sentencia del Circuito de Washington D.C.", dijo, sin aliento y aparentemente ajena al hecho de que acababan de escuchar la misma información en una rueda de prensa que el gobernador de California seguía celebrando.

Cogió los papeles. "Quiero leer el texto completo de las sentencias", dijo. Malcolm se había ganado la reputación de leer rápido y de captar todos los matices de la jerga jurídica al mismo tiempo. Cuando terminó de leer, puso los papeles sobre la mesa para que los demás también los leyeran.

Mirando al GC, Joe preguntó: "¿Qué hacemos ahora?".
****

Washington, D.C.
Casa Blanca

Eran casi las 9 de la noche cuando el Presidente pudo por fin reunir a los miembros de su gabinete. Todavía estaban tratando de digerir lo que significaban las sentencias en banc de los cinco de los trece tribunales de circuito, y si lo que dictaminaron era técnicamente legal.

"Lo que *necesitamos* es un Tribunal Supremo que dicte una sentencia definitiva y no partidista, pero está claro que eso no va a ocurrir. Entonces, ¿qué hacemos en su lugar?", preguntó Sachs.

"Usted declara la ley marcial, y nosotros seguimos adelante con su intención original de celebrar las elecciones presidenciales el lunes 4 de enero", anunció el Fiscal General. "Si la gente todavía quiere votar contra usted, entonces pueden, y será justo y libre de interferencia extranjera."

Su declaración cogió a muchos por sorpresa.

"¿Se da cuenta de la tormenta de fuego que tal proclamación va a descargar sobre esta administración?", dijo el Secretario del Tesoro, sacudiendo la cabeza. "¿Tiene idea de cómo afectará a los mercados una vez que el Presidente diga esto?".

"¿Qué alternativa tenemos?", preguntó Patty Hogan, pasándose los dedos por el pelo. "Si no nos enfrentamos a esto ahora y restauramos el orden en el país, nunca nos recuperaremos. Tal y como están las cosas, tenemos protestas masivas y disturbios en casi todas las grandes ciudades del país. Tenemos que recuperar el control de la situación ahora, antes de que la espiral supere nuestra capacidad de controlarla".

Carraspeando para hacerse oír, el Secretario de Defensa añadió: "No olvidemos que una potencia extranjera no sólo interfirió en nuestras elecciones, sino que también facilitó múltiples ataques terroristas dentro de nuestro país. Bajo la anterior doctrina Bush, estaríamos bombardeando estos países por su participación en este ataque contra nuestro país." El secretario McElroy hizo una pausa y observó la sala, mirando a cada uno de ellos a los ojos durante un breve instante antes de continuar. "Esto -lo que está ocurriendo ahora- es exactamente lo que quiere el enemigo. Quieren que dudemos de nosotros mismos; quieren que capitulemos ante la presión pública y aceptemos que han ganado."

McElroy golpeó la mesa con la mano, sobresaltando a todos. "¡No podemos permitir que esto siga así! Si tenemos que declarar la ley marcial para hacernos con el control de las principales ciudades y garantizar unas elecciones libres y justas, entonces, por Dios, tenemos que hacerlo."

Los demás se quedaron sentados un momento, asimilando sus palabras. Varios asintieron con la cabeza. Algunos tenían una expresión de preocupación en el rostro.

El Presidente inspiró profundamente y espiró despacio. El país se encontraba en una encrucijada. Podían aceptar que una potencia extranjera había influido y cambiado el resultado de sus elecciones, o podían hacer algo al respecto.

Sachs se dirigió al Fiscal General. "*Si* vamos a seguir adelante con la declaración de la ley marcial, entonces necesito una sólida cobertura legal de su oficina en esto. Voy a necesitar todo el apoyo del Departamento de Justicia para defender esto a ultranza. También voy a necesitar que se asegure de que el FBI esté al tanto de cualquier intromisión electoral adicional y que vaya tras ella tan pronto como vea que algo raro está ocurriendo".

El Presidente se volvió entonces para mirar a su Directora de Interior. "Patty, voy a necesitar la ayuda de tu organización para gestionar este proceso. Las cosas se van a poner difíciles. Nos dirigimos a aguas desconocidas. Va a ser imperativo que todos trabajemos juntos en esto. Vamos a recibir muchas críticas en los medios de comunicación, así que tenemos que mantenernos fuertes y unidos. ¿Está claro?"

"Sí, señor", respondió Patty.

Las horas siguientes transcurrieron como un torbellino mientras el fiscal general preparaba un informe jurídico para respaldar la orden del Presidente que autorizaba la declaración de la ley marcial.
****

Kosovo
Campamento Bondsteel

"Asegúrate de que los prisioneros están bien sujetos", gritó uno de los guardias de la policía militar. Observó cómo uno de sus compañeros colocaba los arneses de cuatro puntos a los líderes terroristas.

El rotor del Osprey comenzó a girar lentamente. Sería un corto trayecto en helicóptero hasta el aeropuerto internacional de Pristina, donde les esperaba un C-17 Globemaster cargado de combustible. Los prisioneros, junto con la mayoría de los soldados de este improvisado grupo operativo, regresaban a Estados Unidos. Iban a hacer una parada para repostar en Inglaterra, y luego continuarían hasta Pope Field, antigua base aérea de Pope, antes de ser absorbidos y gestionados por el Ejército.

Con todo el alboroto causado por la detención de los prisioneros en Kosovo, y el hecho de que no poseían inteligencia adicional de nivel táctico, el Departamento de Defensa determinó que serían trasladados de vuelta a Estados Unidos. Entonces serían entregados al Departamento de Justicia para ser acusados formalmente y procesados por su participación en los tres atentados terroristas que precedieron a las elecciones presidenciales.

El teniente coronel Seth Mitchell estaba agotado. Llevaba casi un mes lejos de su familia. En ese tiempo, su vehículo había volado por los aires, un embajador había muerto delante de él, dos de sus amigos habían resultado heridos y él había matado a tres personas. Eran terroristas, pero aun así se había cobrado tres vidas más. Dirigir el interrogatorio de varios prisioneros de alto nivel para el Ejército también había abierto una vieja herida. Después de la debacle de Yemen cuatro años atrás, esperaba no tener que volver a pisar una cabina de interrogatorios.

Sentado en la pared opuesta a la de los prisioneros y sus guardias, Seth estaba ocupado atándose cuando Smith se dejó caer a su lado, atándose también para el viaje.

Seth le dirigió una mirada inquisitiva.

"Sí, me imaginé que podría volver al país de los indios con vosotros", dijo Smith.

Seth enarcó la ceja izquierda. "¿Campiña india?", preguntó, lo bastante alto como para que se le oyera por encima del creciente tono de los motores.

Smith sonrió ampliamente. "Sí, país indio. Así es como los espías llamamos a Estados Unidos. No se nos permite jugar dentro de Estados Unidos, así que lo llamamos país indio para recordarnos que estamos operando en territorio enemigo cuando estamos en casa."

"¿Y te preguntas por qué no quería unirme a vosotros?" preguntó Seth bromeando. "Me gustan mis partidos de fútbol los domingos por la tarde, comer pizza con la familia y los viajes a Disney World".

Smith se rió. "Ah, no es tan malo, Seth. Todavía podemos volver a la tierra de la leche y la miel. Sólo tenemos que recordarnos que no se nos permite operar allí".

A continuación, el Osprey despegó, ofreciéndoles una vista de pájaro de la pequeña base militar mientras la aeronave giraba para dirigirse al aeropuerto.

Inclinándose para que le oyeran, Seth preguntó: "¿Y qué pasará cuando volvamos a casa?".

Smith se encogió de hombros. "No tengo ni idea, amigo mío. Parece que las cosas se están yendo al garete en casa. Lo que no entiendo es cómo ha ocurrido todo esto. Alguien, o algún grupo, parece estar coordinando un gran plan para destrozar nuestro país".

Seth asintió. "Desde luego que sí. Sólo espero que los poderes fácticos encuentren la forma de recomponer a Humpty Dumpty".

Los dos cabalgan en silencio durante unos minutos hasta que se acercan al aeropuerto. Para ser un aeropuerto pequeño, era un hervidero de actividad. Las Fuerzas Aéreas habían enviado cuatro aviones C-17 para recoger la mayor cantidad posible de material y personal. El comandante de la KFOR de la OTAN, un general de brigada alemán llamado Dirk Klauss, quería que abandonaran el país lo antes posible.

Cuando su Osprey hubo aterrizado, escoltaron a sus prisioneros hasta la parte trasera de uno de los C-17 y comenzaron a cargarlos en la cavernosa bodega del gigantesco avión de carga. El resto de los soldados de su pequeño grupo de trabajo entró en fila mientras intentaban meter al mayor número posible de personas en el avión para el viaje de vuelta a casa.

Los otros C-17 estaban siendo cargados con sus todoterrenos blindados, equipos de comunicaciones, armas y demás material que habían traído consigo. Los tres helicópteros Apache restantes, junto con los otros tres Ospreys, serían equipados con tanques de descarga y combustible adicional para su largo vuelo de regreso a Rumanía. El objetivo era que la gran mayoría de sus equipos y personal estuvieran completamente fuera de Kosovo antes del final del día.
****

A las seis horas de vuelo de regreso, el general de brigada Lancaster hizo un gesto a Seth para que se acercara a él y al jefe Moore, que estaban de pie cerca de la parte delantera del C-17. Cuando Seth se acercó a ellos, vio por sus expresiones que estaban claramente preocupados por algo. Cuando Seth se acercó a ellos, vio por sus expresiones que estaban claramente preocupados por algo.

"¿Por qué las caras largas?" preguntó Seth inocentemente. Levantó los brazos por encima de la cabeza mientras intentaba estirar su dolorida espalda.

Inclinándose, Lancaster dijo: "Acabo de hablar con el general Royal por el teléfono satelital seguro. Mañana por la mañana..." Se detuvo y miró su reloj. "Tacha eso. Dentro de nueve horas, el Presidente va a dar una rueda de prensa junto con sus directores de Seguridad Nacional, el Departamento de Justicia, el FBI y el Secretario de Defensa. Van a anunciar la Orden Ejecutiva 2021. Es una declaración de ley marcial. Van a hacer cumplir el fallo del Tribunal del Circuito de Washington DC que anuló las elecciones de noviembre y celebrarán unas nuevas en enero".

"¿Ley marcial?" preguntó Seth con escepticismo.

El general asintió, pero no dijo nada más.

"¿Realmente las cosas se han puesto tan mal en casa que tienen que hacer esto?", preguntó Moore.

"No tengo todos los detalles y, francamente, he estado demasiado ocupado con lo que hemos estado haciendo para estar realmente al tanto de lo que está pasando", respondió Lancaster. "Lo que sí he deducido del general Royal es que, con los jueces del Tribunal Supremo fuera, no hay consenso entre los tribunales sobre qué hacer con las elecciones. Está claro que una potencia extranjera interfirió, pero el bando que ganó no quiere que se repitan. En este momento, ellos ganaron, incluso si fue con la ayuda de un grupo externo. Es difícil admitir que has ganado de esa manera, ¿y si la repetición de las elecciones anula el resultado y acabas perdiendo? Sentirías para siempre que te han robado la victoria".

"Mira, no tengo ni idea de cómo nos va a ir cuando volvamos. Lo que sí sé es que hemos hecho nuestro trabajo encontrando a esos bastardos terroristas y proporcionando a los responsables la mejor información posible para que tomen una decisión. Lo que hagan con ella más allá de eso no es asunto nuestro. Cuando volvamos a Bragg, me aseguraré de que todos reciban una medalla al valor, especialmente tú, Mitchell. No sabríamos ni la mitad de esta conspiración si no fuera por tus interrogatorios a esos monstruos. Además, te espera otro Corazón Púrpura por ese artefacto explosivo improvisado que casi te mata".

Seth negó con la cabeza. "No tiene por qué hacerlo, señor. Como todos los demás, sólo hacía lo que me pagan por hacer. Si les parece bien, quiero sentarme e intentar digerir todo lo que acaban de decir. No estoy seguro de cómo me siento sobre esto. La ley marcial... me parece mal".

Con eso, Seth volvió a su asiento para reflexionar sobre lo que le acababan de decir. Les quedaban seis horas para aterrizar. Seis horas más y estaría de vuelta en Estados Unidos. Si todo salía bien, incluso podría ver a su familia antes de que acabara el día.

Capítulo 23
Ley marcial

11 de noviembre de 2020
Cleveland, Ohio
Residencia del Senador Marshall Tate

Habían sido un par de días largos y agotadores, así que Marshall se había tomado el raro momento de dormir hasta pasadas las 7 de la mañana y leer tranquilamente un libro durante unos momentos. Después de todo, hoy era el Día de los Veteranos. Lo único que tenía que hacer era una ceremonia de colocación de coronas en el monumento a los Veteranos de Guerras Extranjeras de la ciudad. Aparte de eso, su equipo de transición tenía una serie de personas sobre las que quería su opinión antes de presentarlas al líder de la minoría del Senado para iniciar el proceso de coordinación de su paquete de nombramientos con el líder de la mayoría, una perspectiva que ninguno de ellos esperaba después de unas elecciones brutales en las que un grupo de jueces en banc tuvo que determinar quién ganó la presidencia.

Lo más importante que tendrían que abordar una vez que asumiera el cargo sería la selección de nueve jueces para el Tribunal Supremo. Obviamente, nada le gustaría más que sentar en el banquillo a nueve jueces de tendencia liberal, pero con un Senado controlado por los republicanos, eso sería imposible, por no decir increíblemente impopular. Tendría que elegir al menos a cuatro jueces de tendencia conservadora, pero se aseguraría de que la composición del nuevo tribunal fuera decididamente liberal.

Las elecciones tienen consecuencias, pensó.

A las 8:06 de la mañana, su teléfono inteligente empezó a recibir mensajes de texto antes de vibrar, indicándole que alguien intentaba llamarle. Cogió el teléfono, molesto porque alguien le estuviera molestando tan temprano en su única mañana libre. El identificador de llamadas le indicó que era su jefe de gabinete, Jerome Powell.

"Más vale que esto sea bueno", dijo Marshall en un tono que delataba su frustración.

"Tenemos un gran problema, Marshall", dijo Jerome. "Voy de camino a tu casa, pero tienes que vestirte. Pon las noticias si puedes. Sachs va a hacer un anuncio importante".

"Bien, de acuerdo", concedió Marshall.

Marshall se levantó de la cama a trompicones y cogió el mando de la televisión para poner la MSNBC. Se levantó para ir al baño y empezar su rutina matutina. Con el televisor a todo volumen, llegó al retrete antes de oír la voz familiar del presidente Sachs pronunciando las palabras ley marcial. Se detuvo en seco. A pesar de tener que orinar, se dio la vuelta inmediatamente y subió el volumen de la televisión.

"Es con gran vacilación que emito esta proclamación, pero tras el asesoramiento de los Departamentos de Justicia y Seguridad Nacional, y a la luz del fallo judicial sin precedentes encabezado por el Noveno Circuito, no nos quedaba otro recurso que declarar la ley marcial, suspendiendo así el poder y la autoridad del Noveno Circuito.

"Esto nos permitirá avanzar para asegurar nuestro proceso electoral y celebrar una nueva elección el lunes cuatro de enero de 2021. Como tal, bajo la autoridad de la Ley de Autorización de Defensa Nacional de 2012 y 2018, y la Directiva del Departamento de Defensa 5525.5, estoy emitiendo la Orden Ejecutiva 2021, moviendo al país a un estado de ley marcial hasta el martes cinco de enero de 2021. Al concluir las elecciones presidenciales, se levantará el estado de ley marcial y se implementará el retorno al gobierno civil."

Marshall soltó una sarta de obscenidades.

"Ahora que Estados Unidos está bajo estado de ley marcial, como Comandante en Jefe de las fuerzas armadas, suspendo el fallo en banc del Noveno Circuito y sigo adelante con la anulación de los resultados electorales de este martes pasado. Me gustaría recordarles que se determinó que niveles sustanciales de interferencia extranjera cambiaron el resultado de las elecciones. Según mi orden ejecutiva original relativa al aplazamiento de las elecciones, se suspenderán todos los votos por correo y en ausencia. Todas las personas que deseen votar en las elecciones presidenciales tendrán que hacerlo en persona o a través de la aplicación iVote. Si necesita ayuda para utilizar la aplicación de votación o emitir su voto, tiene sesenta días para solicitar la asistencia de un trabajador electoral, y se pondrá a su disposición uno para ayudarle.

"A pesar de que la nación está bajo estado de ley marcial, no creo que sea necesario desplegar nuestras fuerzas armadas en el campo o las ciudades, a menos que una situación de gran agitación civil lo justifique. He dado instrucciones al Secretario de Defensa para que reduzca al mínimo posible el uso del ejército en nuestro suelo. Quiero asegurarles, compatriotas, que sus vidas cotidianas no cambiarán. No hay necesidad de preocuparse o temer que esto sea una toma de poder de su gobierno o de su país: no lo es. Si pierdo las elecciones el 4 de enero, aceptaré esa derrota y haré todo lo que esté en mi mano para garantizar una transición rápida y fluida del poder a mi sucesor.

"Es imperativo que nuestras elecciones sean justas y estén libres de injerencias extranjeras. No fue el caso de estas pasadas elecciones, y si queremos confiar en futuras elecciones, tenemos que saber que una potencia extranjera no estuvo implicada en la supresión directa o el robo descarado de votos. No se puede poner el dedo en la balanza de nuestra República. Ahora me haré a un lado y permitiré que el Fiscal General hable más sobre el caso legal y la justificación de por qué hemos declarado el estado de ley marcial. También les hablará del procesamiento de más de cinco docenas de individuos que participaron en esta trama."

Marshall estaba a punto de soltar otra sarta de palabrotas cuando entró su mujer, sorprendida al ver que ya tenía la televisión encendida y estaba viendo la emisión. Antes de que ella pudiera decirle nada, Marshall lanzó el mando a distancia contra el televisor, haciéndolo añicos. Sin decir palabra, se dirigió al cuarto de baño para reanudar su rutina de prepararse para el día.

****

"¿Queda pizza con queso?", preguntó Jerome mientras se levantaba para acercarse al mostrador, donde aún había cinco cajas de pizza.

Vio un trozo y se lanzó a por él antes de que nadie pudiera cogerlo. Mientras estaba allí, también añadió una porción de pizza de salchicha a su plato. Miró su selección y reconoció que pagaría por sus elecciones mañana por la mañana en el gimnasio, pero en ese momento, con todo lo que había pasado ese día, simplemente no le importaba. Sólo quería consuelo, en cualquier forma que pudiera encontrarlo.

Janey miró los dos trozos de pizza que había en su plato antes de comentar: "¿En serio, Jerome? Ya llevas como cuatro trozos. Creía que intentabas comer mejor".

La miró mal. "Estoy estresado. Como mal cuando estoy estresado".

Sacudió la cabeza. "Creo que vas a engordar en este trabajo, entonces. Estás a punto de entrar en el año más estresante de tu vida".

Jerome cogió un trozo de pizza y devoró un par de bocados sin contestar.

"Entonces, ¿los gobernadores de California y Nueva York están de acuerdo?", preguntó Marshall, que se había mantenido al margen de las bromas entre sus colaboradores. "¿Van a ignorar el decreto del Presidente para rehacer las elecciones?".

Jerome se metió otro bocado en la boca antes de explicar: "No sólo California y Nueva York. Hemos hablado con todos los gobernadores demócratas y *todos están* de acuerdo. Insisten en que el Presidente no tiene autoridad para rehacer las elecciones sólo porque no le gusten los resultados. El Presidente de la Cámara también está ahora de nuestro lado, lo que significa que la mayoría del Congreso está con nosotros. Incluso ahora, la Cámara está avanzando con un proyecto de ley que reduciría los fondos destinados al Departamento de Defensa. Sin todo ese dinero, se reducirá significativamente su capacidad para aplicar la ley marcial".

Marshall suspiró. "¿Qué pasará después, entonces? Si todos estos Estados no van a reconocer la autoridad de Sachs para hacer lo que está haciendo, ¿hacia dónde van las cosas?".

Janey recogió esta pregunta. "Estamos trabajando en ello. Ahora mismo, el plan es celebrar algún tipo de conferencia de prensa unificadora en un par de días con los gobernadores y contigo. Queremos hacer saber al gobierno de Sachs que no estamos de acuerdo con su petición de nuevas elecciones. Los gobernadores van a decir que no van a trabajar con la administración para celebrar unas nuevas elecciones, y que el 20 de enero dejarán de reconocer al presidente Sachs como presidente debidamente elegido; sólo reconocerán su autoridad, y están animando a los demás estados a que hagan lo mismo".

Marshall asintió con la cabeza. "Entonces la suerte está echada", dijo. "Seguiremos adelante con la transición y continuaremos como si la proclamación de hoy nunca hubiera ocurrido".

Jerome y Janey asintieron.

Marshall añadió: "Tenemos que formar rápidamente nuestro gabinete. Tenemos que hacer saber al mundo quién va a formar parte de nuestro equipo dirigente y avanzar en la preparación del nuevo gobierno. Tenemos que hacer que las cosas parezcan como si todo fuera normal, como si fuera Sachs quien vive en esta realidad alternativa y no nosotros.

"Pónganse de acuerdo con las principales cadenas y asegurémonos de que también nos apoyan. Va a ser importante que transmitamos bien el mensaje, que hagamos ver que Sachs es el que actúa de forma irracional y fuera de sí. Si somos capaces de crear el mensaje y la imagen adecuados, creo que tenemos posibilidades de que esto se convierta en una ventaja para nosotros".

Capítulo 24
Regreso a casa

13 de noviembre de 2020
Tampa, Florida

Seth se detuvo en la entrada de su casa en Davis Island, emocionado por ver a su mujer y sus cuatro hijos. Hacía casi un mes que no los veía, y en ese tiempo habían pasado muchas cosas, tanto para él como para su familia. A su hijo se le había caído otro diente y su hija se había roto la muñeca y tenía que dejar la gimnasia hasta Año Nuevo.

Tras aparcar la camioneta, salió de ella, cogió su bolsa de viaje y se dirigió a la entrada. Tanteó brevemente con las llaves hasta que dio con la correcta. Cuando abrió la puerta y entró, se sorprendió al ver que no había nadie.

Debieron de salir a comer o a la tienda, razonó.

A pesar de todo, se tomó un momento para pasear por la casa y empaparse de la sensación de estar en casa. Cuando llegó a su dormitorio, su enorme cama le estaba llamando. Seth dejó el bolso en el suelo, cerca del armario, se quitó la blusa y los pantalones y se metió en la cama. Pensó en echar una cabezadita mientras esperaba a que volviera su familia.

Cuando se despertó, estaba oscuro. Instintivamente miró el reloj y vio que eran las 4:21 de la madrugada.

Vaya, me habrán visto durmiendo y me habrán dejado solo, pensó.

Era la primera noche que Seth dormía bien desde hacía un mes. Se giró hacia un lado y apoyó los pies en el suelo, estirando la espalda y los brazos mientras bostezaba. Su mujer se despertó y se dio la vuelta.

"Bienvenido a casa, dormilón", le dijo tímidamente mientras se acercaba a su lado de la cama. Estaba claro que tenía en mente una bienvenida más física después de no haberle visto en casi un mes. "Los niños siguen durmiendo", dijo Dana guiñándole un ojo.

Esa misma mañana, durante el desayuno, sus hijos le contaron todo lo que se había perdido en los últimos treinta días y le pusieron al día de todo lo ocurrido.

"¿Estás en casa un rato o tienes que irte otra vez?", preguntó su hijo. Su hija dejó de comer para esperar y escuchar su respuesta.

Seth no estaba seguro de cómo responder al principio. "Por lo que sé, estoy en casa por un tiempo. De hecho, mi jefe me ha dado los próximos cuatro días libres. Estaba pensando que quizá este fin de semana podríamos ir todos de excursión a Disney".

Su hijo y su hija aplaudieron. Les encantaba estar con todos los personajes. Comprar un pase anual de Disney había sido una gran idea cuando se mudaron por primera vez a Florida: les había permitido recorrer el parque sin sentirse apurados, como si tuvieran que empacar todo de una vez.

El resto del fin de semana transcurrió con rapidez y Seth se esforzó por pasar el mayor tiempo posible con sus hijos. Seth hizo todo lo posible por olvidar el último mes y lo que sabía que iba a seguir siendo una época de agitación y conflictos para el país. En aquel momento, sólo quería que sus hijos disfrutaran de unas últimas y divertidas vacaciones en familia antes de la locura que las facciones Sachs y Tate estaban a punto de desatar en el país.

****

17 de noviembre de 2020
Washington, D.C.
Casa Blanca

"Tenemos un problema, señor Presidente", anunció Malcolm Wright. Fue la primera persona en hablar durante lo que se estaba convirtiendo en una reunión diaria de emergencia del gabinete.

"Explíquese", respondió Sachs.

Todas las miradas se volvieron hacia el Fiscal General.

"De los veintitrés gobernadores demócratas, veintiuno apoyan al senador Tate y han declarado abiertamente que no reconocerán su autoridad como presidente el 20 de enero. Asimismo, no van a permitir que se repitan las elecciones en sus estados el 4 de enero. Dicho esto, dos de los estados controlados por los demócratas -Kansas y Carolina del Norte- han roto con ellos y se han puesto de su lado. Además, las asambleas legislativas de Wisconsin, Minnesota, Michigan y Virginia han roto filas con el gobernador y se han puesto de nuestro lado. Todos han dicho que, tanto si el gobernador está de acuerdo con la celebración de nuevas elecciones como si no, harán todo lo que esté en su mano para facilitarlas."

Patty Hogan, de Seguridad Nacional, intervino: "En realidad tenemos un problema mayor que ese, señor Presidente. Tenemos un enorme problema de imagen en desarrollo. El senador Tate y sus acólitos en los medios de comunicación están haciendo todo lo posible para retratar esto como una toma de poder por su parte a la luz de su pérdida electoral. Ignoran por completo las pruebas presentadas por el FBI y el DNI que demuestran la injerencia extranjera directa. Justo el otro día, cuando estuve como invitado en la CNN, ni siquiera reconocieron la implicación china en el plan de los trabajadores postales o que había ocurrido. Es como si se hubieran movido deliberadamente en la dirección de crear una realidad falsa, como si no hubiéramos capturado a un conocido espía chino que operaba en los Balcanes o arrestado a más de media docena de conspiradores aquí en Estados Unidos."

"Creo que puede que tengamos otro asunto que discutir también", añadió el Secretario de Defensa.

Todos se volvieron para mirarle. Todos estaban teniendo un poco de latigazo cervical.

¿Cuántos incendios podemos tener a la vez? se preguntó Sachs.

McElroy levantó la barbilla, como si se armara de valor. "Ahora tenemos un doble problema. El primero es interno, así que me ocuparé de él primero. Ya ha oído que tenemos veintiún gobernadores estatales que no van a reconocerle como Presidente dentro de un par de meses. Algunos de estos gobernadores están empezando a poner sus unidades de la Guardia Nacional en alerta por posibles activaciones."

Un murmullo recorrió la sala.

"Perdone, ¿ha dicho que algunos de ellos están alertando a sus unidades de la Guardia Nacional?", preguntó Sachs, inclinándose hacia delante. "¿Qué es exactamente lo que les están alertando a hacer?"

McElroy respiró hondo antes de responder. "Sinceramente, no estoy seguro. Ahora mismo, dicen que es para ayudar a sofocar algunas de las protestas y disturbios que han tenido lugar en algunas de sus ciudades. Para mí, es una razón legítima. Sin embargo, lo que me preocupa es que quieran activar estas unidades ahora para tenerlas movilizadas y listas en caso de que el gobernador considere que puede necesitarlas el 20 de enero".

El Presidente levantó la mano. "¿Necesitarlas para qué? ¿Qué creen que van a hacer con estas fuerzas? ¿Deponerme? ¿Capturar Washington, D.C.? ¿Quién demonios se creen que son?"

El Presidente siguió enfadado durante un minuto. Todos los demás guardaron silencio, aparentemente intentando digerir lo que McElroy acababa de decir. Era algo más que una cuestión de relaciones públicas o un problema óptico: era la primera señal visible de que la unión podría no mantenerse.

Por último, Sachs preguntó: "¿Y si federalizamos estas fuerzas? ¿Sacarlos de sus estados de origen para que no estuvieran bajo la influencia directa o el control del gobernador? ¿Es eso posible?"

"Podríamos, pero nos encontramos con un problema financiero", dijo McElroy. "No tenemos los fondos necesarios para el Pentágono. Como usted sabe, todavía estamos trabajando en una resolución continua en este momento. No pudimos ultimar un presupuesto antes de que terminara el año fiscal, así que el Congreso nos concedió una CR de noventa días para que pudiéramos pasar las elecciones y entrar en la sesión de pato cojo."

Rich Novella, Jefe de Gabinete del Presidente, saltó a la conversación. "No hemos oído ni pío del Congreso sobre el presupuesto. El Senado ha elaborado un presupuesto que financia al Gobierno durante el año fiscal, pero la Cámara de Representantes aún no nos ha enviado nada. Mi apuesta es que lo que sea que nos envíen, lo van a vincular a que acepte los resultados de las elecciones de noviembre y entregue las cosas al senador Tate".

"Genial, una cosa más que esperar del Congreso", dijo Sachs. Sabía que su cara delataba que prefería una endodoncia a trabajar con ese cuerpo de legisladores polarizados. "¿Cuándo es la reunión con el nuevo Presidente de la Cámara?", preguntó.

Rich miró su calendario. "Mañana a las nueve de la mañana".

Con una mueca de disgusto, el Presidente se limitó a sacudir la cabeza, frustrado. Mirando a su personal, dijo: "De acuerdo, gente. Sigamos como hasta ahora. Mañana, voy a necesitar que el Director de la Oficina de Gestión y Presupuesto y el Secretario del Tesoro estén aquí a las ocho de la mañana. Vamos a planear cómo vamos a manejar el Congreso".

Sachs se volvió hacia el Secretario de Defensa. "Chuck, sé que dijiste que el otro problema del que querías hablar estaba fuera de nuestras fronteras. Dejemos ese tema para mañana, mientras resolvemos este asunto interno. Quizá entonces tengamos una idea más clara de lo que ocurre fuera de nuestro país".

McElroy asintió y el Presidente dio por concluida la reunión.

Capítulo 25
Negociación

18 de noviembre de 2020
Washington, D.C.
Casa Blanca

"Señor Presidente, es un proyecto de ley de financiación bastante sencillo. Incluso le lanzamos un hueso al financiar casi todas sus principales prioridades y el resto del gobierno para el resto del año fiscal", dijo el congresista Tim Borq, nuevo Presidente de la Cámara.

Sachs gruñó. "Estás intentando apuntarme a la cabeza con una pistola, Borq, y lo sabes".

Borq se inclinó hacia delante, con una sonrisa casi maligna en los labios. "Si no firma este proyecto de ley, seguiremos adelante con su destitución por todo este estado de ley marcial que intenta imponer al país", dijo.

El Presidente no se inmutó. Se cruzó de brazos y miró fijamente a Borq con un nivel de contacto visual que habría incomodado a casi cualquiera. "Tal vez no entienda muy bien cómo funciona la ley marcial, señor Presidente, pero ahora mismo yo soy el jefe del gobierno y de las fuerzas armadas. El único papel del Congreso en este momento con respecto a nuestras fuerzas armadas es asesorar, usted no tiene ninguna autoridad de consentimiento. No tiene autoridad para amenazarme con la destitución y, además, nunca conseguiría que diecisiete senadores republicanos secundaran su pequeño plan."

Borq se puso colorado. "¡No eres un dictador, un emperador que puede ejercer el poder a su antojo!", exclamó.

"Y usted no puede venir a esta oficina y exigirme que acepte los resultados de unas elecciones que ambos sabemos, más allá de toda sombra de duda, que fueron amañadas por una potencia extranjera. He desclasificado los datos de inteligencia de esta trama, y pienso hacer pública toda esa información al final del día, para que todo el pueblo estadounidense pueda ver exactamente lo que ha ocurrido. Si sus compinches no aceptan el hecho de que una potencia extranjera manipuló directamente nuestras elecciones y apoyan mis esfuerzos para celebrar unas elecciones nuevas y seguras, entonces haré que os arresten a todos por fomentar la insurrección contra el gobierno federal."

"¡No puedes hacer eso!" Borq respondió enfadado.

"¿En serio?", preguntó Sachs. "Tengo veintiún gobernadores que me dicen que no van a cooperar con las nuevas elecciones. De hecho, los veintiún gobernadores han dicho que el 20 de enero ni siquiera me reconocerán como presidente legítimo. Estoy así de cerca", dijo mientras movía sus dedos índice y pulgar a escasos centímetros el uno del otro, "de declarar a esos estados en abierta insurrección contra el gobierno federal y ordenar que sus gobernadores sean arrestados y acusados de traición".

El Presidente respiró hondo y cambió el tono de voz. "Lo que busco de usted, congresista, es un presupuesto para el resto del año fiscal o una RC de seis meses para vernos a través de esta crisis constitucional que su partido ha diseñado".

Borq sacudió la cabeza con disgusto. "Te crees muy poderoso, ¿verdad? Hemos terminado aquí". Se levantó y emprendió una apresurada salida.

Antes de que pudiera marcharse, Sachs gritó tras él: "¡Más vale que tengas cuidado con lo que dices, Borq, o haré que te acusen de sedición y traición!".

Vio que el congresista se detenía un momento, pero luego continuaba. Los otros dos líderes demócratas del Congreso que habían asistido a la reunión se miraron estupefactos. Luego, sin decir nada, salieron del despacho como si tuvieran el rabo entre las piernas.

Los legisladores republicanos que quedaban se sentaron en estado de shock ante lo que había ocurrido. El Presidente rodeó su mesa y se sentó en su silla, mientras los demás legisladores permanecían sentados. Cerró los ojos brevemente mientras levantaba la cabeza hacia el techo, respirando hondo varias veces para calmar los nervios. Cuando Sachs volvió a abrir los ojos y los miró, tenía un fuego ardiente en lugar de lo que antes era incertidumbre.

Se dirigió primero a su jefe de gabinete. "Rich, ponme con el fiscal general. Quiero que dé un ultimátum a esos gobernadores renegados y al Presidente de la Cámara de Representantes: o acatan las órdenes escritas del gobierno federal, o declararé sus estados en insurrección abierta contra el gobierno federal. Serán detenidos y acusados de sedición y traición".

El líder de la mayoría del Senado se puso en pie. "Señor Presidente, sé que está enfadado, pero le insto a que use algo de moderación ahora mismo. Las cosas están tensas, lo sé, pero podemos solucionar esto. Tenemos que calmar las cosas", imploró.

El Presidente negó con la cabeza. "Han visto los informes de inteligencia; saben lo que ocurrió. Nuestros jueces del Tribunal Supremo fueron asesinados para ponernos exactamente en esta situación. No, ya les hemos aplacado bastante. La ley y la Constitución están de mi lado. Estos gobernadores renegados y los miembros del Congreso o se adhieren a mi autoridad bajo la Constitución o serán puestos a raya. No podemos permitir que esta insurrección abierta eche raíces y se extienda. Tenemos que acabar con ella ahora". Sachs golpeó el escritorio con la palma de la mano para dar más énfasis.

El líder de la mayoría del Senado se desplomó en su silla, con aspecto desanimado y derrotado. Miró a los demás presentes. "En mi corazón y en mi mente, sé que tienen razón: tenemos que impedir que esto se extienda. Sólo temo que estemos encendiendo la primera chispa de una nueva guerra civil que asolará esta gran nación".
****

Sacramento, California
Mansión del Gobernador

En el comedor de la mansión del gobernador de California, la mesa estaba exquisitamente decorada con bollería, cafés gourmet y otros productos para el desayuno. La deliciosa comida era el centro de una reunión de todos los gobernadores demócratas y algunos de los pesos pesados del partido. Estaban allí para discutir el plan de cien días del Presidente electo para el país. A continuación, darían su apoyo a muchos de los miembros de su gabinete y se disputarían otros cargos políticos de menor importancia que tendrían que cubrirse una vez que el Presidente electo tomara posesión de su cargo.

Las risas y las bromas eran ruidosas y alegres. Se sirvieron copas de champán para acompañar el desayuno. Era un momento de celebración, de optimismo y de buen humor.

El gobernador Gary Lawson conversaba con el presidente electo Marshall Tate, sentado a su lado. Hablaban de convertir las leyes y normas medioambientales de California en la ley del resto del país y de cómo tratarían de modelar el resto del país en torno a las políticas progresistas que habían ido transformando California en la potencia ecológica en que se había convertido. También se regodearon entre ellos del ultimátum que el Presidente de la Cámara de Representantes iba a presentar al Presidente esa mañana.

Mientras los gobernadores terminaban colectivamente su desayuno y sus joviales conversaciones, Jerome Powell se acercó silenciosamente por detrás del Presidente electo y le susurró algo al oído. Marshall giró bruscamente la cabeza con una mirada severa.

"Tiene que estar de broma. No puede hablar en serio", replicó Marshall.

Jerome asintió solemnemente y le entregó un teléfono inteligente. "El Presidente de la Cámara está al teléfono", dijo.

Marshall se levantó de la silla y se acercó a una de las ventanas que daban al jardín exterior.

Escuchó atentamente, diciendo muy poco. Al cabo de un momento, colgó y se guardó el teléfono en el bolsillo, pero siguió mirando por la ventana.

El gobernador Lawson se le acercó con cautela. "¿Va todo bien, Sr. Presidente electo?", le preguntó.

Se volvió hacia Lawson. "Así será, pero tengo que hacer un anuncio a todo el mundo", dijo. Volvió a su asiento, cogió el cuchillo de plata de ley de su cubierto y lo golpeó suavemente unas cuantas veces en el borde de su copa de champán.

El Gobernador Lawson observó que el Presidente Electo echaba repentinamente los hombros hacia atrás, manteniéndose lo más erguido posible.

Yo hago lo mismo cuando quiero transmitir una posición de fuerza, pensó Lawson.

La sala se calmó y Marshall se aclaró la garganta. "Como todos ustedes saben, esta mañana, el Presidente de la Cámara fue con el resto de los líderes del Congreso a reunirse con el Presidente Sachs para discutir el presupuesto federal, la última pieza importante de la legislación que Sachs debe firmar o supervisar antes de dejar el cargo."

Muchos gobernadores asintieron. Nadie se había alegrado de que el Congreso aprobara una resolución para financiar el gobierno después de las elecciones, en lugar de aprobar un presupuesto real.

"El diputado Borq presentó a Sachs dos opciones. Una era que aceptara los resultados de las elecciones e iniciara el proceso de dimitir y entregarme las riendas del poder a mí. Si aceptaba, la Cámara aprobaría un nuevo presupuesto que incluiría todos los proyectos que Sachs quería financiar, incluido su maldito muro fronterizo. Si se negaba, entonces iban a seguir adelante con la aprobación de artículos de destitución en la Cámara sobre su extralimitación del poder ejecutivo mediante la institución de la ley marcial. Esto, por supuesto, se llevaría a cabo una vez que la Cámara regresara de las vacaciones de Acción de Gracias, por lo que el Presidente tendría un poco más de una semana para pensar en ello."

Marshall levantó una mano para evitar preguntas. "Todos sabemos que esa medida nunca se aprobaría en el Senado, pero enviaría un mensaje a él y, lo que es más importante, al pueblo estadounidense y al resto del mundo, de que su temerario decreto de ley marcial y su falta de voluntad para abandonar el cargo no quedaron sin respuesta".

Los gobernadores y los demás invitados a la reunión privada aplaudieron. Marshall volvió a levantar las manos para calmarlos.

Con un semblante más serio, añadió: "Como sospecharán, el Presidente no aceptó las condiciones del Presidente Borq. Además, le dijo al presidente Borq que nos transmitiera que si no cooperamos con los federales en esta repetición de las elecciones el 4 de enero, declarará a nuestros gobiernos estatales en estado de insurrección abierta contra el gobierno federal. También dijo que emitirá órdenes de arresto contra nosotros si interferimos en este proceso o hacemos algo para impedir que el gobierno federal haga su trabajo."

Las maldiciones y los murmullos se convirtieron en un suave rugido.

Antes de que Marshall pudiera continuar, el gobernador de Rhode Island interrumpió. "¿De verdad puede hacer eso? Quiero decir, ¿qué *significa* que declare a mi estado en abierta insurrección contra el gobierno federal?".

"Significa que puede ordenar nuestras detenciones y disolver nuestro gobierno estatal. Puede asumir el control de facto de su estado", respondió el gobernador de Nevada.

Un murmullo recorre la multitud.

Golpeando la mesa con tanta violencia que volcó un par de vasos, el gobernador Lawson gritó: "¡Esto es una locura! No es un emperador ni un dictador. No puede amenazarnos con arrestarnos por traición ni exigirnos que acatemos sus órdenes de esta manera. Ya basta, ¡tiene que hacer algo!".

Todos miraron a Marshall.

"Creo que tenemos que considerar seriamente la posibilidad de que tengamos que expulsar por la fuerza a Sachs de la Casa Blanca. Está claro que no va a aceptar el resultado de las elecciones. Si declara la ley marcial, puede soltarnos a los militares, y no hay nada que podamos hacer".

"¡Olvídenlo! Voy a activar mis fuerzas de la Guardia Nacional", gritó furioso el gobernador de Oregón. "También voy a ordenar a mi policía estatal y a las unidades de la guardia que empiecen a desalojar a todos los agentes federales de mi estado".

Levantando una mano mientras se levantaba, el gobernador Lawson afirmó: "Si vamos a hacer eso, entonces recomiendo que intentemos organizar colectivamente este tipo de esfuerzo, para que ocurra todo a la vez. Si vamos a hacer frente a este tirano, entonces tenemos que hacerlo juntos, al unísono, o vamos a quedar aislados y arrestados."

"Tengo otra idea", dijo Marshall, obviamente tratando de recuperar el control de la situación. "Me gustaría hacer una llamada al Secretario General de la ONU. Me he reunido con él en un par de ocasiones, y con los años he desarrollado una cierta amistad con él. Tal vez podamos conseguir que la ONU emita algún tipo de declaración de apoyo a nuestra causa, y tal vez eso ayude a conseguir que Sachs se eche atrás. No queremos que todo este esfuerzo nos estalle en la cara, así que creo que todos debemos andarnos con cuidado".

El resto de la reunión transcurrió en un ambiente mucho menos festivo. Los gobernadores debatieron cómo proteger a sus estados de una intervención federal y qué acciones legales podrían emprender ante los tribunales para ayudarles.

****

Nueva York, Nueva York
Sede de las Naciones Unidas

La primera gran tormenta de nieve de la temporada azotaba la ciudad, cubriéndola con una nueva capa de nieve. Las grandes y esponjosas bolas de algodón caían a raudales ahora que el sol se había deslizado por fin bajo el horizonte y la oscuridad del atardecer envolvía la ciudad.

Mirando por la ventana de su despacho, el Secretario General Johann Behr casi no se dio cuenta de que su smartphone vibraba sobre su mesa. Saliendo de su trance, se acerca y coge el teléfono.

"SG Behr al habla", dijo con aire de confianza.

"Sr. Secretario, me alegro de oír su voz. Tengo una noticia urgente que necesitaba compartir con usted". Behr reconoció la voz del general Guy McKenzie. El tono de su colega le hizo sentarse más erguido en la silla: debía de ser importante.

"Tenemos una reunión dentro de dos días, ¿no podría esperar hasta entonces?". preguntó Behr.

"No, no puede", respondió McKenzie.

Johann suspiró. "¿Es seguro decirlo por teléfono? Ya sabes que a los americanos les gusta husmear en este tipo de cosas", preguntó, con la esperanza de que su teléfono encriptado estuviera fuera del alcance de la NSA.

Se hizo un momento de silencio. "Es tan seguro como podemos hacerlo", dijo finalmente el general. "Quizá la NSA pueda descifrarlo, pero no podrán hacerlo de inmediato. Lo que tengo que decirte es importante y no puede esperar".

"Bien. ¿Qué pasa, McKenzie?"

"Saben que llevamos casi tres semanas de ejercicio de entrenamiento con nuestra nueva fuerza de la ONU. En este momento, todas las unidades militares que deben participar en el ejercicio ya han llegado y han estado desempeñando sus funciones específicas. Sin embargo, un convoy de buques de bandera china acaba de llegar esta mañana a la terminal mundial de contenedores situada a las afueras de Vancouver. Aunque se trata de un asunto rutinario para los grandes cargueros que transportan contenedores procedentes de China, no suelen llegar cargados con cientos de vehículos blindados y tanques".

Johann enarcó una ceja ante el comentario, pero no dijo nada.

"Seis de los barcos que llegaron al puerto son transportes de vehículos. Estaban completamente llenos de vehículos blindados de transporte de tropas, vehículos de combate de infantería y carros de combate principales. Además de los portavehículos, los buques portacontenedores están repletos hasta los topes de municiones y suministros. ¿Ha llegado una nueva fuerza de China que se va a unir a nosotros, o estos tipos acaban de llegar unas semanas tarde a la fiesta?".

preguntó McKenzie. Su tono indicaba que no estaba satisfecho con la situación.

Una leve sonrisa se dibujó en el rostro de Johann. Sabía lo que estaban haciendo los chinos, y se alegraba de que parecieran estar cumpliendo su parte del trato hasta el momento.

"General, gracias por llamar mi atención sobre esto", respondió Behr. "Creo que sé lo que ha pasado, y es completamente culpa mía. Después de que los chinos asignaran un contingente de fuerzas a su ejercicio de entrenamiento y a nuestro nuevo ejército permanente de la ONU, volvieron a mí y me dijeron que les gustaría contribuir con una fuerza mucho mayor. De hecho, quieren tener una fuerza sustancial suya en rotación continua. Creen que esto ayudará a que sus fuerzas adquieran experiencia en el mundo real. El Presidente Chen también quiere utilizarlas para ayudar a mejorar la imagen de China en el exterior como fuerza humanitaria. Me dijo que su intención es asignar un contingente de sus fuerzas armadas al ejército permanente de la ONU por periodos de catorce meses. Dos meses para entrenamiento, y luego doce meses completos para despliegues donde la ONU decida enviarlos".

Johann oyó una respiración agitada en el otro extremo, y no sonaba agradable. "Señor Secretario, aunque agradezco que cualquier Estado miembro quiera aportar fuerzas a este ejército permanente, como comandante militar general de dicha fuerza, necesito que me mantengan informado de qué unidades y naciones van a participar en ella y durante cuánto tiempo. No puedo entrenar adecuadamente ni desarrollar un plan sobre cómo vamos a integrar esta fuerza si no sé con qué fuerzas tengo que trabajar."

Johann asintió, a pesar de que McKenzie no vería su respuesta. "Tiene razón, General. Ha sido culpa mía por no haberle informado antes. Esta decisión del presidente chino se tomó hace ocho días y debo admitir que he estado muy preocupado por la situación en América. Como saben, su renegado presidente ha declarado la ley marcial. Ha suspendido casi por completo su Congreso mientras avanza con unas nuevas elecciones en enero, unas que dice que serán 'justas'". Johann entrecomilló la palabra "*justas*".

"Bien. No es ni aquí ni allá", replicó McKenzie. "Lo que necesito saber es cuántas fuerzas chinas están asignadas a mi control y qué unidad hay en el puerto. Necesito saber dónde colocarlas en los ejercicios de entrenamiento que aún nos quedan por realizar. De momento, no he autorizado su desembarco porque no sabía nada al respecto y mi propio gobierno ha hecho saltar todas las alarmas ante la repentina aparición de este grupo de soldados y equipos chinos. Tenemos mucha suerte de que los americanos no se hayan enterado todavía, o podrían cruzar a nuestras aguas e impedirles descargar su equipo".

La idea de que los estadounidenses se movieran para detener ese envío cogió a Johann por sorpresa. No se lo había planteado. Sus hombros temblaron involuntariamente durante un segundo. "Si no me equivoco, los chinos les enviaron originalmente partes de dos brigadas de infantería mecanizada y una brigada de aviación. El presidente Chen me dijo que esas unidades pertenecían al 39 Grupo de Ejército. Se adelantó y envió el resto del grupo de ejército y los asignará a la ONU por un periodo de catorce meses. Una vez cumplido ese plazo, rotarán otro grupo de ejército a la ONU, de modo que tendríamos otro grupo de ejército en pleno funcionamiento en todo momento."

McKenzie soltó un silbido que no se transmitió bien a través del teléfono. Johann apartó el auricular de su oreja durante un segundo. "¿Te das cuenta de cuántos soldados nos acaban de enviar?"

Para ser honesto, Johann no tenía ni idea. Él no era un militar.

"No, pero supongo que estás a punto de decírmelo".

"Al comienzo de este ejercicio, los chinos habían aportado 3.500 soldados. Básicamente, se trataba de elementos de dos brigadas de combate diferentes, como usted ha dicho antes. Iban a componer una gran parte del poder de combate real de la ONU. Sin embargo, este nuevo lote de equipos y soldados va a engrosar esa cifra hasta los 45.000 soldados. Obviamente, tantas tropas no están en los cargueros, así que ¿sabe cuándo o cómo van a llegar?".

"No estoy seguro", admitió Behr. "Creo que los soldados debían llegar en vuelos comerciales".

McKenzie volvió a suspirar. "¿Supongo que los chinos no te han dicho cuándo se supone que llegarán? Es otra cosa importante que habrá que coordinar con el gobierno canadiense".

"Lo siento, General. Parece que me he olvidado de usted y de asegurarme de que el gobierno canadiense estaba al corriente", se disculpó Behr. "Lo averiguaré y le informaré antes de que acabe el día. Mi instinto me dice que probablemente se las arreglarán para volar a una de las bases de las Fuerzas Aéreas canadienses para no montar una escena en los aeropuertos. Mientras tanto, ¿puedes trabajar con el puerto para que descarguen su equipo y lo envíen a donde quieras que lo envíen para tu ejercicio?".

"Sí, trabajaré para que se encarguen de eso", dijo McKenzie, todavía obviamente molesto. "Otra cosa, señor. Cuando nos reunamos dentro de un par de días, tenemos que hablar del nombramiento de un verdadero Ministro de Defensa de las Naciones Unidas. Por mucho que odie añadir una capa de burocracia a cualquier cosa, este es el tipo de coordinación que realmente debe ser manejado por alguien con la experiencia para hacerlo y no ser empujado a ciegas sobre usted. Te está poniendo en una mala posición, y me está dejando desinformado de lo que está pasando en un momento en que tanto tú como yo necesitamos estar centrados en nuestras propias tareas individuales que tenemos por delante."

Johann sonrió ante la sugerencia. Ni siquiera había pensado en ello, pero tenía mucho sentido. Escribió una nota rápida para sí mismo para empezar a trabajar en eso de inmediato.

Se produjo una breve pausa antes de que el general añadiera: "¿Qué está pasando con los americanos al sur de nosotros? Estoy leyendo mucha actividad inusual que tiene lugar allí con su gobierno".

Sonriendo ante el caos que se estaba produciendo, Johann respondió: "Nada que no hubiéramos previsto, General. Todo parece ir según lo previsto. Sólo asegúrese de que esas fuerzas chinas adicionales se integren en su fuerza y estén preparadas para una misión de mantenimiento de la paz si fuera necesaria. Además, antes de irme, me dijeron que los gobiernos alemán, francés y ruso iban a enviar aviones de combate adicionales para participar en su segundo ejercicio de entrenamiento. Dijeron que estaban encantados de poder adquirir experiencia práctica enfrentándose a aviones rusos y chinos de primera línea, y los rusos y chinos parecen igual de ansiosos por enfrentarse a los aviones de la OTAN".

Los dos hablaron un poco más antes de terminar la llamada. Tenían previsto reunirse en un par de días para tratar más detalles sobre el funcionamiento de la nueva fuerza de la ONU y los cambios necesarios para mejorar su eficacia.
****

Dos días después

Johann se levantó de detrás de su escritorio y caminó para saludar a su invitado recién llegado. Con una amplia sonrisa, dijo: "Bienvenido, señor Presidente electo. Me alegro de volver a verle. Ha pasado demasiado tiempo, mi viejo amigo".

Los dos se estrechan la mano y sonríen mientras un fotógrafo toma algunas fotos de su apretón de manos oficial. Una vez concluidas las formalidades y retirados los funcionarios, ambos se dirigieron a un par de cómodos sofás situados frente a un gran ventanal con vistas a la ciudad. La vista revelaba que había caído una capa de nieve fresca en los dos últimos días, que cubría la ciudad y el puerto con un hermoso y reluciente manto blanco.

Junto al Secretario General y al Presidente electo estaban el recién nombrado Ministro de Defensa de la ONU, Manuel Philippi, el General McKenzie, comandante militar general de la ONU, y dos anotadores. Por parte estadounidense estaba el candidato elegido por Tate para convertirse en Secretario de Estado, Robert Ross, un hombre que había sido Subsecretario de Estado durante la administración Obama. También estaba el almirante retirado David Hill, que se convertiría en el Secretario de Defensa de Tate, Page Larson, que sería el Consejero de Seguridad Nacional y, por supuesto, Jerome Powell, que seguiría siendo su Jefe de Gabinete. Además del equipo de Tate, también estaban presentes el presidente de la Cámara de Representantes, Tim Borq, y el líder de la minoría en el Senado, Isaac Rosenbaum. Notablemente ausente de la reunión fue el embajador de EE.UU., que no había sido informado de esta reunión privada.

Tate se inclinó hacia él. "Tenemos un pequeño problema en este momento, y queremos saber si sería apropiado y útil involucrar a las Naciones Unidas", comenzó.

Johann sonrió y asintió. Comprendía lo delicada que era la situación en la que se encontraba el Presidente electo.

"Estoy de acuerdo, Sr. Presidente electo. Este asunto que se está gestando en su país ha causado una gran preocupación en muchos países miembros de la ONU. He sido contactado por numerosos miembros, preguntando cómo deberían responder a los últimos desplantes del Presidente Sachs. Esta declaración de ley marcial tiene a mucha gente preocupada por lo que está ocurriendo dentro de Estados Unidos", explicó Johann.

La delegación estadounidense asintió con la cabeza.

"Sachs está fuera de control", afirmó el portavoz Borq. "En los dos últimos días ha amenazado con detener a los gobernadores de más de veinte estados. De hecho, detuvo a treinta y dos de mis propios colegas cuando pidieron un voto de destitución. No por casualidad, estas detenciones también han eliminado mi mayoría en la Cámara para asegurar una votación exitosa de destitución. El partido de Sachs le respalda plenamente, así que no puedo contar con que ninguno de ellos se separe de su partido para votar conmigo en esto; por no mencionar que necesitaríamos que más de quince de sus miembros en el Senado votaran para destituirle, y tampoco es probable que eso ocurra."

Inclinándose, el recién nombrado Ministro de Defensa de la ONU, Manuel Philippi, preguntó: "Si no pueden destituirlo, y sus tribunales no pueden destituirlo, ¿por qué no esperan a que termine su mandato? Dejará oficialmente el cargo el 20 de enero del año que viene, *oui*?".

Jerome suspiró con fuerza. "Técnicamente, eso es cierto. Sin embargo, el presidente Sachs ha declarado la ley marcial. Ha anulado los resultados de las últimas elecciones y actualmente sigue adelante con su orden original de repetir las elecciones presidenciales el 4 de enero. En este momento, veintidós de nuestros cincuenta estados no van a cumplir con su orden.

"Eso podría cambiar, por supuesto, si Sachs cumple su amenaza de declarar esos estados en insurrección abierta contra el gobierno federal. Si lo hace, entonces puede tomar el control directo de los gobiernos estatales o nombrar a alguien en el ínterin para dirigir el estado hasta que levante su orden de ley marcial.

"En esa situación, sospecho que esos estados volverán a celebrar elecciones presidenciales. ¿Pero quién podrá decir con certeza que serán unas elecciones libres y justas? Tendrá soldados vigilando los colegios electorales y a su propia gente supervisando las papeletas por motivos de seguridad. Pondrá en entredicho que fueran realmente legítimas".

Inclinándose hacia atrás en su silla, Johann cruzó los brazos y miró al techo por un momento antes de volver a posar su mirada en las personas que tenía delante. "¿Qué queréis exactamente de la ONU?", preguntó.

Ahora era el turno de Marshall para inclinarse. Miró fijamente a Johann. "Lo que nos gustaría es que la ONU emitiera algún tipo de declaración condenando el uso de la ley marcial por parte de la administración Sachs como una flagrante toma de poder e intento de mantenerse en el poder. Nos gustaría que la ONU comunicara que apoya y valida los resultados de las pasadas elecciones que demuestran que yo gané y soy el presidente electo, que el próximo 20 de enero la ONU me reconocerá como presidente legítimo de los Estados Unidos y no Sachs."

"¿Y qué propone que hagamos si Sachs hace caso omiso de esa declaración?", preguntó el general McKenzie. "No ha sido precisamente un gran creyente o seguidor de la ONU durante su mandato".

"Si no accede a la petición de la ONU o a nuestras súplicas de que abandone pacíficamente el cargo y entregue el poder, entonces solicitaríamos una fuerza de mantenimiento de la paz de la ONU para ayudar en una transición pacífica del poder estadounidense de Sachs a mí", explicó Marshall mientras se sentaba con suficiencia en su silla.

Por su parte, McKenzie se pasó los dedos por el pelo, analizando lo que Marshall acababa de decir.

Luego miró al almirante Hill, un hombre con el que había servido en el pasado durante sus numerosos despliegues en Afganistán. "Usted sabe que una fuerza de mantenimiento de la paz de la ONU en Estados Unidos no sería bien recibida. De hecho, nos verían como invasores y muy probablemente nos atacarían. ¿Cómo propones que hagamos que esto funcione?" preguntó McKenzie.

Hill se lo pensó un momento, luego sacó un bloc de notas, lo abrió y buscó algún dato. "En estos momentos, nos estamos preparando para que más de una docena de estados movilicen sus unidades de la Guardia Nacional. Esas unidades estarán bajo el control del gobierno estatal hasta el 20 de enero. Es de esperar que tus acciones impidan que Sachs intente federalizar esas unidades.

"Una vez que el Presidente Electo Tate preste juramento, caerán bajo su control nacional. *Si* la administración Sachs aún no ha cedido el poder, entonces haré un llamamiento a todas las unidades y comandantes en servicio activo para que reconozcan al Presidente Tate como su Comandante en Jefe y no a Sachs. Reconozco plenamente que muchas unidades no se pasarán a nuestro bando, pero las que lo hagan reforzarán nuestras fuerzas de la Guardia Nacional. Incluso dentro de la guardia, sospecho que tendremos un alto porcentaje de deserciones, pero las unidades que permanezcan serán nuestro núcleo. Esas unidades, más tu fuerza de la ONU, deberían ser más que suficientes para convencer a Sachs de que abandone el poder. Si aún así no abandona el cargo, entonces intentaremos movernos rápidamente y asegurar las principales ciudades y la región de la capital con vuestra ayuda."

Haciendo una pausa, el almirante Hill añadió: "Creo firmemente que cuando Sachs o las unidades que se sientan atrapadas en el medio se enfrenten a la disyuntiva de disparar realmente contra sus compatriotas, entrarán en razón y cederán. Si no lo hacen, entonces tenemos que estar preparados para desatar el santo infierno sobre ellos y conseguir que se sometan rápidamente antes de permitir que Sachs o sus compinches militares movilicen sus fuerzas."

Los militares hablaron durante un rato más, explicando los pormenores de cómo funcionaría todo esto, discutiendo qué fuerzas de la ONU estaban disponibles en ese momento y cómo podrían integrarse con las fuerzas estadounidenses del lado de Tate. Todos esperaban que no se llegara a un conflicto militar real, pero si así fuera, Hill esperaba que pudieran ponerle fin rápidamente y restaurar el orden en el país y en su presidente debidamente elegido, Marshall Tate.

Capítulo 26
Interferencia global

Arlington, Virginia
Pentágono

El Secretario de Defensa, Chuck McElroy, leyó el resumen de inteligencia más reciente de la recién creada fuerza de la ONU que realizaba su primer ejercicio de entrenamiento. Cuanto más leía, menos le gustaba.

¿Qué estarán tramando?, se preguntó.

Cuando leyó el informe de la NRO sobre el grupo de cargueros chinos en Manzanillo, estuvo a punto de estallar. No había ninguna razón lógica para que los chinos enviaran un grupo militar a México.

¿Por qué permitiría el gobierno mexicano que los chinos descargaran una fuerza tan grande en su territorio?

McElroy se levantó e inmediatamente se dirigió a buscar al Presidente del Estado Mayor Conjunto. Necesitaba otra opinión al respecto. Algo no cuadraba.

El Secretario de Defensa irrumpió en el despacho del general Austin Peterson sin anunciarse y se acercó al general, que estaba terminando de hablar por teléfono con alguien. Cuando Peterson colgó el auricular, McElroy le puso delante el último resumen de la oficina nacional de reconocimiento.

Peterson asintió. "Acabo de hablar por teléfono con el agregado de defensa en Ciudad de México. Me ha dicho que ayer le informaron sus homólogos del ejército mexicano de que habían optado en el último momento por participar en este ejercicio de entrenamiento de la ONU. Me dijo que los chinos iban a practicar el despliegue de una gran fuerza en un "simulacro de misión de la ONU" y que volverían a casa en unos meses."

McElroy tenía claro que esos tipos tramaban algo nefasto, pero no sabía exactamente qué. "Algo no está bien con esta fuerza de la ONU en Canadá. Entiendo que los canadienses son grandes participantes en la ONU y todo eso, pero se trata de un montón de tropas extranjeras que aparecen en Canadá para un ejercicio de entrenamiento de noventa días, ¿y ahora esta repentina participación de México y la aparición de soldados chinos en nuestra frontera sur? La DIA acaba de enviar un informe anoche que dice que dos aviones alemanes adicionales llegaron a CFB Bagotville, mientras que tres aviones rusos llegaron a CFB Cold Lake. ¿Qué está pasando allí en Canadá, General? ¿Desde cuándo los miembros de la OTAN permiten que unidades aéreas rusas y chinas se instalen en sus instalaciones militares?", preguntó McElroy.

"Me pregunto si tendrá algo que ver con esto", dijo el general Peterson. Dejó sobre la mesa un periódico de hacía cuatro días. Estaba doblado en una noticia de unas páginas más atrás y lo acompañaba una foto del senador Marshall Tate estrechando la mano del secretario general de la ONU, Johann Behr, durante la visita del senador a Nueva York a principios de semana.

De repente, todo cobró sentido. McElroy tuvo la sensación más repugnante. Cogió el periódico y leyó rápidamente el artículo. "No creerás que todo esto se debe al Senador, ¿verdad?".

"Todavía no tengo suficiente información para hacer esa evaluación, pero parece irónico que un ejercicio de entrenamiento masivo de la ONU se esté llevando a cabo en Canadá justo en el momento de nuestras elecciones presidenciales. Es incluso más coincidente que las tres naciones implicadas en esta interferencia extranjera en nuestras elecciones también tengan un número sustancial de fuerzas participando en este ejercicio de entrenamiento."

"¿Qué tamaño *tiene* ahora mismo esa fuerza de la ONU?", preguntó McElroy.

Arrugando la frente, el general Peterson buscó un informe en algún lugar de su mesa. Tras encontrar lo que buscaba, lo hojeó rápidamente hasta que divisó la información que buscaba en la segunda página.

"Por lo que nos han dicho, había cuarenta y dos naciones participando en el ejercicio. En total, los miembros participantes enviaron unos 68.000 soldados al ejercicio. Sin embargo, si tenemos en cuenta esta nueva fuerza china, probablemente su número se acerque a los 100.000 efectivos. Además, tienen gran parte de su equipo de combate y docenas de alas de combate presentes, así que no son sólo soldados de tierra", dijo Austin mientras leía el INTSUM que tenía ante sí.

Los engranajes empezaron a girar en la cabeza de McElroy, que se quedó sentado un momento sin decir nada. Luego miró a Austin. "¿Cómo hemos podido permitir que una fuerza multinacional tan importante se reúna tan cerca de nuestra frontera sin que ni siquiera participemos en ella para vigilar lo que hacen?".

Peterson soltó una risita. "¿En cuántas operaciones de la ONU nos ha dejado participar el Presidente desde que asumió el cargo?".

El Secretario de Defensa negó con la cabeza. "Buen punto".

"Aun así, ¿qué vamos a hacer al respecto?". McElroy preguntó. "Quiero decir, ¿y si el senador Tate y compañía se reunieran con el líder de la ONU para pedirle ayuda? Tienen un maldito ejército de casi 100.000 soldados realizando un ejercicio de entrenamiento en Canadá, por el amor de Dios".

"No lo sé, señor", respondió el general Peterson. "Mientras permanezcan en Canadá y México y no parezcan dirigirse hacia nuestra frontera, no me preocuparía demasiado. Dicho esto, creo que sería prudente que nos adelantáramos y pusiéramos en marcha algunos planes de contingencia por si de repente tuviéramos que desplazar algunas fuerzas. Creo que nuestra demostración de fuerza con nuestros cazas el día de las elecciones puso un verdadero freno a lo que estuvieran intentando hacer, porque desde entonces no han volado ni un solo caza a menos de cincuenta millas de nuestra frontera. La mayor parte del tiempo han permanecido en el norte, en su base de entrenamiento de cazas de CFB Cold Lake, en medio de la nada".

El Secretario de Defensa asintió. "Probablemente tenga razón, General. No quiero asustar al Presidente más de lo que ya está. ¿Cree usted que debemos mover el país de nuevo a DEFCON cinco o permanecer en cuatro? "

Ya habían bajado el nivel del país dos días después de las elecciones, una vez que quedó claro que no había más atentados terroristas. El aumento del nivel de defensa había puesto en alerta a muchas unidades militares e impedido el tráfico aéreo civil durante cuarenta y ocho horas.

"Hasta que no sepamos con certeza qué está pasando en Canadá, yo digo que lo dejemos en cuatro", dirigió Peterson. "Podemos bajar a niveles de tiempo de paz una vez que todo lo de las elecciones se haya solucionado por fin y esa fuerza empiece a regresar a sus estados miembros. Hablando de elecciones, ¿qué vamos a hacer con las costas este y oeste? He oído murmuraciones de que los gobernadores del Estado de Washington, Oregón, Nueva York y algunos otros estados están considerando activar a sus Guardias Nacionales para impedir que Seguridad Nacional siga adelante con las elecciones del 4 de enero."

McElroy suspiró. La fábrica de rumores había empezado a desbocarse. "He oído los mismos informes. He hablado con Patty, de Seguridad Nacional, y con Malcolm, del Departamento de Justicia. Dijeron que algunas de las oficinas locales del FBI y de Interior en esos estados han estado recibiendo muchas llamadas de acoso por parte del público y de algunos de los trabajadores del gobierno estatal. Patty me decía que había oído decir a algunos agentes del FBI que la policía estatal de California podría recibir órdenes de expulsarlos del estado. No tengo ni idea de cómo creen que pueden hacerlo, pero no me extrañaría nada del gobernador Lawson. El hombre cree que California es el modelo para el resto del país, así que sólo Dios sabe hasta dónde estaría dispuesto a llevar las cosas."

"Me gustaría verle forzar la situación en nuestras bases", dijo Peterson, cruzándose de brazos. "¿Qué va a hacer, que la policía estatal se presente en Pendleton y diga a los marines que se vayan a otro sitio?". Negó con la cabeza. "No le veo sentido. A menos que estos tipos estén dispuestos a iniciar una guerra a tiros, vamos a tener unas nuevas elecciones el cuatro de enero. Tienen que centrarse en hacer votar a sus votantes y no en intentar fomentar una insurrección."

Mientras hablaban, entró un ayudante. "Disculpen, señores", dijo, claramente un poco sin aliento. "Siento interrumpir, pero al parecer hay un gran anuncio que están haciendo ahora mismo en Nueva York el senador Tate y el congresista Borq que ambos deberían escuchar".

El ayudante se acercó, cogió el mando de la televisión y cambió la pantalla a la rueda de prensa, que ya estaba en marcha.

"El Presidente Sachs perdió las elecciones", dijo el diputado Borq. "En lugar de aceptar esa derrota, ha urdido una elaborada excusa. Cinco de los tribunales de circuito de EE.UU. han dictaminado que perdió y que no tiene autoridad constitucional para cambiar la fecha y hora de las elecciones: sólo el Congreso tiene esa autoridad. Además, cuando el Presidente recibió una orden judicial legal con la que no estaba de acuerdo, declaró la ley marcial y suspendió la decisión judicial por decreto ejecutivo.

"Justo el otro día, cuando me reunía con el presidente Sachs en la Casa Blanca, me dijo que si el Congreso y los gobiernos estatales no se sumaban a su nueva elección en enero, declararía a esos estados en insurrección abierta contra el gobierno federal. Emitiría órdenes de arresto por sedición y traición contra cualquier gobernador que no se adhiriera a sus órdenes. Ayer mismo, más de treinta congresistas de la bancada demócrata fueron arrestados acusados de sedición e incluso ahora están bajo custodia federal del FBI porque se movilizaron para presentar una resolución de destitución del Presidente."

El general Peterson lanzó una mirada nerviosa a McElroy.

"A través de la ley marcial, el presidente Sachs se ha convertido en un dictador", continuó el congresista Borq, "un emperador estadounidense que no responde ante nadie. Así no es como debe funcionar nuestro gobierno. Como Presidente de la Cámara, no voy a tolerar esto. Sin embargo, no puedo hacer nada al respecto porque, bajo la ley marcial, el Congreso sólo tiene autoridad para asesorar, no para consentir lo que haga el Presidente.

"Con gran pesar me encuentro hoy aquí con nuestro verdadero Presidente Electo, el Senador Marshall Tate, y pido que las Naciones Unidas consideren una moción para censurar al Presidente Sachs y exigirle que ceda el poder al Presidente Electo Tate el próximo 20 de enero. Nadie quiere un conflicto, pero el Presidente Sachs está llevando a nuestro país por ese peligroso camino. Hago un llamamiento a todos los estadounidenses para que expresen sus preocupaciones a sus cargos electos y exijan al presidente Sachs que acepte los resultados de las elecciones de noviembre y reconozca al senador Marshall Tate como nuestro próximo presidente."

"Va a empezar una guerra civil", murmuró McElroy, más para sí mismo que para los demás.

"Tengo un mal presentimiento sobre esta fuerza de la ONU, Chuck", anunció Peterson. "Creo que será mejor que empecemos a cortar algunas órdenes para conseguir mover algunas fuerzas. Puede que tengamos que tratar con algunos de estos gobernadores. También será mejor que nos ocupemos de federalizar esas unidades estatales de la Guardia Nacional lo antes posible. Necesitamos que nos informen a nosotros, no a los gobernadores".

"Tengo que llamar al Presidente", dijo McElroy. "Tenemos que ir a la Casa Blanca y pensar qué vamos a hacer".

Los dos recogieron algunas de sus notas y otros objetos que pensaron que podrían necesitar y se dirigieron al helipuerto. No había

tiempo para sortear el tráfico de Washington; tenían que llegar a la Casa Blanca lo antes posible.
****

"¿Qué demonios están haciendo, Chuck?", preguntó el Presidente.

"Creo que están intentando arrinconarnos, señor Presidente", explicó el Secretario de Defensa. "O cedemos a sus demandas o van a presionar para que haya un conflicto".

El director del FBI añadió rápidamente: "He estado recibiendo llamadas de todas las oficinas locales de unos veinte estados. Se les está diciendo que tienen cuarenta y ocho horas para desalojar el estado, todos los agentes y sus familias. Si no lo hacen, la policía estatal o las fuerzas del orden locales los desalojarán por la fuerza".

Patty Hogan, de Homeland, intervino. "Hemos recibido las mismas llamadas. Nuestro ICE, DEA, ATF, y otras oficinas de Homeland están recibiendo la misma información. Parece que van a por todas las fuerzas de seguridad federales a la vez".

"Esto es absurdo", gritó Malcolm Wright, Fiscal General. Dio una palmada de frustración sobre la mesa. "Tiene que declarar a estos estados en insurrección abierta y suspender inmediatamente la Ley Posse Comitatus. También tiene que federalizar sus unidades de la Guardia Nacional. Podemos usarlas para acabar con esta insurrección y arrestar a estos bastardos traidores".

El general Peterson levantó la mano. "Vayamos paso a paso. Trabajemos en la federalización de sus unidades de guardia y pongámoslas de nuestro lado antes de suspender el PCA e intentar traer tropas federales. Una vez que crucemos ese Rubicón, no hay vuelta atrás. Tenemos que mantener esas unidades de guardia y a la población general de nuestro lado, no del suyo".

El Presidente asintió. "Gracias por eso, General. Tiene razón, por supuesto. Por favor, siga adelante con la federalización de las unidades de guardia, y nosotros seguiremos a partir de ahí. No quiero que esto se descontrole o se convierta en un conflicto armado. Tenemos que ir con cuidado. Un solo incidente podría desencadenar las cosas en una dirección que ninguno de nosotros quiere ver. En cuanto a la ONU, quiero que nuestro embajador haga todo lo posible para bloquear cualquier resolución que la ONU intente hacer aprobar. Además, hazles saber que estamos vigilando de cerca ese ejercicio de entrenamiento de la ONU. Recuérdales que invadir Estados Unidos no es tan fácil como creen".

"No creo que nadie esté hablando de que la ONU vaya a invadir América", afirmó McElroy con cautela. "Creo que van a emitir algún tipo de resolución condenándoles, pero no creo que sean tan tontos como para pensar que pueden utilizar ese ejército de mantenimiento de la paz que están entrenando. Nuestra pequeña demostración de fuerza con las Fuerzas Aéreas hace unas semanas fue un buen recordatorio para que no se metan con nosotros."

El Presidente suspiró. No quería admitir que el Secretario de Defensa tenía razón, pero normalmente controlaba muy bien su notorio temperamento. "Bien, todo el mundo. Todos tienen sus órdenes", dijo Sachs. "Volvamos a reunirnos mañana con algunas actualizaciones y esperemos que de algún modo podamos evitar cualquier crisis que parezca estar preparándose".

Capítulo 27
Ultimátum

Ottawa, Canadá

Flanqueado por el Primer Ministro canadiense, el Presidente de Francia, la Canciller alemana, el Presidente de la UE y casi una docena de líderes europeos, Johann Behr se acercó al micrófono para pronunciar el discurso más importante del siglo XXI. El público empezó a callarse y decenas de cámaras se encendieron cuando subió al estrado.

"Los pueblos del mundo y, lo que es más importante, los pueblos de Estados Unidos, debemos permanecer unidos en tiempos de lucha y adversidad. Debemos seguir defendiendo lo que creemos que es correcto, incluso cuando lo que creemos que es correcto no sea popular. En la década de 1930, el mundo contempló cómo un loco -un loco que, debo añadir, fue debidamente elegido por su pueblo- llegaba al poder en Alemania. En pocos años, apartó al país de la democracia y se convirtió en un dictador. Es una parte triste de la historia de mi nación, y es algo por lo que mi país ha estado expiando desde entonces".

Hizo una pausa. "Hace cuatro años, Estados Unidos eligió a un hombre sin experiencia política para arreglar los males de la nación y devolverle su antigua grandeza. Ese hombre ha culpado de los males de América a una miríada de naciones y grupos de personas. Ha retirado a Estados Unidos de los tratados diseñados para salvar a nuestro planeta de la catástrofe medioambiental. Ese hombre también ha disminuido el apoyo y el compromiso de Estados Unidos con la OTAN y ha retirado en gran medida el ejército estadounidense de Europa. Sachs ha apoyado y elogiado a los regímenes dictatoriales que florecen en Oriente Medio y en Asia. Ahora ha pasado a convertirse en un dictador estadounidense, un líder que no responde ante nadie. Sachs perdió su reelección, pero en lugar de aceptar esa pérdida, ha encontrado la manera de culpar de ella a China, Rusia e incluso a mi propia nación natal, Alemania".

El Secretario General Behr negó con la cabeza. "No, amigos míos. No podemos permitir que esto ocurra. No otra vez. No bajo nuestro mandato. En la Alemania de los años 30, el mundo no tenía internet; no teníamos medios sociales para dar la alarma de lo que estaba ocurriendo en Alemania antes de que fuera demasiado tarde. Ahora que los tenemos, no podemos permitir que vuelva a ocurrir lo mismo, menos de cien años después. El mundo no puede ser rehén de las opciones políticas del 28% de los estadounidenses que votan en sus elecciones primarias. El mundo no puede ser rehén de su colegio electoral que descuenta desproporcionadamente el valor de un voto en los estados más poblados de su país por los de estados más pequeños. El mundo no puede permitirse permanecer impasible y permitir que un dictador tome las riendas del poder en su país y controle su arsenal nuclear. Como Secretario General de las Naciones Unidas, hago un llamamiento a los estadounidenses de a pie para que se enfrenten a la tiranía y sepan que el resto del mundo está con ustedes. Os apoyamos".

Johann hizo una pausa mientras miraba a los otros líderes mundiales que le flanqueaban antes de volver a mirar a las cámaras. "El congresista Borq, presidente de la Cámara de Representantes, me ha expresado que cree que el presidente Sachs va a movilizar a la Guardia Nacional y a suspender potencialmente una ley que le impide utilizar soldados federales en suelo estadounidense para detener a su oposición política y encarcelar a quienes no estén de acuerdo con él.

"Debido a este temor creíble y a la amenaza de represalias políticas, el gobierno canadiense ha ofrecido al Presidente Electo Marshall Tate y a sus partidarios políticos refugio seguro en Canadá mientras se preparan para formar su gobierno, libres de la amenaza de encarcelamiento por parte del Presidente Sachs. Además, el presidente electo Tate ha solicitado que si el presidente Sachs no renuncia al poder y abandona el cargo el 20 de enero de 2021, se envíe una coalición, bajo la autoridad de la ONU, a Washington, D.C., para destituirlo por la fuerza si fuera necesario. Tras consultar con muchas de las principales naciones que contribuyen a nuestra recién creada fuerza permanente de mantenimiento de la paz de la ONU, todos hemos acordado apoyar la petición del presidente electo Tate."

Incluso a través de las cámaras de televisión, se oyeron los gritos ahogados de los periodistas presentes.

Behr ignoró la reacción. "Con efecto inmediato, estamos estableciendo una misión de mantenimiento de la paz de la ONU llamada Operación Restaurar el Orden, que trabajará con el Presidente Electo Tate para asumir el control del gobierno de EE.UU. y restaurar el orden en las principales ciudades y estados del país. Quiero hacer hincapié en que se trata de una misión de mantenimiento de la paz; no se trata de una invasión de Estados Unidos por parte de la ONU ni de un intento de la

ONU de establecer algún tipo de gobierno mundial único. Se trata de una misión para restaurar el orden en América y devolver su gobierno al pueblo.

"El Primer Ministro de Canadá se ha ofrecido a que su nación dirija esta fuerza y ha ofrecido sus puertos y otras instalaciones a la ONU para que se utilicen cuando sea necesario para esta misión. También he hablado con los dirigentes de China y de la Unión Europea, que han manifestado que aportarán la financiación necesaria para apoyar esta misión de mantenimiento de la paz y los gastos en que pueda incurrir."

Volvió a hacer una pausa. "Si el mundo hubiera tomado este tipo de medidas en la década de 1930, podría haber evitado que un loco se hiciera con el control de Alemania y llevara al mundo al mayor conflicto y pérdida de vidas del siglo XX. No podemos quedarnos de brazos cruzados y permitir que eso vuelva a ocurrir. Con esto, me haré a un lado y dejaré que el Presidente electo Marshall Tate diga algunas cosas a sus compatriotas".

El senador Tate se acercó a Johann con gesto adusto y ambos se estrecharon brevemente la mano.

"Seré breve en mis comentarios", empezó Tate. "Pido al Presidente Sachs que libere a América de la ley marcial y acepte los resultados de las elecciones. Mis compatriotas, les pido a todos y cada uno de ustedes que se unan a mí y apoyen mi esfuerzo por restaurar las raíces democráticas de nuestro país. Juntos, podemos recuperar la libertad que hace tan grande a Estados Unidos".
****

Washington, D.C.
Casa Blanca

El Presidente Sachs se sentó en la Sala de Situación con sus principales asesores mientras observaban atónitos el desarrollo de la rueda de prensa de la ONU.

"Apágalo. Ya hemos visto bastante", ladró el Presidente a la persona que controlaba el monitor.

Una vez silenciada la pantalla, Sachs se volvió hacia sus asesores. "¿Qué hacemos ahora?"

El Fiscal General se inclinó hacia delante. "Tenemos que actuar. Tate y los que le apoyan han presionado para que haya un conflicto desde el principio. Tenemos pruebas innegables de que los chinos pagaron a estos empleados de correos para robar votos por correo y por correo en ausencia. Tenemos pruebas de las campañas de influencia rusa en las redes sociales durante las elecciones. Tenemos pruebas de que la inteligencia alemana, o al menos facciones de su gobierno, proporcionaron a los terroristas los pasaportes falsos para entrar en nuestro país. Ahora, incluso a pesar de haber presentado esas pruebas ante los tribunales, ante el pueblo estadounidense y ante el Congreso, tenemos personas en ambos partidos que no las aceptan."

Sachs interrumpió: "Eso no es del todo cierto, Malcolm. La congresista Harriet Miller se puso de nuestro lado".

"Es cierto, pero entonces su partido la destituyó con el apoyo de casi treinta congresistas republicanos", replicó Malcolm. Sacudió la cabeza con disgusto. "Algo no está bien en todo esto, señor Presidente. Tiene que haber algo más detrás de todo esto, porque es imposible que todo esto haya ocurrido en los últimos tres o cuatro meses. Esto es un golpe global para destituirle e insertar a un candidato de elección ajena".

"No suelo tragarme esta mierda de las conspiraciones", dijo el general Peterson, "pero tampoco me trago las coincidencias". Durante casi dos años, la ONU ha estado avanzando hacia la creación de esta fuerza permanente de mantenimiento de la paz. Durante ese tiempo, Canadá ha ofrecido sus instalaciones para entrenarla y alojarla. Los chinos, que en el pasado han tenido una presencia limitada en el mantenimiento de la paz, se lanzaron a por todas cuando se anunció. De todos los países, *los rusos* se sumaron a la iniciativa, y sólo Dios sabe por qué casi todos nuestros aliados de la OTAN, que solían considerar a Rusia como su amenaza existencial más peligrosa, les han dado la bienvenida con los brazos abiertos. Y resulta que esta fuerza de mantenimiento de la paz recién creada se reúne para su primer ejercicio de entrenamiento semanas antes de nuestras elecciones presidenciales. ¿Ahora México se une en el último minuto?".

El fiscal general parecía a punto de hablar, pero Peterson levantó la mano. "Aún no he terminado. Cuando sufrimos un atentado terrorista, rastreamos a los atacantes hasta los Balcanes. Tuvimos un golpe de suerte y capturamos a un ciudadano chino, que se quebró y admitió que trabajaba para el Ministerio de Seguridad del Estado, y lo relacionamos con los mismos grupos terroristas que nos atacaron. Entonces los países que siempre han sido amistosos y cooperativos con nosotros se volvieron de repente contra nosotros cuando Alemania, Rusia y China ejercieron presión sobre ellos.

"De alguna manera, ¿se supone que debemos creer que todo esto no es una coincidencia? No, el Fiscal General tiene razón. Algo está mal y alguien o algún grupo quiere que usted, Sr. Presidente, sea destituido a toda costa. He hecho todo lo posible por mantenerme al margen, por no meterme en política, pero no voy a quedarme de brazos cruzados viendo cómo una potencia extranjera destroza mi nación y luego la invade un ejército de paz de la ONU."

El presidente se abalanzó rápidamente sobre su comentario. "¿Qué sugiere que *hagamos*, General? Siento que no importa qué decisión tome en este momento, no hay victoria. No quiero ver heridos ni muertos, pero ¿qué podemos hacer para evitar que esta locura se descontrole?".

El general Peterson inspiró profundamente y soltó el aire lentamente. "Nos preparamos para la guerra. Nos preparamos para luchar por nuestro país y todo lo que representa. Todos en esta sala saben que usted no es un dictador. Has hecho todo lo posible para detener a estos terroristas y proteger a nuestra nación. Has llevado esta conspiración a los tribunales, al pueblo americano y a nuestros partidos políticos. Usted ha sido transparente en este proceso, sin embargo, fuerzas fuera de nuestro control han seguido eludiendo todos los intentos que hemos hecho para una resolución pacífica de esta crisis constitucional. En este momento, creo que un conflicto es exactamente lo que esta cábala ha querido desde el principio: una oportunidad para invadir nuestro país con al menos cierto apoyo de nuestro propio pueblo.

"Recomiendo que emitamos nuestro propio ultimátum a la ONU. Les decimos que si intentan poner un pie en suelo estadounidense, se encontrarán con la fuerza. También le decimos a Canadá que, con efecto inmediato, vamos a imponer un bloqueo de cualquier fuerza militar adicional de Europa o Asia con destino a Canadá. No permitiremos que su nación, sus instalaciones, sean un trampolín desde el que atacar a Estados Unidos".

Colocando su mano sobre el brazo del general, McElroy dijo: "General, usted ha proporcionado algunos buenos consejos y asesoramiento, pero esta es una decisión política que debe ser tomada por aquellos de nosotros nombrados por el Presidente y confirmados por el Senado."

El general Peterson se inclinó ligeramente, como cediendo la palabra a los demás presentes.

"El Secretario de Defensa tiene razón", coincidió Sachs. "Esta es una decisión política que debemos tomar nosotros, no los militares. No quiero faltar al respeto cuando digo esto, pero me gustaría despejar la sala y que el Fiscal General, Interior, el FBI y los secretarios de Estado y Defensa se quedaran atrás. Tenemos mucho que discutir. Me gustaría que el resto de ustedes se excusaran en este momento. Pueden ir a la cocina a comer o a fumar, pero quédense cerca. Cuando hayamos decidido qué hacer a continuación, les llamaremos a todos aquí para que repasemos la decisión."

La sala se despejó rápidamente, dejando sólo al Presidente con sus asesores más cercanos.

Patty Hogan habló primero. "El general tiene razón. Tenemos que movernos rápidamente en esto. Las cosas se van a descontrolar rápidamente. Diablos, probablemente ya haya disturbios en algunas ciudades".

"Chuck, tú eres el militar. ¿Qué propones que hagamos?", preguntó el Presidente. "¿Cómo manejamos esto sin crear una guerra mundial?"

McElroy hizo una mueca. "El general Peterson tiene razón. No sé cómo nuestras agencias de inteligencia no se dieron cuenta de esto o cómo no lo vimos venir, pero está claro que desde hace algún tiempo existe un plan global concertado para destituirte. Cuando todo lo demás había fracasado y tu apoyo entre la gente seguía siendo fuerte, este grupo avanzó con un plan más directo para deshacerse de ti. Ahora que sabemos cuál es su objetivo final, y cómo planean conseguirlo, podemos actuar para aplastarlo".

El director del FBI intervino: "En las últimas veinticuatro horas he tenido que evacuar de urgencia a casi 1.500 agentes del FBI y a sus familias de veinte estados diferentes. Las cosas ya se están descontrolando en las principales ciudades y este discurso que el líder de la ONU y el senador Tate acaban de pronunciar está echando gasolina al fuego. Hay que desplegar a la Guardia Nacional para recuperar el control o enviar al Ejército regular".

"Sin embargo, ¿cuántas de estas unidades de la Guardia Nacional van a ser leales al gobierno federal frente a sus estados de origen?", preguntó Patty. "Ya he tenido un motín de más de mil agentes de la ley federal a través de una colección de agencias dentro del DHS que dijeron que no me reconocerán como Secretario del DHS o a usted como Presidente el próximo 20 de enero".

El director del FBI se quedó boquiabierto. "¿Cuándo ocurrió esto?", preguntó nervioso. "¿Qué les dijiste cuando te contaron esto?".

"A primera hora de la mañana", respondió Patty. "Por eso creo que todo esto no es más que una conspiración para deshacerse de Sachs. En cuanto a lo que hice con ellos... hice que los pusieran en baja administrativa mientras trabajo para que los despidan". Hinchó un poco el pecho, orgullosa de su acción decisiva.

El Presidente sacudió la cabeza, consternado. "Sigamos adelante y movilicemos a la Guardia Nacional, junto con las Reservas. Si vamos a utilizar a la Guardia, tenemos que asegurarnos de desplazarla. No podemos tener unidades de la Guardia Nacional de Florida patrullando o vigilando instalaciones en Florida. Quiero que se envíen a diferentes estados y ciudades si vamos a utilizarlas como fuerzas de seguridad civiles. Hagamos también todo lo posible para asegurarnos de que mantenemos a la Guardia Nacional centrada en la aplicación de la ley mientras mantenemos a los soldados federales preparados para hacer frente a esta fuerza de la ONU".

Sachs se movió en su asiento. "Chuck, háblame de cómo impondríamos un bloqueo a esta fuerza de la ONU. Tengo entendido que algunas de estas naciones tienen buques de guerra participando en este ejercicio. ¿Qué vamos a hacer si, digamos, los alemanes o los chinos asignan buques de guerra para proteger los transportes de tropas o cargueros que tratan de traer más soldados y equipos a Canadá?"

"Les advertimos que den la vuelta y retrocedan", respondió McElroy con naturalidad. "No es que ninguna de las armadas de estas naciones pueda realmente hacernos frente en una guerra de disparos. Tenemos once grupos de ataque de portaaviones, además de nuestros buques de asalto anfibio. Por si fuera poco, tenemos cincuenta submarinos de ataque, otros cuatro de misiles guiados y catorce boomers. Si queremos bloquear Canadá, no hay nada que las demás armadas del mundo puedan hacer para detenernos.

"Dicho todo esto, sin embargo, recomiendo que retiremos inmediatamente nuestras fuerzas de ultramar a los EE.UU., especialmente nuestras fuerzas estacionadas en Europa y Asia. Si esto se pone feo, no vamos a ser capaces de apoyar o ayudar a ninguna de nuestras bases en el extranjero en caso de que sean atacadas y no quiero que ninguno de nuestros chicos se vea atrapado o forzado a una mala situación, especialmente en Asia con China."

"¿Te refieres a sacar las fuerzas que nos quedan de Corea del Sur y Japón?". preguntó Sachs con escepticismo.

El Secretario de Defensa asintió. "Los surcoreanos pueden cuidar de sí mismos, especialmente ahora que se ha resuelto la situación norcoreana. Aunque los japoneses no participan en esta fuerza de mantenimiento de la paz de la ONU, no quiero que nuestras fuerzas allí sean objetivo de los chinos o que los japoneses se vean en la situación de tener que internar a nuestras fuerzas por miedo a un ataque chino."

Sachs negó con la cabeza. "Estamos prácticamente en diciembre, Chuck. ¿Cómo vamos a evacuar a nuestra gente de Japón, Corea y Europa antes del 20 de enero?".

"Tenemos una gran capacidad de transporte marítimo y aéreo, Sr. Presidente. Mientras los británicos no se pongan de parte de este disparate, estaremos bien. Podemos usar nuestras bases allí para ayudar con la logística en Europa. En cuanto a Asia: de nuevo, Japón no forma parte de esta farsa de la ONU, así que no deberíamos tener problemas con los japoneses".

El Presidente sorprendió a la Secretaria de Estado con la mirada perdida, sumida en sus propios pensamientos. "Haley, ¿tienes alguna idea de cómo deberíamos proceder? Has estado bastante callada".

Se sonrojó. "Lo siento, Sr. Presidente. Estaba pensando en lo que dijo el general Peterson acerca de todas estas coincidencias, todas convenientemente alrededor del momento de nuestras elecciones presidenciales. Señor, estos países que hemos vinculado a los ataques terroristas o a la interferencia electoral tienen un par de cosas en común."

"¿Qué es eso?", preguntó el GC.

"Todos ellos han sido objeto de sanciones por su parte o se han visto obligados a aceptar acuerdos comerciales nuevos o revisados que les han costado muy caros", explicó la Secretaria de Estado. "Antes de que usted llegara a la presidencia, China tuvo un crecimiento económico anualizado del 9% durante casi quince años. En los últimos cuatro años, ese crecimiento se ha reducido al 4%. Han pasado de tener 635.400 millones de dólares al año en comercio y un superávit comercial de 375.600 millones de dólares con EE.UU. a 440.000 millones de dólares en comercio y un superávit de 180.000 millones de dólares. Han perdido cientos de miles de millones de dólares en comercio con nosotros, y eso les ha perjudicado económicamente. La sanción tecnológica que impusieron también les ha dejado completamente fuera del mercado 5G en Estados Unidos. Solo eso les ha costado probablemente cerca de dos o tres billones de dólares en ingresos en los próximos diez años."

"Puedo ver ese ángulo con los chinos, pero ¿dónde encajan los alemanes, franceses o rusos en esto?", preguntó Patty.

"China, Rusia y Francia son miembros permanentes del Consejo de Seguridad de la ONU", explicó el Secretario de Estado Kagel. "En cuanto a Alemania, básicamente dirige la UE, bueno, ella y Francia. Sus políticas comerciales han reducido significativamente a la UE y su retirada del Acuerdo del Clima de París realmente desanimó a los europeos. Sienten que han condenado al mundo a un desastre climático imparable. Tampoco olvidemos que Johann Behr fue ministro de Asuntos Exteriores alemán antes de convertirse en secretario general de la ONU."

Sachs se inclinó hacia él. "¿De verdad crees que toda esta agitación que se está creando en nuestro país es por el dinero y el comercio? ¿Una venganza por haber antepuesto los intereses de Estados Unidos a los del mundo?".

La secretaria Kagel asintió. "Así es. Sé que puede ser difícil de aceptar, señor Presidente, pero usted no pertenece al mundo de la política o la inteligencia. Ha trastornado el carro de la manzana mundial. Se ha enfrentado a fuerzas poderosas".

"Es sólo dinero: siempre pueden ganar más", replicó Sachs airado.

Kagel negó con la cabeza. "No se trata sólo de dinero, señor Presidente. Se trata de poder; se trata de la supervivencia del régimen y de forjar el futuro. Su política energética está aplastando a los rusos. Son un Estado petrolero, una economía de un solo recurso que ahora tiene que competir contra los recursos estadounidenses de esquisto y gas natural que ni siquiera pueden imaginar. En Alemania y Francia están tan agobiados por sus políticas de Estado niñera que su nuevo acuerdo comercial con Gran Bretaña tras su salida de la UE realmente socava sus balanzas comerciales.

"Los alemanes han estado apoyando a la mayor parte de Europa durante casi dos décadas; ese nuevo acuerdo comercial que les has hecho tragar les va a perjudicar. Luego está China: a los chinos sólo les importa la supervivencia del régimen. Tienen más de 1.600 millones de habitantes, es decir, 1.600 millones de personas que consumen más recursos de los que pueden cultivar o extraer ellos mismos. Si a esto añadimos los acuerdos comerciales que han despedido a decenas de millones de personas, el régimen se enfrenta a la realidad de protestas masivas y revueltas por los alimentos. No pueden sobrevivir otra década si equilibras nuestro déficit comercial con ellos o les impides que puedan robar nuestra tecnología".

Dejó escapar un suspiro. "Odio decirlo, Sr. Presidente, pero, sí, todo es cuestión de dinero, comercio y, lo más importante, poder".

Sachs se quedó un momento mirando al techo.

Todo lo que quería era proteger a nuestra gente y dar al pequeño un trato justo, pensó.

"Bien, supongamos que se trata de eso", dijo el Presidente. "¿Con quién podemos contar como aliados en este momento?"

La secretaria Kagel se inclinó hacia delante. "Ahora mismo, yo diría que nadie. Creo que el Reino Unido va a mantenerse al margen y ver cómo se desarrolla todo esto. Probablemente sea algo bueno, porque si el gobierno laborista estuviera en el poder, probablemente se lanzarían a esta tontería del mantenimiento de la paz de la ONU. Me gustaría decir que la mayor parte de Europa del Este está probablemente de nuestro lado, pero no se involucrarán militarmente. Ofrecerán un apoyo tácito, pero intentarán mantenerse al margen. Oriente Medio... se va a convertir en un caos. A menos que los israelíes lleguen a un acuerdo con los saudíes y los egipcios, se quedarán solos. En Asia, Japón y Corea del Sur se mantendrán al margen. Ninguna de esas naciones quiere atraer la ira de China, especialmente cuando saben que no podrán contar con nuestra ayuda porque estaremos empantanados lidiando con nuestros propios problemas aquí. Por el momento, señor Presidente, yo diría que estamos solos".

El Secretario de Defensa asintió. "Tenemos que centrarnos en utilizar los océanos en nuestro beneficio. Aunque esta fuerza de la ONU en Canadá es una amenaza, podemos aislarlos con nuestra Armada. Una vez que les cortemos sus líneas de suministro en Europa y Asia, podremos hacerles pedazos. No veo que esta confrontación dure más de unas semanas si nos vemos obligados a luchar de verdad".

"De acuerdo, entonces, traigamos a los otros y formulemos un plan para poner las cosas en marcha. Si estos aliados traidores quieren jugar duro, entonces mostrémosles qué es qué".

Se volvió hacia la Secretaria de Estado. "Haley, mañana quiero que anuncies nuestra retirada de la OTAN, así como nuestra retirada de los Cinco Ojos. Quiero a todo el mundo fuera de nuestro aparato de inteligencia compartida. También quiero la NSA completamente suelta en el resto del mundo. Quiero saber lo que cada gobierno dice, piensa y planea hacernos".

Se giró para mirar al Secretario de Defensa. "Chuck, ordena que nuestras fuerzas navales, aéreas y terrestres de todo el mundo vuelvan a casa. Y hazlo lo antes posible. No quiero que nuestros chicos se queden atascados si estos países deciden jugar duro con nuestra retirada."

McElroy asintió y murmuró: "Esto va a crear un tremendo vacío de poder en todo el mundo".

"Olvídate de ellos. El mundo ha estado jugando con nosotros el tiempo suficiente. Estamos trayendo nuestras fuerzas a casa. Si estos traidores de la ONU deciden que quieren pelea, les daremos una pelea que no olvidarán". Sachs golpeó la mesa con el puño.

El Presidente miró a McElroy, el hombre que tendría que ejecutar sus órdenes. Una sonrisa perversa empezó a dibujarse en su rostro.

"Sí, Sr. Presidente", dijo.

De los autores

Miranda y yo esperamos que os haya gustado Amañado, Libro uno de la serie Imperios en Caída. El segundo libro, Fuerzas de Paz, ya está disponible en Amazon.

Si desea estar al día de las novedades y recibir correos electrónicos sobre ofertas especiales, suscríbase a nuestra lista de distribución por correo electrónico. Visite www.frontlinepublishinginc.com y www.RosoneandWatson.com e inscríbase.

Como autores independientes, las reseñas son muy importantes para nosotros, ya que ayudan a los nuevos lectores a encontrar nuestro trabajo. Si le gustó este libro, le pedimos que deje una reseña en Amazon y Goodreads. Agradecemos sinceramente a cada persona que se toma el tiempo de hacerlo.

Hemos valorado mucho la conexión con nuestros lectores a través de las redes sociales, especialmente en nuestra página de Facebook https://www.facebook.com/RosoneandWatson/. A veces pedimos ayuda a nuestros lectores para escribir futuros libros; nos encanta aprovechar los conocimientos de todos vosotros. También contamos con un grupo de lectores beta que echan un vistazo a los libros antes de su publicación oficial y nos ayudan a realizar ajustes de última hora. Si desea formar parte de este equipo, visite nuestro sitio web de autor, y envíenos un mensaje a través de la pestaña "Contacto".

Seguiremos trabajando de forma constante en la traducción de todos nuestros libros existentes al español. Esperamos que nos siga en Amazon o se suscriba a nuestra lista de correo en nuestro sitio web para estar informado sobre los nuevos lanzamientos.

Abreviatura Clave

AG	Fiscal General
BND	Bundesnachtrichtendienst (agencia de inteligencia alemana)
BRAC	Reorganización y cierre de bases
CG	Comandante General
COCOM	Mando de combate
CONUS	Estados contiguos
CPA	Contable público certificado
CR	Resolución permanente
DEVGRUUS	Grupo de Desarrollo de Guerra Naval Especial (SEAL Team Six)
Departamento de Defensa	Departamento de Defensa
DOJ	Departamento de Justicia
OE	Orden ejecutiva
SEDE CENTRAL	Sede central
HRT	Equipo de rescate de rehenes
IED	Artefacto explosivo improvisado
ISB	Estado Islámico de Bosnia
ISK	Estado Islámico de Kosovo
ISS	Estado Islámico en Serbia
TI	Tecnología de la información
J2	Oficial de Inteligencia
J3	Jefe de Operaciones
JSOC	Mando Conjunto de Operaciones de Fuerzas Especiales
JWICS	Joint Worldwide Intelligence Communications System (Sistema Conjunto de Comunicaciones de Inteligencia Mundial)
KFOR	Fuerzas de Kosovo
KHS	Seguridad de los hackers kosovares
KIA	Muerto en combate
MANPAD	Sistemas portátiles de defensa antiaérea
MMO	Multijugador masivo en línea
MUP	Ministerio del Interior serbio
SUBOFICIAL	Suboficial
NMCC	Centro Nacional de Mando Militar

NORAD	Mando Norteamericano de Defensa Aérea
NRO	Oficina Nacional de Reconocimiento
NSC	Consejero Nacional de Seguridad O Agencia Nacional de Vigilancia
ODA	Destacamentos Operativos-A ("Equipos A")
OGA	Otra agencia gubernamental (CIA)
ORAOther	Reporting Agency (se refiere a los miembros de la CIA que no están bajo cobertura oficial)
ORCON	Originator Controls Dissemination and/or Release of the Document (control de clasificación del gobierno de EE.UU., lo que significa que debe pedir permiso a la persona que le proporcionó la información para difundirla)
PMC	Contratista militar privado
QRF	Fuerza de Reacción Rápida
RAF	Real Fuerza Aérea
RNC	Convención Nacional Republicana
OSR	Responsable regional de seguridad
SAC	Agente Especial Encargado
SAD	División de Actividades Especiales Centro de Información Confidencial (SCIFS)
SF	Fuerzas Especiales
SG	Secretario General
SIGINT	Signals Inteligencia
SITREP	Situación
SOCO	Mando Sur
SSE	Explotación de emplazamientos sensibles
SVTC	Videoteleconferencia segura
TDY	Trabajo temporal
TEDAC	Terrorist Explosive Device Analytical Center (Centro de Análisis de Artefactos Explosivos Terroristas)
OMC	Organización Mundial del Comercio
REINO UNIDO	Reino Unido